静山社ペガサス文庫

ハリー・ポッターとアズカバンの囚《しゅう》人《じん》〈3-1〉

J.K.ローリング 作　松岡佑子 訳

ハリー・ポッターとアズカバンの囚人《しゅうじん》3-1 ―もくじ―

ハリー・ポッターとアズカバンの囚人《しゅうじん》3-1 人物紹介《じんぶつしょうかい》

ハリー・ポッター
主人公《しゅじんこう》。ホグワーツ魔法魔術学校《まほうまじゅつがっこう》の三年生《ねんせい》。緑《みどり》の目《め》に黒《くろ》い髪《かみ》、額《ひたい》には稲妻形《いなずまがた》の傷《きず》がある。幼《おさな》いころに両親《りょうしん》を亡《な》くし、人間《にんげん》(マグル)界《かい》で育《そだ》ったので、自分《じぶん》が魔法使《まほうつか》いであることを知《し》らなかった

ロン・ウィーズリー
ハリーのクラスメート。大家族《だいかぞく》の末息子《すえむすこ》で、一緒《いっしょ》にホグワーツに通《かよ》う兄妹《きょうだい》に、優等生《ゆうとうせい》のパーシーと、双子《ふたご》でいたずら好《ず》きのフレッドとジョージ、妹《いもうと》のジニーがいる

ハーマイオニー・グレンジャー
ハリーのクラスメート。マグル(人間《にんげん》)の子《こ》なのに、魔法学校《まほうがっこう》の優等生《ゆうとうせい》

ドラコ・マルフォイ
スリザリン寮《りょう》の生徒《せいと》。魔法界《まほうかい》の名家《めいか》の出身《しゅっしん》であることを鼻《はな》にかけるいやみな少年《しょうねん》

アルバス・ダンブルドア
ホグワーツの校長先生《こうちょうせんせい》。魔法使《まほうつか》いとしても教育者《きょういくしゃ》としても偉大《いだい》だが、ちゃめっけたっぷり

ミネルバ・マクゴナガル
ホグワーツの副校長先生《ふくこうちょうせんせい》。黒髪《くろかみ》の背《せ》の高《たか》い魔女《まじょ》。変身術《へんしんじゅつ》の先生《せんせい》。厳格《げんかく》で理知的《りちてき》

セブルス・スネイプ
魔法薬学《まほうやくがく》の先生《せんせい》。ハリーを憎《にく》んでいる

ルビウス・ハグリッド
ホグワーツの森《もり》の番人《ばんにん》。やさしく不器用《ぶきよう》な大男《おおおとこ》。猫《ねこ》以外《いがい》のあらゆる動物《どうぶつ》をこよなく愛《あい》する

アーサーとモリー・ウィーズリー
ロンの父親《ちちおや》と母親《ははおや》。アーサーはマグルの製品《せいひん》に興味津々《きょうみしんしん》。モリーは時《とき》に厳《きび》しくも優《やさ》しい母親《ははおや》

ジェームズとリリー・ポッター
ハリーが幼《おさな》いころに亡《な》くなった父親《ちちおや》と母親《ははおや》。二人《ふたり》ともホグワーツに通《かよ》った魔女《まじょ》と魔法使《まほうつか》いだった

ダーズリー一家《いっか》（バーノンおじさん、ペチュニアおばさん、ダドリー）
ハリーの親《しん》せきで育《そだ》ての親《おや》とその息子《むすこ》。まともじゃないことを毛嫌《けぎら》いする

ヴォルデモート（例《れい》のあの人《ひと》）
最強《さいきょう》の闇《やみ》の魔法使《まほうつか》い。多《おお》くの魔法使《まほうつか》いや魔女《まじょ》を殺《ころ》したが、なぜかハリーには呪《のろ》いが効《き》かなかった

To Jill Prewett and Aine Kiely,
the Godmothers of Swing

スイング・クラブの後見人《ゴッドマザーズ》たち
ジル・プルウェットとエイン・キーリーに

Original Title: HARRY POTTER AND THE PRISONER OF AZKABAN

First published in Great Britain in 1999
by Bloomsbury Publishing Plc, 50 Bedford Square, London WC1B 3DP

Japanese edition first published in 2001

This book is published in Japan by arrangement with
the author through The Blair Partnership

第《だい》1章《しょう》　ふくろう便《びん》

ハリー・ポッターはいろいろな意味《いみ》で、きわめて普通《ふつう》ではない男《おとこ》の子《こ》だった。

まず、一年中《いちねんじゅう》で一番嫌《いちばんきら》いなのが夏休《なつやす》み。第二《だいに》に、宿題《しゅくだい》をしたくてしかたがないのに、真夜中《まよなか》にこっそりやらざるをえなかった。その上《うえ》、ハリー・ポッターは、たまたま魔法使《まほうつか》いだった。

真夜中近《まよなかちか》く、ハリーはベッドに腹《はら》ばいになって、頭《あたま》から毛布《もうふ》をテントのようにすっぽりかぶり、片手《かたて》に懐中電灯《かいちゅうでんとう》を持《も》ち、大《おお》きな革表紙《かわびょうし》の本《ほん》（バチルダ・バグショット著《ちょ》『魔法史《まほうし》』）を枕《まくら》に立《た》てかけていた。ちょうど今《いま》、鷲羽根《わしばね》ペンのペン先《さき》でページを上《うえ》から下《した》へとたどり、宿題《しゅくだい》のレポートを書《か》くのに役立《やくだ》ちそうなところを、眉根《まゆね》を寄《よ》せて探《さが》しているところだった。「十四世紀《せいき》における魔女《まじょ》の火《ひ》あぶりの刑《けい》は無意味《むいみ》だった――意見《いけん》を述《の》べよ」という宿題《しゅくだい》だ。

それらしい文章《ぶんしょう》が見《み》つかり、羽根《はね》ペンの動《うご》きが止《と》まった。ハリーは鼻《はな》にのっている丸《まる》いめがねを押《お》し上《あ》げ、懐中電灯《かいちゅうでんとう》を本《ほん》に近《ちか》づけてその段落《だんらく》を読《よ》んだ。

非魔法界《ひまほうかい》の人々《ひとびと》（通常《つうじょう》マグルと呼《よ》ばれる）は中世《ちゅうせい》において特《とく》に魔法《まほう》を恐《おそ》れていたが、本物《ほんもの》を見分《みわ》けることが得手《えて》ではなかった。ごく稀《まれ》に本物《ほんもの》の魔女《まじょ》や魔法使《まほうつか》いを捕《つか》まえることはあっても、火刑《かけい》は何《なん》の効果《こうか》もなかった。魔女《まじょ》または魔法使《まほうつか》いは、初歩的《しょほてき》な「炎凍結術《ほのおとうけつじゅつ》」をほどこし、そのあと、やわらかくくすぐるような炎《ほのお》の感触《かんしょく》を楽《たの》しみつつ、苦痛《くつう》で叫《さけ》んでいるふりをした。特《とく》に、「変《か》わり者《もの》のウェンデリン」は焼《や》かれるのが楽《たの》しくて、いろいろ姿《すがた》を変《か》え、みずからすすんで四十七回《かい》も捕《つか》まった。

ハリーは羽根《はね》ペンを口《くち》にくわえ、枕《まくら》の下《した》からインク瓶《びん》と羊皮紙《ようひし》を一巻《ひとまき》取《と》り出《だ》した。ゆっくりと、充分《じゅうぶん》に注意《ちゅうい》しながらハリーはインク瓶《びん》のふたを開《あ》け、羽根《はね》ペンを浸《ひた》して書《か》きはじめたが、ときどきペンを休《やす》めては耳《みみ》をそばだてた。もし、ダーズリー家《け》の誰《だれ》かがトイレに立《た》ったときに羽根《はね》ペンでカリカリ書《か》く音《おと》を聞《き》きつけたら、おそらく、夏休《なつやす》みの残《のこ》りの期間《きかん》を、階段下《かいだんした》の物置《ものおき》に閉《と》じ込《こ》められっぱなしで過《す》ごすことになるだろう。

プリベット通《どお》り四番地《ばんち》のダーズリー一家《いっか》こそ、ハリーがこれまで一度《いちど》も楽《たの》しい夏休《なつやす》みを過《す》ごせなかった原因《げんいん》だ。バーノンおじさん、ペチュニアおばさんと息子《むすこ》のダドリーは、ハリーの唯一《ゆいいつ》の親《しん》せきだった。一家《いっか》はマグルで、魔法《まほう》に対《たい》してまさに中世《ちゅうせい》そのものの態度《たいど》をとった。ハリーの亡《な》くなった両親《りょうしん》は魔女《まじょ》と魔法使《まほうつか》いだったが、ダーズリー家《け》の屋根《やね》の下《した》ではけっして二人《ふたり》の名前《なまえ》を口《くち》にすることはなかった。何年《なんねん》もの間《あいだ》、ペチュニアおばさんもバーノンおじさんも、ハリーを極力《きょくりょく》しいたげておけば、ハリーから魔法《まほう》を押《お》し出《だ》すことができるかもしれないと望《のぞ》み続《つづ》けてきた。それが思《おも》いどおりにはならなかったのが、二人《ふたり》のしゃくの種《たね》だった。ハリーがこの二年間《ねんかん》をほとんどホグワーツ魔法魔術学校《まほうまじゅつがっこう》で過《す》ごしたなどと、誰《だれ》かにかぎつけられたらどうしようと、二人《ふたり》は今《いま》や戦々恐々《せんせんきょうきょう》だった。しかし最近《さいきん》では、ダーズリー一家《いっか》は、せいぜいハリーの呪文集《じゅもんしゅう》や杖《つえ》、鍋《なべ》、箒《ほうき》を、夏休《なつやす》みの初日《しょにち》に鍵《かぎ》をかけてしまい込《こ》むとか、ハリーが近所《きんじょ》の人《ひと》と話《はなし》をするのを禁《きん》ずるくらいしか手《て》がなかった。

ホグワーツの先生《せんせい》たちが休暇中《きゅうかちゅう》の宿題《しゅくだい》をどっさり出《だ》していたので、呪文集《じゅもんしゅう》を取《と》り上《あ》げられてしまったのはハリーにとって大問題《だいもんだい》だった。レポートの宿題《しゅくだい》の中《なか》でも特《とく》に意地悪《いじわる》なのが、「縮《ちぢ》み薬《ぐすり》」に関《かん》するもので、ハリーの一番《いちばん》の苦手《にがて》、スネイプ先生《せんせい》の宿題《しゅくだい》だった。レポートを書《か》かなかったら、ハリーを一か月《げつ》処罰《しょばつ》する口実《こうじつ》ができたと大喜《おおよろこ》びすることだろう。しかしハリーは、休《やす》みに入《はい》ってから最初《さいしょ》の週《しゅう》にやってきたチャンスを逃《のが》さなかった。バーノンおじさんもペチュニアおばさんもダドリーもみんな庭《にわ》に出《で》て、おじさんの新《あたら》しい社用車《しゃようしゃ》を（同《おな》じ通《とお》りの住人《じゅうにん》がみな気《き》づくよう、大声《おおごえ》で）誉《ほ》めそやしていたそのすきに、ハリーはこっそり一階《かい》に下《お》り、階段下《かいだんした》の物置《ものおき》の鍵《かぎ》をこじ開《あ》け、教科書《きょうかしょ》を数冊《すうさつ》ひっつかみ、自分《じぶん》の寝室《しんしつ》に隠《かく》したのだ。シーツにインクのしみさえ残《のこ》さなければ、ダーズリー一家《いっか》にハリーが夜《よ》な夜《よ》な魔法《まほう》を勉強《べんきょう》しているとは知《し》られずにすむ。

ハリーはおじ、おばとのいざこざを、今《いま》はぜひともさけたかった。二人《ふたり》とはすでに険悪《けんあく》なムードになっていたからだ。休暇《きゅうか》が始《はじ》まってから一週間目《しゅうかんめ》に、魔法使《まほうつか》いからの電話《でんわ》がハリーにかかってきたという、たったそれだけの理由《りゆう》で。

ロン・ウィーズリーはホグワーツでのハリーの親友《しんゆう》の一人《ひとり》で、家族《かぞく》は全員魔法使《ぜんいんまほうつか》いという家柄《いえがら》だった。つまり、ロンはハリーの知《し》らないことをたくさん知《し》っていたが、電話《でんわ》というものは使《つか》ったことがない。その電話《でんわ》をバーノンおじさんが受《う》けたのがなんとも不運《ふうん》だった。

「もしもし、バーノン・ダーズリーだが」

ハリーはその時《とき》たまたま同《おな》じ部屋《へや》にいたが、ロンの答《こた》える声《こえ》が聞《き》こえてきたとき、身《み》も凍《こお》る思《おも》いがした。

「もし、もし？　聞《き》こえますか？　僕《ぼく》――ハリー――ポッター――と――話《はな》したい――の――ですけど！」

ロンがあまりの大声《おおごえ》で叫《さけ》ぶので、バーノンおじさんは跳《と》び上《あ》がり、受話器《じゅわき》を耳《みみ》から三十センチも離《はな》して持《も》ち、怒《いか》りと驚《おどろ》きの入《い》りまじった表情《ひょうじょう》で受話器《じゅわき》を見《み》つめた。

「誰《だれ》だ！」

おじさんは受話器《じゅわき》の方向《ほうこう》に向《む》かってどなった。

「君《きみ》は誰《だれ》かね？」

「ロン――ウィーズリーです！」

ロンも大声《おおごえ》を返《かえ》した。まるで二人《ふたり》はサッカーの競技場《きょうぎじょう》の端《はし》と端《はし》に立《た》って話《はな》し合《あ》っているようだった。

「僕《ぼく》――ハリー――の――学校《がっこう》――の――友達《ともだち》――です」

バーノンおじさんの小《ちい》さな目《め》がハリーのほうにぐるりと回《まわ》った。ハリーはその場《ば》に根《ね》が生《は》えたように突《つ》っ立《た》っていた。

「ここにはハリー・ポッターなどおらん！」

どなりながら、受話器《じゅわき》が爆発《ばくはつ》するのを恐《おそ》れるかのように、おじさんは今《いま》や腕《うで》を伸《の》ばしきって受《じゅ》話器《わき》を持《も》っていた。

「何《なん》の学校《がっこう》のことやら、わしにはわからん！　二度《にど》と連絡《れんらく》せんでくれ！　わしの家《か》族《ぞく》のそばに寄《よ》るな！」

おじさんは毒《どく》グモを放《ほう》り投《な》げるかのように、受話器《じゅわき》を電話《でんわ》に投《な》げ戻《もど》した。

そのあとのやりとりは最悪中《さいあくちゅう》の最悪《さいあく》だった。

「よくもこの番号《ばんごう》をあんな輩《やから》に――おまえと同類《どうるい》の輩《やから》に教《おし》えたな!」

バーノンおじさんはハリーにつばをまき散《ち》らしながらどなった。ロンはハリーをトラブルに巻《ま》き込《こ》んだと悟《さと》ったらしい。それから一度《いちど》も電話《でんわ》をかけてこなかった。

ホグワーツ校《こう》でのもう一人《ひとり》の親友《しんゆう》、ハーマイオニー・グレンジャーもまったく連絡《れんらく》してこなかった。たぶんロンがハーマイオニーに、電話《でんわ》をかけるなと警告《けいこく》したのだろう。だとしたら残念《ざんねん》だ。ハーマイオニーはハリーの学年《がくねん》で一番《いちばん》の秀才《しゅうさい》だったが、両親《りょうしん》はマグルで、電話《でんわ》の使《つか》い方《かた》はよく知《し》っていたし、おそらくホグワーツ校《こう》の生徒《せいと》だなんて電話《でんわ》で言《い》ったりしないだけの分別《ふんべつ》は持《も》っているはずだ。

そんなわけで、ハリーはもう五週間《しゅうかん》も魔法界《まほうかい》の友達《ともだち》からは何《なん》の連絡《れんらく》もなく、今年《ことし》の夏《なつ》も去年《きょねん》と同《おな》じくらいみじめなものになりつつあった。一つだけ去年《きょねん》よりましなのは、ペットのふくろうのヘドウィグのことだ。友達《ともだち》に手紙《てがみ》を出《だ》すのにふくろうを使《つか》わないと誓《ちか》い、夜《よる》だけヘドウィグを自由《じゆう》にしてやれた。バーノンおじさんが折《お》れたのは、かごに閉《と》じ込《こ》めっぱなしにするとヘドウィグが大騒《おおさわ》ぎをしたからだ。

「変《か》わり者《もの》のウェンデリン」について書《か》き終《お》えたハリーは、また耳《みみ》をすました。暗《くら》い家《いえ》の静寂《しじま》を破《やぶ》るのは、遠《とお》くに聞《き》こえる、巨大《きょだい》ないとこダドリーの、ブーブーといういびきだけだった。もうだいぶ遅《おそ》い時間《じかん》にちがいない。ハリーはつかれて目《め》がむずがゆくなった。宿題《しゅくだい》は明日《あす》の夜《よる》仕上《しあ》げよう……。

インク瓶《びん》のふたを閉《し》め、ベッドの下《した》から古《ふる》い枕《まくら》カバーを引《ひ》っ張《ぱ》り出《だ》して、懐中電灯《かいちゅうでんとう》や『魔法《まほう》史《し》』、それに宿題《しゅくだい》、羽根《はね》ペン、インクをその中《なか》に入《い》れ、ベッドから出《で》て、ベッド下《した》の床板《ゆかいた》のゆるんだ場所《ばしょ》にその袋《ふくろ》を隠《かく》した。それから立《た》ち上《あ》がり、伸《の》びをして、ベッドの脇机《わきづくえ》に置《お》いてある夜光《やこう》時計《どけい》で時間《じかん》をたしかめた。

午前《ごぜん》一時《じ》だった。ハリーの胃袋《いぶくろ》が奇妙《きみょう》にざわついた。気《き》がつかないうちに、十三歳《さい》になってからもう一時間《じかん》もたっていたのだ。

ハリーが普通《ふつう》でない理由《りゆう》がもう一つある。誕生日《たんじょうび》が待《ま》ち遠《どお》しくないのだ。ハリーは一度《いちど》も誕《たん》生《じょう》日《び》祝《いわ》いのカードをもらったことがなかった。ダーズリー一家《いっか》はこの二年間《ねんかん》、完全《かんぜん》にハリーの誕《たん》生《じょう》日《び》を無視《むし》したし、三年目《ねんめ》の今年《ことし》も覚《おぼ》えているはずがない。

暗《くら》い部屋《へや》を横切《よこぎ》り、ヘドウィグのいない大《おお》きな鳥《とり》かごの脇《わき》を通《とお》り、ハリーは開《あ》け放《はな》した窓辺《まどべ》へと歩《ある》いた。窓辺《まどべ》に寄《よ》りかかると、長《なが》いこと毛布《もうふ》の下《した》に隠《かく》れていた顔《かお》に、夜風《よかぜ》がさわやかだった。ヘドウィグは二晩《ふたばん》も帰《かえ》っていない。ハリーは心配《しんぱい》してはいなかった——以前《いぜん》にもこのくらい帰《かえ》らなかったことがある——でも、ヘドウィグに早《はや》く帰《かえ》ってきてほしかった。この家《いえ》で、ハリーの姿《すがた》を見《み》てもヒクヒクけいれんしない生《い》き物《もの》はヘドウィグだけだった。

ハリーはいまだに年齢《ねんれい》の割《わり》に小柄《こがら》でやせてはいたが、この一年《ねん》で五、六センチ背《せ》が伸《の》びていた。めがねの奥《おく》には真《ま》っ黒《くろ》な髪《かみ》だけは、相《あい》も変《か》わらず、どうやっても頑固《がんこ》にくしゃくしゃしていた。めがねの奥には明《あか》るい緑《みどり》の目《め》があり、額《ひたい》には細《ほそ》い稲妻形《いなずまがた》の傷《きず》が、髪《かみ》を透《す》かしてはっきり見《み》えた。

ハリーはいろいろと普通《ふつう》ではなかったが、この傷《きず》は特《とく》に尋常《じんじょう》ではなかった。十年間《ねんかん》、ダーズリー夫妻《ふさい》は、この傷《きず》はハリーの両親《りょうしん》が自動車事故《じどうしゃじこ》で死《し》んだときの置《お》きみやげだと偽《いつわ》り続《つづ》けてきた。実《じつ》は母《はは》のリリーも父《ちち》のジェームズ・ポッターも、車《くるま》の衝突事故《しょうとつじこ》で死《し》んだのではなかった。殺《ころ》されたのだ。過去《かこ》百年間《ねんかん》でもっとも恐《おそ》れられた闇《やみ》の魔法使《まほうつか》い、ヴォルデモート卿《きょう》の手《て》にかかったのだ。ハリーもその時襲《ときおそ》われたが、額《ひたい》に傷《きず》を受《う》けただけでその手《て》を逃《のが》れた。ヴォルデモートの呪《のろ》いは、ハリーを殺《ころ》すどころか、呪《のろ》った本人《ほんにん》に跳《は》ね返《かえ》り、瀕死《ひんし》のヴォルデモートは逃《に》げ去《さ》った……。

しかし、ハリーはホグワーツに入学《にゅうがく》したことで、再《ふたた》びヴォルデモートと真正面《ましょうめん》から対決《たいけつ》することになった。暗《くら》い窓辺《まどべ》にたたずんで、ヴォルデモートと最後《さいご》に対決《たいけつ》したときのことを思《おも》い出《だ》すと、ハリーは、よくぞ十三歳《さい》の誕生日《たんじょうび》を迎《むか》えられたものだ、それだけで幸運《こううん》だった、と思《おも》わざるをえなかった。

ハリーはヘドウィグを探《さが》して星空《ほしぞら》に目《め》を走《はし》らせた。くちばしに死《し》んだネズミをくわえ、誉《ほ》めてもらいたくてハリーのところにスイーッと舞《ま》い降《お》りてきはしないか。家々《いえいえ》の屋根《やね》をなにげなしに見《み》つめていたハリーは、しばらくしてから何《なに》か変《へん》なものが見《み》えるのに気《き》づいた。

金色《きんいろ》の月《つき》を背《せ》に、シルエットが浮《う》かび、それが刻々《こっこく》と大《おお》きくなる。大《おお》きな、奇妙《きみょう》にかたむいた生《い》き物《もの》だった。羽《は》ばたきながらハリーのほうへやってくる。ハリーはじっとたたずんだまま、その生《い》き物《もの》が一段《だん》、また一段《だん》と沈《しず》むように降《お》りてくるのを見《み》つめていた。窓《まど》の掛《か》け金《がね》に手《て》をかけ、ピシャリと閉《し》めるべきかどうか、一瞬《いっしゅん》、ためらった。その時《とき》、そのあやしげな生《い》き物《もの》がプリベット通《どお》りの街灯《がいとう》の上《うえ》をスイーッと飛《と》び、その正体《しょうたい》がわかったハリーは、脇《わき》に飛《と》びのいた。

窓《まど》からふくろうが三羽舞《わま》い降《お》りてきた。そのうち一羽《わ》はあとの二羽《わ》に両脇《りょうわき》から支《ささ》えられ、気《き》を失《うしな》っているようだった。三羽《わ》のふくろうはハリーのベッドにパサリと軟着陸《なんちゃくりく》し、真《ま》ん中《なか》の大《おお》きな灰色《はいいろ》のふくろうは、こてんとひっくり返《かえ》って動《うご》かなくなった。大《おお》きな包《つつ》みがその両足《りょうあし》にくくりつけられている。

ハリーはすぐに気《き》づいた——気絶《きぜつ》しているふくろうの名前《なまえ》はエロール。ウィーズリー家《け》のふくろうだ。ハリーは急《いそ》いでベッドにかけ寄《よ》り、エロールの足《あし》に結《むす》びつけてあるひもを解《と》いて包《つつ》みを取《と》りはずし、それからエロールをヘドウィグのかごに運《はこ》び込《こ》んだ。エロールは片目《かため》だけをぼんやり開《あ》けて、感謝《かんしゃ》するように弱々《よわよわ》しくホーと鳴《な》き、水《みず》をゴクリ、ゴクリと飲《の》みはじめた。

ハリーはほかのふくろうのところに戻《もど》った。一羽《わ》は大《おお》きな雪《ゆき》のように白《しろ》い雌《めす》で、ハリーのふくろう、ヘドウィグだ。これも何《なに》か包《つつ》みを運《はこ》んできていて、とても得意《とくい》そうだった。ハリーが荷《に》を解《と》いてやると、ヘドウィグはくちばしで愛情《あいじょう》込《こ》めてハリーを甘《あま》がみし、部屋《へや》のむこうに飛《と》んでいってエロールのそばに収《おさ》まった。

もう一羽《わ》は、きりっとした森《もり》ふくろうだ。ハリーの知《し》らないふくろうだったが、どこから来《き》たかはすぐにわかった。三つ目《め》の包《つつ》みと一緒《いっしょ》に、ホグワーツの校章《こうしょう》のついた手紙《てがみ》を運《はこ》んできたからだ。郵便物《ゆうびんぶつ》をはずしてやると、そのふくろうはもったいぶって羽毛《うもう》を逆立《さかだ》て、羽《はね》をぐっと伸《の》ばして、窓《まど》から夜空《よぞら》へと飛《と》び去《さ》った。

ハリーはベッドに座《すわ》ってエロールの包《つつ》みをつかみ、茶色《ちゃいろ》の包《つつ》み紙《がみ》を破《やぶ》り取《と》った。中《なか》から金色《きんいろ》の紙《かみ》に包《つつ》まれたプレゼントと、生《う》まれて初《はじ》めての誕生祝《たんじょういわ》いカードが出《で》てきた。かすかに震《ふる》える指《ゆび》で、ハリーは封筒《ふうとう》を開《あ》けた。紙片《しへん》が二枚《まい》、はらりと落《お》ちた――手紙《てがみ》と、新聞《しんぶん》の切《き》り抜《ぬ》きだった。まぎれもなく、魔法界《まほうかい》の「日刊予言者新聞《にっかんよげんしゃしんぶん》」の切《き》り抜《ぬ》きだった。なにしろ、モノクロ写真《しゃしん》の人《じん》物《ぶつ》がみな動《うご》いている。ハリーは切《き》り抜《ぬ》きを拾《ひろ》い上《あ》げ、しわを伸《の》ばして読《よ》みはじめた。

魔法省《まほうしょう》官僚《かんりょう》、グランプリ大当《おおあ》たり

魔法省《まほうしょう》マグル製品《せいひん》不正《ふせい》使用《しよう》取締《とりしまり》局長《きょくちょう》、アーサー・ウィーズリー氏《し》が、今年《ことし》の「日刊《にっかん》予言者新聞《よげんしゃしんぶん》・ガリオンくじグランプリ」を当《あ》てた。

喜《よろこ》びのウィーズリー氏《し》は記者《きしゃ》に対《たい》し、「この金貨《きんか》は夏休《なつやす》みにエジプトに行《い》くのに使《つか》うつもりです。長男《ちょうなん》のビルがグリンゴッツ魔法銀行《まほうぎんこう》の『呪《のろ》い破《やぶ》り』としてそこで仕事《しごと》をしていますので」と語《かた》った。

ウィーズリー一家《いっか》はエジプトで一か月《げつ》を過《す》ごし、ホグワーツの新学期《しんがっき》に合《あ》わせて帰国《きこく》する。ウィーズリー家《け》の七人《にん》の子供《こども》のうち五人《にん》が現在《げんざい》そこに在学中《ざいがくちゅう》である。

ハリーは動《うご》く写真《しゃしん》をざっと眺《なが》め、ウィーズリー家《け》全員《ぜんいん》の写真《しゃしん》を見《み》て顔中《かおじゅう》に笑《わら》いを広《ひろ》げた。九人《にん》全員《ぜんいん》が大《おお》きなピラミッドの前《まえ》に立《た》ち、ハリーに向《む》かって思《おも》いっきり手《て》を振《ふ》っている。小柄《こがら》で丸《まる》っこいウィーズリー夫人《ふじん》、長身《ちょうしん》ではげているウィーズリー氏《し》、六人《にん》の息子《むすこ》と娘《むすめ》が一人《ひとり》、みんなが（モノクロ写真《しゃしん》ではわからないが）燃《も》えるような赤毛《あかげ》だ。真《ま》ん中《なか》に、ノッポで手足《てあし》をもてあまし気味《ぎみ》のロンがいた。肩《かた》にペットのネズミ、スキャバーズをのせ、腕《うで》を妹《いもうと》のジニーに回《まわ》している。

ハリーは、金貨《きんか》一山《ひとやま》を当《あ》てるのに、ウィーズリー一家《いっか》ほどふさわしい人《ひと》たちはいないと思《おも》った。ウィーズリー一家《いっか》はとても親切《しんせつ》で、ひどく貧《まず》しかった。ハリーはロンの手紙《てがみ》を拾《ひろ》い上《あ》げて広《ひろ》げた。

ハリー、お誕生日《たんじょうび》おめでとう！

ねえ、あの電話《でんわ》のことはほんとうにごめん。マグルが君《きみ》にひどいことをしないといいんだけど。パパに聞《き》いたんだ。そしたら、叫《さけ》んじゃいけなかったんじゃないかって言《い》われた。

エジプトってすばらしいよ。ビルが墓地《ぼち》という墓地《ぼち》を全部案内《ぜんぶあんない》してくれたんだけど、古代《こだい》エジプトの魔法使《まほうつか》いがかけた呪《のろ》いって信《しん》じられないぐらいすごい。ママなんか、最《さい》後《ご》の墓地《ぼち》にはジニーを入《はい》らせなかったくらい。墓荒《はかあ》らししたマグルたちがミュータントになって、頭《あたま》がたくさん生《は》えてきてるのやら何《なん》やら、そんながいこつがたくさんあったよ。

パパが日刊予言者新聞《にっかんよげんしゃしんぶん》のくじで七百ガリオンも当《あ》てるなんて、僕《ぼく》、信《しん》じられなかった！　今度《こんど》の休暇《きゅうか》でほとんどなくなっちゃったけど、僕《ぼく》に新学期用《しんがっきよう》の新《あたら》しい杖《つえ》を買《か》ってくれるって。

ハリーはロンの古《ふる》い杖《つえ》がポキリと折《お》れたあの時《とき》のことを、忘《わす》れようにも忘《わす》れられなかった。二人《ふたり》でホグワーツまで車《くるま》を飛《と》ばしたとき、校庭《こうてい》の木《き》に衝突《しょうとつ》して折《お》れたのだった。

新学期《しんがっき》の始《はじ》まる一週間《しゅうかん》くらい前《まえ》にみんな家《いえ》に戻《もど》ります。それからロンドンに行《い》って、杖《つえ》とか新《あたら》しい教科書《きょうかしょ》とかを買《か》ってもらいます。その時《とき》、君《きみ》に会《あ》うチャンスがあるかい？

マグルに負《ま》けずにがんばれ！

ロンドンに出《で》てこいよな。

ロンより

追伸《ついしん》　パーシーは首席《しゅせき》だよ。先週《せんしゅう》パーシーに手紙《てがみ》が来《き》たんだ。

ハリーはもう一度写真《いちどしゃしん》に目《め》をやった。パーシーは七年生《ねんせい》、ホグワーツでの最終学年《さいしゅうがくねん》だったが、ことさら得意満面《とくいまんめん》に写《うつ》っていた。きちんととかした髪《かみ》にトルコ帽《ぼう》を小粋《こいき》にかぶり、そこに「首席《しゅせき》」バッジをとめつけ、角縁《つのぶち》のめがねがエジプトの太陽《たいよう》に輝《かがや》いている。

ハリーはプレゼントの包《つつ》みのほうに取《と》りかかった。ガラスのミニチュアごまのようなものが入《はい》っていた。その下《した》に、ロンのメモがもう一枚《まい》あった。

ハリー――これは携帯用《けいたいよう》の「かくれん防止器《ぼうしき》」でスニーコスコープっていうんだ。うさんくさいやつが近《ちか》くにいると光《ひか》ってくるくる回《まわ》りだすはずだ。ビルは、こんなもの魔《ま》法使《ほうつか》いのおのぼりさん用《よう》のちゃちなみやげ物《もの》で、信用《しんよう》できないって言《い》うんだ。だってきのうの夕食《ゆうしょく》のときもずっと光《ひか》りっぱなしだったからね。だけど、フレッドとジョージがビルのスープにカブトムシを入《い》れたのに、ビルは気《き》づいてなかったんだ。

じゃあね――――ロン

スニーコスコープをベッド脇《わき》の小机《こづくえ》に置《お》くと、こまのように尖端《せんたん》でバランスをとってしっかりと立《た》った。夜光時計《やこうどけい》の針《はり》の光《ひかり》が反射《はんしゃ》している。ハリーはうれしそうに、しばらくそれを眺《なが》めていたが、やがてヘドウィグの持《も》ってきた包《つつ》みを取《と》り上《あ》げた。

中身《なかみ》はまたプレゼントだった。今度《こんど》はハーマイオニーからの誕生祝《たんじょういわ》いカードと手紙《てがみ》が入《はい》っていた。

ハリー、お元気《げんき》？

ロンからの手紙《てがみ》で、あなたのおじさんへの電話《でんわ》のことを知《し》りました。あなたが無事《ぶじ》だといいんだけど。

私《わたし》は今《いま》、フランスで休暇《きゅうか》を過《す》ごしています。それで、これをどうやってあなたに送《おく》ったらよいかわからなかったの――税関《ぜいかん》で開《あ》けられたら困《こま》るでしょう？――そしたら、ヘドウィグがやってきたの！　きっと、あなたの誕生日《たんじょうび》に、今《いま》までとちがって、何《なに》かプレゼントが届《とど》くようにしたかったんだわ。あなたへのプレゼントは「ふくろう通信販売《つうしんはんばい》」で買《か》いました。「日刊予言者新聞《にっかんよげんしゃしんぶん》」に広告《こうこく》がのっていたの（私《わたし》、新聞《しんぶん》を定期購読《ていきこうどく》しています。魔法界《まほうかい》での出来事《できごと》をいつも知《し》っておくって、とてもいいことよ）。一週間前《しゅうかんまえ》のロンとご家族《かぞく》の写真《しゃしん》を見《み》た？　ロンったらいろんなことが勉強《べんきょう》できて、私《わたし》、ほんとにうらやましい――古代《こだい》エジプトの魔法使《まほうつか》いたちってすばらしかったのよ。
フランスにも、いくつか興味深《きょうみぶか》い魔法《まほう》の地方史《ちほうし》があります。私《わたし》、こちらで発見《はっけん》したことをつけ加《くわ》えるのに、魔法史《まほうし》のレポートを全部《ぜんぶ》書きかえてしまったの。長過《ながす》ぎないといいんだけど。ビンズ先生《せんせい》がおっしゃった長《なが》さより、羊皮紙二巻分長《ようひしふたまきぶんなが》くなっちゃって。
ロンが休暇《きゅうか》の最後《さいご》の週《しゅう》にロンドンに行《い》くんですって。あなたは来《こ》られる？　おじさんやおばさんが許《ゆる》してくださる？　あなたが来《こ》られるよう願《ねが》っているわ。もし、ダメだったら、ホグワーツ特急《とっきゅう》で九月一日《がつついたち》に会《あ》いましょうね！
ハーマイオニーより　友情《ゆうじょう》を込《こ》めて
追伸《ついしん》　ロンから聞《き》いたけどパーシーが首席《しゅせき》ですって。パーシー、きっと大喜《おおよろこ》びでしょうね。ロンはあんまりうれしくないみたいだけど。

ハリーはまた笑《わら》い、ハーマイオニーの手紙《てがみ》を脇《わき》に置《お》いてプレゼントを取《と》り上《あ》げた。とても重《おも》い物《もの》だった。ハーマイオニーのことだから、きっと難《むずか》しい呪文《じゅもん》がぎっしり詰《つ》まった大《おお》きな本《ほん》にちがいない――しかし、そうではなかった。包《つつ》み紙《がみ》を破《やぶ》ると、ハリーの心臓《しんぞう》は飛《と》び上《あ》がった。黒《くろ》いなめらかな革《かわ》のケースに銀文字《ぎんもじ》で「箒磨《ほうきみが》きセット」と刻印《こくいん》されている。

「ハーマイオニー、ワーオ！」ジッパーを開《あ》けながらハリーは小声《こごえ》で叫《さけ》んだ。

「フリートウッズ社製《しゃせい》　高級仕上《こうきゅうしあ》げ箒柄磨《ほうきえみが》き」の大瓶《おおびん》一本《ぽん》、銀製《ぎんせい》のピカピカした「箒《ほうき》の尾《お》ばさみ」一丁《ちょう》、長距離飛行用《ちょうきょりひこうよう》に箒《ほうき》にクリップでとめられるようになっている、小《ちい》さな真鍮《しんちゅう》のコンパスが一個《こ》、それと、『自分《じぶん》でできる箒《ほうき》の手入《てい》れガイドブック』が入《はい》っていた。

ホグワーツの友達《ともだち》に会《あ》えないのもさびしかったが、加《くわ》えて一番恋《いちばんこい》しかったのはクィディッチだった。魔法界《まほうかい》で一番人気《いちばんにんき》のスポーツ――箒《ほうき》に乗《の》って競技《きょうぎ》する、非常《ひじょう》に危険《きけん》で、わくわくするスポーツだ。ハリーは、クィディッチの選手《せんしゅ》として非常《ひじょう》に優秀《ゆうしゅう》で、今世紀最年少《こんせいきさいねんしょう》の選手《せんしゅ》としてホグワーツの寮代表選手《りょうだいひょうせんしゅ》に選《えら》ばれた。ハリーの宝物《たからもの》の一つが競技用箒《きょうぎようほうき》、ニンバス２０００だった。

ハリーは革《かわ》のケースを脇《わき》に置《お》き、最後《さいご》の包《つつ》みを取《と》り上《あ》げた。茶色《ちゃいろ》の包《つつ》み紙《がみ》に書《か》かれたミミズののたくったような字《じ》は誰《だれ》の物《もの》かすぐわかった――これはホグワーツの森番《もりばん》、ハグリッドからだ。一番上《いちばんうえ》の包《つつ》み紙《がみ》を破《やぶ》り取《と》ると、何《なに》やら緑色《みどりいろ》の革《かわ》のような物《もの》がちらっと見《み》えた。ところが、ちゃんと荷《に》を解《と》く前《まえ》に、包《つつ》みが奇妙《きみょう》な震《ふる》え方《かた》をし、得体《えたい》の知《し》れない中身《なかみ》が大《おお》きな音《おと》を立《た》ててパクンとかんだ――まるであごがあるようだ。

ハリーは身《み》がすくんだ。ハグリッドがわざと危険《きけん》な物《もの》をハリーに送《おく》ってくるはずがない。だけど、ハグリッドには前歴《ぜんれき》がある。巨大蜘蛛《きょだいぐも》と友達《ともだち》だったり、凶暴《きょうぼう》な三頭犬《さんとうけん》をパブで誰《だれ》かから買《か》ったり、違法《いほう》なのにこっそりドラゴンの卵《たまご》を小屋《こや》に持《も》ち込《こ》んだり……。

ハリーはこわごわ包《つつ》みをつついてみた。何《なに》やらがまたパクンとかんだ。ハリーはベッド脇《わき》のスタンドに手《て》を伸《の》ばし、それを片手《かたて》にしっかり握《にぎ》りしめ、高々《たかだか》と振《ふ》り上《あ》げて、いつでも攻撃《こうげき》できるようにした。それからもう一つの手《て》で残《のこ》りの包《つつ》み紙《がみ》をつかみ、引《ひ》っぺがした。

ころりと落《お》ちたのは――本《ほん》だった。スマートな緑《みどり》の表紙《ひょうし》に鮮《あざ》やかな金《きん》の飾《かざ》り文字《もじ》で「怪物的《かいぶつてき》な怪物《かいぶつ》の本《ほん》」と書《か》いてある、と思《おも》う間《ま》もなく、その本《ほん》は背表紙《せびょうし》を上《うえ》にしてヒョイと立《た》ち上《あ》がり、奇妙《きみょう》なカニよろしく、ベッドの上《うえ》をガサガサ横《よこ》ばいした。

「う、ワ」ハリーは声《こえ》を殺《ころ》して叫《さけ》んだ。

本《ほん》はベッドから転《ころ》がり落《お》ちてガツンと大《おお》きな音《おと》を立《た》て、部屋《へや》のむこうにシャカシャカシャカと猛《もう》スピードで移動《いどう》していった。ハリーはそのあとを音《おと》も立《た》てずに追《お》いかけた。本《ほん》はハリーの机《つくえ》の下《した》の暗《くら》いところに隠《かく》れている。ダーズリー一家《いっか》が熟睡《じゅくすい》していることを祈《いの》りながら、ハリーは四《よ》つんばいになり、本《ほん》のほうに手《て》を伸《の》ばした。

「あいたっ！」

本《ほん》がハリーの手《て》をかみ、パタパタ羽《は》ばたいてハリーを飛《と》び越《こ》し、また背表紙《せびょうし》を上《うえ》にしてシャカシャカ走《はし》った。ハリーはあちこち引《ひ》っ張《ぱ》り回《まわ》された末《すえ》、飛《と》びかかってようやく本《ほん》を押《お》さえつけた。隣《となり》の部屋《へや》でバーノンおじさんがグーッと眠《ねむ》たそうな大《おお》きな寝息《ねいき》を立《た》てた。

ハリーが暴《あば》れる本《ほん》を両腕《りょううで》でがっちり締《し》めつけ、急《いそ》いでたんすの中《なか》からベルトを引《ひ》っ張《ぱ》り出《だ》し、それを本《ほん》にしっかり巻《ま》きつけてバックルをしめるまでの間《あいだ》ずっと、ヘドウィグとエロールがしげしげとその様子《ようす》を見《み》ていた。「怪物《かいぶつ》の本《ほん》」は怒《おこ》ったように身《み》を震《ふる》わせたが、もうパタパタもパックンもできなかった。ハリーは本《ほん》をベッドに投《な》げ出《だ》し、やっとハグリッドからのカードに手《て》を伸《の》ばした。

よう、ハリー。誕生日《たんじょうび》おめでとう！
こいつは来学期《らいがっき》役《やく》に立《た》つぞ。今《いま》はこれ以上《いじょう》は言《い》わねえ。あとは会《あ》ったときにな。
マグルの連中《れんちゅう》、おまえさんをちゃんと待遇《たいぐう》してくれてるんだろうな。
元気《げんき》でな。

ハグリッド

かみつく本《ほん》が役《やく》に立《た》つなんてハグリッドが言《い》うのは、何《なん》だかろくなことにはならないような予《よ》感《かん》がしたが、ハグリッドのカードをロンやハーマイオニーのと並《なら》べて立《た》てながら、ハリーの顔《かお》にますます笑《わら》いが広《ひろ》がった。残《のこ》るはホグワーツからの手紙《てがみ》だけとなった。いつもより封筒《ふうとう》が分厚《ぶあつ》いと思《おも》いながら封《ふう》を切《き》り、中《なか》から羊皮紙《ようひし》の一枚目《まいめ》を取《と》り出《だ》して読《よ》んだ。

拝啓《はいけい》　ポッター殿《どの》

新学期《しんがっき》は九月一日《がつついたち》に始《はじ》まることをお知《し》らせいたします。ホグワーツ特急《とっきゅう》はキングズ・クロス駅《えき》、九と四分《ぶん》の三番線《ばんせん》から十一時《じ》に出発《しゅっぱつ》します。

三年生《ねんせい》は週末《しゅうまつ》に何回《なんかい》かホグズミード村《むら》に行《い》くことが許《ゆる》されます。同封《どうふう》の許可証《きょかしょう》にご両《りょう》親《しん》もしくは保護者《ほごしゃ》の同意署名《どういしょめい》をもらってください。

来学期《らいがっき》の教科書《きょうかしょ》リストを同封《どうふう》いたします。

敬具《けいぐ》

副校長《ふくこうちょう》　ミネルバ・マクゴナガル

ハリーはホグズミード許可証《きょかしょう》を引《ひ》っ張《ぱ》り出《だ》して眺《なが》めた。もう笑《わら》えなかった。週末《しゅうまつ》にホグズミードに行《い》けたらどんなに楽《たの》しいだろう。そこが端《はし》から端《はし》まで魔法《まほう》の村《むら》だということを聞《き》いてはいたが、ハリーは一度《いちど》もそこに足《あし》を踏《ふ》み入《い》れたことはなかった。しかし、バーノンおじさんやペチュニアおばさんに、いったいどう言《い》ったら署名《しょめい》してもらえるって言《い》うんだ？

夜光時計《やこうどけい》を見《み》ると、もう午前《ごぜん》二時《じ》だった。

ホグズミードの許可証《きょかしょう》のことは目《め》が覚《さ》めてから考《かんが》えようと、ハリーはベッドに戻《もど》り、自分《じぶん》で作《つく》った日付表《ひづけひょう》の今日《きょう》のところに×印《じるし》をつけた。ホグワーツに戻《もど》るまでの日数《にっすう》が、また一日《にち》少なくなった。それからめがねをはずし、三枚《まい》の誕生祝《たんじょういわ》いカードのほうに顔《かお》を向《む》けて横《よこ》になったが、目《め》は開《あ》けたままだった。

きわめて普通《ふつう》ではないハリー・ポッターだったが、その時《とき》のハリーは、みんなと同《おな》じような気《き》持《も》ちだった。生《う》まれて初《はじ》めて、誕生日《たんじょうび》がうれしいと思《おも》ったのだ。

第《だい》2章《しょう》　マージおばさんの大失敗《だいしっぱい》

翌朝《よくあさ》、朝食《ちょうしょく》に下《お》りていくと、ダーズリー家《け》の三人《にん》はもうキッチンのテーブルに着《つ》いて、新品《しんぴん》のテレビを見《み》ていた。居間《いま》にあるテレビとキッチンの冷蔵庫《れいぞうこ》との間《あいだ》が遠《とお》くて歩《ある》くのが大変《たいへん》だと、文句《もんく》たらたらのダドリーのために、夏休《なつやす》みの「お帰《かえ》りなさい」プレゼントに買《か》ってあったものだ。ダドリーは夏休《なつやす》みの大半《たいはん》をキッチンで過《す》ごし、豚《ぶた》のような小《ちい》さな目《め》はテレビにくぎづけのまま、五重《じゅう》あごをだぶつかせてひっきりなしに何《なに》かを食《た》べていた。

ハリーはダドリーとバーノンおじさんの間《あいだ》に座《すわ》った。おじさんはがっちり、でっぷりした大《おお》きな人《ひと》で、首《くび》がほとんどなく、巨大《きょだい》な口《くち》ひげをたくわえていた。ハリーに誕生日《たんじょうび》の祝《いわ》いの一つも言《い》うどころか、ハリーがキッチンに入《はい》ってきたことさえ誰《だれ》も気《き》づいた様子《ようす》がなかった。ハリーはもう慣《な》れっこになっていて、気《き》にもしなかった。トーストを一枚《まいた》食べ、テレビをふと見《み》ると、アナウンサーが脱獄囚《だつごくしゅう》のニュースを読《よ》んでいる最中《さいちゅう》だった。

「……ブラックは武器《ぶき》を所持《しょじ》しており、きわめて危険《きけん》ですので、どうぞご注意《ちゅうい》ください。通報用《つうほうよう》ホットラインが特設《とくせつ》されていますので、ブラックを見《み》かけた方《かた》はすぐにお知《し》らせください」

「ヤツが悪人《あくにん》だとは聞《き》くまでもない」

バーノンおじさんは新聞《しんぶん》を読《よ》みながら上目《うわめ》づかいに脱獄囚《だつごくしゅう》の顔《かお》を見《み》てフンと鼻《はな》を鳴《な》らした。

「一目見《ひとめみ》ればわかる。汚《きたな》らしいなまけ者《もの》め！　あの髪《かみ》の毛《け》を見《み》てみろ！」

おじさんはじろりと横目《よこめ》でハリーを見《み》た。ハリーのくしゃくしゃ頭《あたま》はいつもバーノンおじさんのいらいらの種《たね》だった。テレビの男《おとこ》は、やつれた顔《かお》にまといつくようにもつれた髪《かみ》が、ぼうぼうとひじのあたりまで伸《の》びている。それに比《くら》べれば、自分《じぶん》はずいぶん身《み》だしなみがよいじゃないか
とハリーは思《おも》った。

画面《がめん》がアナウンサーの顔《かお》に戻《もど》った。

「農林水産省《のうりんすいさんしょう》が今日《きょう》報告《ほうこく》したところによれば――」

「ちょっと待《ま》った！」

バーノンおじさんはアナウンサーをはったとにらみつけて、かみつくように言《い》った。

「その極悪人《ごくあくにん》がどこから脱獄《だつごく》したか聞《き》いてないぞ！　何《なん》のためのニュースだ？　彼奴《きゃつ》は今《いま》にもその辺《へん》に現《あらわ》れるかもしれんじゃないか！」

馬面《うまづら》でガリガリにやせているペチュニアおばさんが、あわててキッチンの窓《まど》のほうを向《む》き、

しっかりと外《そと》をうかがった。ペチュニアおばさんはホットラインに電話《でんわ》したくてたまらないのだとハリーにはわかっていた。何《なに》しろおばさんは世界一《せかいいち》おせっかいで、規則《きそく》に従《したが》うだけの退屈《たいくつ》なご近所《きんじょ》さんのあら探《さが》しをすることに、人生《じんせい》の大半《たいはん》を費《つい》やしているのだ。

「いったい連中《れんちゅう》はいつになったらわかるんだ！」

バーノンおじさんは赤《あか》ら顔《がお》と同《おな》じ色《いろ》の巨大《きょだい》な拳《こぶし》でテーブルをたたいた。

「あいつらを始末《しまつ》するには絞首刑《こうしゅけい》しかないんだ！」

「ほんとにそうだわ」

ペチュニアおばさんは、お隣《となり》のインゲン豆《まめ》の蔓《つる》を透《す》かすように目《め》を凝《こ》らしながら言《い》った。

バーノンおじさんは残《のこ》りの紅茶《こうちゃ》を飲《の》み干《ほ》し、腕時計《うでどけい》をちらっと見《み》た。

「ペチュニア、わしはそろそろ出《で》かけるぞ。マージの汽車《きしゃ》は十時着《じちゃく》だ」

二階《かい》にある「箒磨《ほうきみが》きセット」のことを考《かんが》えていたハリーは、ガツンといやな衝撃《しょうげき》とともに現実《げんじつ》世界《せかい》に引《ひ》き戻《もど》された。

「マージおばさん？」

ハリーの口《くち》から言葉《ことば》が勝手《かって》に飛《と》び出《だ》した。

「**マ、マージおばさんが**ここに来《く》る？」

マージおばさんはバーノンおじさんの妹《いもうと》だ。ハリーと血《ち》のつながりはなかったが（ハリーの母《はは》親《おや》はペチュニアの妹《いもうと》だった）、ずっと「おばさん」と呼《よ》ぶように言《い》いつけられてきた。マージおばさんは、田舎《いなか》にある大《おお》きな庭《にわ》つきの家《いえ》に住《す》み、ブルドッグのブリーダーをしていた。大切《たいせつ》な犬《いぬ》を放《ほう》っておくわけにはいかないと、プリベット通《どお》りにもそれほどひんぱんに滞在《たいざい》するわけではなかったが、その一回《かい》一回《かい》の恐《おそ》ろしさは、ありありとハリーの記憶《きおく》に焼《や》きついていた。

ダドリーの五回目《かいめ》の誕生日《たんじょうび》に、「動《うご》いたら負《ま》け」というゲームでダドリーを勝《か》たせるため、マージおばさんは杖《つえ》でハリーのむこうずねをバシリとたたいてハリーを動《うご》かした。それから数年《すうねん》後《ご》のクリスマスに現《あらわ》れたときは、コンピュータ仕掛《じか》けのロボットをダドリーに、犬用《いぬよう》ビスケットを一箱《はこ》ハリーに持《も》ってきた。前回《ぜんかい》の訪問《ほうもん》はハリーがホグワーツに入学《にゅうがく》する一年前《ねんまえ》だったが、マージおばさんのお気《き》に入《い》りのブルドッグ、リッパーの前足《まえあし》をうっかり踏《ふ》んでしまったハリーは、犬《いぬ》に追《お》いかけられて庭《にわ》の木《き》の上《うえ》に追《お》い上《あ》げられてしまった。マージおばさんは真夜中《まよなか》すぎまで犬《いぬ》を呼《よ》び戻《もど》そうとしなかった。ダドリーはその事件《じけん》を思《おも》い出《だ》すたびに、今《いま》でも涙《なみだ》が出《で》るほど笑《わら》う。

「マージは一週間《しゅうかん》ここに泊《と》まる」バーノンおじさんが歯《は》をむき出《だ》した。

「ついでだから言《い》っておこう」おじさんはずんぐりした指《ゆび》を脅《おど》すようにハリーに突《つ》きつけた。

「マージを迎《むか》えに行《い》く前《まえ》に、はっきりさせておきたいことがいくつかある」

ダドリーがニンマリしてテレビから視線《しせん》を離《はな》した。ハリーが父親《ちちおや》に痛《いた》めつけられるのを見物《けんぶつ》するのが、ダドリーお気《き》に入《い》りの娯楽《ごらく》だった。

「第《だい》一に」

おじさんはうなるように言《い》った。

「マージに話《はな》すときは、いいか、礼儀《れいぎ》をわきまえた言葉《ことば》を使《つか》うんだぞ」

「いいよ」ハリーは気《き》に入《い》らなかった。「おばさんが僕《ぼく》に話《はな》すときにそうするならね」

「第《だい》二に」

ハリーの答《こた》えを聞《き》かなかったかのように、おじさんは続《つづ》けた。

「マージはおまえの異常《いじょう》さについては何《なに》も知《し》らん。何《なに》か——何《なに》かキテレツなことはマージがいる間《あいだ》いっさい起《お》こすな。行儀《ぎょうぎ》よくしろ。わかったか？」

「そうするよ。おばさんもそうするなら」ハリーは歯《は》を食《く》いしばったまま答《こた》えた。

「そして、第《だい》三に」

おじさんのいやしげな小《ち》さい目《め》が、でかい赤《あか》ら顔《がお》に切《き》れ目《め》を入《い》れたように細《ほそ》くなった。

「マージにはおまえが『セント・ブルータス更生不能非行少年院《こうせいふのうひこうしょうねんいん》』に収容《しゅうよう》されていると言《い》ってある」

「何《なん》だって？」ハリーは叫《さけ》んだ。

「おまえは口裏《くちうら》を合《あ》わせるんだ。いいか、小僧《こぞう》。さもないとひどい目《め》にあうぞ」

おじさんは吐《は》き捨《す》てるように言《い》った。

ハリーはあまりのことに血《ち》の気《け》が引《ひ》き、煮《に》えくり返《かえ》るような気持《きも》ちでおじさんを見《み》つめ、座《すわ》ったまま動《うご》けなかった。マージおばさんが一週間《しゅうかん》も泊《と》まる――ダーズリー一家《いっか》からの誕生日《たんじょうび》プレゼントの中《なか》でも最悪《さいあく》だ。バーノンおじさんの使《つか》い古《ふる》しの靴下《くつした》もひどかったけど。

「さて、ペチュニアや」

おじさんはよっこらしょと腰《こし》を上《あ》げた。

「では、わしは駅《えき》に行《い》ってくる。ダッダー、一緒《いっしょ》に来《く》るか？」

「行《い》かない」

父親《ちちおや》のハリー脅《おど》しが終《お》わったので、ダドリーの興味《きょうみ》はまたテレビに戻《もど》っていた。

「ダディちゃんは、おばちゃんが来《く》るからカッコよくしなくちゃ」

ダドリーの分厚《ぶあつ》いブロンドの髪《かみ》をなでながらペチュニアおばさんが言《い》った。

「ママがすてきな蝶《ちょう》ネクタイを買《か》っておいたのよ」

おじさんはダドリーのでっぷりした肩《かた》をたたき、「それじゃ、あとでな」と言《い》うと、キッチンを出《で》ていった。

ハリーは恐怖《きょうふ》でぼうぜんと座《すわ》り込《こ》んでいたが、急《きゅう》にあることを思《おも》いついた。食《た》べかけのトーストを放《ほう》り出《だ》し、急《いそ》いで立《た》ち上《あ》がり、ハリーはおじさんのあとを追《お》って玄関《げんかん》に走《はし》った。

バーノンおじさんは運転用《うんてんよう》の上着《うわぎ》を引《ひ》っかけているところだった。

「おまえを連《つ》れていく気《き》はない」

おじさんは振《ふ》り返《かえ》ってハリーが見《み》つめているのに気《き》づき、うなるように言《い》った。

「僕《ぼく》も行《い》きたいわけじゃない」ハリーが冷《つめ》たく言《い》った。「お願《ねが》いがあるんです」

おじさんはうさんくさそうにハリーを見《み》た。

「ホグ――学校《がっこう》で、三年生《ねんせい》は、ときどき町《まち》に出《で》かけてもいいことになっているんです」

「それで？」ドアの脇《わき》の掛《か》け金《がね》から車《くるま》のキーをはずしながら、おじさんがぶっきらぼうに言《い》った。

「許可証《きょかしょう》におじさんの署名《しょめい》がいるんです」ハリーは一気《いっき》に言《い》った。

「なんでわしがそんなことせにゃならん？」おじさんがせせら笑《わら》った。

「それは――」ハリーは慎重《しんちょう》に言葉《ことば》を選《えら》んだ。「マージおばさんに、僕《ぼく》があそこに行《い》っているってふりをするのは、大変《たいへん》なことだと思《おも》うんだ。ほら、セント何《なん》とかっていう……」

「セント・ブルータス更生不能非行少年院《こうせいふのうひこうしょうねんいん》！」

おじさんが大声《おおごえ》を出《だ》したが、その声《こえ》に紛《まぎ》れもなく恐怖《きょうふ》の色《いろ》が感《かん》じ取《と》れたので、ハリーはしめたと思《おも》った。

「それ、それなんだ」

ハリーは落《お》ち着《つ》いておじさんのでかい赤《あか》ら顔《がお》を見上《みあ》げながら言《い》った。

「覚《おぼ》えるのが大変《たいへん》で。それらしく聞《き》こえるようにしないといけないでしょう？　うっかり口《くち》がすべりでもしたら？」

「**グウの音《ね》も出《で》ないほどたたきのめされたいか？**」

おじさんは拳《こぶし》を振《ふ》り上《あ》げ、じりっとハリーに詰《つ》め寄《よ》った。しかしハリーはがんとしてその場《ば》を動《うご》かなかった。

「たたきのめしたって、僕《ぼく》が言《い》っちゃったことを、マージおばさんは忘《わす》れてくれるかな」

ハリーが厳《いかめ》しく言《い》った。

おじさんの顔《かお》が醜悪《しゅうあく》な土気色《つちけいろ》になり、拳《こぶし》を振《ふ》り上《あ》げたまま立《た》ちすくんだ。

「でも、許可証《きょかしょう》にサインしてくれるなら」ハリーは急《いそ》いで言葉《ことば》を続《つづ》けた。「どこの学校《がっこう》に行《い》ってることになっているか、絶対忘《ぜったいわす》れないって約束《やくそく》するよ。それに、マグ——普通《ふつう》の人《ひと》みたいにしてるよ、ちゃんと」

バーノンおじさんは歯《は》をむき出《だ》し、こめかみに青筋《あおすじ》を立《た》てたままだったが、ハリーにはおじさんが思案《しあん》しているのがわかった。

「よかろう」やっと、おじさんがぶっきらぼうに言《い》った。

「マージがいる間《あいだ》、お前《まえ》の行動《こうどう》を監視《かんし》することにしよう。最後《さいご》までお前《まえ》が守《まも》るべきことを守《まも》り、話《はなし》のつじつまを合《あ》わせたなら、そのクソ許可証《きょかしょう》とやらにサインしようじゃないか」

おじさんはくるりと背《せ》を向《む》け、玄関《げんかん》の戸《と》を開《あ》け、思《おも》いっきりバシャーンと閉《し》めたので、一番上《いちばんうえ》の小《ち》さなガラスが一枚《まい》はずれ、落《お》ちてきた。

ハリーはキッチンには戻《もど》らず、二階《かい》の自分《じぶん》の部屋《へや》に上《あ》がった。ほんとうのマグルらしくふるまうなら、すぐに準備《じゅんび》を始《はじ》めなければ。ハリーはしょんぼりして、プレゼントと誕生祝《たんじょういわ》いカードをいやいやながら片《かた》づけ、床板《ゆかいた》のゆるんだところに宿題《しゅくだい》と一緒《いっしょ》に隠《かく》した。それからヘドウィグのかごのところに行《い》った。エロールは何《なん》とか回復《かいふく》したようだった。二羽《わ》とも翼《つばさ》に頭《あたま》をうずめて眠《ねむ》っていた。ハリーはため息《いき》をつき、チョンとつっついて二羽《わ》とも起《お》こした。

「ヘドウィグ」

ハリーは悲《かな》しげに言《い》った。

「一週間《しゅうかん》だけ、どこかに行《い》っててくれないか。エロールと一緒《いっしょ》に行《い》けよ。ロンが面倒《めんどう》を見《み》てくれる。ロンにメモを書《か》いて事情《じじょう》を説明《せつめい》するから。そんな目《め》つきで僕《ぼく》を見《み》ないでくれよ」

ヘドウィグの大《おお》きな琥珀色《こはくいろ》の目《め》が、恨《うら》みがましくハリーを見《み》ていた。

「僕《ぼく》のせいじゃない。ロンやハーマイオニーと一緒《いっしょ》にホグズミードに行《い》けるようにするには、これしかないんだ」

十分後《ぷんご》、（脚《あし》にロンへの手紙《てがみ》をくくりつけられた）ヘドウィグとエロールが窓《まど》から舞《ま》い上《あ》がり、かなたへと消《き》えた。心底《しんそこ》みじめな気持《きも》ちで、ハリーはからっぽのかごをたんすにしまい込《こ》んだ。

しかし、くよくよしている間《ま》はなかった。次《つぎ》の瞬間《しゅんかん》、ペチュニアおばさんのかん高《だか》い声《こえ》が、下《お》りてきてお客《きゃく》を迎《むか》える準備《じゅんび》をしなさいと、二階《かい》に向《む》かって叫《さけ》んでいた。

「その髪《かみ》を何《なん》とかおし！」

ハリーが玄関《げんかん》ホールに下《お》りたとたん、おばさんがピシャッと言《い》った。

髪《かみ》をなでつけるなんて、努力《どりょく》する意味《いみ》がないとハリーは思《おも》った。マージおばさんはハリーにいちゃもんをつけるのが大好《だいす》きなのだから、だらしなくしているほうがうれしいにちがいない。

そうこうするうちに、外《そと》の砂利道《じゃりみち》がきしむ音《おと》がした。バーノンおじさんの車《くるま》が私道《しどう》に入《はい》ってきたらしい。車《くるま》のドアがバタンと鳴《な》り、庭《にわ》の小道《こみち》を歩《ある》く足音《あしおと》がした。

「玄関《げんかん》の戸《と》をお開《あ》け！」ペチュニアおばさんが押《お》し殺《ころ》した声《こえ》でハリーに言《い》った。

胸《むね》の奥《おく》が真《ま》っ暗《くら》になりながら、ハリーは戸《と》を開《あ》けた。

戸口《とぐち》にマージおばさんが立《た》っていた。

バーノンおじさんとそっくりで、巨大《きょだい》ながっちりした体《からだ》に赤《あか》ら顔《がお》、それにおじさんほどたっぷりしてはいないが、口《くち》ひげまである。片手《かたて》にとてつもなく大《おお》きなスーツケースをさげ、もう片方《かたほう》の腕《うで》に根性悪《こんじょうわる》の老《お》いたブルドッグを抱《かか》えている。

「わたしのダッダーはどこかね？」

マージおばさんのだみ声《ごえ》が響《ひび》いた。

「わたしの甥《おい》っ子《こ》ちゃんはどこだい？」

ダドリーが玄関《げんかん》ホールのむこうからよたよたとやってきた。ブロンドの髪《かみ》をでかい頭《あたま》にペタリとなでつけ、何重《なんじゅう》にも重《かさ》なったあごの下《した》からわずかに蝶《ちょう》ネクタイをのぞかせている。マージおばさんは、ウッと息《いき》が止《と》まるほどの勢《いきお》いでスーツケースをハリーのみずおちあたりに押《お》しつけ、ダドリーを片腕《かたうで》で抱《だ》きしめ、そのほおいっぱいに深々《ふかぶか》とキスした。

ダドリーががまんしてマージおばさんに抱《だ》きしめられているのは、充分《じゅうぶん》な見返《みかえ》りがあるからだと、ハリーにはよくわかっていた。二人《ふたり》が離《はな》れたときには、まぎれもなく、ダドリーのブクッとした手《て》に二十ポンドのピン札《さつ》が握《にぎ》られていた。

「ペチュニア！」と叫《さけ》ぶなり、ハリーをまるでコートかけのスタンドのように無視《むし》してその脇《わき》を大股《おおまた》に通《とお》り過《す》ぎ、マージおばさんはペチュニアおばさんにキスした。というより、マージおばさんが、大《おお》きなあごをペチュニアおばさんのとがったほお骨《ぼね》にぶっつけた。

今度《こんど》はバーノンおじさんが入《はい》ってきて、機嫌《きげん》よく笑《わら》いながら玄関《げんかん》のドアを閉《し》めた。

「マージ、お茶《ちゃ》は？　リッパーは何《なに》がいいかね？」おじさんが聞《き》いた。

「リッパーはわたしのお茶《ちゃ》受《う》け皿《ざら》からお茶《ちゃ》を飲《の》むよ」

マージおばさんはそう言《い》いながら、みんなと一緒《いっしょ》に一団《だん》となってキッチンに入《はい》っていった。玄《げん》関《かん》ホールにはハリーとスーツケースだけが残《のこ》された。かといってハリーが不満《ふまん》だったわけではない。マージおばさんと離《はな》れていられる口実《こうじつ》なら、何《なん》だって大歓迎《だいかんげい》だ。そこでハリーはできるだけ時間《じかん》をかけて、スーツケースを二階《かい》の客用《きゃくよう》の寝室《しんしつ》へ引《ひ》っ張《ぱ》り上《あ》げはじめた。

ハリーがキッチンに戻《もど》ったときには、マージおばさんは紅茶《こうちゃ》とフルーツケーキをふるまわれ、リッパーは隅《すみ》のほうでやかましい音《おと》を立《た》てて皿《さら》をなめていた。紅茶《こうちゃ》とよだれが飛《と》び散《ち》り、磨《みが》いた床《ゆか》にしみがつくので、ペチュニアおばさんが少《すこ》し顔《かお》をしかめたのをハリーは見逃《みのが》さなかった。ペチュニアおばさんは動物《どうぶつ》が大嫌《だいきら》いなのだ。

「マージ、ほかの犬《いぬ》は誰《だれ》が面倒《めんどう》を見《み》てるのかね？」おじさんが聞《き》いた。

「ああ、ファブスター大佐《たいさ》が世話《せわ》してくれてるよ」

マージおばさんの太《ふと》い声《こえ》が答《こた》えた。

「退役《たいえき》したんでね。何《なに》かやることがあるのは大佐《たいさ》にとって結構《けっこう》なことさ。だがね、年寄《としよ》りのリッパーを置《お》いてくるのはかわいそうで。わたしがそばにいないと、この子《こ》はやせおとろえるんだ」

ハリーが席《せき》に着《つ》くと、リッパーがまたうなりだした。そこで初《はじ》めて、マージおばさんはハリーに気《き》づいた。

「おんや！」おばさんが一言《ひとこと》ほえた。「おまえ、まだここにいたのかい？」

「はい」ハリーが答《こた》えた。

「何《なん》だい、その『はい』の言《い》い方《かた》は。そんな恩知《おんし》らずな調子《ちょうし》で言《い》うもんじゃない」

マージおばさんがうなるように言《い》った。

「バーノンとペチュニアがおまえを置《お》いとくのは、たいそうなお情《なさ》けってもんだ。わたしならお断《ことわ》りだね。うちの戸口《とぐち》に捨《す》てられてたなら、おまえはまっすぐ孤児院《こじいん》行《い》きだったよ」

ダーズリー一家《いっか》と暮《く》らすより孤児院《こじいん》に行《い》ったほうがましだと、ハリーはよっぽど言《い》ってやりたかったが、ホグズミード許可証《きょかしょう》のことを思《おも》い浮《う》かべて踏《ふ》みとどまった。ハリーは無理《むり》やり作《つく》り笑《わら》いをした。

「わたしに向《む》かって、小《こ》ばかにした笑《わら》い方《かた》をするんじゃないよ！」

マージおばさんのだみ声《ごえ》が響《ひび》いた。

「この前会《まえあ》ったときからさっぱり進歩《しんぽ》がないじゃないか。学校《がっこう》でおまえに礼儀《れいぎ》の一つもたたき込《こ》んでくれりゃいいものを」

おばさんは紅茶《こうちゃ》をガブリと飲《の》み、口《くち》ひげをぬぐった。

「バーノン、この子《こ》をどこの学校《がっこう》にやってると言《い》ったかね？」

「セント・ブルータス」おじさんがすばやく答《こた》えた。「更生不能《こうせいふのう》のケースでは一流《いちりゅう》の施設《しせつ》だよ」

「そうかい。セント・ブルータスでは鞭《むち》を使《つか》うかね、え？」

テーブル越《ご》しにおばさんがほえた。

「えーと――」とハリー。

おじさんがマージおばさんの背後《はいご》からこくんとうなずいてみせた。

「はい」ハリーはそう答《こた》えた。それから、いっそのことそれらしく言《い》ったほうがいいと思《おも》い、

「しょっちゅうです」とつけ加《くわ》えた。

「そうこなくちゃ」マージおばさんが言《い》った。「ひっぱたかれて当然《とうぜん》の子《こ》をたたかないなんて、腰《こし》ぬけ、ふぬけ、まぬけもいいとこだ。十中八九《じゅっちゅうはっく》は鞭《むち》で打《う》ちのめしゃあいい。おまえはしょっ

ちゅう打《う》たれるのかい？」

「そりゃあ」ハリーが受《う》けた。「なーんども」

マージおばさんは顔《かお》をしかめた。

「やっぱりおまえの言《い》いようが気《き》に入《い》らないね。そんなに気楽《きらく》にぶたれたなんて言《い》えるようじゃ、鞭《むち》の入《い》れ方《かた》が足《た》りないに決《き》まってる。ペチュニア、わたしなら手紙《てがみ》を書《か》くね。この子《こ》の場合《ばあい》には万力込《まんりきこ》めてたたくことを認《みと》めるって、はっきり言《い》ってやるんだ」

バーノンおじさんは、ハリーが自分《じぶん》との取引《とりひき》を忘《わす》れては困《こま》ると思《おも》ったのかどうか、突然話題《とつぜんわだい》を変《か》えた。

「マージ、今朝《けさ》のニュースを聞《き》いたかね？　あの脱獄犯《だつごくはん》をどう思《おも》うね、え？」


マージおばさんがどっかりと居座《いすわ》るようになると、ハリーは、マージおばさんがいなかったときのプリベット通《どお》り四番地《ばんち》の生活《せいかつ》がなつかしいとさえ思《おも》うようになった。バーノンおじさんとペチュニアおばさんはたいていハリーを遠《とお》ざけようとしたし、ハリーにとってそれは願《ねが》ってもないことだった。ところがマージおばさんは、ハリーのしつけをあだこうだと口《くち》やかましく指図《さしず》するために、ハリーを四六時中自分《しろくじちゅうじぶん》の目《め》の届《とど》くところに置《お》きたがった。ハリーとダドリーを比較《ひかく》するのもお楽《たの》しみの一つで、ダドリーに高価《こうか》なプレゼントを買《か》い与《あた》えては、どうして僕《ぼく》にはプレゼントがないの？　とハリーが言《い》うのを待《ま》っているかのように、じろりとにらむのが至上《しじょう》の喜《よろこ》びのようだった。さらに、ハリーがこんなろくでなしになったのはこれこれのせいだと、陰湿《いんしつ》ないやみを投《な》げつけるのだった。

「バーノン、この子《こ》ができそこないになったからといって、自分《じぶん》を責《せ》めちゃいけないよ」

三日目《みっかめ》の昼食《ちゅうしょく》の話題《わだい》だった。

「芯《しん》からくさってりゃ、誰《だれ》が何《なに》をやったってダメさね」

ハリーは食《た》べることに集中《しゅうちゅう》しようとした。それでも手《て》は震《ふる》え、顔《かお》は怒《いか》りでほてりはじめた。**許可証《きょかしょう》を忘《わす》れるな、**ハリーは自分《じぶん》に言《い》い聞《き》かせた。**ホグズミードのことを考《かんが》えるんだ。何《なん》にも言《い》うな。挑発《ちょうはつ》に乗《の》っちゃダメだ――。**

おばさんはワイングラスに手《て》を伸《の》ばした。

「ブリーダーにとっちゃ基本原則《きほんげんそく》の一つだがね、犬《いぬ》なら例外《れいがい》なしに原則《げんそく》どおりだ。雌犬《めすいぬ》に欠陥《けっかん》があれば、その仔犬《こいぬ》もどこかおかしくなるのさ――」

とたんにマージおばさんの手《て》にしたワイングラスが爆発《ばくはつ》した。ガラスの破片《はへん》が四方八方《しほうはっぽう》に飛《と》び散《ち》り、マージおばさんは赤《あか》ら顔《がお》からワインを滴《したた》らせ、目《め》をパチパチさせながらあわあわ言《い》っていた。

「マージ！　大丈夫《だいじょうぶ》？」ペチュニアおばさんが金切《かなき》り声《ごえ》を上《あ》げた。

「心配《しんぱい》いらないよ」

ナプキンで顔《かお》をぬぐいながらおばさんがだみ声《ごえ》で答《こた》えた。

「強《つよ》く握《にぎ》りすぎたんだろう。ファブスター大佐《たいさ》のとこでも、こないだおんなじことがあった。大《おお》騒《さわ》ぎすることはないよ、ペチュニア。わたしゃ握力《あくりょく》が強《つよ》いんだ……」

それでも、ペチュニアおばさんとバーノンおじさんは、そろってハリーに疑《うたが》わしげな目《め》を向《む》けた。ハリーは、デザートを抜《ぬ》かして、できるだけ急《いそ》いでテーブルを離《はな》れることにした。

玄関《げんかん》ホールに出《で》て、壁《かべ》に寄《よ》りかかり、ハリーは深呼吸《しんこきゅう》した。自制心《じせいしん》を失《うしな》って何《なに》かを爆発《ばくはつ》させたのは久《ひさ》しぶりだった。もう二度《にど》とこんなことを引《ひ》き起《お》こすわけにはいかない。ホグズミードの許《きょ》可証《かしょう》がかかっているばかりではない――これ以上事《いじょうこと》を起《お》こせば、魔法省《まほうしょう》とまずいことになってしまう。

ハリーはまだ半人前《はんにんまえ》の魔《ま》法使《ほうつか》いで、魔法界《まほうかい》の法律《ほうりつ》により、学校《がっこう》の外《そと》で魔法《まほう》を使《つか》うことは禁《きん》じられていた。実《じつ》は、ハリーには前科《ぜんか》もある。つい一年前《ねんまえ》の夏《なつ》、ハリーは正式《せいしき》な警告状《けいこくじょう》を受《う》け取《と》っている。プリベット通《どお》りで再《ふたた》び魔法《まほう》が使《つか》われる気配《けはい》を魔法省《まほうしょう》が察知《さっち》した場合《ばあい》、ハリーはホグワーツから退校処分《たいこうしょぶん》になるであろう、とはっきり書《か》いてあった。
ダーズリー一家《いっか》がテーブルを離《はな》れる音《おと》が聞《き》こえたので、ハリーは出会《であ》わないよう、急《いそ》いで二階《かい》へ上《あ》がった。

それから三日間《みっかかん》、マージおばさんがハリーに難《なん》くせをつけはじめたときには、ハリーは『自分《じぶん》でできる箒磨《ほうきみが》きガイドブック』のことを必死《ひっし》で考《かんが》えてやり過《す》ごした。これはなかなかうまくいったが、そうするとハリーの目《め》がうつろになるらしく、マージおばさんはハリーは脳《のう》みそが足《た》りないと、はっきり口《くち》に出《だ》して言《い》いはじめた。

やっと、ほんとうにやっとのことで、マージおばさんの滞在最終日《たいざいさいしゅうび》の夜《よる》がきた。ペチュニアおばさんは豪華《ごうか》なディナーを料理《りょうり》し、バーノンおじさんはワインを数本《すうほん》開《あ》けた。スープにはじまり、サーモン料理《りょうり》にいたるまで、ただの一度《いちど》もハリーの欠陥《けっかん》が引《ひ》き合《あ》いに出《だ》されることなく進《すす》んだ。レモン・メレンゲ・パイが出《で》たとき、バーノンおじさんが、穴《あな》あけドリルを製造《せいぞう》している自分《じぶん》の会社《かいしゃ》、グラニングズ社《しゃ》のことを、みんながうんざりするほど長々《ながなが》と話《はな》した。それからペチュニアおばさんがコーヒーをいれ、バーノンおじさんはブランデーを一本《ぽん》持《も》ってきた。

「マージ、一杯《ぱい》どうだね？」

マージおばさんはワインでもうかなりでき上《あ》がっていた。巨大《きょだい》な顔《かお》が真《ま》っ赤《か》だった。

「それじゃ、ほんの一口《ひとくち》もらおうか」

マージおばさんがクスクスッと笑《わら》った。

「もう少《すこ》し……、もうちょい……、よーしよし」

ダドリーは四切《き》れ目《め》のパイを食《た》べていた。ペチュニアおばさんは小指《こゆび》をピンと伸《の》ばしてコーヒーをすすっていた。ハリーは自分《じぶん》の部屋《へや》へと消《き》え去《さ》りたくてたまらなかったが、バーノンおじさんの小《ちい》さい目《め》が怒《おこ》っているのを見《み》て、最後《さいご》までつき合《あ》わなければならないのだと思《おも》い知《し》らされた。

「フーッ」マージおばさんは舌《した》つづみを打《う》ち、空《から》になったブランデーグラスをテーブルに戻《もど》した。

「すばらしいごちそうだったよ、ペチュニア。普段《ふだん》のわたしの夕食《ゆうしょく》は、たいていあり合《あ》わせをいためるだけさ。十二匹《ひき》も犬《いぬ》を飼《か》ってると、世話《せわ》が大変《たいへん》でね……」

マージおばさんは思《おも》いっきりゲップをして、ツイードの服《ふく》の上《うえ》から盛《も》り上《あ》がった腹《はら》をポンポンとたたいた。

「失礼《しつれい》。それにしても、あたしゃ、健康《けんこう》な体格《たいかく》の男《おとこ》の子《こ》を見《み》るのが好《す》きさね」

ダドリーにウィンクしながら、おばさんはしゃべり続《つづ》けた。

「ダッダー、あんたはお父《とう》さんとおんなじに、ちゃんとした体格《たいかく》の男《おとこ》になるよ。ああ、バーノン、もうちょいとブランデーをもらおうかね」

「ところが、こっちはどうだい――」

マージおばさんはぐいとハリーのほうをあごで指《さ》した。ハリーは胃《い》が縮《ちぢ》んだ。――**ガイドブックだ**――ハリーは急《いそ》いで思《おも》い浮《う》かべた。

「こっちの子《こ》は何《なん》だかみすぼらしい生《う》まれそこないの顔《かお》だ。犬《いぬ》にもこういうのがいる。去年《きょねん》はファブスター大佐《たいさ》に一匹処分《ぴきしょぶん》させたよ。水《みず》に沈《しず》めてね。できそこないの小《ちい》さなやつだった。弱々《よわよわ》しくて、発育不良《はついくふりょう》さ」

ハリーは必死《ひっし》に十二ページを思《おも》い浮《う》かべていた――**後退《こうたい》を拒《こば》む箒《ほうき》を治《なお》す呪文《じゅもん》**――。

「こないだも言《い》ったが、要《よう》するに血統《けっとう》だよ。悪《わる》い血《ち》が出《で》てしまうのさ。いやいや、ペチュニア、あんたの家族《かぞく》のことを悪《わる》く言《い》ってるわけじゃない」

ペチュニアおばさんの骨《ほね》ばった手《て》をシャベルのような手《て》でポンポンたたきながら、マージおばさんはしゃべり続《つづ》けた。

「ただあんたの妹《いもうと》はできそこないだったのさ。どんな立派《りっぱ》な家系《かけい》にだってそういうのがヒョッコリ出《で》てくるもんさ。それでもって、ろくでなしとかけ落《お》ちして、結果《けっか》はどうだい。目《め》の前《まえ》にいるよ」

ハリーは自分《じぶん》の皿《さら》を見《み》つめていた。奇妙《きみょう》な耳鳴《みみな》りがした。——柄《え》ではなく箒《ほうき》の尾《お》をしっかりつかむこと——たしかそうだった。しかし、ハリーにはその続《つづ》きが思《おも》い出《だ》せなかった。マージおばさんの声《こえ》が、バーノンおじさんの会社《かいしゃ》の穴《あな》あけドリルのように、グリグリとハリーにねじ込《こ》んできた。

「そのポッターとやらは」

マージおばさんは大声《おおごえ》で言《い》った。ブランデーの瓶《びん》を引《ひ》っつかみ、手酌《てじゃく》でドバドバとグラスに注《そそ》いだ上《うえ》、テーブルクロスにも注《そそ》いだ。

「そいつが何《なに》をやってたのか聞《き》いてなかったね」

おじさんとおばさんの顔《かお》が極端《きょくたん》に緊張《きんちょう》していた。ダドリーでさえ、パイから目《め》を離《はな》し、ポカンと口《くち》を開《あ》けて親《おや》の顔《かお》を見《み》つめた。

「ポッターは——働《はたら》いていなかった」

ハリーのほうを中途半端《ちゅうとはんぱ》に見《み》やりながら、おじさんが答《こた》えた。

「失業者《しつぎょうしゃ》だった」

「そんなこったろうと思《おも》った!」

マージおばさんはブランデーをぐいっと飲《の》み、そでであごをぬぐった。

「文無《もんな》しの、役立《やくた》たずの、ゴクつぶしのかっぱらいが――」

「ちがう」突然《とつぜん》ハリーが言《い》った。周《まわ》りがしんとなった。ハリーは全身《ぜんしん》を震《ふる》わせていた。こんなに腹《はら》が立《た》ったのは生《う》まれて初《はじ》めてだった。

「**ブランデー、もっとどうだね！**」

おじさんが蒼白《そうはく》な顔《かお》で叫《さけ》び、瓶《びん》に残《のこ》ったブランデーを全部《ぜんぶ》マージおばさんのグラスに空《あ》けた。

「おまえは」おじさんがハリーに向《む》かってうなるように言《い》った。「自分《じぶん》の部屋《へや》に行《い》け。行《い》くんだ――」

「いーや、待《ま》っとくれ」

マージおばさんが、しゃっくりをしながら手《て》を上《あ》げて制止《せいし》した。小《ちい》さな血走《ちばし》った目《め》がハリーを見《み》すえた。

「言《い》うじゃないか。続《つづ》けてごらんよ。親《おや》が自慢《じまん》ってわけかい、え？　勝手《かって》に車《くるま》をぶっつけて死《し》んじまったんだ――どうせ酔《よ》っ払《ぱら》い運転《うんてん》だったろうさ――」

「自動車事故《じどうしゃじこ》で死《し》んだんじゃない！」ハリーは思《おも》わず立《た》ち上《あ》がっていた。

「自動車事故《じどうしゃじこ》で死《し》んだんだ。性悪《しょうわる》のうそつき小僧《こぞう》め。きちんとした働《はたら》き者《もの》の親《しん》せきに、おまえのようなやっかい者《もの》を押《お》しつけていったんだ！」

マージおばさんは怒《いか》りでふくれ上《あ》がりながら叫《さけ》んだ。

「おまえは礼儀《れいぎ》知《し》らず、恩知《おんし》らず――」

マージおばさんが突然《とつぜん》だまった。一瞬《いっしゅん》、言葉《ことば》に詰《つ》まったように見《み》えた。言葉《ことば》も出《で》ないほどの怒《いか》りでふくれ上《あ》がっているように見《み》えた――しかし、ふくれが止《と》まらない。巨大《きょだい》な赤《あか》ら顔《がお》が膨張《ぼうちょう》しはじめ、小《ちい》さな目《め》は飛《と》び出《だ》し、口《くち》は左右《さゆう》にぎゅうと引《ひ》っ張《ぱ》られてしゃべるどころではない。次《つぎ》の瞬間《しゅんかん》、ツイードの上着《うわぎ》のボタンがはじけ飛《と》び、ビシッと壁《かべ》を打《う》って落《お》ちた――マージおばさんは恐《おそ》ろしくでかい風船《ふうせん》のようにふくれ上《あ》がっていた。ツイードの上着《うわぎ》のベルトを乗《の》り越《こ》えて腹《はら》が突《つ》き出《だ》し、指《ゆび》もふくれてサラミ・ソーセージのよう……。

「**マージ！**」

おじさんとおばさんが同時《どうじ》に叫《さけ》んだ。マージおばさんの体《からだ》が椅子《いす》を離《はな》れ、天井《てんじょう》に向《む》かって浮《う》き上《あ》がりはじめたのだ。今《いま》やマージおばさんは完全《かんぜん》な球体《きゅうたい》だった。豚《ぶた》のような目《め》がついた巨大《きょだい》な救《きゅう》命《めい》ブイさながらに、両手《りょうて》両足《りょうあし》を球体《きゅうたい》から不気味《ぶきみ》に突《つ》き出《だ》し、息《いき》も絶《た》え絶《だ》えにパクパク言《い》いながら、ふわふわ空中《くうちゅう》に舞《ま》い上《あ》がりはじめた。リッパーが転《ころ》がるように部屋《へや》に入《はい》ってきて、狂《くる》ったようにほえた。

「**やめろおおおおおお！**」

おじさんはマージの片足《かたあし》をつかまえ、引《ひ》っ張《ぱ》り下《お》ろそうとしたが、自分《じぶん》のほうが床《ゆか》から持《も》ち上《あ》げられそうになった。その瞬間《しゅんかん》、リッパーが飛《と》びかかり、おじさんの脚《あし》にガブリとかみついた。

止《と》める間《ま》もなく、ハリーはダイニングルームを飛《と》び出《だ》し、階段下《かいだんした》の物置《ものおき》に向《む》かった。ハリーがそばまで行《い》くと、物置《ものおき》の戸《と》が魔法《まほう》のようにパッと開《ひら》いた。数秒後《すうびょうご》、ハリーは重《おも》いトランクを玄《げん》関《かん》まで引《ひ》っ張《ぱ》り出《だ》していた。それから飛《と》ぶように二階《かい》にかけ上《あ》がり、ベッドの下《した》にすべり込《こ》み、ゆるんだ床《ゆか》をこじ開《あ》け、教科書《きょうかしょ》や誕生日《たんじょうび》プレゼントの詰《つ》まった枕《まくら》カバーをむんずとつかんだ。ベッドの下《した》からはいずり出《だ》し、からっぽのヘドウィグの鳥《とり》かごを引《ひ》っつかみ、脱兎《だっと》のごとく階段《かいだん》をかけ下《お》り、トランクのところに戻《もど》った。ちょうどその時《とき》、バーノンおじさんがダイニングルームから飛《と》び出《だ》してきた。ズボンの脚《あし》のところがずたずたで血《ち》まみれだった。

「**ここに戻《もど》るんだ！**」おじさんがかなりたてた。「**戻《もど》ってマージを元《もと》どおりにしろ！**」

しかし、ハリーは怒《いか》りで前後《ぜんご》の見境《みさかい》がなくなっていた。トランクをけって開《あ》け、杖《つえ》を引《ひ》っ張《ぱ》り出《だ》し、バーノンおじさんに突《つ》きつけた。

「当然《とうぜん》の報《むく》いだ」ハリーは息《いき》を荒《あら》らげて言《い》った。「身《み》から出《で》たさびだ。僕《ぼく》に近寄《ちかよ》るな」

ハリーは後《うし》ろ手《で》でドアの取《と》っ手《て》をまさぐった。

「僕《ぼく》は出《で》て行《い》く。もうたくさんだ」

次《つぎ》の瞬間《しゅんかん》ハリーは、しんと静《しず》まり返《かえ》った真《ま》っ暗《くら》な通《とお》りに立《た》っていた。重《おも》いトランクを引《ひ》っ張《ぱ》り、わきの下《した》にヘドウィグのかごを抱《かか》えて。

第《だい》3章《しょう》　夜の騎士《ナイト》バス

トランクを引《ひ》きずり、息《いき》をはずませながら、ハリーはいくつかの通《とお》りを歩《ある》き、マグノリア・クレセント通《どお》りまで来《く》ると、低《ひく》い石垣《いしがき》にがっくりと腰《こし》を下《お》ろした。じっと座《すわ》っていると、まだ収《おさ》まらない怒《いか》りが体中《からだじゅう》をかけめぐり、心臓《しんぞう》が狂《くる》ったように鼓動《こどう》するのが聞《き》こえた。

しかし、暗《くら》い通《とお》りに十分《ぷん》ほどひとりぼっちで座《すわ》っていると、別《べつ》な感情《かんじょう》がハリーを襲《おそ》った。パニックだ。最悪《さいあく》の八方《はっぽう》ふさがりだ。真《ま》っ暗闇《くらやみ》のマグルの世界《せかい》で、まったくどこに行《い》く当《あ》てもなく、たった一人《ひとり》で取《と》り残《のこ》されている。もっと悪《わる》いことに、たった今《いま》、ほんとうに魔法《まほう》を使《つか》ってしまった。つまり、ほとんどまちがいなく、ホグワーツ校《こう》から追放《ついほう》される。「未成年魔法使《みせいねんまほうつか》いの制限事項令《せいげんじこうれい》」をこれだけ真正面《ましょうめん》から破《やぶ》れば、今《いま》この場《ば》に魔法省《まほうしょう》の役人《やくにん》が空《そら》から現《あらわ》れて、大捕《おおと》り物《もの》になってもおかしくない。

ハリーは身震《みぶる》いし、マグノリア・クレセント通《どお》りを端《はし》から端《はし》まで見回《みまわ》した。いったいどうなるんだろう？　逮捕《たいほ》されるのか、それとも魔法界《まほうかい》のつまはじき者《もの》になるのだろうか？　ハリーはロンとハーマイオニーのことを思《おも》った。そしてますます落《お》ち込《こ》んだ。罪人《ざいにん》であろうとなかろうと、二人《ふたり》ならきっと今《いま》のハリーを助《たす》けたいと思《おも》うにちがいない。でも、今《いま》は二人《ふたり》とも外国《がいこく》にいる。ヘドウィグもどこかへ行《い》ってしまって、二人《ふたり》とは連絡《れんらく》の術《すべ》もない。

それに、ハリーはマグルのお金《かね》をまったく持《も》っていなかった。トランクの奥《おく》に入《い》れたさいふに、わずかばかり魔法界《まほうかい》の金貨《きんか》があるが、両親《りょうしん》がのこしてくれた遺産《いさん》はロンドンのグリンゴッツ魔法《まほう》銀行《ぎんこう》の金庫《きんこ》に預《あず》けられている。このトランクを引《ひ》きずって、えんえんロンドンまで行《い》くのはとても無理《むり》だ。ただし……。

ハリーはしっかり手《て》に握《にぎ》ったままになっている杖《つえ》を見《み》た。どうせもう追放《ついほう》されたのなら（胸《むね》の鼓動《こどう》が痛《いた》いほどに速《はや》くなっていた）、もう少《すこ》し魔法《まほう》を使《つか》ったって同《おな》じことじゃないか。ハリーには父親《ちちおや》がのこしてくれた「透明《とうめい》マント」がある――トランクに魔法《まほう》をかけて羽根《はね》のように軽《かる》くし、箒《ほうき》にくくりつけ、透明《とうめい》マントをすっぽりかぶってロンドンまで飛《と》んで行《い》ったら？　そうすれば金《きん》庫《こ》に預《あず》けてある残《のこ》りの遺産《いさん》を取《と》り出《だ》せる、そして……無法者《むほうもの》としての人生《じんせい》を歩《あゆ》みだす。考《かんが》えるだけでぞっとした。

しかし、いつまでも石垣《いしがき》に腰《こし》かけているわけにはいかない。このままではマグルの警察《けいさつ》に見《み》とがめられ、トランクいっぱいの呪文《じゅもん》の教科書《きょうかしょ》やら箒《ほうき》やらを持《も》ってこの真夜中《まよなか》に何《なに》をしているのか、説明《せつめい》に苦労《くろう》するはめになる。

ハリーはまたトランクを開《あ》け、透明《とうめい》マントを探《さが》すのに中身《なかみ》を脇《わき》にどけはじめた――が、まだ見《み》つからないうちに、ハリーは急《きゅう》に身《み》を起《お》こし、また周《まわ》りをきょろきょろと見回《みまわ》した。首筋《くびすじ》が妙《みょう》にチクチクする。誰《だれ》かに見《み》つめられているような気《き》がする。しかし、通《とお》りには人《ひと》っ子《こ》一人《ひとり》いない。大《おお》きな四角《しかく》い家々《いえいえ》のどこからも、一条《いちじょう》の明《あ》かりさえもれていない。

ハリーは再《ふたた》びトランクの上《うえ》にかがみ込《こ》んだ。が、とたんにまた立《た》ち上《あ》がった。手《て》には杖《つえ》がしっかり握《にぎ》られている。物音《ものおと》がしたわけでもない。むしろ気配《けはい》を感《かん》じた。ハリーの背後《はいご》の垣根《かきね》とガレージの間《あいだ》の狭《せま》いすきまに、誰《だれ》かが、何《なに》かが立《た》っている。真《ま》っ黒《くろ》な路地《ろじ》を、ハリーは目《め》を凝《こ》らして見《み》つめた。動《うご》いてくれさえすればわかるのに。野良猫《のらねこ》なのか、それとも――何《なに》か別《べつ》のものなのか。

「ルーモス！　光《ひかり》よ！」

呪文《じゅもん》を唱《とな》えると、杖《つえ》の先《さき》に灯《あか》りがともり、ハリーは目《め》がくらみそうになった。灯《あか》りを頭上《ずじょう》に高々《たかだか》と掲《かか》げると、「2番地《ばんち》」と書《か》かれた小石《こいし》まじりの壁《かべ》が照《て》らし出《だ》され、ガレージの戸《と》がかすかに光《ひか》った。その間《あいだ》にハリーがくっきりと見《み》たものは、大《おお》きな目《め》をぎらつかせた、得体《えたい》の知《し》れない、何《なに》か図体《ずうたい》の大《おお》きなものの輪郭《りんかく》だった。

ハリーはあとずさりした。トランクにぶつかり、足《あし》をとられた。倒《たお》れる体《からだ》を支《ささ》えようと片腕《かたうで》を伸《の》ばしたはずみに、杖《つえ》が手《て》を離《はな》れて飛《と》び、ハリーは道路脇《どうろわき》の排水溝《はいすいこう》にドサッと落《お》ち込《こ》んだ。耳《みみ》をつんざくようなバーンという音《おと》がしたかと思《おも》うと、急《きゅう》に目《め》のくらむような明《あ》かりに照《て》らされ、ハリーは目《め》を覆《おお》ったが……。

危機一髪《ききいっぱつ》、ハリーは叫《さけ》び声《ごえ》を上《あ》げて溝《みぞ》から歩道《ほどう》へと転《ころ》がり戻《もど》った。次《つぎ》の瞬間《しゅんかん》、たった今《いま》ハリーが倒《たお》れていたちょうどその場所《ばしょ》に、巨大《きょだい》なタイヤが一対《つい》、ヘッドライトとともにキキーッと停《と》まった。顔《かお》を上《あ》げると、その上《うえ》に三階《かいだ》建ての派手《はで》な紫色《むらさきいろ》のバスが見《み》えた。どこから現《あらわ》れたものやら、フロントガラスの上《うえ》に、金文字《きんもじ》で「夜の騎士《ナイト》バス」と書《か》かれている。

一瞬《いっしゅん》、ハリーは打《う》ち所《どころ》が悪《わる》くておかしくなったのかと思《おも》った。すると紫《むらさき》の制服《せいふく》を着《き》た車掌《しゃしょう》がバスから飛《と》び降《お》り、闇《やみ》に向《む》かって大声《おおごえ》で呼《よ》びかけた。

「『夜の騎士《ナイト》バス』がお迎《むか》えにきました。迷子《まいご》の魔法使《まほうつか》い、魔女《まじょ》たちの緊急《きんきゅう》お助《たす》けバスです。杖《つえ》腕《うで》を差《さ》し出《だ》せば参《さん》じます。ご乗車《じょうしゃ》ください。そうすれば、どこなりと、お望《のぞ》みの場所《ばしょ》までお連《つ》れします。わたしはスタン・シャンパイク、車掌《しゃしょう》として、今夜《こんや》――」

車掌《しゃしょう》が突然《とつぜん》だまった。地面《じめん》に座《すわ》り込《こ》んだままのハリーを見《み》つけたのだ。ハリーは落《お》とした杖《つえ》を拾《ひろ》い上《あ》げ、急《いそ》いで立《た》ち上《あ》がった。近寄《ちかよ》ってよく見《み》ると、スタン・シャンパイクはハリーとあまり年《とし》のちがわない、せいぜい十八、九歳《さい》で、大《おお》きな耳《みみ》が突《つ》き出《だ》し、顔《かお》はにきびだらけだった。

「そんなとこですっころがって、いってぇ何《なに》してた？」スタンは職業口調《しょくぎょうくちょう》を忘《わす》れていた。

「転《ころ》んじゃって」とハリー。

「なんで転《ころ》んじまった？」スタンが鼻先《はなさき》で笑《わら》った。

「わざと転《ころ》んだわけじゃないよ」

ハリーはいらいらした。ジーンズの片《かた》ひざが破《やぶ》れ、体《からだ》を支《ささ》えようと伸《の》ばしたほうの手《て》から血《ち》が出《で》ていた。突然《とつぜん》ハリーは、なんで転《ころ》んだのかを思《おも》い出《だ》した。そしてあわてて振《ふ》り返《かえ》り、ガレージと石垣《いしがき》の間《あいだ》の路地《ろじ》を見《み》つめた。夜の騎士《ナイト》バスのヘッドライトがそのあたりをこうこうと照《て》らしていたが、もぬけの殻《から》だった。

「いってえ、何見《なにみ》てる？」スタンが聞《き》いた。

「何《なに》か黒《くろ》い大《おお》きなものがいたんだ」ハリーは何《なん》となくすきまのあたりを指《さ》した。「犬《いぬ》のような……でも、小山《こやま》のように……」

ハリーはスタンのほうに顔《かお》を向《む》けた。スタンは口《くち》を半開《はんびら》きにしていた。スタンの目《め》がハリーの額《ひたい》の傷《きず》のほうに移《うつ》っていくのを見《み》て、ハリーは困《こま》ったなと思《おも》った。

「おでこ、それ何《なん》でぇ？」出《だ》し抜《ぬ》けにスタンが聞《き》いた。

「何《なん》でもない」

ハリーはあわててそう答《こた》え、傷《きず》を覆《おお》う前髪《まえがみ》をしっかりなでつけた。魔法省《まほうしょう》がハリーを探《さが》しているかもしれないが、そうたやすく見《み》つかるつもりはなかった。

「名《な》めえは？」スタンがしつこく聞《き》いた。

「ネビル・ロングボトム」ハリーは一番最初《いちばんさいしょ》に思《おも》い浮《う》かんだ名前《なまえ》を言《い》った。

「それで――それでこのバスは」ハリーはスタンの気《き》をそらそうと急《いそ》いで言葉《ことば》を続《つづ》けた。「どこにでも行《い》くって、君《きみ》、そう言《い》った？」

「あいよ」スタンはじまんげに言《い》った。「お望《のぞ》みしでぇ、土《つち》の上《うえ》ならどこでもござれだ。水《みず》ん中《なか》じゃ、なーんもできねえが。ところで」

スタンはまた疑《うたが》わしげにハリーを見《み》た。

「たしかにこのバスを呼《よ》んだな、ちげえねぇよな？　杖腕《つえうで》を突《つ》き出《だ》したな、ちげえねぇよな？」

「ああ」ハリーは短《みじか》く答《こた》えた。「ねえ、ロンドンまでいくらかかるの？」

「十一シックル。十三出《だ》しゃあ熱《あつ》いココアがつくし、十五なら湯《ゆ》たんぽと好《す》きな色《いろ》の歯《は》ブラシがついてくらぁ」

ハリーはもう一度《いちど》トランクの中《なか》を引《ひ》っかき回《まわ》し、巾着《きんちゃく》を引《ひ》っ張《ぱ》り出《だ》して銀貨《ぎんか》をスタンの手《て》に押《お》しつけた。それからヘドウィグのかごをトランクの上《うえ》にバランスよくのせ、二人《ふたり》でトランクを持《も》ち上《あ》げてバスに引《ひ》っ張《ぱ》り上《あ》げた。

中《なか》には座席《ざせき》がなく、かわりに、カーテンのかかった窓際《まどぎわ》に、真鍮製《しんちゅうせい》の寝台《しんだい》が六個並《こなら》んでいた。寝台脇《しんだいわき》の腕木《うでぎ》にろうそくがともり、板張《いたば》り壁《かべ》を照《て》らしていた。奥《おく》のほうに寝《ね》ているナイトキャップをかぶったちっちゃい魔法使《まほうつか》いが、寝言《ねごと》を言《い》いながら寝返《ねがえ》りを打《う》った――「ムニャ……ありがとう、今《いま》はいらない。ムニャ……ナメクジの酢漬《すづ》けを作《つく》っているところだから」

「ここがおめえさんのだ」

トランクをベッド下《した》に押《お》し込《こ》みながら、スタンが低《ひく》い声《こえ》で言《い》った。運転席《うんてんせき》のすぐ後《うし》ろのベッドだ。運転手《うんてんしゅ》はひじかけ椅子《いす》に座《すわ》ってハンドルを握《にぎ》っていた。

「こいつぁ運転手《うんてんしゅ》のアーニー・プラングだ。アーン、こっちはネビル・ロングボトムだ」

アーニー・プラングは分厚《ぶあつ》いめがねをかけた年配《ねんぱい》の魔法使《まほうつか》いで、ハリーに向《む》かってこっくり挨《あい》拶《さつ》した。ハリーは神経質《しんけいしつ》にまた前髪《まえがみ》をなでつけ、ベッドに腰《こし》かけた。

「アーン、バス出《だ》しな」

スタンがアーニーの隣《となり》のひじかけ椅子《いす》にかけながら言《い》った。

もう一度《いちど》バーンというものすごい音《おと》がしたかと思《おも》うと、ハリーは反動《はんどう》でベッドに放《ほう》り出《だ》され、仰向《あおむ》けに倒《たお》れていた。起《お》き上《あ》がって暗《くら》い窓《まど》から外《そと》を見《み》ると、まったくさっきとちがった通《とお》りを転《ころ》がるように走《はし》っていた。ハリーのあっけにとられた顔《かお》を、スタンはゆかいそうに眺《なが》めていた。

「おめえさんが合図《あいず》する前《まえ》には、おれたちゃここにいたんだ。アーン、ここぁどこだい？ウェールズのどっかかい？」

「ああ」アーニーが答《こた》えた。

「このバスの音《おと》、どうしてマグルには聞《き》こえないの？」ハリーが言《い》った。

「マグル！」スタンは軽蔑《けいべつ》したような声《こえ》を出《だ》した。

「ちゃーんと聞《き》いてねえのさ。ちゃーんと見《み》てもいねえ。なーんも、ひとーっつも気《き》づかねえ」

「スタン、マダム・マーシを起《お》こしたほうがいいぞ。まもなくアバーガベニーに着《つ》く」

アーニーが言《い》った。

スタンはハリーのベッド脇《わき》を通《とお》り、狭《せま》い木《き》の階段《かいだん》を上《のぼ》って姿《すがた》が見《み》えなくなった。ハリーはまだ窓《まど》の外《そと》を見《み》ていた。だんだん心細《こころぼそ》くなってくる。アーニーのハンドルさばきはどう見《み》てもうまいとは思《おも》えない。夜の騎士《ナイト》バスはしょっちゅう歩道《ほどう》に乗《の》り上《あ》げた。それなのに絶対衝突《ぜったいしょうとつ》しない。街灯《がいとう》、郵便《ゆうびん》ポスト、ごみ箱《ばこ》、みんなバスが近《ちか》づくと飛《と》びのいて道《みち》をあけ、通《とお》り過《す》ぎると元《もと》の位置《いち》に戻《もど》るのだった。

スタンが戻《もど》ってきた。その後《うし》ろに旅行用《りょこうよう》マントにくるまった魔女《まじょ》が顔《かお》を青《あお》くしてついてきた。

「マダム・マーシ、ほれ、着《つ》いたぜ」

スタンがうれしそうに言《い》ったとたん、アーンがブレーキを踏《ふ》みつけ、ベッドというベッドは三十センチほど前《まえ》につんのめった。マダム・マーシはしっかり握《にぎ》りしめたハンカチを口元《くちもと》に当《あ》て、危《あぶ》なっかしげな足取《あしど》りでバスを降《お》りていった。スタンがそのあとから荷物《にもつ》を投《な》げ降《お》ろし、バシャンとドアを閉《し》めた。もう一度《いちど》バーンがあって、バスは狭《せま》い田舎道《いなかみち》をガンガン突《つ》き進《すす》んだ。行《い》く手《て》の立《た》ち木《き》が次々《つぎつぎ》と飛《と》びのいた。

ハリーは眠《ねむ》れなかった。バスがバーンバーンとしょっちゅう大《おお》きな音《おと》を立《た》てなくても、一度《いちど》に百キロも二百キロも跳《と》びはねなくても、眠《ねむ》れなかっただろう。いったいどうなるんだろう、ダーズリー家《け》ではマージおばさんを天井《てんじょう》から下《お》ろすことができたんだろうか、という思《おも》いが戻《もど》ってくると、胃袋《いぶくろ》がひっくり返《かえ》るようだった。

スタンは「日刊予言者新聞《にっかんよげんしゃしんぶん》」を広《ひろ》げ、歯《は》の間《あいだ》から舌先《したさき》をちょっと突《つ》き出《だ》して読《よ》みはじめた。一《いち》面記事《めんきじ》に大《おお》きな写真《しゃしん》があり、もつれた長《なが》い髪《かみ》の、ほおのこけた男《おとこ》が、ハリーを見《み》てゆっくりと瞬《まばた》きした。何《なん》だか妙《みょう》に見覚《みおぼ》えのある人《ひと》のような気《き》がした。

「この人《ひと》！」一瞬《いっしゅん》、ハリーは自分《じぶん》の悩《なや》みを忘《わす》れた。「マグルのニュースで見《み》たよ！」

スタンリーが一面記事《いちめんきじ》を見《み》て、クスクス笑《わら》った。

「シリウス・ブラックだ」スタンがうなずきながら言《い》った。「あたぼうよ。こいつぁマグルのニュースになってらぁ。ネビル、どっか遠《とお》いとこでも行《い》ってたか？」

ハリーがあっけにとられているのを見《み》て、スタンは何《なん》となく得意《とくい》げなクスクス笑《わら》いをしながら、新聞《しんぶん》の一面《いちめん》をハリーに渡《わた》した。

「ネビル、もっと新聞《しんぶん》を読《よ》まねぇといけねぇよ」

ハリーは新聞《しんぶん》をろうそくの明《あ》かりに掲《かか》げて読《よ》みはじめた。

ブラックいまだ逃亡中《とうぼうちゅう》

魔法省《まほうしょう》が今日《きょう》発表《はっぴょう》したところによれば、アズカバンの要塞監獄《ようさいかんごく》の囚人中《しゅうじんちゅう》、最《もっと》も凶悪《きょうあく》といわれるシリウス・ブラックは、いまだに追跡《ついせき》の手《て》を逃《のが》れ逃亡中《とうぼうちゅう》である。コーネリウス・ファッジ魔法大臣《まほうだいじん》は、今朝《けさ》、「我々《われわれ》はブラックの再逮捕《さいたいほ》に全力《ぜんりょく》であたっている」と語《かた》り、魔法界《まほうかい》に対《たい》して平静《へいせい》を保《たも》つよう呼《よ》びかけた。

ファッジ大臣《だいじん》は、この危機《きき》をマグルの首相《しゅしょう》に知《し》らせたことで、国際魔法戦士連盟《こくさいまほうせんしれんめい》の一《いち》部《ぶ》から批判《ひはん》されている。

大臣《だいじん》は「まあ、はっきり言《い》って、こうするしかなかった。おわかりいただけませんかな」といらつき気味《ぎみ》である。さらに「ブラックは狂《くる》っているのですぞ。魔法使《まほうつか》いだろうとマグルだろうと、ブラックに逆《さか》らった者《もの》は誰《だれ》でも危険《きけん》にさらされる。私《わたし》は、マグルの首相閣下《しゅしょうかっか》から、ブラックの正体《しょうたい》は一言《ひとこと》たりとも誰《だれ》にも明《あ》かさないという確約《かくやく》をいただいております。それに、なんです――たとえ、口外《こうがい》したとしても、誰《だれ》が信《しん》じるというのです？」と語《かた》った。

マグルには、ブラックが銃《じゅう》（マグルが殺《ころ》し合《あ》いをするための、金属製《きんぞくせい》の杖《つえ》のような物《もの》）を持《も》っていると伝《つた》える一方《いっぽう》、魔法界《まほうかい》は、ブラックがたった一度《いちど》の呪《のろ》いで十三人《にん》も殺《ころ》した、あの十二年前《ねんまえ》のような大虐殺《だいぎゃくさつ》が起《お》きるのではないかと恐《おそ》れている。

ハリーはシリウス・ブラックの暗《くら》い影《かげ》のような目《め》をのぞき込《こ》んだ。落《お》ちくぼんだ顔《かお》の中《なか》でただ一か所《しょ》、目《め》だけが生《い》きているようだった。ハリーは吸血鬼《きゅうけつき》に出会《であ》ったことはなかったが、「闇《やみ》の魔術《まじゅつ》に対《たい》する防衛術《ぼうえいじゅつ》」のクラスでその絵《え》を見《み》たことがあった。ろうのように蒼白《そうはく》なブラックの顔《かお》はまさに吸血鬼《きゅうけつき》そのものだった。

「オッソロシイ顔《かお》じゃねーか？」ハリーが読《よ》むのを見《み》ていたスタンが言《い》った。

「この人《ひと》、十三人《にん》も殺《ころ》したの？」

新聞《しんぶん》をスタンに返《かえ》しながらハリーが聞《き》いた。

「たった一つの呪文《じゅもん》で？」

「あいな。目撃者《もくげきしゃ》なんてぇのもいるし。真《ま》っ昼間《ぴるま》だ。てーした騒《さわ》ぎだったしなぁ、アーン？」

「ああ」アーンが暗《くら》い声《こえ》で答《こた》えた。

スタンはくるりと後《うし》ろ向《む》きに座《すわ》り、椅子《いす》の背《せ》に手《て》を置《お》いた。そのほうがハリーがよく見《み》える。

「ブラックは『例《れい》のあのしと』の一の子分《こぶん》だった」スタンが言《い》った。

「え？　ヴォルデモートの？」ハリーはなにげなく言《い》った。

スタンはにきびまで真《ま》っ青《さお》になった。アーンがいきなりハンドルを切《き》ったので、バスをよけるのに農家《のうか》が一軒《けん》まるまる飛《と》びのいた。

「気《き》はたしかか？」スタンの声《こえ》が上《うわ》ずっていた。「なんであのしとの名《な》めえを呼《よ》んだりした？」

「ごめん」ハリーがあわてて言《い》った。「ごめん。ぼ、僕《ぼく》――忘《わす》れてた――」

「忘《わす》れてたって！」スタンが力《ちから》なく言《い》った。「肝《きも》が冷《ひ》えるぜ。まーだ心臓《しんぞう》がドキドキしてやがら……」

「それで――それでブラックは『例《れい》のあの人《ひと》』の支持者《しじしゃ》だったんだね？」

ハリーは謝《あやま》りながらも答《こた》えをうながした。

「それよ」スタンはまだ胸《むね》をなでさすっていた。

「そう、そのとおりよ。『例《れい》のあのしと』にどえらく近《ちか》かったってぇ話《はなし》だ……とにかく、ちいせえ『アリー・ポッター』が『例《れい》のあのしと』にしっぺ返《がえ》ししたときにゃ」――ハリーはあわててまた前髪《まえがみ》をなでつけた――「あのしとの手下《てした》は一網打尽《いちもうだじん》だった。アーン、そうだったな？　大方《おおかた》は『例《れい》のあのしと』がいなくなりゃおしめぇだと観念《かんねん》しておとなしく捕《つか》まっちまった。だーがシリウス・ブラックはちがったな。聞《き》いた話《はなし》だが、『例《れい》のあのしと』が支配《しはい》するようになりゃ、ブラックは自分《じぶん》がナンバー・ツーになると思《おも》ってたってぇこった」

「とにかくだ、ブラックはマグルで混《こ》み合《あ》ってる道《みち》のど真《ま》ん中《なか》で追《お》い詰《つ》められっちまって、そいでブラックが杖《つえ》を取《と》り出《だ》して、そいで道《みち》の半分《はんぶん》ほどぶっ飛《と》ばしっちまった。巻《ま》き添《ぞ》え食《く》ったのは魔法使《まほうつか》い一人《ひとり》と、ちょうどそこにいあわせたマグル十二人《にん》てぇわけよ。しでぇ話《はなし》じゃねえか？　そんでもってブラックが何《なに》したと思《おも》う？」スタンはヒソヒソ、芝居《しばい》がかった声《こえ》で話《はなし》を続《つづ》けた。

「何《なに》したの？」

「高笑《たかわら》いしやがった。その場《ば》に突《つ》っ立《た》って、笑《わら》ったのよ。魔法省《まほうしょう》からの応援隊《おうえんたい》がかけつけてきたときにゃ、ヤツはやけにおとなしくしょっ引《ぴ》かれてった。大笑《おおわら》いしたまんまよ。――ったく狂《くる》ってる。なぁ、アーン？　ヤツは狂《くる》ってるなぁ？」

「アズカバンに入《い》れられたときは狂《くる》ってなかったとしても、今《いま》は狂《くる》ってるだろうな」

アーンが持《も》ち前《まえ》のゆっくりした口調《くちょう》で言《い》った。

「あんなとこに足《あし》を踏《ふ》み入《い》れるぐれぇなら、おれなら自爆《じばく》するほうがましだ。ただし、ヤツにはいい見《み》せしめというもんだ……あんなことしたんだし……」

「あとの隠蔽工作《いんぺいこうさく》がてぇへんだったよなぁ、アーン？　何《なん》せ通《とお》りがふっ飛《と》ばされっちまって、マグルがみんな死《し》んじまっててよ。ほれ、アーン、何《なに》が起《お》こったってことにしたんだっけ？」

「ガス爆発《ばくはつ》だ」アーニーがぶすっと言《い》った。

「そんで、こんだぁ、ヤツが逃《に》げた」スタンはほおのそげ落《お》ちたブラックの顔写真《かおじゃしん》をしげしげと見《み》た。

「アズカバンから逃《に》げたなんてぇ話《はなし》は聞《き》いたことがねぇ。アーン、あるか？　どうやったか見当《けんとう》もつかねぇ。オッソロシイ、なぁ？　だけどよう、ほれ、あの連中《れんちゅう》、アズカバンの守衛《しゅえい》の、あいつらにかかっちゃ、ブラックに勝《か》ち目《め》はねぇ。なぁ、アーン？」

アーニーが突然《とつぜん》身震《みぶる》いした。

「スタン、何《なん》かちがうこと話《はな》せ。頼《たの》むからよ。あの連中《れんちゅう》、アズカバンの看守《かんしゅ》の話《はなし》で、俺《おれ》は腹下《はらくだ》しを起《お》こしそうだよ」

スタンはしぶしぶ新聞《しんぶん》を置《お》いた。ハリーはバスの窓《まど》に寄《よ》りかかり、前《まえ》よりもっと気分《きぶん》が悪《わる》くなっていた。スタンが数日後《すうじつご》に夜《ナ》の騎《イ》士《ト》バスの乗客《じょうきゃく》に何《なに》を話《はな》しているか、つい想像《そうぞう》してしまう。

「『アリー・ポッター』のこと、きーたか？　おばさんをふくらましちまってよ！　この夜《ナ》の騎《イ》士《ト》バスに乗《の》せたんだぜ、そうだなぁ、アーン？　逃《に》げよーって算段《さんだん》だったたな……」

ハリーもシリウス・ブラックと同《おな》じく、魔《ま》法界《ほうかい》の法律《ほうりつ》を犯《おか》してしまった。マージおばさんをふくらませたのは、アズカバンに引《ひ》っ張《ぱ》られるほど悪《わる》いことだろうか？　魔《ま》法界《ほうかい》の監獄《かんごく》のことは、ハリーは何《なに》も知《し》らなかったが、ほかの人《ひと》が口《くち》にするのを耳《みみ》にしたかぎりでは、十人《にん》が十人《にん》、恐《おそ》ろしそうにその話《はなし》をした。森番《もりばん》のハグリッドはつい一年前《ねんまえ》、二か月《げつ》をアズカバンで過《す》ごした。どこに連行《れんこう》されるか言《い》い渡《わた》されたとき、ハグリッドが見《み》せた恐怖《きょうふ》の表情《ひょうじょう》を、ハリーはそう簡単《かんたん》に忘《わす》れることができなかった。しかも、ハグリッドはハリーが知《し》るかぎり、もっとも勇敢《ゆうかん》な人《ひと》の一人《ひとり》なのだ。

夜《ナ》の騎《イ》士《ト》バスは暗闇《くらやみ》の中《なか》を、周《まわ》りの物《もの》をけ散《ち》らすように突《つ》き進《すす》んだ——木《き》のしげみ、道路《どうろ》のくい、電話《でんわ》ボックス、立《た》ち木《き》――そしてハリーは、不安《ふあん》とみじめさでまんじりともせず、羽根布団《はねぶとん》のベッドに横《よこ》になっていた。しばらくして、ハリーがココアの代金《だいきん》を払《はら》ったことを思《おも》い出《だ》したスタンがやってきたが、バスがアングルシー島《とう》からアバディーンに突然《とつぜん》飛《と》んだときに、ココアをハリーの枕《まくら》いっぱいにぶちまけてしまった。

一人《ひとり》、また一人《ひとり》と、魔法使《まほうつか》いや魔女《まじょ》が寝巻《ねま》きにガウンをはおり、スリッパで上《うえ》のデッキから下《お》りてきて、バスを降《お》りていった。みんな降《お》りるのがうれしそうだった。

ついにハリーが最後《さいご》の乗客《じょうきゃく》になった。

「ほいきた、ネビル」スタンがパンと手《て》をたたきながら言《い》った。「ロンドンのどのあたりだい？」

「ダイアゴン横丁《よこちょう》」

「合点《がってん》、承知《しょうち》。しっかりつかまってな……」

バーン！

バスはチャリング・クロス通《どお》りをバンバン飛《と》ばしていた。ハリーは起《お》き上《あ》がって、行《ゆ》く手《て》のビルやベンチが身《み》をよじってバスに道《みち》をゆずるのを眺《なが》めた。空《そら》が白《しら》みかけてきた。数時間《すうじかん》はひそんでいよう。そしてグリンゴッツ銀行《ぎんこう》が開《あ》いたらすぐ行《い》こう。それから出発《しゅっぱつ》だ――どこへ行《い》くのか、それはわからないが。

アーンがブレーキを思《おも》いっきり踏《ふ》みつけ、夜の騎士《ナイト》バスは急停車《きゅうていしゃ》した。小《ちい》さな、みすぼらしいパブ、「もれ鍋《なべ》」の前《まえ》だった。その裏《うら》にダイアゴン横丁《よこちょう》への魔法《まほう》の入口《いりぐち》がある。

「ありがとう」ハリーがアーンに言《い》った。

ハリーはバスを降《お》り、スタンがハリーのトランクとヘドウィグのかごを歩道《ほどう》に降《お》ろすのを手《て》伝《つだ》った。

「それじゃ、さよなら！」ハリーが言《い》った。

しかし、スタンは聞《き》いてもいなかった。バスの乗《の》り口《ぐち》に立《た》ったまま、「もれ鍋《なべ》」の薄暗《うすぐら》い入口《いりぐち》をじろじろ見《み》ている。

「ハリー、やっと見《み》つけた」声《こえ》がした。

ハリーが振《ふ》り返《かえ》る間《ま》もなく、肩《かた》に手《て》が置《お》かれた。と同時《どうじ》に、スタンが大声《おおごえ》を上《あ》げた。

「おったまげた。アーン、来《こ》いよ。**こっち来《き》て、**見《み》ろよ！」

ハリーは肩《かた》に置《お》かれた手《て》の主《ぬし》を見上《みあ》げた。バケツ一杯《いっぱい》の氷《こおり》が胃袋《いぶくろ》にザザーッと流《なが》れ込《こ》んだかと思《おも》った——コーネリウス・ファッジ、まさに魔法大臣《まほうだいじん》その人《ひと》の手中《しゅちゅう》に飛《と》び込《こ》んでしまった。

スタンがバスから二人《ふたり》の脇《わき》の歩道《ほどう》に飛《と》び降《お》りた。

「大臣《だいじん》、ネビルのことをなーんて呼びなすった？」スタンは興奮《こうふん》していた。

ファッジは小柄《こがら》なでっぷりとした体《からだ》に細《ほそ》じまの長《なが》いマントをまとい、寒《さむ》そうに、つかれた様子《ようす》で立《た》っていた。

「ネビル？」ファッジが眉《まゆ》をひそめながらくり返《かえ》した。「ハリー・ポッターだが」

「ちげぇねぇ！」スタンは大喜《おおよろこ》びだった。

「アーン！　アーン！　ネビルが誰《だれ》か当《あ》ててみな！　アーン！　このしと、アリー・ポッターだ！　したいの傷《きず》が見《み》えるぜ！」

「そうだ」ファッジがわずらわしそうに言《い》った。

「まあ、夜の騎士《ナイト》バスがハリーを拾《ひろ》ってくれて大《おお》いにうれしい。だが、私《わたし》はもう、ハリーと二人《ふたり》で『もれ鍋《なべ》』に入《はい》らねば……」

ハリーの肩《かた》にかかったファッジの手《て》に力《ちから》が加《くわ》わり、ハリーは否応《いやおう》なしにパブに入《はい》っていった。カウンターの後《うし》ろのドアから、誰《だれ》かがランプを手《て》に、腰《こし》をかがめて現《あらわ》れた。しわくちゃの、歯《は》の抜《ぬ》けたパブの亭主《ていしゅ》、トムだ。

「大臣《だいじん》、捕《つか》まえなすったかね！」トムが声《こえ》をかけた。「何《なに》かお飲《の》み物《もの》は？　ビール？　ブランデー？」

「紅茶《こうちゃ》をポットでもらおうか」

ファッジはまだハリーを放《はな》してくれない。

二人《ふたり》の後《うし》ろから何《なに》か引《ひ》きずるような大《おお》きな音《おと》と、ハァハァ、ゼイゼイという声《こえ》が聞《き》こえ、スタンとアーンがハリーのトランクとヘドウィグのかごを運《はこ》びながら、興奮《こうふん》してあたりを見回《みまわ》していた。

「なーんで本名《ほんみょう》を教《おし》えてくれねぇんだ。え？　ネビルさんよ」

スタンがハリーに向《む》かって笑《わら》いかけた。その肩越《かたご》しにアーニーのふくろうのようなめがね顔《がお》が興味津々《きょうみしんしん》でのぞき込《こ》んでいる。

「それと、トム、個室《こしつ》を頼《たの》む」ファッジがことさらはっきり言《い》った。

トムはカウンターから続《つづ》く廊下《ろうか》へとファッジをいざなった。

「じゃあね」ハリーはみじめな気持《きも》ちでスタンとアーンに挨拶《あいさつ》した。

「じゃあな、ネビルさん！」スタンが答《こた》えた。

トムのランプを先頭《せんとう》に、ファッジがハリーを追《お》い立《た》てるように狭《せま》い通路《つうろ》を進《すす》み、やがて小部屋《こべや》にたどり着《つ》いた。トムが指《ゆび》をパチンと鳴《な》らすと、暖炉《だんろ》の火《ひ》が一気《いっき》に燃《も》え上《あ》がった。トムはうやうやしく頭《あたま》を下《さ》げたまま部屋《へや》から出《で》ていった。

「ハリー、かけたまえ」ファッジが暖炉《だんろ》のそばの椅子《いす》を示《しめ》した。

暖炉《だんろ》の温《ぬく》もりがあるのに、ハリーは腕《うで》に鳥肌《とりはだ》の立《た》つ思《おも》いで腰《こし》かけた。ファッジは細《ほそ》じまのマントを脱《ぬ》ぎ、脇《わき》にポンと放《ほう》り投《な》げ、深緑色《ふかみどりいろ》の背広《せびろ》のズボンをずり上《あ》げながらハリーのむかい側《がわ》に腰《こし》を下《お》ろした。

「私《わたし》はコーネリウス・ファッジ、魔法大臣《まほうだいじん》だ」

ハリーはもちろん知《し》っていた。一度見《いちどみ》たことがある。ただ、その時《とき》は父《ちち》の形見《かたみ》の透明《とうめい》マントに隠《かく》れていたので、ファッジはそのことを知《し》るはずもない。亭主《ていしゅ》のトムがシャツえりの寝巻《ねま》きの上《うえ》にエプロンをつけ、紅茶《こうちゃ》とクランペット菓子《がし》を盆《ぼん》にのせて再《ふたた》び現《あらわ》れた。トムは、ファッジとハリーの間《あいだ》にあるテーブルに盆《ぼん》を置《お》くと、ドアを閉《し》めて部屋《へや》を出《で》ていった。

「さて、ハリー」

ファッジは紅茶《こうちゃ》を注《そそ》いだ。

「遠慮《えんりょ》なく言《い》うが、君《きみ》のおかげで大変《たいへん》な騒《さわ》ぎになった。あんなふうにおじさん、おばさんのところから逃《に》げ出《だ》すとは！　私《わたし》はもしものことがと……だが、君《きみ》が無事《ぶじ》で、いや、何《なに》よりだった」

ファッジはクランペットを一つ取《と》り、バターを塗《ぬ》り、残《のこ》りを皿《さら》ごとハリーのほうに押《お》してよこした。

「食《た》べなさい、ハリー。座《すわ》ったまま死《し》んでるような顔《かお》だよ。さーてと……安心《あんしん》したまえ。ミス・マージョリー・ダーズリーの不幸《ふこう》な風船事件《ふうせんじけん》は、我々《われわれ》の手《て》で処理《しょり》ずみだ。数時間前《すうじかんまえ》、『魔法事故《まほうじこ》リセット部隊《ぶたい》』から二名《めい》をプリベット通《どお》りに派遣《はけん》した。ミス・ダーズリーはパンクして元《もと》どおり。記憶《きおく》は修正《しゅうせい》された。事故《じこ》のことはまったく覚《おぼ》えていない。それで一件落着《いっけんらくちゃく》。実害《じつがい》なしだ」

ファッジはティーカップを傾《かたむ》け、その縁越《ふちご》しにハリーに笑《わら》いかけた。お気《き》に入《い》りの甥《おい》をじっくり眺《なが》めるおじさんという雰囲気《ふんいき》だ。ハリーはにわかには信《しん》じられず、何《なに》かしゃべろうと口《くち》を開《あ》けてみたものの、言葉《ことば》が見《み》つからず、また口《くち》を閉《と》じた。

「あぁ、君《きみ》はおじさん、おばさんの反応《はんのう》が心配《しんぱい》なんだね？　それは、ハリー、非常《ひじょう》に怒《おこ》っていたことは否定《ひてい》しない。しかし、君《きみ》がクリスマスとイースターの休暇《きゅうか》をホグワーツで過《す》ごすなら、来《らい》年《ねん》の夏《なつ》には君《きみ》をまた迎《むか》える用意《ようい》があると言《い》っている」

ハリーは詰《つ》まったのどをこじ開《あ》けた。

「僕《ぼく》、いつだってクリスマスとイースターはホグワーツに残《のこ》っています。それに、プリベット通《どお》りには二度《にど》と戻《もど》りたくはありません」

「まあ、まあ、落《お》ち着《つ》けば考《かんが》えも変《か》わるはずだ」ファッジが困《こま》ったような声《こえ》を出《だ》した。

「何《なん》といっても、君《きみ》の家族《かぞく》だ。それに、君《きみ》たちはお互《たが》いに愛《いと》しく思《おも》っている――アー――心《こころ》のふかーいところでだがね」

ハリーはまちがいを正《ただ》す気《き》にもならなかった。いったい自分《じぶん》がどうなるのかをまだ聞《き》いていない。

「そこで、残《のこ》る問題《もんだい》は――」ファッジは二つ目《め》のクランペットにバターを塗《ぬ》りながら言《い》った。「夏休《なつやす》みの残《のこ》りの三週間《しゅうかん》を君《きみ》がどこで過《す》ごすか、だ。私《わたし》はこの『もれ鍋《なべ》』に部屋《へや》を取《と》るとよいと思《おも》うが、そして――」

「待《ま》ってください」ハリーは思《おも》わず尋《たず》ねた。「僕《ぼく》の処罰《しょばつ》はどうなりますか？」

ファッジは目《め》を瞬《しばた》いた。

「処罰《しょばつ》？」

「僕《ぼく》、規則《きそく》を破《やぶ》りました！『未成年魔法使《みせいねんまほうつか》いの制限事項令《せいげんじこうれい》』です！」

「君《きみ》、君《きみ》、当省《とうしょう》はあんなちっぽけなことで君《きみ》を罰《ばっ》したりはせん！」

ファッジはせっかちにクランペットを振《ふ》りながら叫《さけ》んだ。

「あれは事故《じこ》だった！　おばさんをふくらましたかどでアズカバン送《おく》りにするなんてことはない！」

これでは、ハリーがこれまで経験《けいけん》した魔法省《まほうしょう》の措置《そち》とはつじつまが合《あ》わない。

「去年《きょねん》、屋敷《やしき》しもべ妖精《ようせい》がおじさんの家《いえ》でデザートを投《な》げつけたというだけで、僕《ぼく》は公式警告《こうしきけいこく》を受《う》けました！」ハリーはふに落《お》ちない顔《かお》をした。

「その時《とき》魔法省《まほうしょう》は、僕《ぼく》があそこでまた魔法《まほう》を使《つか》ったらホグワーツを退学《たいがく》させられるだろうと言《い》いました」

ハリーの目《め》に狂《くる》いがなければ、ファッジは突然《とつぜん》うろたえたようだった。

「ハリー、状況《じょうきょう》は変《か》わるものだ……我々《われわれ》が考慮《こうりょ》すべきは……現状《げんじょう》において……当然《とうぜん》、君《きみ》は退学《たいがく》になりたいわけではなかろう？」

「もちろん、いやです」

「それなら、何《なに》をつべこべ言《い》うのかね？」ファッジはさらりと笑《わら》った。

「さあ、ハリー、クランペットを食《た》べて。私《わたし》はちょっと、トムに部屋《へや》の空《あ》きがあるかどうか聞《き》いてこよう」

ファッジは大股《おおまた》に部屋《へや》を出《で》ていき、ハリーはその後《うし》ろ姿《すがた》をまじまじと見《み》つめた。何《なに》かが決定的《けっていてき》におかしい。ファッジが、ハリーのしでかしたことを罰《ばっ》するために待《ま》ち受《う》けていたのでなければ、いったいなんで「もれ鍋《なべ》」でハリーを待《ま》っていたのか？　それに、よくよく考《かんが》えてみれば、たかが未成年《みせいねん》の魔法使用事件《まほうしようじけん》に、魔法大臣《まほうだいじん》じきじきのお出《で》ましは普通《ふつう》ではない。

ファッジが亭主《ていしゅ》のトムを従《したが》えて戻《もど》ってきた。

「ハリー、十一号室《ごうしつ》が空《あ》いている。快適《かいてき》に過《す》ごせると思《おも》うよ。ただ一つだけ、わかってくれるとは思《おも》うが、マグルのロンドンへはふらふら出《で》ていかないでほしい。いいかな？　ダイアゴン横丁《よこちょう》だけにしてくれたまえ。それと、毎日《まいにち》、暗《くら》くなる前《まえ》にここに戻《もど》ること。君《きみ》ならわかってくれるね。トムが私《わたし》にかわって君《きみ》を監視《かんし》してるよ」

「わかりました」ハリーは考《かんが》えながらゆっくり答《こた》えた。「でも、なぜ？　――」

「また行方不明《ゆくえふめい》になると困《こま》るよ。そうだろう？」ファッジはくったくのない笑《わら》い方《かた》をした。

「いや、いや……君《きみ》がどこにいるのかわかってるほうがいいのだ……つまり……」

ファッジは大《おお》きく咳払《せきばら》いをすると、細《ほそ》じまのマントを取《と》り上《あ》げた。

「さて、もう行《い》かんと。やることが山《やま》ほどあるんでね」

「ブラックのこと、まだよい報《しら》せはないのですか？」ハリーが聞《き》いた。

ファッジの指《ゆび》が、マントの銀《ぎん》のとめ金《がね》の上《うえ》をズルッとすべった。

「何《なん》のことかね？　あぁ、耳《みみ》に入《はい》ったのか――いや、ない。まだだ。しかし、時間《じかん》の問題《もんだい》だ。アズカバンの看守《かんしゅ》はいまだかつて失敗《しっぱい》を知《し》らない……それに、連中《れんちゅう》がこんなに怒《おこ》ったのを見《み》たことがない」

ファッジはブルッと身震《みぶる》いした。

「それではお別《わか》れしよう」

ファッジが手《て》を差《さ》し出《だ》し、ハリーがそれを握《にぎ》った。ふとハリーはあることを思《おも》いついた。

「あのー、大臣《だいじん》？　お聞《き》きしてもよろしいでしょうか？」

「いいとも」ファッジがほほ笑《え》んだ。

「あの、ホグワーツの三年生《ねんせい》はホグズミード訪問《ほうもん》が許《ゆる》されるんです。でも僕《ぼく》のおじさんもおばさんも許可証《きょかしょう》にサインしてくれなかったんです。大臣《だいじん》がサインしてくださいませんか？」

ファッジは困《こま》ったような顔《かお》をした。

「あー」ファッジが言《い》った。「いや、ハリー、気《き》の毒《どく》だが、だめだ。私《わたし》は君《きみ》の親《おや》でも保護者《ほごしゃ》でもないので――」

「でも、魔法大臣《まほうだいじん》です」ハリーは熱《ねつ》を込《こ》めた。「大臣《だいじん》が許可《きょか》をくだされば――」

「いや、ハリー、気《き》の毒《どく》だが、規則《きそく》は規則《きそく》なんでね」ファッジはにべもなく言《い》った。

「来年《らいねん》にはホグズミードに行《い》けるかもしれないよ。実際《じっさい》、君《きみ》は行《い》かないほうがいいと思《おも》うが……そう……さて、私《わたし》は行《い》くとしよう。ハリー、ゆっくりしたまえ」

最後《さいご》にもう一度《いちど》ニッコリとハリーと握手《あくしゅ》して、ファッジは部屋《へや》を出《で》ていった。今度《こんど》はトムがニニコニコしながら近寄《ちかよ》ってきた。

「ポッター様《さま》、どうぞこちらへ。お荷物《にもつ》は、もうお部屋《へや》に上《あ》げてございます……」

ハリーはトムのあとについてしゃれた木《き》の階段《かいだん》を上《のぼ》り、「11」と書《か》いた真鍮《しんちゅう》の表示《ひょうじ》のある部屋《へや》の前《まえ》に来《き》た。トムが鍵《かぎ》を開《あ》け、ドアを開《ひら》いてハリーをうながした。

部屋《へや》には寝心地《ねごこち》のよさそうなベッドと、磨《みが》き上《あ》げた樫材《かしざい》の家具《かぐ》が置《お》かれ、暖炉《だんろ》の火《ひ》が元気《げんき》よくはぜていた。洋《よう》だんすの上《うえ》にちょこんと——。

「ヘドウィグ!」ハリーは驚《おどろ》いた。

雪《ゆき》のようなふくろうがくちばしをカチカチ鳴《な》らし、ハリーの腕《うで》にはたはたと舞《ま》い下《お》りた。

「ほんとうに賢《かしこ》いふくろうをお持《も》ちですね」トムがうれしそうに笑《わら》った。

「あなた様《さま》がお着《つ》きになって五分《ふん》ほどたってから到着《とうちゃく》しました。ポッター様《さま》、何《なに》かご用《よう》がございましたら、どうぞいつでもご遠慮《えんりょ》なく」

トムはまた一礼《いちれい》すると出《で》ていった。

ハリーは、ヘドウィグをなでながら、長《なが》いことぼうっとベッドに座《すわ》っていた。窓《まど》の外《そと》で、空《そら》の色《いろ》が見《み》る見《み》る変《か》わっていった。深《ふか》いビロードのような青《あお》から、鋼《はがね》のような灰色《はいいろ》、そして、ゆっくりと黄金色《こがねいろ》の光《ひかり》を帯《お》びた薄紅色《うすくれないいろ》へと。ほんの数時間前《すうじかんまえ》にプリベット通《どお》りを離《はな》れたこと、学校《がっこう》を追放《ついほう》されなかったこと、あと三週間《しゅうかん》、まったくダーズリーなしで過《す》ごせること、何《なに》もかも信《しん》じがたかった。

「ヘドウィグ、とっても変《へん》な夜《よる》だったよ」ハリーはあくびをした。めがねもはずさず、枕《まくら》にコトンと倒《たお》れ込《こ》み、ハリーは眠《ねむ》りに落《お》ちた。

第《だい》4章《しょう》 もれ鍋《なべ》

初《はじ》めて自由《じゆう》を手《て》にしたものの、ハリーは奇妙《きみょう》な感覚《かんかく》に慣《な》れるまで数日《すうじつ》かかった。好《す》きなときに起《お》きて、食《た》べたい物《もの》を食《た》べるなんて、こんなことは今《いま》までになかった。しかも、ダイアゴン横《よこ》丁《ちょう》から出《で》なければ、どこへでも好《す》きな所《ところ》に行《い》ける。長《なが》い石畳《いしだたみ》の横丁《よこちょう》は世界一《せかいいち》魅力的《みりょくてき》な魔法《まほう》グッズの店《みせ》がぎっしり並《なら》んでいるし、ファッジとの約束《やくそく》を破《やぶ》ってマグルの世界《せかい》へさまよい出《で》るなど、ハリーは露《つゆ》ほども願《ねが》いはしなかった。

毎朝《まいあさ》「もれ鍋《なべ》」で朝食《ちょうしょく》を食《た》べながら、ほかの泊《と》まり客《きゃく》を眺《なが》めるのがハリーは好《す》きだった。一日《にち》がかりの買《か》い物《もの》をするのに田舎《いなか》から出《で》てきた、小柄《こがら》でどこか滑稽《こっけい》な魔女《まじょ》とか、『変身現代《へんしんげんだい》』の最《さい》近《きん》の記事《きじ》について議論《ぎろん》を戦《たたか》わせている、いかにも威厳《いげん》のある魔法使《まほうつか》いとか、猛々《たけだけ》しい魔法戦士《まほうせんし》、やかましい小人《こびと》、それに、ある時《とき》は、どうやら鬼婆《おにばば》だと思《おも》われる人《ひと》が、分厚《ぶあつ》いウールのバラクラバ頭巾《ずきん》にすっぽり隠《かく》れて、生《なま》の肝臓《かんぞう》を注文《ちゅうもん》していた。

朝食《ちょうしょく》が終《お》わると、ハリーは裏庭《うらにわ》に出《で》て、杖《つえ》を取《と》り出《だ》し、ごみ箱《ばこ》の上《うえ》の左《ひだり》から三番目《さんばんめ》のれんがを軽《かる》くたたき、少《すこ》し後《うし》ろに下《さ》がって待《ま》つ。すると、壁《かべ》にダイアゴン横丁《よこちょう》へのアーチ形《がた》の入口《いりぐち》が広《ひろ》がる。

長《なが》い夏《なつ》の一日《いちにち》を、ハリーはぶらぶら店《みせ》をのぞいて回《まわ》ったり、カフェ・テラスに並《なら》んだ鮮《あざ》やかなパラソルの下《した》で食事《しょくじ》をしたりした。カフェで食事《しょくじ》をしている客《きゃく》たちは、互《たが》いに買《か》い物《もの》を見《み》せ合《あ》ったり（「ご同輩《どうはい》、これは望月鏡《ぼうげつきょう》だ――もうややこしい月《つき》のチャートで悩《なや》まずにすむぞ、なぁ？」）、シリウス・ブラック事件《じけん》を議論《ぎろん》したり（「私個人《わたしこじん》としては、あいつがアズカバンに連《つ》れ戻《もど》されるまでは、子供《こども》たちを一人《ひとり》では外《そと》に出《だ》さないね」）していた。毛布《もうふ》にもぐって、懐中電灯《かいちゅうでんとう》で宿題《しゅくだい》をする必要《ひつよう》はもうない。ハリーは「フローリアン・フォーテスキュー・アイスクリーム・パーラー」のテラスに座《すわ》り、明《あか》るい陽《ひ》の光《ひかり》を浴《あ》び、店主《てんしゅ》のフローリアン・フォーテスキュー氏《し》にときどき手伝《てつだ》ってもらいながら、宿題《しゅくだい》を仕上《しあ》げていた。店主《てんしゅ》は中世《ちゅうせい》の魔女《まじょ》火《ひ》あぶりにずいぶんくわしいばかりか、三十分《ぷん》ごとにサンデーをふるまってくれるのだった。

グリンゴッツの金庫《きんこ》からガリオン金貨《きんか》、シックル銀貨《ぎんか》、クヌート銅貨《どうか》を引《ひ》き出《だ》し、巾着《きんちゃく》をいっぱいにしたあとは、一度《いちど》に全部《ぜんぶ》使《つか》ってしまわないようにするのに、相当《そうとう》の自制心《じせいしん》が必要《ひつよう》だった。あと五年間《ねんかん》ホグワーツに通《かよ》うのだ、呪文《じゅもん》の教科書《きょうかしょ》を買《か》うお金《かね》をダーズリーにせがむのがどんなにつらいことか考《かんが》えろと、しょっちゅう自分自身《じぶんじしん》に言《い》い聞《き》かせ、やっとのことで、純金《じゅんきん》の見事《みごと》なゴブストーン・セットの誘惑《ゆうわく》を振《ふ》り切《き》った（ゴブストーンはビー玉《だま》に似《に》た魔法《まほう》のゲームで、失点《しってん》するたびに、石《いし》がいっせいに、負《ま》けたプレイヤーの顔《かお》めがけていやな臭《にお》いのする液体《えきたい》を吹《ふ》きかける）。それに、大《おお》きなガラスの球《たま》に入《はい》った完璧《かんぺき》な銀河系《ぎんがけい》の動《うご》く模型《もけい》も、たまらない魅力《みりょく》だった。これがあれば、もう天文学《てんもんがく》の授業《じゅぎょう》をとる必要《ひつよう》がなくなるかもしれない。しかし、「もれ鍋《なべ》」に来《き》てから一週間後《しゅうかんご》のこと、ハリーの決意《けつい》をもっとも厳《きび》しい試練《しれん》にかけるものが、お気《き》に入《い》りの「高級《こうきゅう》クィディッチ用具店《ようぐてん》」に現《あらわ》れた。

店《みせ》の中《なか》で、何《なに》やらのぞき込《こ》んでいる人《ひと》だかりが気《き》になって、ハリーもその中《なか》に割《わ》り込《こ》んでいった。興奮《こうふん》した魔法使《まほうつか》いや魔女《まじょ》の中《なか》でぎゅうぎゅうもまれながらちらっと見《み》えたのは、新《あたら》しく作《つく》られた陳列台《ちんれつだい》で、そこにはハリーが今《いま》まで見《み》たどの箒《ほうき》よりすばらしい箒《ほうき》が飾《かざ》られていた。

「まだ出《で》たばかり……試作品《しさくひん》だ……」四角《しかく》いあごの魔法使《まほうつか》いが仲間《なかま》に説明《せつめい》していた。

「世界一速《せかいいちはや》い箒《ほうき》なんだよね、父《とう》さん？」ハリーより年下《としした》の男《おとこ》の子《こ》が、父親《ちちおや》の腕《うで》にぶら下《さ》がりながらかわいい声《こえ》で言《い》った。

「アイルランド代表《だいひょう》チームから、先日《せんじつ》、この美人箒《びじんぼうき》を七本《ほん》もご注文《ちゅうもん》いただきました！」店《みせ》のオーナーが見物客《けんぶつきゃく》に向《む》かって言《い》った。「このチームは、ワールド・カップの本命《ほんめい》ですぞ！」

ハリーの前《まえ》にいた大柄《おおがら》な魔女《まじょ》がどいたので、箒《ほうき》の脇《わき》にある説明書《せつめいが》きを読《よ》むことができた。

炎《ほのお》の雷《いかずち》・ファイアボルト

この最先端技術《さいせんたんぎじゅつ》を駆使《くし》したレース用箒《ようほうき》は、ダイヤモンド級硬度《きゅうこうど》の研磨仕上《けんましあ》げによる、すっきりと流《なが》れるような形状《けいじょう》の最高級《さいこうきゅう》トネリコ材《ざい》の柄《え》に、固有《こゆう》の登録番号《とうろくばんごう》が手作業《てさぎょう》で刻印《こくいん》されています。尾《お》の部分《ぶぶん》はシラカンバの小枝《こえだ》を一本一本厳選《ぽんぽんげんせん》し、研《と》ぎあげて空気力学的《くうきりきがくてき》に完璧《かんぺき》な形状《けいじょう》に仕上《しあ》げています。このため、ファイアボルトは他《た》の追随《ついずい》を許《ゆる》さぬバランスと、針《はり》の先《さき》ほども狂《くる》わぬ精密《せいみつ》さを備《そな》えています。わずか十秒《びょう》で時速《じそく》二百四十キロメートルまで加速《かそく》できる上《うえ》、止《と》めるときはブレーキ力《りょく》が大《だい》ブレークします。

お値段《ねだん》はお問《と》い合《あ》わせください。

お値段《ねだん》はお問《と》い合《あ》わせください……金貨何枚《きんかなんまい》になるのか、ハリーは考《かんが》えたくなかった。こんなに欲《ほ》しいと思《おも》いつめたことは、一度《いちど》もない――しかし、ニンバス２０００で今《いま》まで試合《しあい》に負《ま》けたことはなかった。充分《じゅうぶん》によい箒《ほうき》をすでに持《も》っているのに、ファイアボルトのためにグリンゴッツの金庫《きんこ》をからっぽにして何《なん》の意味《いみ》がある？　ハリーは値段《ねだん》を聞《き》かなかった。しかし、それからというもの、ファイアボルトを一目見《ひとめみ》たくて、ほとんど毎日通《まいにちかよ》いづめだった。

買《か》わなければならない物《もの》もあった。薬問屋《くすりどんや》に行《い》って「魔法薬学《まほうやくがく》」の材料《ざいりょう》を補充《ほじゅう》したし、制服《せいふく》のローブのそでやすそが十センチほど短《みじか》くなってしまったので、「マダム・マルキンの洋装店《ようそうてん》——普段着《ふだんぎ》から式服《しきふく》まで」に行《い》って新《あたら》しいのを買《か》った。一番大切《いちばんたいせつ》なのは新《あたら》しい教科書《きょうかしょ》を買《か》うことだ。新《あたら》しく加《くわ》わった二科目《かもく》の教科書《きょうかしょ》も必要《ひつよう》だった。「魔法生物飼育学《まほうせいぶつしいくがく》」と「占《うらな》い学《がく》」だ。

本屋《ほんや》のショーウィンドウをのぞいて驚《おどろ》いた。いつもなら飾《かざ》ってあるはずの、歩道用《ほどうよう》のコンクリートほど大《おお》きい金箔押《きんぱくお》しの呪文集《じゅもんしゅう》が消《き》え、ショーウィンドウには、大《おお》きな鉄《てつ》のおりがあった。その中《なか》に、百冊《さつ》ほどの本《ほん》が入《はい》っている。『怪物的《かいぶつてき》な怪物《かいぶつ》の本《ほん》』だった。すさまじいレスリングの試合《しあい》のように本同士《ほんどうし》が取《と》っ組《く》み合《あ》い、ロックをかけ合《あ》い、戦闘的《せんとうてき》にかぶりつくというありさまで、本《ほん》のページがちぎれ、そこいら中《じゅう》に飛《と》び交《か》っていた。

ハリーは教科書《きょうかしょ》のリストをポケットから取《と》り出《だ》して、初《はじ》めて中身《なかみ》を読《よ》んだ。『怪物的《かいぶつてき》な怪物《かいぶつ》の本《ほん》』は「魔法生物飼育学《まほうせいぶつしいくがく》」の必修本《ひっしゅうぼん》としてのっている。ハグリッドが役《やく》に立《た》つだろうと言《い》った意味《いみ》が初《はじ》めてわかった。ハリーはホッとした。もしかしたら、ハグリッドがまた何《なに》か恐《おそ》ろしいペットを新《あたら》しく飼《か》って、ハリーに手伝《てつだ》ってほしいのかもしれないと心配《しんぱい》していたからだ。

「フローリシュ・アンド・ブロッツ書店《しょてん》」に入《はい》っていくと、店長《てんちょう》が急《いそ》いで寄《よ》ってきた。

「ホグワーツかね？」店長《てんちょう》が出《だ》し抜《ぬ》けに言《い》った。「新《あたら》しい教科書《きょうかしょ》を？」

「ええ。欲《ほ》しいのは——」

「どいて」

性急《せいきゅう》にそう言《い》うと、店長《てんちょう》はハリーを押《お》しのけた。分厚《ぶあつ》い手袋《てぶくろ》をはめ、太《ふと》いゴツゴツしたステッキを取《と》り上《あ》げ、店長《てんちょう》は怪物本《かいぶつぼん》のおりの入口《いりぐち》へと進《すす》み出《で》た。

「待《ま》ってください」ハリーがあわてて言《い》った。「僕《ぼく》、それはもう持《も》ってます」

「持《も》ってる？」

店長《てんちょう》の顔《かお》にたちまちホーッと安堵《あんど》の色《いろ》が広《ひろ》がった。

「やれ、助《たす》かった。今朝《けさ》はもう五回《かい》もかみつかれてしまって——」

ビリビリという、あたりをつんざく音《おと》がした。二冊《さつ》の怪物本《かいぶつぼん》が、ほかの一冊《さつ》を捕《つか》まえてバラバラにしていた。

「やめろ！　やめてくれ！」

店長《てんちょう》は叫《さけ》びながらステッキを鉄格子《てつごうし》の間《あいだ》から差《さ》し込《こ》み、からんだ本《ほん》をたたいて引《ひ》き離《はな》した。

「もう二度《にど》と仕入《しい》れるものか！　二度《にど》と！　お手上《てあ》げだ！『透明術《とうめいじゅつ》の透明本《とうめいぼん》』を二百冊《さつ》仕入《しい》れた

ときが最悪《さいあく》だと思《おも》ったのに――あんなに高《たか》い金《かね》を出《だ》して、結局《けっきょく》どこにあるのか見《み》つからずじまいだった……えーと、何《なに》かほかにご用《よう》は？」

「ええ」ハリーは本《ほん》のリストを見《み》ながら答《こた》えた。

「カッサンドラ・バブラツキーの『未来《みらい》の霧《きり》を晴《は》らす』をください」

「あぁ、『占《うらな》い学《がく》』を始《はじ》めるんだね？」

店長《てんちょう》は手袋《てぶくろ》をはずしながらそう言《い》うと、ハリーを店《みせ》の奥《おく》へと案内《あんない》した。そこには、占《うらな》いに関《かん》する本《ほん》だけを集《あつ》めたコーナーがあった。小《ちい》さな机《つくえ》にうずたかく本《ほん》が積《つ》み上《あ》げられている。『予知不能《よちふのう》を予知《よち》する――ショックから身《み》を護《まも》る』『玉《たま》が割《わ》れる――ツキが落《お》ちはじめたとき』などがある。

「これですね」

店長《てんちょう》がはしごを上《のぼ》り、黒《くろ》い背表紙《せびょうし》の厚《あつ》い本《ほん》を取《と》り出《だ》した。

「『未来《みらい》の霧《きり》を晴《は》らす』。これは基礎的《きそてき》な占《うらな》い術《じゅつ》のガイドブックとしていい本《ほん》です――手相術《てそうじゅつ》、水晶玉《すいしょうだま》、鳥《とり》の腸《はらわた》……」

ハリーは聞《き》いていなかった。別《べつ》な本《ほん》に目《め》が吸《す》い寄《よ》せられたのだ。小《ちい》さな机《つくえ》に陳列《ちんれつ》されている物《もの》の中《なか》に、その本《ほん》があった。『死《し》の前兆《ぜんちょう》――最悪《さいあく》の事態《じたい》が来《く》ると知《し》ったとき、あなたはどうするか』。

「あぁ、それは読《よ》まないほうがいいですよ」

ハリーが何《なに》を見《み》つめているのかに目《め》をとめた店員《てんいん》がこともなげに言《い》った。

「死《し》の前兆《ぜんちょう》があらゆるところに見《み》えはじめて、それだけで死《し》ぬほど怖《こわ》いですよ」

それでもハリーは、その本《ほん》の表紙《ひょうし》から目《め》が離《はな》せなかった。目《め》をぎらつかせた、熊《くま》ほどもある大《おお》きな黒《くろ》い犬《いぬ》の絵《え》だ。気味《きみ》が悪《わる》いほど見覚《みおぼ》えがある……。

店員《てんいん》は『未来《みらい》の霧《きり》を晴《は》らす』をハリーの手《て》に押《お》しつけた。

「ほかには何《なに》か？」

「はい」

ハリーは犬《いぬ》の目《め》から無理《むり》に目《め》をそらし、ぼうっとしたままで教科書《きょうかしょ》リストを調《しら》べた。

「えーと――『中級変身術《ちゅうきゅうへんしんじゅつ》』と三年生用《ねんせいよう》の『基本呪文集《きほんじゅもんしゅう》』をください」

十分後《ぷんご》、新《あたら》しい教科書《きょうかしょ》を小脇《こわき》に抱《かか》え、ハリーはフローリシュ・アンド・ブロッツ書店《しょてん》を出《で》た。自分《じぶん》がどこに向《む》かっているかの意識《いしき》もなく、「もれ鍋《なべ》」へ戻《もど》る道《みち》すがら、ハリーは何度《なんど》か人《ひと》にぶつかった。

重《おも》い足取《あしど》りで部屋《へや》への階段《かいだん》を上《のぼ》り、中《なか》に入《はい》ってベッドに教科書《きょうかしょ》をバサバサと落《お》とした。誰《だれ》かが部屋《へや》の掃除《そうじ》をすませたらしい。窓《まど》が開《あ》けられ、陽光《ようこう》が部屋《へや》にそそぎ込《こ》んでいた。ハリーの背後《はいご》で、部屋《へや》からは見《み》えないマグルの通《とお》りをバスが走《はし》る音《おと》が聞《き》こえ、階下《かいか》からはダイアゴン横丁《よこちょう》の、これもまた姿《すがた》の見《み》えない雑踏《ざっとう》のざわめきが聞《き》こえた。洗面台《せんめんだい》の上《うえ》の鏡《かがみ》に自分《じぶん》の姿《すがた》が映《うつ》っていた。

「あれが、死《し》の前兆《ぜんちょう》のはずがない」

鏡《かがみ》の自分《じぶん》に向《む》かって、ハリーは挑《いど》むように語《かた》りかけた。

「マグノリア・クレセント通《どお》りであれを見《み》たときは気《き》が動転《どうてん》してたんだ。たぶん、あれは野良犬《のらいぬ》だったんだ……」

ハリーはいつものくせで、なんとか髪《かみ》をなでつけようとした。

「勝《か》ち目《め》はないよ、坊《ぼう》や」

鏡《かがみ》がしわがれた声《こえ》で言《い》った。

矢《や》のように日《ひ》がたった。ハリーはロンやハーマイオニーの姿《すがた》はないかと、行《い》く先々《さきざき》で探《さが》すようになった。新学期《しんがっき》が近《ちか》づいたので、ホグワーツの生徒《せいと》たちが大勢《おおぜい》、ダイアゴン横丁《よこちょう》にやってきた。ハリーは「高級《こうきゅう》クィディッチ用具店《ようぐてん》」で、シェーマス・フィネガンやディーン・トーマスなど、同《おな》じグリフィンドール生《せい》に出会《であ》った。二人《ふたり》とも、やはり、ファイアボルトを穴《あな》のあくほど見《み》つめていた。本物《ほんもの》のネビル・ロングボトムにも「フローリシュ・アンド・ブロッツ書店《しょてん》」の前《まえ》で出《で》くわしたが、特《とく》に話《はなし》はしなかった。丸顔《まるがお》の忘《わす》れん坊《ぼう》のネビルは教科書《きょうかしょ》のリストをしまい忘《わす》れたらしく、いかにも厳《きび》しそうなネビルの「ばあちゃん」に叱《しか》られているところだった。魔法省《まほうしょう》から逃《に》げる途中《とちゅう》、ネビルの名《な》をかたったことが、このおばあさんにばれませんように、とハリーは願《ねが》った。

夏休《なつやす》み最後《さいご》の日《ひ》、あしたになれば必《かなら》ず、ホグワーツ特急《とっきゅう》でロンとハーマイオニーに会《あ》えるだろう――そんな思《おも》いでハリーは目覚《めざ》めた。着替《きが》えをすませ、最後《さいご》にもう一度《いちど》ファイアボルトを見《み》ようと外《そと》に出《で》た。どこで昼食《ちゅうしょく》をとろうかと考《かんが》えていると、誰《だれ》かが大声《おおごえ》でハリーの名前《なまえ》を呼《よ》んだ。

「ハリー！　ハリー！」

振《ふ》り返《かえ》るとそこに、二人《ふたり》がいた。「フローリアン・フォーテスキュー・アイスクリーム・パーラー」のテラスに、二人《ふたり》とも座《すわ》っていた。ロンはとてつもなくそばかすだらけに見《み》えたし、ハーマイオニーはこんがり日焼《ひや》けしていた。二人《ふたり》ともハリーに向《む》かってちぎれんばかりに手《て》を振《ふ》っている。

「やっと会《あ》えた！」

ハリーが座《すわ》ると、ロンがニコニコしながら言《い》った。

「僕《ぼく》たち『もれ鍋《なべ》』に行《い》ったんだけど、もう出《で》かけちゃったたって言《い》われたんだ。フローリシュ・

アンド・ブロッツにも行《い》ってみたし、マダム・マルキンのとこにも、それで――」

「僕《ぼく》、学校《がっこう》に必要《ひつよう》な物《もの》は先週《せんしゅう》買《か》ってしまったんだ」ハリーが説明《せつめい》した。

「『もれ鍋《なべ》』に泊《と》まってるって、どうして知《し》ってたの？」

「パパさ」ロンはくったくがない。

ウィーズリー氏《し》は魔法省《まほうしょう》に勤《つと》めているし、当然《とうぜん》マージおばさんの身《み》に起《お》こったことは全部《ぜんぶ》聞《き》いたはずだ。

「ハリー、ほんとにおばさんをふくらましちゃったの？」

ハーマイオニーが大《おお》まじめに聞《き》いた。ロンが爆笑《ばくしょう》した。

「そんなつもりはなかったんだ。ただ、僕《ぼく》、ちょっと――キレちゃって」

「ロン、笑《わら》うようなことじゃないわ」ハーマイオニーが気色《けしき》ばんだ。「むしろハリーが退学《たいがく》にならなかったのが驚《おどろ》きだわ。ほんとに」

「僕《ぼく》もそう思《おも》ってる」ハリーも認《みと》めた。「退学処分《たいがくしょぶん》どころじゃない。僕《ぼく》、逮捕《たいほ》されるかと思《おも》った」

ハリーはロンのほうを見《み》た。

「ファッジがどうして僕《ぼく》のことを見逃《みのが》したのか、君《きみ》のパパ、ご存《ぞん》じないかな？」

「たぶん、君《きみ》が君《きみ》だからだ。ちがうか？」

まだ笑《わら》いが止《と》まらないロンが、たいていそんなもんだとばかりに肩《かた》をすぼめた。

「有名《ゆうめい》なハリー・ポッター。いつものことさ。おばさんをふくらませたのが僕《ぼく》だったら、魔法《まほう》省《しょう》が僕《ぼく》に何《なに》をするか、見《み》たくないなぁ。もっとも、まず僕《ぼく》を土《つち》の下《した》から掘《ほ》り起《お》こさないといけないだろうな。だって、きっと僕《ぼく》、ママに殺《ころ》されちゃってるよ。でも、今晩《こんばん》パパに直接《ちょくせつ》聞《き》いてみろよ。僕《ぼく》たちも『もれ鍋《なべ》』に泊《と》まるんだ！　だから、あしたは僕《ぼく》たちと一緒《いっしょ》にキングズ・クロス駅《えき》に行《い》ける！　ハーマイオニーも一緒《いっしょ》だ！」

ハーマイオニーもニッコリとうなずいた。

「パパとママが、今朝《けさ》ここまで送《おく》ってくれたの。ホグワーツ校用《こうよう》のいろんな物《もの》も全部《ぜんぶ》一緒《いっしょ》にね」

「最高《さいこう》！」ハリーがうれしそうに言《い》った。「それじゃ、新《あたら》しい教科書《きょうかしょ》とか、もう全部買《ぜんぶか》ったの？」

「これ見《み》てくれよ」

ロンが袋《ふくろ》から細長《ほそなが》い箱《はこ》を引《ひ》っ張《ぱ》り出《だ》し、開《あ》けて見《み》せた。

「ピカピカの新品《しんぴん》の杖《つえ》。三十三センチ、柳《やなぎ》の木《き》、一角獣《ユニコーン》のしっぽの毛《け》が一本入《ぽんはい》ってる。それに、僕《ぼく》たち二人《ふたり》とも教科書《きょうかしょ》は全部《ぜんぶ》そろえた」

ロンは椅子《いす》の下《した》の大《おお》きな袋《ふくろ》を指《さ》した。

「怪物本《かいぶつぼん》、ありゃ、何《なん》だい、エ？　僕《ぼく》たち、二冊《さつ》欲《ほ》しいって言《い》ったら、店員《てんいん》が半《はん》べそだったぜ」

「ハーマイオニー、そんなにたくさんどうしたの？」

ハリーはハーマイオニーの隣《となり》の椅子《いす》を指差《ゆびさ》した。はちきれそうな袋《ふくろ》が、一つどころか三つもある。

「ほら、私《わたし》、あなたたちよりもたくさん新《あたら》しい科目《かもく》を取《と》るでしょ？　これ、その教科書《きょうかしょ》よ。数《かず》占《うらな》い、魔法生物飼育学《まほうせいぶつしいくがく》、占《うらな》い学《がく》、古代《こだい》ルーン文字学《もじがく》、マグル学《がく》――」

「なんでマグル学《がく》なんか取《と》るんだい？」

ロンがハリーにきょろっと目配《めくば》せしながら言《い》った。

「君《きみ》はマグル出身《しゅっしん》じゃないか！　パパやママはマグルじゃないか！　マグルのことはとっくに知《し》ってるだろう！」

「だって、マグルのことを魔法的視点《まほうてきしてん》から勉強《べんきょう》するのってとってもおもしろいと思《おも》うわ」

ハーマイオニーが真顔《まがお》で言《い》った。

「ハーマイオニー、これから一年《ねん》、食《た》べたり眠《ねむ》ったりする予定《よてい》はあるの？」

ハリーが尋《たず》ねた。ロンはからかうようにクスクス笑《わら》った。ハーマイオニーは両方《りょうほう》とも無視《むし》した。

「私《わたし》、まだ十ガリオン持《も》ってるわ」

ハーマイオニーがさいふをのぞきながら言《い》った。

「私《わたし》のお誕生日《たんじょうび》、九月《がつ》なんだけど、自分《じぶん》で一足早《ひとあしはや》くプレゼントを買《か》いなさいって、パパとママがおこづかいをくださったの」

「すてきなご本《ほん》はいかが？」ロンがむじゃきに言《い》った。

「お気《き》の毒《どく》さま」ハーマイオニーが落《お》ち着《つ》き払《はら》って言《い》った。

「私《わたし》、とってもふくろうが欲《ほ》しいの。だって、ハリーにはヘドウィグがいるし、ロンにはエロールが――」

「僕《ぼく》のじゃない」ロンが言《い》った。「エロールは家族全員《かぞくぜんいん》のふくろうなんだ。僕《ぼく》にはスキャバーズしかいない」

ロンはポケットからペットのネズミを引《ひ》っ張《ぱ》り出《だ》した。

「こいつをよく診《み》てもらわなきゃ。どうも、エジプトの水《みず》が合《あ》わなかったらしくて」

ロンがスキャバーズをテーブルに置《お》いた。

スキャバーズはいつもよりやせて見《み》えたし、ひげは見《み》るからにダラリとしていた。

「すぐそこに『魔法動物《まほうどうぶつ》ペットショップ』があるよ」

ハリーはダイアゴン横丁《よこちょう》のことなら、もう何《なん》でも知《し》っていた。

「ロンはスキャバーズ用《よう》に何《なに》かあるかどうか探《さが》せるし、ハーマイオニーはふくろうが買《か》える」

そこで三人《にん》はアイスクリームの代金《だいきん》を払《はら》い、道路《どうろ》を渡《わた》って「魔法動物《まほうどうぶつ》ペットショップ」に向《む》かった。

中《なか》は狭苦《せまくる》しかった。壁《かべ》は一分《いちぶ》のすきもなくびっしりとケージで覆《おお》われていた。臭《にお》いがプンプンする上《うえ》に、ケージの中《なか》でガアガア、キャッキャッ、シューシューと騒《さわ》ぐのでやかましかった。カウンターのむこうの魔女《まじょ》が、二叉《ふたまた》のイモリの世話《せわ》を先客《せんきゃく》の魔法使《まほうつか》いに教《おし》えているところだったので、三人《にん》はケージを眺《なが》めながら待《ま》った。

巨大《きょだい》な紫色《むらさきいろ》のヒキガエルが一《ひと》つがい、ペロリペロリと死《し》んだクロバエのごちそうを飲《の》み込《こ》んでいた。大亀《おおがめ》が一頭《とう》、窓際《まどぎわ》で宝石《ほうせき》をちりばめた甲羅《こうら》を輝《かがや》かせている。オレンジ色《いろ》の毒《どく》カタツムリは、水槽《すいそう》の壁面《へきめん》をぬめぬめとゆっくりはい登《のぼ》っていたし、太《ふと》った白《しろ》ウサギはポンと大《おお》きな音《おと》を立《た》てながら、シルクハットに変身《へんしん》したり、元《もと》のウサギに戻《もど》ったりをくり返《かえ》していた。ありとあらゆる色《いろ》の猫《ねこ》、ワタリガラスを集《あつ》めたけたたましいケージ、大声《おおごえ》でハミングしているプリン色《いろ》の変《へん》な毛玉《けだま》のバスケット。カウンターには大《おお》きなケージが置《お》かれ、毛並《けな》みもつやつやかなクロネズミが、つるつるしたしっぽを使《つか》って縄跳《なわと》びのようなものに興《きょう》じていた。

二叉《ふたまた》イモリの先客《せんきゃく》がいなくなり、ロンがカウンターに行《い》った。

「僕《ぼく》のネズミのことなんですが、エジプトから帰《かえ》ってきてから、ちょっと元気《げんき》がないんです」

ロンが魔女《まじょ》に説明《せつめい》した。

「カウンターにバンと出《だ》してごらん」

魔女《まじょ》はポケットからがっしりした黒縁《くろぶち》めがねを取《と》り出《だ》した。

ロンは内《うち》ポケットからスキャバーズを取《と》り出《だ》し、同類《どうるい》のネズミのケージの隣《となり》に置《お》いた。跳《と》びはねていたネズミたちは遊《あそ》びをやめ、よく見《み》えるように押《お》し合《あ》いへし合《あ》いして金網《かなあみ》の前《まえ》に集《あつ》まった。

ロンの持《も》ち物《もの》はたいていそうだったが、スキャバーズもやはりお下《さ》がりで（以前《いぜん》はロンの兄《あに》、パーシーの物《もの》だった）、ちょっとよれよれだった。ケージ内《ない》の毛《け》づやのよいネズミと並《なら》べるといっそうしょぼくれて見《み》えた。

「フム」スキャバーズをつまみ上《あ》げ、魔女《まじょ》が言《い》った。「このネズミは何歳《なんさい》なの？」

「知《し》らない」ロンが言《い》った。「かなりの年《とし》。前《まえ》は兄《あに》のものだったんです」

「どんな力《ちから》を持《も》ってるの？」スキャバーズを念入《ねんい》りに調《しら》べながら、魔女《まじょ》が聞《き》いた。

「エー――」

ロンがつっかえた。実《じつ》はスキャバーズはこれはと思《おも》う魔力《まりょく》のかけらさえ示《しめ》したことがない。魔《ま》女《じょ》の目《め》がスキャバーズのぼろぼろの左耳《ひだりみみ》から、指《ゆび》が一本欠《ぽんか》けた前足《まえあし》へと移《うつ》った。それからチッチッチッと大《おお》きく舌打《したう》ちした。

「ひどい目《め》にあってきたようだね。このネズミは」

「パーシーからもらったときからこんなふうだったよ」ロンは弁解《べんかい》するように言《い》った。

「こういう普通《ふつう》の家《いえ》ネズミは、せいぜい三年《ねん》の寿命《じゅみょう》なんですよ」魔女《まじょ》が言《い》った。

「お客《きゃく》さん、もしもっと長持《ながも》ちするのがよければ、たとえばこんなのが……」

魔女《まじょ》はクロネズミを指《さ》し示《しめ》した。とたんにクロネズミはまた縄跳《なわと》びを始《はじ》めた。

「目立《めだ》ちたがり屋《や》」ロンがつぶやいた。

「別《べつ》なのをお望《のぞ》みじゃないなら、この『ネズミ栄養《えいよう》ドリンク』を使《つか》ってみてください」

魔女《まじょ》はカウンターの下《した》から小《ちい》さな赤《あか》い瓶《びん》を取《と》り出《だ》した。

「オーケー。いくらですか？——**あいたっ！**」

ロンは身《み》をかがめた。何《なに》やらでかいオレンジ色《いろ》のものが一番上《いちばんうえ》にあったケージの上《うえ》から飛《と》び降《お》り、ロンの頭《あたま》に着地《ちゃくち》したのだ。シャーッシャーッと激《はげ》しくわめきながら、それはスキャバーズめがけて突進《とっしん》した。

「**こらっ！　クルックシャンクス、だめっ！**」

魔女《まじょ》が叫《さけ》んだが、スキャバーズは石《せっ》けんのようにツルリと魔女《まじょ》の手《て》をすり抜《ぬ》けたと思《おも》うと、ぶざまにベタッと床《ゆか》に落《お》ち、出口《でぐち》めがけて遁走《とんそう》した。

「スキャバーズ！」

ロンが叫《さけ》びながらあとを追《お》って脱兎《だっと》のごとく店《みせ》を飛《と》び出《だ》し、ハリーもあとに続《つづ》いた。

十分近《ぷんちか》く探《さが》して、やっとスキャバーズが見《み》つかった。「高級《こうきゅう》クイディッチ用具店《ようぐてん》」の外《そと》にあるごみ箱《ばこ》の下《した》に隠《かく》れていた。震《ふる》えているスキャバーズをポケットに戻《もど》し、ロンは自分《じぶん》の頭《あたま》をさすりながら立《た》ち上《あ》がった。

「あれはいったい何《なん》だったんだ？」

「巨大《きょだい》な猫《ねこ》か、小《ちい》さな虎《とら》か、どっちかだ」ハリーが答《こた》えた。

「ハーマイオニーはどこ？」

「たぶん、ふくろうを買《か》ってるんだろ」

雑踏《ざっとう》の中《なか》を引《ひ》き返《かえ》し、二人《ふたり》は「魔法動物《まほうどうぶつ》ペットショップ」に戻《もど》った。ちょうど着《つ》いたときに、中《なか》からハーマイオニーが出《で》てきた。しかし、ふくろうを持《も》ってはいなかった。両腕《りょううで》にしっかり抱《だ》きしめていたのは巨大《きょだい》な赤猫《あかねこ》だった。

「君《きみ》、あの怪物《かいぶつ》を買《か》ったのか？」ロンは口《くち》をあんぐり開《あ》けていた。

「この子《こ》、すてきでしょう、ね？」ハーマイオニーは得意満面《とくいまんめん》だった。

見解《けんかい》の相違《そうい》だな、とハリーは思《おも》った。赤味《あかみ》がかったオレンジ色《いろ》の毛《け》がたっぷりとしてふわふわだったが、どう見《み》てもちょっとガニマタだったし、気難《きむずか》しそうな顔《かお》がおかしな具合《ぐあい》につぶれている。まるで、れんがの壁《かべ》に正面衝突《しょうめんしょうとつ》したみたいだ。スキャバーズが隠《かく》れて見《み》えないので、猫《ねこ》はハーマイオニーの腕《うで》の中《なか》で、満足《まんぞく》げにゴロゴロ甘《あま》え声《ごえ》を出《だ》していた。

「ハーマイオニー、そいつ、危《あや》うく僕《ぼく》の頭《あたま》の皮《かわ》をはぐところだったんだぞ！」

「そんなつもりはなかったのよ、ねえ、クルックシャンクス？」

「それに、スキャバーズのことはどうしてくれるんだい？」

ロンは胸《むね》ポケットの出《で》っ張《ぱ》りを指差《ゆびさ》した。

「こいつは安静《あんせい》にしてなきゃいけないんだ。そんなのに周《まわ》りをうろうろされたら安心《あんしん》できないだろ？」

「それで思《おも》い出《だ》したわ。ロン、あなた『ネズミ栄養《えいよう》ドリンク』を忘《わす》れてたわよ」

ハーマイオニーは小《ちい》さな赤《あか》い瓶《びん》をロンの手《て》にピシャリと渡《わた》した。

「それに、取《と》り越《こ》し苦労《ぐろう》はおやめなさい。クルックシャンクスは私《わたし》の女子寮《じょしりょう》で寝《ね》るんだし、スキャバーズはあなたの男子寮《だんしりょう》でしょ。何《なに》が問題《もんだい》なの？　かわいそうなクルックシャンクス。あの魔女《まじょ》が言《い》ってたわ。この子《こ》、もうずいぶん長《なが》いことあの店《みせ》にいたって。誰《だれ》も欲《ほ》しがる人《ひと》がいなかったんだって」

「そりゃ不思議《ふしぎ》だね」

ロンが皮肉《ひにく》っぽく言《い》った。そして、三人《にん》は「もれ鍋《なべ》」に向《む》かって歩《ある》きはじめた。

ウィーズリー氏《し》が「日刊予言者新聞《にっかんよげんしゃしんぶん》」を読《よ》みながら、バーに座《すわ》っていた。

「ハリー！」ウィーズリー氏《し》が目《め》を上《あ》げてハリーに笑《わら》いかけた。「元気《げんき》かね？」

「はい。元気《げんき》です」ハリーが答《こた》えた。

三人《にん》は買《か》い物《もの》をどっさり抱《かか》えてウィーズリー氏《し》のそばに座《すわ》った。

ウィーズリー氏《し》が下《した》に置《お》いた新聞《しんぶん》から、もうおなじみになったシリウス・ブラックの顔《かお》がハリーをじっと見上《みあ》げていた。

「それじゃ、ブラックはまだ捕《つか》まってないんですね？」とハリーが聞《き》いた。

「ウム」ウィーズリー氏《し》は極《きわ》めて深刻《しんこく》な表情《ひょうじょう》を見《み》せた。

「魔法省全員《まほうしょうぜんいん》が、通常《つうじょう》の任務《にんむ》を返上《へんじょう》して、ブラック探《さが》しに努力《どりょく》してきたんだが、まだ吉報《きっぽう》がない」

「僕《ぼく》たちが捕《つか》まえたら賞金《しょうきん》がもらえるのかな？」ロンが聞《き》いた。

「また少《すこ》しお金《かね》がもらえたらいいだろうなあ――」

「ロン、ばかなことを言《い》うんじゃない」

よく見《み》るとウィーズリー氏《し》は相当緊張《そうとうきんちょう》していた。

「十三歳《さい》の魔法使《まほうつか》いにブラックが捕《つか》まえられるわけがない。ヤツを連《つ》れ戻《もど》すのは、アズカバンの看守《かんしゅ》なんだよ。肝《きも》に銘《めい》じておきなさい」

その時《とき》、ウィーズリー夫人《ふじん》がバーに入《はい》ってきた。山《やま》のような買《か》い物《もの》を抱《かか》えている。後《うし》ろに引《ひ》き連《つ》れているのは、ホグワーツの五年生《ねんせい》に進級《しんきゅう》する双子《ふたご》のフレッドとジョージ、全校首席《ぜんこうしゅせき》に選《えら》ばれたパーシー、ウィーズリー家《け》の末《すえ》っ子《こ》で一人娘《ひとりむすめ》のジニーだった。

ジニーは前《まえ》からずっとハリーに夢中《むちゅう》だったが、ハリーを見《み》たとたん、いつもよりなおいっそうどぎまぎしたようだった。去年《きょねん》ホグワーツで、ハリーに命《いのち》を助《たす》けられたせいかもしれない。真《ま》っ赤《か》になって、ハリーの顔《かお》を見《み》ることもできずに「こんにちは」と消《き》え入《はい》るように言《い》った。一方《いっぽう》パーシーは、まるでハリーとは初対面《しょたいめん》でもあるかのようにまじめくさって挨拶《あいさつ》した。

「ハリー、お目《め》にかかれてまことにまことにうれしい」

「やあ、パーシー」ハリーは必死《ひっし》で笑《わら》いをこらえた。

「お変《か》わりないでしょうね？」

握手《あくしゅ》しながらパーシーがもったいぶって聞《き》いた。何《なん》だか市長《しちょう》にでも紹介《しょうかい》されるような感《かん》じだった。

「おかげさまで、元気《げんき》です――」

「ハリー！」フレッドがパーシーをひじで押《お》しのけ、前《まえ》に出《で》て深々《ふかぶか》とおじぎをした。

「おなつかしきご尊顔《そんがん》を拝《はい》し、何《なん》たる光栄《こうえい》――」

「ご機嫌《きげん》うるわしく」

フレッドを押《お》しのけて、今度《こんど》はジョージがハリーの手《て》を取《と》った。

「恭悦至極《きょうえつしごく》に存《ぞん》じたてまつり」

パーシーが顔《かお》をしかめた。

「いいかげんにおやめなさい」ウィーズリー夫人《ふじん》が言《い》った。

「お母上《ははうえ》！」フレッドが、たった今母親《いまははおや》に気《き》づいたかのようにその手《て》を取《と》った。

「お目《め》もじ叶《かな》い、何《なん》たる幸《しあわ》せ――」

「おやめって、言《い》ってるでしょう」

ウィーズリー夫人《ふじん》は空《あ》いている椅子《いす》に買《か》い物《もの》の荷物《にもつ》を置《お》いた。

「こんにちは、ハリー。わが家《や》のすばらしいニュースを聞《き》いたでしょう？」

パーシーの胸《むね》に光《ひか》る真新《まあたら》しい銀《ぎん》バッジを指差《ゆびさ》し、ウィーズリー夫人《ふじん》が晴《は》れがましさに胸《むね》を張《は》って言《い》った。

「わが家《や》の二人目《ふたりめ》の首席《しゅせき》なのよ！」

「そして最後《さいご》のね」フレッドが声《こえ》をひそめて言《い》った。

「そのとおりでしょうよ」ウィーズリー夫人《ふじん》が急《きゅう》にキッとなった。「二人《ふたり》とも、監督生《かんとくせい》になれなかったようですものね」

「なんで僕《ぼく》たちが監督生《かんとくせい》なんかにならなきゃいけないんだい？」

ジョージが考《かんが》えるだけで反吐《へど》が出《で》るという顔《かお》をした。

「人生真《じんせいま》っ暗《くら》じゃござんせんか」

ジニーがクックックッと笑《わら》った。

「妹《いもうと》のもっといいお手本《てほん》になりなさい！」ウィーズリー夫人《ふじん》はきっぱり言《い》った。

「お母《かあ》さん。ジニーのお手本《てほん》なら、ほかの兄《あに》たちがいますよ」パーシーが鼻高々《はなたかだか》で言《い》った。

「僕《ぼく》は夕食《ゆうしょく》のために着替《きが》えてきます」

パーシーがいなくなると、ジョージがため息《いき》をついてハリーに話《はな》しかけた。

「俺《おれ》たち、あいつをピラミッドに閉《と》じ込《こ》めてやろうとしたんだけど、ママに見《み》つかっちゃってさ」

その夜《よる》の夕食《ゆうしょく》は楽《たの》しかった。宿《やど》の亭主《ていしゅ》のトムが食堂《しょくどう》のテーブルを三つつなげてくれて、ウィーズリー家《け》の七人《にん》、ハリー、ハーマイオニーの全員《ぜんいん》がフルコースのおいしい食事《しょくじ》を次々《つぎつぎ》と平《たい》らげた。

「パパ、あした、どうやってキングズ・クロス駅《えき》に行《い》くの？」

豪華《ごうか》なチョコレート・ケーキのデザートにかぶりつきながら、フレッドが聞《き》いた。

「魔法省《まほうしょう》が車《くるま》を二台用意《だいようい》してくれる」ウィーズリー氏《し》が答《こた》えた。

みんないっせいにウィーズリー氏《し》の顔《かお》を見《み》た。

「どうして？」パーシーがいぶかしげに聞《き》いた。

「パース、そりゃ、君《きみ》のためだ」ジョージがまじめくさって言《い》った。「それに、小《ちい》さな旗《はた》が車《くるま》の前《まえ》につくぜ。HB《エイチビー》って書《か》いてな――」

「――HB《エイチビー》って『首席《しゅせき》』――じゃなかった、『石頭《いしあたま》』の頭文字《かしらもじ》さ」

フレッドがあとを受《う》けて言《い》った。

パーシーとウィーズリー夫人《ふじん》以外は、思《おも》わずデザートの上《うえ》にブーッと噴《ふ》き出《だ》した。

「お父《とう》さん、どうしてお役所《やくしょ》から車《くるま》が来《く》るんですか？」

パーシーがまったく気《き》にしていないふうを装《よそお》いながら聞《き》いた。

「そりゃ、私《わたし》たちにはもう車《くるま》がないし、それに、私《わたし》が勤《つと》めているので、ご厚意《こうい》で……」

なにげない言《い》い方《かた》だったが、ウィーズリー氏《し》の耳《みみ》が真《ま》っ赤《か》になったのをハリーは見逃《みのが》さなかった。何《なに》かプレッシャーがかかったときのロンと同《おな》じだ。

「大助《おおだす》かりだわ」ウィーズリー夫人《ふじん》がきびきびと言《い》った。

「みんな、どんなに大荷物《おおにもつ》なのかわかってるの？　マグルの地下鉄《ちかてつ》なんかに乗《の》ったら、さぞかし見物《みもの》でしょうよ……。みんな、荷造《にづく》りはすんだんでしょうね？」

「ロンは新《あたら》しく買《か》った物《もの》をまだトランクに入《い》れていないんです」

パーシーがいかにも苦難《くなん》に耐《た》えているような声《こえ》を出《だ》した。

「僕《ぼく》のベッドの上《うえ》に置《お》きっぱなしなんです」

「ロン、早《はや》く行《い》ってちゃんとしまいなさい。あしたの朝《あさ》はあんまり時間《じかん》がないのよ」

ウィーズリー夫人《ふじん》がテーブルのむこう端《はし》から呼《よ》びかけた。ロンはしかめっ面《つら》でパーシーを見《み》た。

夕食《ゆうしょく》も終《お》わり、みんな満腹《まんぷく》で眠《ねむ》くなった。明日《あす》持《も》っていく物《もの》をたしかめるため、一人《ひとり》、また一人《ひとり》と階段《かいだん》を上《のぼ》ってそれぞれの部屋《へや》に戻《もど》った。ロンとパーシーはハリーの隣部屋《となりべや》だった。自分《じぶん》のトランクを閉《し》め、鍵《かぎ》をかけたその時《とき》、誰《だれ》かのどなり声《ごえ》が壁越《かべご》しに聞《き》こえてきたので、ハリーは何《なに》事《ごと》かと部屋《へや》を出《で》た。

十二号室《ごうしつ》のドアが半開《はんびら》きになっていて、パーシーがどなっていた。

「ここに、ベッド脇《わき》の机《つくえ》にあったんだぞ。磨《みが》くのにはずしておいたんだから――」

「いいか、僕《ぼく》はさわってないぞ」ロンもどなり返《かえ》した。

「どうしたんだい？」ハリーが聞《き》いた。

「僕《ぼく》の首席《しゅせき》バッジがなくなった」ハリーのほうを振《ふ》り向《む》きざま、パーシーが言《い》った。

「スキャバーズのネズミ栄養《えいよう》ドリンクもないんだ」ロンはトランクの中身《なかみ》をポイポイ放《ほう》り出《だ》して探《さが》していた。「もしかしたらバーに忘《わす》れたかな――」

「僕《ぼく》のバッジを見《み》つけるまでは、どこにも行《い》かせないぞ！」パーシーが叫《さけ》んだ。

「僕《ぼく》、スキャバーズの薬《くすり》を探《さが》してくる。もう荷造《にづく》りが終《お》わったから」

ロンにそう言《い》って、ハリーは階段《かいだん》を下《お》りた。

もうすっかり明《あ》かりの消《き》えたバーに行《い》く途中《とちゅう》、廊下《ろうか》の中《なか》ほどまで来《き》たとき、またしても別《べつ》の二人《ふたり》が食堂《しょくどう》の奥《おく》のほうで言《い》い争《あらそ》っている声《こえ》が聞《き》こえてきた。それがウィーズリー夫妻《ふさい》の声《こえ》だとはすぐにわかった。口《くち》げんかをハリーが聞《き》いてしまったと、二人《ふたり》には知《し》られたくない。どうしようとためらっていると、ふと自分《じぶん》の名前《なまえ》が聞《き》こえてきた。ハリーは思《おも》わず立《た》ち止《ど》まり、食堂《しょくどう》のドアに近寄《ちかよ》った。

「……ハリーに教《おし》えないなんてばかな話《はなし》があるか」

ウィーズリー氏《し》が熱《あつ》くなっている。

「ハリーには知《し》る権利《けんり》がある。ファッジに何度《なんど》もそう言《い》ったんだが、ファッジはゆずらないんだ。ハリーを子供扱《こどもあつか》いしている。ハリーはもう十三歳《さい》なんだ。それに――」

「アーサー、ほんとのことを言《い》ったら、あの子《こ》は怖《こわ》がるだけです！」

ウィーズリー夫人《ふじん》が激《はげ》しく言《い》い返《かえ》した。

「ハリーがあんなことを引《ひ》きずったまま学校《がっこう》に戻《もど》るほうがいいって、あなた、本気《ほんき》でそうおっしゃるの？　とんでもないわ！　知《し》らないほうがハリーは幸《しあわ》せなのよ」

「あの子《こ》にみじめな思《おも》いをさせたいわけじゃない。私《わたし》はあの子《こ》に自分自身《じぶんじしん》で警戒《けいかい》させたいだけなんだ」

ウィーズリー氏《し》がやり返《かえ》した。

「ハリーやロンがどんな子《こ》か、母《かあ》さんも知《し》ってるだろう。二人《ふたり》でふらふら出歩《であ》いて――もう『禁《きん》じられた森《もり》』にまで入《はい》り込《こ》んでいるんだよ！　今学期《こんがっき》はハリーはそんなことをしちゃいかんのだ！　ハリーが家《いえ》から逃《に》げ出《だ》したあの夜《よる》、あの子《こ》の身《み》に何《なに》か起《お》こっていたかもわからんと思《おも》うと！　もし夜の騎士《ナイト》バスがあの子《こ》を拾《ひろ》っていなかったら、賭《か》けてもいい、魔法省《まほうしょう》に発見《はっけん》される前《まえ》にあの子《こ》は死《し》んでいたよ」

「でも、あの子《こ》は死《し》んでいませんわ。無事《ぶじ》なのよ。だからわざわざ何《なに》も――」

「モリー母《かあ》さん。シリウス・ブラックは狂人《きょうじん》だとみんなが言《い》う。たぶんそうだろう。しかし、アズカバンから脱獄《だつごく》する才覚《さいかく》があった。しかも不可能《ふかのう》といわれていた脱獄《だつごく》だ。もう一月《ひとつき》もたつのに、誰一人《だれひとり》、ブラックの足跡《あしあと》さえ見《み》ていない。ファッジが『日刊予言者新聞《にっかんよげんしゃしんぶん》』に何《なん》と言《い》おうと、事実《じじつ》、我々《われわれ》がブラックを捕《つか》まえる可能性《かのうせい》は薄《うす》いのだよ。勝手《かって》に魔法《まほう》をかける杖《つえ》を発明《はつめい》すると同《おな》じぐらい難《むずか》しいことだ。一つだけはっきり我々《われわれ》がつかんでいるのは、ヤツのねらいが――」

「でも、ハリーはホグワーツにいれば絶対安全《ぜったいあんぜん》ですわ」

「我々《われわれ》はアズカバンも絶対《ぜったい》まちがいないと思《おも》っていたんだよ。ブラックがアズカバンを破《やぶ》って出《で》られるなら、ホグワーツにだって破《やぶ》って入《はい》れる」

「でも、誰《だれ》もはっきりとはわからないじゃありませんか。ブラックがハリーをねらってるなんて――」

ドスンと木《き》をたたく音《おと》が聞《き》こえた。ウィーズリー氏《し》が拳《こぶし》でテーブルをたたいた音《おと》にちがいないとハリーは思《おも》った。

「モリー、何度言《なんどい》えばわかるんだね？　新聞《しんぶん》にのっていないのは、ファッジがそれを秘密《ひみつ》にしておきたいからなんだ。しかし、ブラックが脱走《だっそう》したあの夜《よる》、ファッジはアズカバンに視察《しさつ》に行《い》っていたんだ。看守《かんしゅ》たちがファッジに報告《ほうこく》したそうだ。ブラックがこのところ寝言《ねごと》を言《い》うって。いつもおんなじ寝言《ねごと》だ。『あいつはホグワーツにいる……あいつはホグワーツにいる』。ブラックはね、モリー、狂《くる》っている。そしてハリーの死《し》を望《のぞ》んでいるんだ。私《わたし》の考《かんが》えでは、ヤツは、ハリーを殺《ころ》せば『例《れい》のあの人《ひと》』の権力《けんりょく》が戻《もど》ると思《おも》っているんだ。ハリーが『例《れい》のあの人《ひと》』に引導《いんどう》を渡《わた》したあの夜《よる》、ブラックはすべてを失《うしな》った。そして十二年間《ねんかん》、ヤツはアズカバンの独房《どくぼう》でそのことだけを思《おも》いつめていた……」

沈黙《ちんもく》が流《なが》れた。ハリーは続《つづ》きを聞《き》きもらすまいと必死《ひっし》で、ドアにいっそうぴったりと張《は》りついた。

「そうね、アーサー、あなたはご自分《じぶん》が正《ただ》しいと思《おも》うことをなさらなければ。でも、アルバス・ダンブルドアのことをお忘《わす》れよ。ダンブルドアが校長《こうちょう》をなさっているかぎり、ホグワーツではけっしてハリーを傷《きず》つけることはできないと思《おも》います。ダンブルドアはこのことをすべてご存《ぞん》じなんでしょう？」

「もちろん知《し》っていらっしゃる。アズカバンの看守《かんしゅ》たちを学校《がっこう》の入口付近《いりぐちふきん》に配備《はいび》してもよいかどうか、我々役所《われわれやくしょ》としても、校長《こうちょう》におうかがいを立《た》てなければならなかった。ダンブルドアはご不満《ふまん》ではあったが、同意《どうい》した」

「ご不満《ふまん》？　ブラックを捕《つか》まえるために配備《はいび》されるのに、どこがご不満《ふまん》なんですか？」

「ダンブルドアはアズカバンの看守《かんしゅ》たちがお嫌《きら》いなんだ」

ウィーズリー氏《し》の口調《くちょう》は重苦《おもくる》しかった。

「それを言《い》うなら、私《わたし》も嫌《きら》いだ……。しかしブラックのような魔法使《まほうつか》いが相手《あいて》では、いやな連《れん》中《ちゅう》とも手《て》を組《く》まなければならんこともある」

「看守《かんしゅ》たちがハリーを救《すく》ってくれたなら――」

「そうしたら、私《わたし》はもう一言《ひとこと》もあの連中《れんちゅう》の悪口《わるぐち》は言《い》わんよ」

ウィーズリー氏《し》がつかれた口調《くちょう》で言《い》った。

「母《かあ》さん、もう遅《おそ》い。そろそろ休《やす》もうか……」

ハリーは椅子《いす》の動《うご》く音《おと》を聞《き》いた。できるだけ音《おと》を立《た》てずに、ハリーは急《いそ》いでバーに続《つづ》く廊下《ろうか》を進《すす》み、その場《ば》から姿《すがた》を隠《かく》した。食堂《しょくどう》のドアが開《ひら》き、数秒後《すうびょうご》に足音《あしおと》がして、ウィーズリー夫妻《ふさい》が階段《かいだん》を上《のぼ》るのがわかった。

ネズミ栄養《えいよう》ドリンクの瓶《びん》は、午後《ごご》にみんなが座《すわ》ったテーブルの下《した》に落《お》ちていた。ハリーはウィーズリー夫妻《ふさい》の部屋《へや》のドアが閉《し》まる音《おと》が聞《き》こえるまで待《ま》った。それから瓶《びん》を持《も》って引《ひ》き返《かえ》し、二階《かい》に戻《もど》った。

フレッドとジョージが踊《おど》り場《ば》の暗《くら》がりにうずくまり、声《こえ》を殺《ころ》して、息《いき》が苦《くる》しくなるほど笑《わら》っていた。パーシーがバッジを探《さが》して、ロンとの二人部屋《ふたりべや》をあちこちひっくり返《かえ》す大騒《おおさわ》ぎを聞《き》いているようだ。

「俺《おれ》たちが持《も》ってるのさ」フレッドがハリーにささやいた。「バッジを改善《かいぜん》してやったよ」

バッジには「首席《しゅせき》」ではなく「石頭《いしあたま》」と書《か》いてあった。

ハリーは無理《むり》に笑《わら》ってみせ、ロンにネズミ栄養《えいよう》ドリンクを渡《わた》すと、自分《じぶん》の部屋《へや》に戻《もど》って鍵《かぎ》をかけ、ベッドに横《よこ》たわった。

シリウス・ブラックは、僕《ぼく》をねらっていたのか。それで謎《なぞ》が解《と》けた。ファッジは僕《ぼく》が無事《ぶじ》だったのを見《み》てホッとしたから甘《あま》かったんだ。僕《ぼく》にダイアゴン横丁《よこちょう》にとどまるように約束《やくそく》させたのは、ここなら僕《ぼく》を見守《みまも》る魔法使《まほうつか》いがたくさんいるからだ。あした魔法省《まほうしょう》の車《くるま》二台《だい》で全員《ぜんいん》を駅《えき》まで運《はこ》ぶのは、汽車《きしゃ》に乗《の》るまでウィーズリー一家《いっか》が僕《ぼく》の面倒《めんどう》を見《み》ることができるようにするためなんだ。

隣《となり》の部屋《へや》から壁《かべ》越《ご》しにどなり声《ごえ》が低《ひく》く聞《き》こえてきた。なぜか、ハリーはそれほど恐《おそ》ろしいと感《かん》じていなかった。シリウス・ブラックはたった一つの呪《のろ》いで十三人《にん》を殺《ころ》したという。ウィーズリー氏《し》も夫人《ふじん》も、ほんとうのことを知《し》ったらハリーが恐怖《きょうふ》でうろたえるだろうと思《おも》ったにちがいない。でも、ウィーズリー夫人《ふじん》の言《い》うことにハリーも同感《どうかん》だった。この地上《ちじょう》で一番安全《いちばんあんぜん》な場所《ばしょ》は、ダンブルドアのいるところだ。ダンブルドアはヴォルデモート卿《きょう》が恐《おそ》れた唯一《ゆいいつ》の人物《じんぶつ》だと、みんないつもそう言《い》っているではないか？　シリウス・ブラックがヴォルデモートの右腕《みぎうで》なら、当然《とうぜん》同《おな》じようにダンブルドアを恐《おそ》れているのではないか？

それに、みんなが取《と》りざたしているアズカバンの看守《かんしゅ》がいる。みんなその看守《かんしゅ》たちを死《し》ぬほど怖《こわ》がっている。学校《がっこう》の周《まわ》りにぐるりとこの看守《かんしゅ》たちが配備《はいび》されるなら、ブラックが学校内《がっこうない》に入《はい》り込《こ》む可能性《かのうせい》はほとんどないだろう。

いや、ハリーを一番悩《いちばんなや》ませたのは、そんなことではない。ホグズミードに行《い》ける見込《みこ》みが今《いま》やゼロになってしまったことだ。ブラックが捕《つか》まるまでは、ハリーが城《しろ》という安全地帯《あんぜんちたい》から出《で》ないでほしいと、みんながそう思《おも》っている。それだけじゃない。危険《きけん》が去《さ》るまで、みんながハリーのことを監視《かんし》するだろう。

ハリーは真《ま》っ暗《くら》な天井《てんじょう》に向《む》かって顔《かお》をしかめた。僕《ぼく》が自分《じぶん》で自分《じぶん》の面倒《めんどう》を見《み》られないとでも思《おも》っているの？　ヴォルデモート卿《きょう》の手《て》を三度《ど》も逃《のが》れた僕《ぼく》だ。そんなにやわじゃないよ……。

マグノリア・クレセント通《どお》りの、あの獣《けもの》の影《かげ》が、なぜかふっとハリーの心《こころ》をよぎった。

『最悪《さいあく》の事態《じたい》が来《く》ると知《し》ったとき、あなたはどうするか』……。

「僕《ぼく》は殺《ころ》されたりしないぞ」

ハリーは声《こえ》に出《だ》して言《い》った。

「その意気《いき》だよ、坊《ぼう》や」

部屋《へや》の鏡《かがみ》が眠《ねむ》そうな声《こえ》を出《だ》した。

第《だい》5章《しょう》　吸魂鬼《ディメンター》

翌朝《よくあさ》、亭主《ていしゅ》のトムが、いつものように歯《は》の抜《ぬ》けた口《くち》でニッコリ笑《わら》いながら、紅茶《こうちゃ》を持《も》ってハリーを起《お》こしにきた。ハリーは着替《きが》えをすませ、むずかるヘドウィグをなだめすかしてかごに入《い》れた。ちょうどその時《とき》、ドアがバーンと開《ひら》いて、トレーナーを頭《あたま》からかぶりながら、ロンがいらいら顔《がお》で入《はい》ってきた。

「一刻《いっこく》も早《はや》く汽車《きしゃ》に乗《の》ろう。ホグワーツに行《い》ったら、せめて、パーシーと離《はな》れられるしな。パーシーのやつ、今度《こんど》は、ペネロピー・クリアウォーターの写真《しゃしん》に僕《ぼく》が紅茶《こうちゃ》をこぼしたって責《せ》めるんだ」

ロンがしかめっ面《つら》をした。

「ほら、パーシーの**ガールフレンド**。鼻《はな》の頭《あたま》が赤《あか》くしみになったからって、写真《しゃしん》の額《がく》に顔《かお》を隠《かく》しちまってさ……」

「話《はなし》があるんだ」

ハリーはそう切《き》り出《だ》したが、ちょうどフレッドとジョージがのぞき込《こ》んだので話《はなし》がとぎれた。二人《ふたり》はロンがパーシーをカンカンに怒《おこ》らせたことを誉《ほ》めるために顔《かお》をのぞかせたのだ。

朝食《ちょうしょく》をとりにみんなで下《お》りていくと、ウィーズリー氏《し》が眉根《まゆね》を寄《よ》せながら「日刊予言者新聞《にっかんよげんしゃしんぶん》」の一面記事《めんきじ》を読《よ》んでいた。ウィーズリー夫人《ふじん》はハーマイオニーとジニーに、自分《じぶん》が娘《むすめ》のころ作《つく》った「愛《あい》の妙薬《みょうやく》」のことを話《はな》していた。三人《にん》ともクスクス笑《わら》ってばかりいた。

「何《なに》を言《い》いかけたんだい？」テーブルに着《つ》きながらロンが尋《たず》ねた。

「あとで」ちょうどパーシーが鼻息《はないき》も荒《あら》く入《はい》ってきたので、ハリーは小声《こごえ》で答《こた》えた。

旅立《たびだ》ちのごたごた騒《さわ》ぎで、ハリーはロンやハーマイオニーに話《はな》す機会《きかい》を失《うしな》った。「もれ鍋《なべ》」の狭《せま》い階段《かいだん》を、全員《ぜんいん》のトランクを汗《あせ》だくで運《はこ》び出《だ》して出口近《でぐちちか》くに積《つ》み上《あ》げたり、ヘドウィグやら、パーシーのコノハズクのヘルメスが入《はい》ったかごをそのまた上《うえ》にのせたりと、何《なに》やかやでそれどころではなかったのだ。山《やま》と積《つ》まれたトランクの脇《わき》に、小《ちい》さな柳編《やなぎあ》みのかごが置《お》かれ、シャーッシャーッと激《はげ》しい音《おと》を出《だ》していた。

「大丈夫《だいじょうぶ》よ、クルックシャンクス」

ハーマイオニーがかごの外《そと》から猫《ねこ》なで声《ごえ》で呼《よ》びかけた。

「汽車《きしゃ》に乗《の》ったら出《だ》してあげるからね」

「出《だ》してあげない」ロンがピシャリと言《い》った。

「かわいそうなスキャバーズはどうなる？　エ？」

ロンは自分《じぶん》の胸《むね》ポケットを指差《ゆびさ》した。ぽっこりと盛《も》り上《あ》がっている。スキャバーズが中《なか》で丸《まる》くなって縮《ちぢ》こまっているらしい。

外《そと》で魔法省《まほうしょう》からの車《くるま》を待《ま》っていたウィーズリー氏《し》が、食堂《しょくどう》に首《くび》を突《つ》き出《だ》した。

「車《くるま》が来《き》たよ。ハリー、おいで」

旧型《きゅうがた》の深緑色《ふかみどりいろ》の車《くるま》が二台停車《だいていしゃ》していた。その先頭《せんとう》の車《くるま》までのわずかな距離《きょり》を、ウィーズリー氏《し》はハリーに付《つ》き添《そ》って歩《ある》いた。二台《だい》とも、エメラルド色《いろ》のビロードのスーツを着込《きこ》んだ、どこか秘密《ひみつ》のにおいのする魔法使《まほうつか》いが運転《うんてん》していた。

「ハリー、さあ、中《なか》へ」

ウィーズリー氏《し》が雑踏《ざっとう》の右《みぎ》から左《ひだり》まですばやく目《め》を走《はし》らせながらうながした。

ハリーは後《うし》ろの座席《ざせき》に座《すわ》った。まもなくハーマイオニーとロンが乗《の》り込《こ》み、そして、ロンにとってはむかつくパーシーも乗《の》り込《こ》んだ。

キングズ・クロス駅《えき》までの移動《いどう》は、ハリーの夜《ナ》の騎《イ》士《ト》バスの旅《たび》に比《くら》べれば、あっけないものだった。魔法省《まほうしょう》の車《くるま》はほとんどあたりまえの車《くるま》と言《い》ってもよかった。ただ、バーノンおじさんの新《あたら》しい社用車《しゃようしゃ》なら絶対《ぜったい》に通《とお》り抜《ぬ》けられないような狭《せま》いすきまをすり抜《ぬ》けられることにハリーは気《き》づいた。キングズ・クロス駅《えき》に着《つ》いたときは、まだ二十分《ぷん》の余裕《よゆう》があった。魔法省《まほうしょう》の運転手《うんてんしゅ》が、カートを探《さが》してきて、トランクを車《くるま》から降《お》ろし、帽子《ぼうし》にちょっと手《て》をやってウィーズリー氏《し》に向《む》かって挨拶《あいさつ》した。走《はし》り去《さ》った車《くるま》は、なぜか信号待《しんごうま》ちをしている車《くるま》の列《れつ》を飛《と》び越《こ》して、一番前《いちばんまえ》につけていた。

ウィーズリー氏《し》は駅《えき》に入《はい》るまでずっと、ハリーのひじのあたりにぴったり張《は》りついていた。

「よし、それじゃ」

ウィーズリー氏《し》が周《まわ》りをちらちら見《み》ながら言《い》った。

「我々《われわれ》は大所帯《おおじょたい》だから、二人《ふたり》ずつ行《い》こう。私《わたし》が最初《さいしょ》にハリーと一緒《いっしょ》に通《とお》り抜《ぬ》けるよ」

ウィーズリー氏《し》は、ハリーのカートを押《お》しながら、九番線《ばんせん》と十番線《ばんせん》の間《あいだ》にある柵《さく》のほうへぶらぶらと歩《ある》きながら、ちょうど九番線《ばんせん》に到着《とうちゃく》した長距離列車《ちょうきょりれっしゃ》のインターシティ一二五号《ごう》に、興味《きょうみ》津々《しんしん》のようだった。おじさんはハリーに意味《いみ》ありげに目配《めくば》せをし、なにげなく柵《さく》に寄《よ》りかかった。

ハリーもまねをした。

次《つぎ》の瞬間《しゅんかん》、ハリーたちは硬《かた》い金属《きんぞく》の障壁《しょうへき》を通《とお》り抜《ぬ》け、九と四分《ぶん》の三番線《ばんせん》ホームに横《よこ》ざまに倒《たお》れ込《こ》んだ。目《め》を上《あ》げると、紅色《くれないいろ》の機関車《きかんしゃ》、ホグワーツ特急《とっきゅう》が煙《けむり》を吐《は》いていた。その煙《けむり》の下《した》で、ホームいっぱいにあふれた魔女《まじょ》や魔法使《まほうつか》いが、子供《こども》たちを見送《みおく》り、汽車《きしゃ》に乗《の》せていた。

ハリーの背後《はいご》に突然《とつぜん》パーシーとジニーが現《あらわ》れた。息《いき》を切《き》らしている。走《はし》って柵《さく》を通《とお》り抜《ぬ》けたらしい。

「あ、ペネロピーがいる！」

パーシーは髪《かみ》をなでつけ、一段《いちだん》とほおを紅潮《こうちょう》させた。

胸《むね》に輝《かがや》くバッジをガールフレンドが絶対見逃《ぜったいみのが》さないようにと、ふんぞり返《かえ》って歩《ある》くパーシーを見《み》て、ジニーとハリーは顔《かお》を見合《みあ》わせ、パーシーに見《み》られないよう横《よこ》を向《む》いて噴《ふ》き出《だ》した。

ウィーズリー家《け》の残《のこ》りのメンバーとハーマイオニーが到着《とうちゃく》したところで、ハリーとウィーズリー氏《し》が先頭《せんとう》に立《た》って後尾車両《こうびしゃりょう》のほうに歩《ある》いていった。満員《まんいん》のコンパートメントを通《とお》り過《す》ぎ、ほとんど誰《だれ》もいない車両《しゃりょう》を見《み》つけ、そこにトランクを積《つ》み込《こ》み、ヘドウィグとクルックシャンクスを荷物棚《にもつだな》にのせた。それからウィーズリー夫妻《ふさい》に別《わか》れを告《つ》げるために、もう一度列車《いちどれっしゃ》の外《そと》に出《で》た。

ウィーズリー夫人《ふじん》は子供《こども》たち全員《ぜんいん》にキスをし、それからハーマイオニー、最後《さいご》にハリーにキスをした。ハリーはどぎまぎしながらも、おばさんにことさらギュッと抱《だ》きしめられてとてもうれしかった。

「ハリー、むちゃしないでね。いいこと？」

おばさんはハリーを離《はな》したが、なぜか目《め》がうるんでいた。それから巨大《きょだい》な手《て》さげかばんを取《と》り出《だ》した。「みんなにサンドイッチを作《つく》ってきたわ。はい、ロン……いいえ、ちがいますよ。コンビーフじゃありません。……フレッド？　フレッドはどこ？　はい、あなたのですよ……」

「ハリー」

ウィーズリー氏《し》がそっと呼《よ》んだ。

「ちょっとこっちへおいで」

おじさんはあごで柱《はしら》のほうを示《しめ》した。ウィーズリー夫人《ふじん》を囲《かこ》む群《む》れを抜《ぬ》け出《だ》し、ハリーはウィーズリー氏《し》について柱《はしら》の陰《かげ》に入《はい》った。

「君《きみ》が出発《しゅっぱつ》する前《まえ》に、どうしても言《い》っておかなければならないことがある――」

ウィーズリー氏《し》の声《こえ》は緊張《きんちょう》していた。

「おじさん、いいんです。僕《ぼく》、もう知《し》っています」

「知《し》っている？　どうしてまた？」

「僕《ぼく》――あの――おじさんとおばさんがきのうの夜《よる》、話《はな》しているのを聞《き》いてしまったんです。僕《ぼく》、聞《き》こえてしまったんです」

それからハリーはあわててつけ加《くわ》えた。

「ごめんなさい――」

「できることなら君《きみ》にそんな知《し》らせ方《かた》をしたくはなかった」

ウィーズリー氏《し》は気《き》づかわしげに言《い》った。

「いいえ――これでよかったんです。ほんとうに。これで、おじさんはファッジ大臣《だいじん》との約束《やくそく》を破《やぶ》らずにすむし、僕《ぼく》は何《なに》が起《お》こっているのかがわかったんですから」

「ハリー、きっと怖《こわ》いだろうね――」

「怖《こわ》くありません」

ハリーは心《こころ》からそう答《こた》えた。ウィーズリー氏《し》が信《しん》じられないという顔《かお》をしたので、「ほんとうです」とつけ加《くわ》えた。

「僕《ぼく》、強《つよ》がってるんじゃありません。でも、まじめに考《かんが》えて、シリウス・ブラックがヴォルデモートより手《て》ごわいなんてこと、ありえないでしょう?」

ウィーズリー氏《し》はその名《な》を聞《き》いただけでひるんだが、聞《き》かなかったふりをした。

「ハリー、君《きみ》は、ファッジが考《かんが》えているより、何《なん》と言《い》うか、ずっと肝《きも》がすわっている。そのことは私《わたし》も知《し》っていた。君《きみ》が怖《こわ》がっていないのは、私《わたし》としてももちろんうれしい。しかしだ――」

「アーサー!」

ウィーズリー夫人《ふじん》が呼《よ》んだ。おばさんは羊飼《ひつじか》いが群《む》れを追《お》うように、みんなを汽車《きしゃ》に追《お》い込《こ》んでいた。

「アーサー、何《なに》してらっしゃるの？　もう出《で》てしまいますよ！」

「モリー母《かあ》さん、ハリーは今行《いまい》くよ！」

そう言《い》いながら、ウィーズリー氏《し》はもう一度《いちど》ハリーのほうに向《む》きなおり、声《こえ》をいっそう低《ひく》くして、急《せ》き込《こ》んでこう言《い》った。

「いいかね、約束《やくそく》してくれ――」

「――僕《ぼく》がおとなしくして城《しろ》の外《そと》に出《で》ないってことですか？」ハリーは憂《ゆう》うつだった。

「それだけじゃない」

おじさんはこれまでハリーが見《み》たことがないような真剣《しんけん》な顔《かお》をしていた。

「ハリー、私《わたし》に誓《ちか》ってくれ。ブラックを探《さが》したりしないって」

「えっ？」ハリーはウィーズリー氏《し》を見《み》つめた。

汽笛《きてき》がポーッと大《おお》きく鳴《な》り響《ひび》いた。駅員《えきいん》たちが汽車《きしゃ》のドアを次々《つぎつぎ》と閉《し》めはじめた。

「ハリー、約束《やくそく》してくれ」ウィーズリー氏《し》はますます急《せ》き込《こ》んだ。「どんなことがあっても――」

「僕《ぼく》を殺《ころ》そうとしている人《ひと》を、なんで僕《ぼく》のほうから探《さが》したりするんです？」

ハリーはキョトンとして言《い》った。

「誓《ちか》ってくれ。君《きみ》が何《なに》を聞《き》こうと──」

「アーサー、早《はや》く！」ウィーズリー夫人《ふじん》が叫《さけ》んだ。

汽車《きしゃ》はシューッと煙《けむり》を吐《は》き、動《うご》きだした。ハリーはドアまで走《はし》った。ロンがドアをパッと開《あ》け、一歩下《いっぽさ》がってハリーを乗《の》せた。みんなが窓《まど》から身《み》を乗《の》り出《だ》し、汽車《きしゃ》がカーブして二人《ふたり》の姿《すがた》が見《み》えなくなるまでウィーズリー夫妻《ふさい》に手《て》を振《ふ》り続《つづ》けた。

「君《きみ》たちだけに話《はな》したいことがあるんだ」

汽車《きしゃ》がスピードを上《あ》げはじめたとき、ハリーはロンとハーマイオニーに向《む》かってささやいた。

「ジニー、どっかに行《い》ってて」ロンが言《い》った。

「あら、ご挨拶《あいさつ》ね」ジニーは機嫌《きげん》をそこね、プリプリしながら離《はな》れていった。

ハリー、ロン、ハーマイオニーは誰《だれ》もいないコンパートメントを探《さが》して通路《つうろ》を歩《ある》いた。どこもいっぱいだったが、最後尾《さいこうび》にただ一つ空《あ》いたところがあった。

客《きゃく》が一人《ひとり》いるだけだった。男《おとこ》が一人《ひとり》、窓側《まどがわ》の席《せき》でぐっすり眠《ねむ》っている。三人《にん》はコンパートメントの入口《いりぐち》で中《なか》をたしかめた。ホグワーツ特急《とっきゅう》はいつも生徒《せいと》のために貸《か》し切《き》りになっていて、食《た》べ物《もの》をワゴンで売《う》りにくる魔女以外《まじょいがい》は、車中《しゃちゅう》で大人《おとな》を見《み》たことがなかった。

見知《みし》らぬ客《きゃく》は、あちこち継《つ》ぎの当《あ》たった、かなりみすぼらしいローブを着《き》ていた。つかれはて て、病《や》んでいるようにも見《み》えた。まだかなり若《わか》いのに、鳶色《とびいろ》の髪《かみ》は白髪《しらが》まじりだ。

「この人《ひと》、誰《だれ》だと思《おも》う？」

窓《まど》から一番遠《いちばんとお》い席《せき》を取《と》り、引《ひ》き戸《ど》を閉《し》め、三人《にん》が腰《こし》を落《お》ち着《つ》けたとき、ロンが声《こえ》をひそめて聞《き》いた。

「ルーピン先生《せんせい》」ハーマイオニーがすぐに答《こた》えた。

「どうして知《し》ってるんだ？」

「かばんに書《か》いてあるわ」

ハーマイオニーは男《おとこ》の頭《あたま》の上《うえ》にある荷物棚《にもつだな》を指差《ゆびさ》した。くたびれた小《こ》ぶりのかばんは、きちんとつなぎ合《あ》わせたひもでぐるぐる巻《ま》きになっていた。かばんの片隅《かたすみ》に、R《アール》・J《ジェイ》・ルーピン教授《きょうじゅ》と、はがれかけた文字《もじ》が押《お》してある。

「いったい何《なに》を教《おし》えるんだろ？」

ルーピン先生《せんせい》の青白《あおじろ》い横顔《よこがお》を見《み》て、顔《かお》をしかめながらロンが言《い》った。

「決《き》まってるじゃない」ハーマイオニーが小声《こごえ》で言《い》った。

「空《あ》いているのは一つしかないでしょ？『闇《やみ》の魔術《まじゅつ》に対《たい》する防衛術《ぼうえいじゅつ》』よ」

ハリーも、ロンも、ハーマイオニーも、「闇《やみ》の魔術《まじゅつ》に対《たい》する防衛術《ぼうえいじゅつ》」の授業《じゅぎょう》を二人《ふたり》の先生《せんせい》から受《う》けたが、二人《ふたり》とも一年《ねん》しかもたなかった。この学科《がっか》は呪《のろ》われているといううわさがたっていた。

「ま、この人《ひと》がちゃんと教《おし》えられるならいいけどね」

ロンはダメだろうという口調《くちょう》だ。

「強力《きょうりょく》な呪《のろ》いをかけられたら一発《ぱつ》で参《まい》っちまうように見《み》えないか？　ところで……」

ロンはハリーのほうを向《む》いた。

「何《なん》の話《はなし》なんだい？」

ハリーはウィーズリー夫妻《ふさい》の言《い》い合《あ》いのことや、今《いま》しがたウィーズリー氏《し》が警告《けいこく》したことを全部《ぜんぶ》二人《ふたり》に話《はな》した。聞《き》き終《お》わると、ロンは愕然《がくぜん》としていたし、ハーマイオニーは両手《りょうて》で口《くち》を押《お》さえていた。やがてハーマイオニーは手《て》を離《はな》し、こう言《い》った。

「シリウス・ブラックが脱獄《だつごく》したのは、あなたをねらうためですって？　あぁ、ハリー……ほんとに、ほんとに気《き》をつけなきゃ。自分《じぶん》からわざわざトラブルに飛《と》び込《こ》んでいったりしないでね、ハリー……」

「僕《ぼく》、自分《じぶん》から飛《と》び込《こ》んでいったりするもんか」ハリーはじれったそうに言《い》った。

「いつも**トラブルのほうが**飛《と》び込《こ》んでくるんだ」

「ハリーを殺《ころ》そうとしてる狂人《きょうじん》だぜ。自分《じぶん》からのこのこ会《あ》いにいくバカがいるかい？」

ロンは震《ふる》えていた。

二人《ふたり》とも、ハリーが考《かんが》えた以上《いじょう》に強《つよ》い反応《はんのう》を示《しめ》した。ロンもハーマイオニーも、ブラックのことをハリーよりずっと恐《おそ》れているようだった。

「ブラックがどうやってアズカバンから逃《に》げたのか、誰《だれ》にもわからない。これまで脱獄《だつごく》した者《もの》は一人《ひとり》もいない。しかもブラックは一番厳《いちばんきび》しい監視《かんし》を受《う》けていたんだ」

ロンは落《お》ち着《つ》かない様子《ようす》で話《はな》した。

「だけど、また捕《つか》まるでしょう？」ハーマイオニーが力《ちから》を込《こ》めて言《い》った。

「だって、マグルまで総動員《そうどういん》してブラックを追跡《ついせき》してるじゃない……」

「何《なん》の音《おと》だろう？」突然《とつぜん》ロンが言《い》った。

小《ちい》さく口笛《くちぶえ》を吹《ふ》くような音《おと》が、かすかにどこからか聞《き》こえてくる。三人《にん》はコンパートメントを見回《みまわ》した。

「ハリー、君《きみ》のトランクからだ」

ロンは立《た》ち上《あ》がって荷物棚《にもつだな》に手《て》を伸《の》ばし、やがてハリーのローブの間《あいだ》から携帯用《けいたいよう》「かくれん防止器《スニーコスコープ》」を引《ひ》っ張《ぱ》り出《だ》した。ロンの手《て》の平《ひら》の上《うえ》でそれは激《はげ》しく回転《かいてん》し、まぶしいほどに輝《かがや》いていた。

「それ、スニーコスコープ？」ハーマイオニーが興味津々《きょうみしんしん》で、もっとよく見《み》ようと立《た》ち上《あ》がった。

「ウン……だけど、安《やす》モンだよ」ロンが言《い》った。「エロールの脚《あし》にハリーへの手紙《てがみ》をくくりつけようとしたら、メッチャ回《まわ》ったもの」

「その時何《ときなに》か怪《あや》しげなことをしてなかった？」ハーマイオニーが突《つ》っ込《こ》んだ。

「してない！　でも……エロールを使《つか》っちゃいけなかったんだ。じいさん、長旅《ながたび》には向《む》かないしね……だけど、ハリーにプレゼントを届《とど》けるのに、ほかにどうすりゃよかったんだい？」

「早《はや》くトランクに戻《もど》して」

スニーコスコープが耳《みみ》をつんざくような音《おと》を出《だ》したので、ハリーがルーピン先生《せんせい》のほうをあごで指《さ》しながら注意《ちゅうい》した。

「じゃないと、この人《ひと》が目《め》を覚《さ》ますよ」

ロンはスニーコスコープをバーノンおじさんのとびきりオンボロ靴下《くつした》の中《なか》に押《お》し込《こ》んで音《おと》を殺《ころ》し、その上《うえ》からトランクのふたを閉《し》めた。

「ホグズミードで調《しら》べてもらえるかもしれない」

ロンが席《せき》に座《すわ》りなおしながら言《い》った。

「『ダービシュ・アンド・バングズ』の店《みせ》で、魔法《まほう》の機械《きかい》とかいろいろ売《う》ってるって、フレッドとジョージが教《おし》えてくれた」

「ホグズミードのこと、よく知《し》ってるの?」ハーマイオニーが意気込《いきご》んだ。

「イギリスで唯一《ゆいいつ》の、完全《かんぜん》にマグルなしの村《むら》だって本《ほん》で読《よ》んだけど――」

「ああ、そうだと思《おも》うよ」ロンはそんなことには関心《かんしん》がなさそうだ。

「僕《ぼく》、だからそこに行《い》きたいってわけじゃないよ。『ハニーデュークス』の店《みせ》に行《い》ってみたいだけさ!」

「それって、何《なに》?」ハーマイオニーが聞《き》いた。

「お菓子屋《かしや》さ」ロンはうっとり夢見《ゆめみ》る顔《かお》になった。

「なーんでもあるんだ……激辛《げきから》ペッパー――食《た》べると、口《くち》から煙《けむり》が出《で》るんだ――それにイチゴムースやクリームがいっぱい詰《つ》まってる大粒《おおつぶ》のふっくらチョコボール――それから砂糖羽根《さとうはね》ペン――授業中《じゅぎょうちゅう》にこれをなめていたって、次《つぎ》に何《なに》を書《か》こうか考《かんが》えているみたいに見《み》えるんだ――」

「でも、ホグズミードってとってもおもしろいところなんでしょう?」

ハーマイオニーがしつこく聞《き》いた。

「『魔法《まほう》の史跡《しせき》』を読《よ》むと、そこの旅籠《はたご》は一六一二年《ねん》の小鬼《ゴブリン》の反乱《はんらん》で本部《ほんぶ》になったところだし、

『叫《さけ》びの屋敷《やしき》』はイギリスで一番恐《いちばんおそ》ろしい呪《のろ》われた幽霊屋敷《ゆうれいやしき》だって書《か》いてあるし――」

「――それにおっきな炭酸入《たんさんい》りキャンディ。なめてる間《あいだ》、地上《ちじょう》から数《すう》センチ浮《う》き上《あ》がるんだ」

ロンはハーマイオニーの言《い》ったことを全然聞《ぜんぜんき》いてはいなかった。

ハーマイオニーはハリーのほうに向《む》きなおった。

「ちょっと学校《がっこう》を離《はな》れて、ホグズミードを探検《たんけん》するのもすてきじゃない？」

「だろうね」ハリーは沈《しず》んだ声《こえ》で言《い》った。「見《み》てきたら、僕《ぼく》に教《おし》えてくれなきゃ」

「どういうこと？」ロンが聞《き》いた。

「僕《ぼく》、行《い》けないんだ。ダーズリーおじさんが許可証《きょかしょう》にサインしなかったし、ファッジ大臣《だいじん》もサインしてくれないんだ」

ロンがとんでもないという顔《かお》をした。

「許可《きょか》してもらえないって？　そんな――そりゃないぜ――マクゴナガルか誰《だれ》かが許可《きょか》してくれるよ――」

ハリーは力《ちから》なく笑《わら》った。グリフィンドールの寮監《りょうかん》、マクゴナガル先生《せんせい》はとても厳《きび》しい先生《せんせい》だ。

「――じゃなきゃ、フレッドとジョージに聞《き》けばいい。あの二人《ふたり》なら、城《しろ》から抜《ぬ》け出《だ》す秘密《ひみつ》の道《みち》を全部知《ぜんぶし》ってる――」

「ロン！」ハーマイオニーの厳《きび》しい声《こえ》が飛《と》んだ。

「ブラックが捕《つか》まってないのに、ハリーは学校《がっこう》からこっそり抜《ぬ》け出《だ》すべきじゃないわ――」

「ああ、僕《ぼく》が許可《きょか》してくださいってお願《ねが》いしたら、マクゴナガル先生《せんせい》はきっとそうおっしゃるだろうな」

ハリーが残念《ざんねん》そうに言《い》った。

「だけど、**僕《ぼく》たちが**ハリーと一緒《いっしょ》にいれば、ブラックはまさか――」

ロンがハーマイオニーに向《む》かって威勢《いせい》よく言《い》った。

「まあ、ロン、ばかなこと言《い》わないで」ハーマイオニーは手厳《てきび》しい。

「ブラックは雑踏《ざっとう》のど真《ま》ん中《なか》であんなに大勢《おおぜい》を殺《ころ》したのよ。**私《わたし》たちが**ハリーのそばにいれば、ブラックが尻込《しりご》みすると、本気《ほんき》でそう思《おも》ってるの？」

ハーマイオニーはクルックシャンクスの入《はい》ったかごのひもを解《と》こうとしていた。

「そいつを出《だ》したらダメ！」

ロンが叫《さけ》んだが、遅《おそ》かった。クルックシャンクスがひらりとかごから飛《と》び出《だ》し、伸《の》びに続《つづ》いてあくびをしたと思《おも》うと、ロンのひざに跳《と》び乗《の》った。ロンのポケットのふくらみがブルブル震《ふる》えた。

ロンは怒《おこ》ってクルックシャンクスを払《はら》いのけた。

「どけよ！」

「ロン、やめて！」

ハーマイオニーが怒《おこ》った。

ロンが言《い》い返《かえ》そうとしたその時《とき》、ルーピン先生《せんせい》がもぞもぞ動《うご》いた。三人《にん》ともぎくりとして先生《せんせい》を見《み》たが、先生《せんせい》は頭《あたま》を反対側《はんたいがわ》に向《む》けただけで、わずかに口《くち》を開《あ》けて眠《ねむ》り続《つづ》けた。

ホグワーツ特急《とっきゅう》は順調《じゅんちょう》に北《きた》へと走《はし》り、外《そと》には雲《くも》がだんだん厚《あつ》く垂《た》れ込《こ》め、車窓《しゃそう》には一段《いちだん》と暗《くら》く荒々《あらあら》しい風景《ふうけい》が広《ひろ》がっていった。コンパートメントの外側《そとがわ》の通路《つうろ》では生徒《せいと》が追《お》いかけっこをして往《い》ったり来《き》たりしていた。クルックシャンクスは空《あ》いている席《せき》に落《お》ち着《つ》き、ペチャンコの顔《かお》をロンに向《む》け、黄色《きいろ》い目《め》をロンのシャツのポケットに向《む》けていた。

一時《じ》になると、丸《まる》っこい魔女《まじょ》が食《た》べ物《もの》を積《つ》んだカートを押《お》して、コンパートメントのドアの前《まえ》にやってきた。

「この人《ひと》を起《お》こすべきかなぁ？」

ルーピン先生《せんせい》のほうをあごで指《さ》し、ロンが戸惑《とまど》いながら言《い》った。

「何《なに》か食《た》べたほうがいいみたいに見《み》えるけど」

ハーマイオニーがそっとルーピン先生《せんせい》のそばに行《い》った。

「あの――先生《せんせい》？　もしもし――先生《せんせい》？」

先生《せんせい》は身《み》じろぎもしない。

「大丈夫《だいじょうぶ》よ、嬢《じょう》ちゃん」

大《おお》きな魔女鍋《まじょなべ》スポンジケーキを一山《ひとやま》ハリーに渡《わた》しながら、魔女《まじょ》が言《い》った。

「目《め》を覚《さ》ましたときにお腹《なか》がすいてるようなら、わたしは一番前《いちばんまえ》の運転士《うんてんし》のところにいますからね」

「この人《ひと》、眠《ねむ》ってるんだよね？」

魔女《まじょ》のおばさんがコンパートメントの引《ひ》き戸《ど》を閉《し》めたとき、ロンがこっそり言《い》った。

「つまり……死《し》んでないよね。ね？」

「ない、ない。息《いき》をしてるわ」

ハリーがよこしたケーキを取《と》りながら、ハーマイオニーがささやいた。

ルーピン先生《せんせい》はつき合《あ》いのよい道連《みちづ》れではなかったかもしれないが、コンパートメントにいてくれたことで役《やく》に立《た》った。昼下《ひるさ》がりになって、車窓《しゃそう》から見《み》える丘陵風景《きゅうりょうふうけい》がかすむほどの雨《あめ》が降《お》り出《だ》したとき、通路《つうろ》でまた足音《あしおと》がした。ドアを開《あ》けたのは、三人《にん》が一番毛嫌《いちばんけぎら》いしている連中《れんちゅう》だった。ドラコ・マルフォイと、その両脇《りょうわき》を固《かた》める腰巾着《こしぎんちゃく》のビンセント・クラッブ、グレゴリー・ゴイルだ。

ドラコ・マルフォイとハリーは、ホグワーツ行《い》き特急《とっきゅう》での最初《さいしょ》の旅《たび》で出会《であ》ったときからの敵同士《かたきどうし》だ。あごのとがった青白《あおじろ》い顔《かお》にいつもせせら笑《わら》いを浮《う》かべているマルフォイは、スリザリン寮《りょう》生《せい》だった。スリザリン寮代表《りょうだいひょう》のクィディッチ・チームではシーカーで、ハリーのグリフィンドール寮《りょう》チームでのポジションと同《おな》じだ。クラッブとゴイルは、マルフォイの命令《めいれい》に従《したが》うために存在《そんざい》するかのような二人《ふたり》だった。両方《りょうほう》とも筋骨隆々《きんこつりゅうりゅう》の肩幅《かたはば》がっちり体型《たいけい》で、クラッブのほうが背《せ》が高《たか》く、茶碗《ちゃわん》カットのヘアスタイルで太《ふと》い首《くび》。ゴイルはたわしのような短《みじか》く刈《か》り込《こ》んだ髪《かみ》で、ゴリラのような長《なが》い腕《うで》をぶら下《さ》げていた。

「へえ、誰《だれ》かと思《おも》えば」

コンパートメントのドアを開《あ》けながら、マルフォイはいつもの気取《きど》った口調《くちょう》で言《い》った。

「ポッターー、ポッティーのいかれポンチと、ウィーズリー、ウィーゼルのコソコソ君《きみ》じゃあないか！」

クラッブとゴイルはトロール並《な》みのアホ笑《わら》いをした。

「ウィーズリー、君《きみ》の父親《ちちおや》がこの夏《なつ》やっと小金《こがね》を手《て》にしたって聞《き》いたよ。母親《ははおや》がショックで死《し》ななかったかい？」

ロンが出《だ》し抜《ぬ》けに立《た》ち上《あ》がった拍子《ひょうし》に、クルックシャンクスのかごを床《ゆか》にたたき落《お》としてしまった。ルーピン先生《せんせい》がいびきをかいた。

「そいつは誰《だれ》だ？」

ルーピンを見《み》つけたとたん、マルフォイが無意識《むいしき》に一歩《ぽ》引《ひ》いた。

「新《あたら》しい先生《せんせい》だ」

ハリーは、そう答《こた》えながら、もしかしたらロンを引《ひ》き止《と》めなければならないかもしれないと、自分《じぶん》も立《た》ち上《あ》がっていた。

「マルフォイ、今《いま》、何《なん》て言《い》ったんだ？」

マルフォイは薄青《うすあお》い目《め》を細《ほそ》めた。先生《せんせい》の鼻先《はなさき》でけんかを吹《ふ》っかけるほどばかではない。

「いくぞ」マルフォイは苦々《にがにが》しげにクラッブとゴイルに声《こえ》をかけ、姿《すがた》を消《け》した。

ハリーとロンはまた座《すわ》った。ロンは拳《こぶし》をさすっていた。

「今年《ことし》はマルフォイにごちゃごちゃ言《い》わせないぞ」ロンは熱《あつ》くなっていた。「本気《ほんき》だ。僕《ぼく》の家族《かぞく》の悪口《わるぐち》を一言《ひとこと》でも言《い》ってみろ。首根《くびね》っこをつかまえて、こうやって――」

ロンは空《くう》を切《き》るように乱暴《らんぼう》な動作《どうさ》をした。

「ロン」ハーマイオニーがルーピン先生《せんせい》を指差《ゆびさ》して「シッ」と言《い》った。

「気《き》をつけてよ……」

ルーピン先生《せんせい》はそれでもぐっすり眠《ねむ》り続《つづ》けていた。

汽車《きしゃ》がさらに北《きた》へ進《すす》むと、雨《あめ》も激《はげ》しさを増《ま》した。窓《まど》の外《そと》は雨足《あまあし》がかすかに光《ひか》るだけの灰色《はいいろ》一色《しょく》で、その色《いろ》も墨色《すみいろ》に変《か》わり、やがて通路《つうろ》と荷物棚《にもつだな》にポッとランプがともった。汽車《きしゃ》はガタゴト揺《ゆ》れ、雨《あめ》は激《はげ》しく窓《まど》を打《う》ち、風《かぜ》はうなりを上《あ》げた。それでもルーピン先生《せんせい》は眠《ねむ》っている。

「もう着《つ》くころだ」

ロンが身《み》を乗《の》り出《だ》し、ルーピン先生《せんせい》の体越《からだご》しに、もう真《ま》っ暗《くら》になっている窓《まど》の外《そと》を見《み》た。

ロンの言葉《ことば》が終《お》わるか終《お》わらないうちに、汽車《きしゃ》が速度《そくど》を落《お》としはじめた。

「調子《ちょうし》いいぞ」

ロンは立《た》ち上《あ》がり、そっとルーピン先生《せんせい》の脇《わき》をすり抜《ぬ》けて窓《まど》から外《そと》を見《み》ようとした。

「腹《はら》ペコだ。宴会《えんかい》が待《ま》ち遠《どお》しい……」

「まだ着《つ》かないはずよ」ハーマイオニーが時計《とけい》を見《み》ながら言《い》った。

「じゃ、なんで止《と》まるんだ?」

汽車《きしゃ》はますます速度《そくど》を落《お》とした。ピストンの音《おと》が弱《よわ》くなり、窓《まど》を打《う》つ雨風《あめかぜ》の音《おと》がいっそう激《はげ》しく聞《き》こえた。

一番《いちばん》ドアに近《ちか》いところにいたハリーが立《た》ち上《あ》がって、通路《つうろ》の様子《ようす》をうかがった。同《おな》じ車両《しゃりょう》のどのコンパートメントからも、不思議《ふしぎ》そうな顔《かお》が突《つ》き出《で》ていた。

汽車《きしゃ》がガクンと停《と》まった。どこか遠《とお》くのほうから、ドサリ、ドシンと、荷物棚《にもつだな》からトランクが落《お》ちる音《おと》が聞《き》こえてきた。そして、何《なん》の前触《まえぶ》れもなく、明《あ》かりがいっせいに消《き》え、あたりが急《きゅう》に真《ま》っ暗闇《くらやみ》になった。

「いったい何《なに》が起《お》こったんだ？」

ハリーの後《うし》ろでロンの声《こえ》がした。

「イタッ！」ハーマイオニーがうめいた。「ロン、今《いま》の、私《わたし》の足《あし》だったのよ！」

ハリーは手探《てさぐ》りで自分《じぶん》の席《せき》に戻《もど》った。

「故障《こしょう》しちゃったのかな？」

「さぁ……」

引《ひ》っかくような音《おと》がして、ハリーの目《め》にロンのりんかくがぼんやりと見《み》えた。ロンは窓《まど》ガラスの曇《くも》りを丸《まる》くふき、外《そと》をのぞいていた。

「何《なん》だかあっちで動《うご》いてる。誰《だれ》か乗《の》り込《こ》んでくるみたいだ」ロンが言《い》った。

コンパートメントのドアが急《きゅう》に開《ひら》き、誰《だれ》かがハリーの脚《あし》の上《うえ》に倒《たお》れ込《こ》んできて、ハリーは痛《いた》い思《おも》いをした。

「ごめんね！　何《なに》がどうなったかわかる？　アイタッ！　ごめんね――」

「やあ、ネビル」ハリーは闇《やみ》の中《なか》を手探《てさぐ》りでネビルのマントをつかみ、助《たす》け起《お》こした。

「ハリー？　君《きみ》なの？　どうなってるの？」

「わからない。座《すわ》って――」

シャーッと大《おお》きな鳴《な》き声《ごえ》、続《つづ》いて痛《いた》そうなネビルの叫《さけ》び声《ごえ》が聞《き》こえた。ネビルがクルックシャンクスの上《うえ》に座《すわ》ろうとしたのだ。

「私《わたし》、運転士《うんてんし》のところに行《い》って、何事《なにごと》なのか聞《き》いてくるわ」ハーマイオニーの声《こえ》だ。

ハリーはハーマイオニーが前《まえ》を通《とお》り過《す》ぎる気配《けはい》を感《かん》じた。それからドアを開《あ》ける音《おと》、続《つづ》いてドシンという音《おと》と、痛《いた》そうな叫《さけ》び声《ごえ》が二人分《ふたりぶん》聞《き》こえた。

「だあれ？」

「そっちこそだあれ？」

「ジニーなの？」

「ハーマイオニー？」

「何《なに》してるの？」

「ロンを探《さが》してるの――」

「入《はい》って、ここに座《すわ》れよ――」

「ここじゃないよ！」ハリーがあわてて言《い》った。「ここには僕《ぼく》がいるんだ！」

「アイタッ！」ネビルだ。

「静《しず》かに！」突然《とつぜん》しわがれ声《こえ》がした。

ルーピン先生《せんせい》がついに目《め》を覚《さ》ましたらしい。先生《せんせい》のいる奥《おく》のほうで、何《なに》か動《うご》く音《おと》をハリーは聞《き》いた。みんながだまった。

やわらかなカチリという音《おと》のあとに、灯《あか》りが揺《ゆ》らめき、コンパートメントを照《て》らした。ルーピン先生《せんせい》は手《て》の平《ひら》いっぱいに炎《ほのお》を持《も》っているようだった。炎《ほのお》が先生《せんせい》のつかれたような灰色《はいいろ》の顔《かお》を照《て》らした。目《め》だけが油断《ゆだん》なく、鋭《するど》く警戒《けいかい》していた。

「動《うご》かないで」

さっきと同《おな》じしわがれ声《ごえ》でそう言《い》うと、先生《せんせい》は手《て》の平《ひら》の灯《あか》りを前《まえ》に突《つ》き出《だ》してゆっくりと立《た》ち上《あ》がった。

先生《せんせい》がドアにたどり着《つ》く前《まえ》に、ドアがゆっくりと開《ひら》いた。

ルーピン先生《せんせい》が手《て》にした揺《ゆ》らめく炎《ほのお》に照《て》らし出《だ》され、入口《いりぐち》に立《た》っていたのは、マントを着《き》た、天井《てんじょう》までも届《とど》きそうな黒《くろ》い影《かげ》だった。顔《かお》はすっぽりと頭巾《ずきん》で覆《おお》われている。ハリーは上《うえ》から下《した》へとその影《かげ》に目《め》を走《はし》らせた。そして、胃《い》が縮《ちぢ》むようなものを見《み》てしまった。マントから突《つ》き出《で》ている手《て》。灰白色《かいはくしょく》に冷《つめ》たく光《ひか》り、穢《けが》らわしいかさぶたに覆《おお》われ、水中《すいちゅう》で腐敗《ふはい》した死《し》がいのような手《て》……。

ほんの一瞬《いっしゅん》しか見《み》えなかった。まるでその生《い》き物《もの》がハリーの視線《しせん》に気《き》づいたかのように、その手《て》は黒《くろ》い覆《おお》いのひだの中《なか》へ突如《とつじょ》引《ひ》っ込《こ》められた。

それから頭巾《ずきん》に覆《おお》われた得体《えたい》の知《し》れない何者《なにもの》かは、ガラガラと音《おと》を立《た》てながらゆっくりと長《なが》く息《いき》を吸《す》い込《こ》んだ。まるでその周囲《しゅうい》から、空気《くうき》以外《いがい》の何《なに》かを吸《す》い込《こ》もうとしているかのようだった。

ぞっとするような冷気《れいき》が全員《ぜんいん》を襲《おそ》った。ハリーは自分《じぶん》の息《いき》が胸《むね》の途中《とちゅう》でつっかえたような気《き》がした。寒気《さむけ》がハリーの皮膚《ひふ》の下深《したふか》くもぐり込《こ》んでいった。ハリーの胸《むね》の中《なか》へ、そしてハリーの心《しん》臓《ぞう》そのものへと……。

ハリーの目玉《めだま》がひっくり返《かえ》った。何《なに》も見《み》えない。ハリーは冷気《れいき》におぼれていった。耳《みみ》の中《なか》に、まるで水《みず》が流《なが》れ込《こ》むような音《おと》がした。下《した》へ下《した》へと引《ひ》き込《こ》まれていく。うなりがだんだん大《おお》きくなる……。

すると、どこか遠《とお》くから叫《さけ》び声《ごえ》が聞《き》こえた。ぞっとするようなおびえた叫《さけ》び、哀願《あいがん》の叫《さけ》びだ。

誰《だれ》か知《し》らないその人《ひと》を、ハリーは助《たす》けたかった。腕《うで》を動《うご》かそうとしたが、どうにもならない……。

濃《こ》い霧《きり》がハリーの周《まわ》りに、ハリーの体《からだ》の中《なか》に渦巻《うずま》いている――。

「ハリー！　ハリー！　しっかりして」

誰《だれ》かがハリーのほおをたたいている。

「ウ、うーん？」

ハリーは目《め》を開《あ》けた。体《からだ》の上《うえ》にランプがあった。床《ゆか》が揺《ゆ》れている――ホグワーツ特急《とっきゅう》が再《ふたた》び動《うご》きだし、車内《しゃない》はまた明《あか》るくなっていた。ハリーは座席《ざせき》から床《ゆか》にすべり落《お》ちたらしい。ロンとハーマイオニーが脇《わき》にかがみ込《こ》んでいた。その上《うえ》からネビルとルーピン先生《せんせい》がのぞき込《こ》んでいるのが見《み》える。とても気分《きぶん》が悪《わる》かった。鼻《はな》のめがねを押《お》し上《あ》げようと手《て》を当《あ》てると、顔《かお》に冷《ひ》や汗《あせ》が流《なが》れていた。

ロンとハーマイオニーがハリーを抱《かか》えて席《せき》に戻《もど》した。

「大丈夫《だいじょうぶ》かい？」ロンがこわごわ聞《き》いた。

「ああ」

ハリーはドアのほうをちらっと見《み》た。頭巾《ずきん》の生《い》き物《もの》は消《き》えていた。

「何《なに》が起《お》こったの？　どこに行《い》ったんだ――あいつは？　誰《だれ》が叫《さけ》んだの？」

「誰《だれ》も叫《さけ》びやしないよ」ますます心配《しんぱい》そうにロンが答《こた》えた。

ハリーは明《あか》るくなったコンパートメントをぐるりと見《み》た。ジニーとネビルが、二人《ふたり》とも真《ま》っ青《さお》な顔《かお》でハリーを見返《みかえ》していた。

「でも、僕《ぼく》、叫《さけ》び声《ごえ》を聞《き》いたんだ――」

パキッという大《おお》きな音《おと》で、みんな飛《と》び上《あ》がった。ルーピン先生《せんせい》が巨大《きょだい》な板《いた》チョコを割《わ》っていた。

「さあ」

先生《せんせい》がハリーに特別大《とくべつおお》きい一切《ひとき》れを渡《わた》しながら言《い》った。

「食《た》べるといい。気分《きぶん》がよくなるから」

ハリーは受《う》け取《と》ったが食《た》べなかった。

「あれは何《なん》だったのですか？」ハリーがルーピン先生《せんせい》に聞《き》いた。

「ディメンター、吸魂鬼《きゅうこんき》だ」

ほかのみんなにもチョコレートを配《くば》りながら、ルーピン先生《せんせい》が答《こた》えた。

「アズカバンの吸魂鬼《きゅうこんき》の一人《ひとり》だ」

みないっせいに先生《せんせい》を見《み》つめた。ルーピン先生《せんせい》は空《から》になったチョコレートの包《つつ》み紙《がみ》をくしゃくしゃ丸《まる》めてポケットに入《い》れた。

「食《た》べなさい」先生《せんせい》がくり返《かえ》した。「元気《げんき》になる。私《わたし》は運転士《うんてんし》と話《はな》してこなければ。失礼《しつれい》……」

先生《せんせい》はハリーの脇《わき》をゆらりと通《とお》り過《す》ぎ、通路《つうろ》へと消《き》えた。

「ハリー、ほんとに大丈夫《だいじょうぶ》？」ハーマイオニーが心配《しんぱい》そうにハリーをじっと見《み》た。

「僕《ぼく》、わけがわからない……何《なに》があったの？」ハリーはまだ流《なが》れている額《ひたい》の汗《あせ》をぬぐった。

「ええ――あれが――あの吸魂鬼《ディメンター》が――あそこに立《た》って、ぐるりっと見回《みまわ》したの……っていうか、そう思《おも》っただけ。だって顔《かお》が見《み》えなかったんだもの……そしたら――あなたが――あなたが――」

「僕《ぼく》、君《きみ》が引《ひ》き付《つ》けか何《なん》か起《お》こしたのかと思《おも》った」

ロンが言《い》った。まだ恐《おそ》ろしさが消《き》えない顔《かお》だった。

「君《きみ》、何《なん》だか硬直《こうちょく》して、座席《ざせき》から落《お》ちて、ヒクヒクしはじめたんだ――」

「そしたら、ルーピン先生《せんせい》があなたをまたいで吸魂鬼《ディメンター》のほうに歩《ある》いていって、杖《つえ》を取《と》り出《だ》したの」

ハーマイオニーが続《つづ》けた。

「そしてこう言《い》ったわ。『シリウス・ブラックをマントの下《した》にかくまっている者《もの》は誰《だれ》もいない。去《さ》れ』って。でも、あいつは動《うご》かなかった。そしたら先生《せんせい》が何《なに》かブツブツ唱《とな》えて、吸魂鬼《ディメンター》に向《む》かって何《なに》か銀色《ぎんいろ》のものが杖《つえ》から飛《と》び出《だ》して。そしたら、あいつは背《せ》を向《む》けてスーッといなくなったの……」

「怖《こわ》かったよぉ」ネビルの声《こえ》がいつもより上《うわ》ずっていた。

「あいつが入《はい》ってきたときどんなに寒《さむ》かったか、みんな感《かん》じたよね？」

「僕《ぼく》、妙《みょう》な気持《きも》ちになった」ロンが落《お》ち着《つ》かない様子《ようす》で肩《かた》を揺《ゆ》すった。「もう一生《いっしょう》楽《たの》しい気分《きぶん》になれないんじゃないかって……」

ジニーはハリーと同《おな》じくらい気分《きぶん》が悪《わる》そうで、隅《すみ》のほうでひざを抱《かか》え、小声《こごえ》ですすりあげた。

ハーマイオニーがそばに行《い》って、なぐさめるようにジニーを抱《だ》いた。

「だけど、誰《だれ》か――座席《ざせき》から落《お》ちた？」ハリーが気《き》まずそうに聞《き》いた。

「ううん」ロンがまた心配《しんぱい》そうにハリーを見《み》た。「ジニーがめちゃくちゃ震《ふる》えてたけど……」

ハリーには何《なん》だかわからなかった。ひどい流感《りゅうかん》の病《や》み上《あ》がりのように、弱《よわ》り、震《ふる》えていた。しかも恥《は》ずかしくなってきた。ほかのみんなは大丈夫《だいじょうぶ》だったのに、なぜ自分《じぶん》だけがこんなにひどいことになったのだろう？

ルーピン先生《せんせい》が戻《もど》ってきた。入《はい》ってくるなり、先生《せんせい》はちょっと立《た》ち止《ど》まり、みんなを見回《みまわ》して、ふっと笑《わら》った。

「おやおや、チョコレートに毒《どく》なんか入《い》れてないよ……」

ハリーは一口《ひとくち》かじった。驚《おどろ》いたことに、たちまち手足《てあし》の先《さき》まで一気《いっき》に暖《あたた》かさが広《ひろ》がった。

「あと十分《ぷん》でホグワーツに着《つ》く。ハリー、大丈夫《だいじょうぶ》かい？」ルーピン先生《せんせい》が言《い》った。

なぜ自分《じぶん》の名前《なまえ》を知《し》っているのか、ハリーは聞《き》かなかった。

「はい」バツが悪《わる》くて、ハリーはつぶやくように答《こた》えた。

到着《とうちゃく》まで、みんな口数《くちかず》が少《すく》なかった。汽車《きしゃ》はホグズミード駅《えき》で停車《ていしゃ》し、みんなが下車《げしゃ》するのが一騒動《ひとそうどう》だった。ふくろうがホーホー、猫《ねこ》はニャーニャー、ネビルのペットのヒキガエルは帽子《ぼうし》の下《した》でゲロゲロ鳴《な》いた。狭《せま》いプラットホームは凍《こお》るような冷《つめ》たさで、氷《こおり》のような雨《あめ》がたたきつけていた。

「イッチ（一）年生《ねんせい》はこっちだ！」

なつかしい声《こえ》が聞《き》こえた。ハリー、ロン、ハーマイオニーが振《ふ》り向《む》くと、プラットホームのむこう端《はし》に、ハグリッドの巨大《きょだい》な姿《すがた》のりんかくが見《み》えた。びくびくの新入生《しんにゅうせい》を、例年《れいねん》のように湖《みずうみ》を渡《わた》る旅《たび》に連《つ》れていくために、ハグリッドが手招《てまね》きしている。

「三人《にん》とも元気《げんき》かー？」

ハグリッドが群《む》れの頭越《あたまご》しに大声《おおごえ》で呼《よ》びかけた。三人《にん》ともハグリッドに手《て》を振《ふ》ったが、話《はな》しかける機会《きかい》がなかった。周《まわ》りの人波《ひとなみ》が、三人《にん》をホームからそれる方向《ほうこう》へと押《お》し流《なが》していた。三人《にん》ともその流《なが》れについていき、デコボコのぬかるんだ馬車道《ばしゃみち》に出《で》た。そこに、ざっと百台《だい》の馬車《ばしゃ》が生徒《せい と》たちを待《ま》ち受《う》けていた。馬車《ばしゃ》は透明《とうめい》の馬《うま》に引《ひ》かれている、と、ハリーはそう思《おも》うしかなかった。何《なに》しろ、馬車《ばしゃ》に乗《の》り込《こ》んで扉《とびら》を閉《し》めると、ひとりでに馬車《ばしゃ》が走《はし》り出《だ》し、ガタゴトと揺《ゆ》れながら隊《たい》列《れつ》を組《く》んで進《すす》んでいくのだ。

馬車《ばしゃ》はかすかにかびと藁《わら》の匂《にお》いがした。チョコレートを食《た》べてから、気分《きぶん》がよくなってはいたが、ハリーはまだ体《からだ》に力《ちから》が入《はい》らなかった。ロンとハーマイオニーは、ハリーがまた気絶《きぜつ》することを恐《おそ》れているかのように、横目《よこめ》でしょっちゅうハリーを見《み》ていた。

馬車《ばしゃ》は壮大《そうだい》な錬鉄《れんてつ》の門《もん》をゆるゆると走《はし》り抜《ぬ》けた。門《もん》の両脇《りょうわき》に石柱《せきちゅう》があり、そのてっぺんに羽《はね》を生《は》やしたイノシシの像《ぞう》が立《た》っている。頭巾《ずきん》をかぶった、そびえ立《た》つような吸魂鬼《ディメンター》がここにも二人《ふたり》、門《もん》の両脇《りょうわき》を警護《けいご》しているのをハリーは見《み》た。またしても冷《つめ》たい吐《は》き気《け》に襲《おそ》われそうになり、ハリーはボコボコした座席《ざせき》のクッションに深々《ふかぶか》と寄《よ》りかかり、門《もん》を通過《つうか》し終《お》わるまで目《め》を閉《と》じていた。城《しろ》に向《む》かう長《なが》い上《のぼ》り坂《ざか》で、馬車《ばしゃ》はさらに速度《そくど》を上《あ》げていった。ハーマイオニーは小窓《こまど》から身《み》を乗《の》り出《だ》し、城《しろ》の尖塔《せんとう》や大小《だいしょう》の塔《とう》がだんだん近《ちか》づいてくるのを眺《なが》めていた。ついに、一揺《ひとゆ》れして馬車《ばしゃ》が止《と》まった。ハーマイオニーとロンが降《お》りた。

ハリーが降《お》りるとき、気取《きど》った、いかにもうれしそうな声《こえ》が聞《き》こえてきた。

「ポッター、気絶《きぜつ》したんだって？　ロングボトムはほんとうのことを言《い》ってるのかな？　ほんとうに気絶《きぜつ》なんかしたのかい？」

マルフォイはひじでハーマイオニーを押《お》しのけ、ハリーと城《しろ》への石段《いしだん》との間《あいだ》に立《た》ちはだかった。喜《よろこ》びに顔《かお》を輝《かがや》かせ、薄青《うすあお》い目《め》が意地悪《いじわる》に光《ひか》っている。

「失《う》せろ、マルフォイ」

ロンは歯《は》を食《く》いしばっていた。

「ウィーズリー、君《きみ》も気絶《きぜつ》したのか？」マルフォイは大声《おおごえ》で言《い》った。「あのこわーい吸魂鬼《ディメンター》で、ウィーズリー、君《きみ》も縮《ちぢ》み上《あ》がったのかい？」

「どうしたんだい？」

おだやかな声《こえ》がした。ルーピン先生《せんせい》が次《つぎ》の馬車《ばしゃ》から降《お》りてきたところだった。

マルフォイは横柄《おうへい》な目《め》つきでルーピン先生《せんせい》をじろじろ見《み》た。その目《め》でローブの継《つ》ぎはぎや、ぼろぼろのかばんを眺《なが》め回《まわ》した。

「いいえ、何《なに》も――えーと――せ・ん・せ・い」

マルフォイの声《こえ》にかすかに皮肉《ひにく》が込《こ》められていた。クラッブとゴイルに向《む》かってニンマリ笑《わら》い、マルフォイは二人《ふたり》を引《ひ》き連《つ》れて城《しろ》への石段《いしだん》を上《のぼ》った。

ハーマイオニーがロンの背中《せなか》をついて急《いそ》がせた。生徒《せいと》の群《むら》がる石段《いしだん》を、三人《にん》は群《む》れにまじって上《あ》がり、正面玄関《しょうめんげんかん》の巨大《きょだい》な樫《かし》の扉《とびら》を通《とお》り、広々《ひろびろ》とした玄関《げんかん》ホールに入《はい》った。そこは松明《たいまつ》で明々《あかあか》と照《て》らされ、上階《じょうかい》に通《つう》ずる壮大《そうだい》な大理石《だいりせき》の階段《かいだん》があった。

右《みぎ》のほうに大広間《おおひろま》への扉《とびら》が開《ひら》いていた。ハリーは群《む》れの流《なが》れについて中《なか》に入《はい》った。大広間《おおひろま》の天井《てんじょう》は魔法《まほう》で今日《きょう》の夜空《よぞら》と同《おな》じ雲《くも》の多《おお》い真《ま》っ暗《くら》な空《そら》に変《か》えられていたが、それを一目見《ひとめみ》る間《ま》もなく、誰《だれ》かに名前《なまえ》を呼《よ》ばれた。

「ポッター！　グレンジャー！　二人《ふたり》とも私《わたくし》のところにおいでなさい！」

二人《ふたり》が驚《おどろ》いて振《ふ》り向《む》くと、変身術《へんしんじゅつ》の先生《せんせい》でグリフィンドールの寮監《りょうかん》、マクゴナガル先生《せんせい》が、生徒《せいと》たちの頭越《あたまご》しにむこうのほうから呼《よ》んでいた。厳格《げんかく》な顔《かお》をした先生《せんせい》で、髪《かみ》をきっちりと髷《まげ》に結《ゆ》い、四角《しかく》い縁《ふち》のめがねの奥《おく》に鋭《するど》い目《め》があった。人混《ひとご》みをかき分《わ》けて先生《せんせい》のほうに歩《ある》きながら、ハリーは不吉《ふきつ》な予感《よかん》がした。マクゴナガル先生《せんせい》はなぜか、自分《じぶん》が悪《わる》いことをしたにちがいないという気持《きも》ちにさせる。

「そんな心配《しんぱい》そうな顔《かお》をしなくてよろしい――ちょっと私《わたくし》の事務室《じむしつ》で話《はなし》があるだけです」

先生《せんせい》は二人《ふたり》にそう言《い》った。

「ウィーズリー、あなたはみんなと行《い》きなさい」

マクゴナガル先生《せんせい》がハリーとハーマイオニーを引《ひ》き連《つ》れてにぎやかな生徒《せいと》の群《む》れから離《はな》れていくのを、ロンはじっと見《み》つめていた。二人《ふたり》は先生《せんせい》について、玄関《げんかん》ホールを横切《よこぎ》り、大理石《だいりせき》の階段《かいだん》を上《あ》がって廊下《ろうか》を歩《ある》いた。

事務室《じむしつ》に着《つ》くと、先生《せんせい》は二人《ふたり》に座《すわ》るよう合図《あいず》した。小《ちい》さな部屋《へや》には、心地《ここち》よい暖炉《だんろ》の火《ひ》が勢《いきお》いよく燃《も》えていた。先生《せんせい》は事務机《じむづくえ》のむこう側《がわ》に座《すわ》り、唐突《とうとつ》に切《き》り出《だ》した。

「ルーピン先生《せんせい》が前《まえ》もってふくろう便《びん》をくださいました。ポッター、汽車《きしゃ》の中《なか》で気分《きぶん》が悪《わる》くなったそうですね」

ハリーが答《こた》える前《まえ》に、ドアを軽《かる》くノックする音《おと》がした。校医《こうい》のマダム・ポンフリーが気《き》ぜわしく入《はい》ってきた。

ハリーは顔《かお》が熱《あつ》くなるのを感《かん》じた。気絶《きぜつ》したのか何《なん》だったのかは別《べつ》にして、それだけで充分恥《じゅうぶんは》ずかしいのに、みんなが大騒《おおさわ》ぎするなんて。

「僕《ぼく》、大丈夫《だいじょうぶ》です。何《なん》にもする必要《ひつよう》がありません」ハリーが言《い》った。

「おや、またあなたなの?」

マダム・ポンフリーはハリーの言葉《ことば》を無視《むし》し、かがみ込《こ》んでハリーの顔《かお》を近々《ちかぢか》と見《み》つめた。

「さしずめ、また何《なに》か危険《きけん》なことをしたのでしょう？」

「ポピー、吸魂鬼《ディメンター》なのよ」マクゴナガル先生《せんせい》が言《い》った。

二人《ふたり》は暗《くら》い表情《ひょうじょう》で目《め》を見交《みか》わした。マダム・ポンフリーは不満《ふまん》そうな声《こえ》を出《だ》した。

「吸魂鬼《ディメンター》を学校《がっこう》の周《まわ》りに放《はな》つなんて」

マダム・ポンフリーはハリーの前髪《まえがみ》をかき上《あ》げて額《ひたい》の熱《ねつ》をはかりながらつぶやいた。

「倒《たお》れるのはこの子《こ》だけではないでしょうよ。そう、この子《こ》はすっかり冷《ひ》えきってます。恐《おそ》ろしい連中《れんちゅう》ですよ、あいつらは。もともと繊細《せんさい》な者《もの》に連中《れんちゅう》がどんな影響《えいきょう》をおよぼすことか――」

「僕《ぼく》、繊細《せんさい》じゃありません！」ハリーは反発《はんぱつ》した。

「ええ、そうじゃありませんとも」

マダム・ポンフリーは、今度《こんど》はハリーの脈《みゃく》を取《と》りながら、上《うわ》の空《そら》で答《こた》えた。

「この子《こ》にはどんな処置《しょち》が必要《ひつよう》ですか？」マクゴナガル先生《せんせい》がきびきびと聞《き》いた。「絶対安静《ぜったいあんせい》ですか？　今夜《こんや》は医務室《いむしつ》に泊《と》めたほうがよいのでは？」

「僕《ぼく》、大丈夫《だいじょうぶ》です！」

ハリーははじけるように立《た》ち上《あ》がった。医務室《いむしつ》に入院《にゅういん》させられたとなればドラコ・マルフォイに何《なに》を言《い》われるか、考《かんが》えただけで苦痛《くつう》だった。

「そうね、少《すく》なくともチョコレートは食《た》べさせないと」

今度《こんど》はハリーの目《め》をのぞき込《こ》もうとしながら、マダム・ポンフリーが言《い》った。

「もう食《た》べました。ルーピン先生《せんせい》がくださいました。みんなにくださったんです」

ハリーが言《い》った。

「そう。ほんとうに?」

マダム・ポンフリーは満足《まんぞく》げだった。

「それじゃ、『闇《やみ》の魔術《まじゅつ》に対《たい》する防衛術《ぼうえいじゅつ》』の先生《せんせい》がやっと見《み》つかったということね。治療法《ちりょうほう》を知《し》っている先生《せんせい》が」

「ポッター、ほんとうに大丈夫《だいじょうぶ》なのですね?」マクゴナガル先生《せんせい》が念《ねん》を押《お》した。

「はい」ハリーが答《こた》えた。

「いいでしょう。ミス・グレンジャーとちょっと時間割《じかんわり》の話《はなし》をする間《あいだ》、外《そと》で待《ま》っていらっしゃい。それから一緒《いっしょ》に宴会《えんかい》に参《まい》りましょう」

ハリーはマダム・ポンフリーと一緒《いっしょ》に廊下《ろうか》に出《で》た。マダム・ポンフリーはまだブツブツひとり言《ごと》を言《い》いながら医務室《いむしつ》に戻《もど》っていった。ほんの数分待《すうふんま》っただけで、ハーマイオニーが何《なん》だかひどくうれしそうな顔《かお》をして現《あらわ》れた。そのあとからマクゴナガル先生《せんせい》が出《で》てきた。三人《にん》でさっき上《のぼ》ってきた大理石《だいりせき》の階段《かいだん》を下《お》り、大広間《おおひろま》に戻《もど》った。

とんがり三角帽子《さんかくぼうし》がずらりと並《なら》んでいた。寮《りょう》の長《なが》テーブルにはそれぞれの寮生《りょうせい》が座《すわ》り、テーブルの上《うえ》に浮《う》いている何千本《なんぜんぼん》というろうそくの灯《あか》りに照《て》らされて、みんなの顔《かお》がチラチラ輝《かがや》いていた。くしゃくしゃな白髪《はくはつ》の小《ちい》さな魔法使《まほうつか》い、フリットウィック先生《せんせい》が、古《ふる》めかしい帽子《ぼうし》と三本脚《ぼんあし》の丸椅子《まるいす》を大広間《おおひろま》から運《はこ》び出《だ》していた。

「あー」ハーマイオニーが小声《こごえ》で言《い》った。「組分《くみわ》けを見逃《みのが》しちゃった！」

ホグワーツの新入生《しんにゅうせい》は「組分《くみわ》け帽子《ぼうし》」をかぶって、入《はい》る寮《りょう》を決《き》めてもらう。帽子《ぼうし》が、一番《いちばん》ふさわしい寮《りょう》の名前《なまえ》（グリフィンドール、レイブンクロー、ハッフルパフ、スリザリン）を大声《おおごえ》で発表《はっぴょう》するのだ。マクゴナガル先生《せんせい》は教職員《きょうしょくいん》テーブルの自分《じぶん》の席《せき》へと闊歩《かっぽ》し、ハリーとハーマイオニーは反対方向《はんたいほうこう》のグリフィンドールのテーブルに、できるだけ目立《めだ》たないように歩《ある》いた。大広間《おおひろま》の後《うし》ろのほうを二人《ふたり》が通《とお》ると、周《まわ》りの生徒《せいと》が振《ふ》り返《かえ》り、ハリーを指差《ゆびさ》す生徒《せいと》も何人《なんにん》かいた。吸魂鬼《ディメンター》の前《まえ》で倒《たお》れたという話《はなし》が、そんなに早《はや》く伝《つた》わったのだろうか？

ロンが席《せき》を取《と》っていてくれた。ハリーとハーマイオニーはロンの両脇《りょうわき》に座《すわ》った。

「いったい何《なん》だったの？」

ロンが小声《こごえ》でハリーに聞《き》いた。

ハリーが耳打《みみう》ちで説明《せつめい》しはじめたとき、校長先生《こうちょうせんせい》が挨拶《あいさつ》のために立《た》ち上《あ》がったので、ハリーは話《はなし》を中断《ちゅうだん》した。

ダンブルドア校長《こうちょう》は、相当《そうとう》の年齢《ねんれい》だが、いつも偉大《いだい》なエネルギーを感《かん》じさせた。長《なが》い銀髪《ぎんぱつ》とあごひげは一メートルあまり。半月形《はんげつがた》のめがねをかけ、鉤鼻《かぎばな》が極端《きょくたん》に折《お》れ曲《ま》がっていた。しばしば、今《いま》の時代《じだい》のもっとも偉大《いだい》な魔法使《まほうつか》いと称《しょう》されていたが、しかし、ハリーはそれだからダンブルドアを尊敬《そんけい》していたのではなかった。アルバス・ダンブルドアは、誰《だれ》もが自然《しぜん》に信用《しんよう》せずにはいられなくなる。ハリーはダンブルドアがニッコリと生徒《せいと》たちに笑《わら》いかけるのを見《み》ながら、吸魂鬼《ディメンター》がコンパートメントに入《はい》ってきたとき以来初《いらいはじ》めて、心《こころ》から安《やす》らいだ気持《きも》ちになっていた。

「おめでとう！」

ダンブルドアのあごひげがろうそくの光《ひかり》でキラキラ輝《かがや》いた。

「新学期《しんがっき》おめでとう！　みなにいくつかお知《し》らせがある。一つはとても深刻《しんこく》な問題《もんだい》じゃから、みながごちそうでボーッとなる前《まえ》に片《かた》づけてしまうほうがよかろうのう……」

ダンブルドアは咳払《せきばら》いしてから言葉《ことば》を続《つづ》けた。

「ホグワーツ特急《とっきゅう》での捜査《そうさ》があったから、みなも知《し》ってのとおり、わが校《こう》は、ただいまアズカバンの吸魂鬼《きゅうこんき》、つまりディメンターたちを受《う》け入《い》れておる。魔法省《まほうしょう》の用《よう》でここに来《き》ておるのじゃ」

ダンブルドアは言葉《ことば》を切《き》った。ハリーはウィーズリー氏《し》が言《い》ったことを思《おも》い出《だ》した……吸魂鬼《ディメンター》が学校《がっこう》を警備《けいび》することを、ダンブルドアは快《こころよ》く思《おも》っていない。

「吸魂鬼《ディメンター》たちは学校《がっこう》への入口《いりぐち》という入口《いりぐち》を固《かた》めておる。あの者《もの》たちがここにいるかぎり、はっきり言《い》うておくが、誰《だれ》も許可《きょか》なしで学校《がっこう》を離《はな》れてはならんぞ。吸魂鬼《ディメンター》はごまかしや変装《へんそう》に引《ひ》っかかるような代物《しろもの》ではない——透明《とうめい》マントでさえあざむくことはできんのじゃ」

ダンブルドアがさらりとつけ加《くわ》えた言葉《ことば》に、ハリーとロンはちらりと目《め》を見交《みか》わした。

「言《い》い訳《わけ》やお願《ねが》いを聞《き》き入《い》れるなぞ、吸魂鬼《ディメンター》には生来《せいらい》できない相談《そうだん》じゃ。それじゃから、一人《ひとり》一人《ひとり》に注意《ちゅうい》しておく。あの者《もの》たちがみなに危害《きがい》を加《くわ》えるような口実《こうじつ》を与《あた》えるではないぞ。監督生《かんとくせい》よ、男子《だんし》、女子《じょし》それぞれの新任《しんにん》の首席《しゅせき》よ、頼《たの》みましたぞ。誰一人《だれひとり》として吸魂鬼《ディメンター》といざこざを起《お》こすことのないよう気《き》をつけるのじゃ」

ハリーから数席離《すうせきはな》れて座《すわ》っていたパーシーが、またまた胸《むね》を張《は》り、もったいぶって周《まわ》りを見回《みまわ》した。ダンブルドアは再《ふたた》び言葉《ことば》を切《き》り、深刻《しんこく》そのものの顔《かお》つきで大広間《おおひろま》をぐるっと見渡《みわた》した。誰一人《ひとり》身動《みうご》きもせず、声《こえ》を出《だ》す者《もの》もいなかった。

「楽《たの》しい話《はなし》に移《うつ》ろうかの」

ダンブルドアが言葉《ことば》を続《つづ》けた。

「今学期《こんがっき》から、うれしいことに、新任《しんにん》の先生《せんせい》を二人《ふたり》、お迎《むか》えすることになった」

「まず、ルーピン先生《せんせい》。ありがたいことに、空席《くうせき》になっておる『闇《やみ》の魔術《まじゅつ》に対《たい》する防衛術《ぼうえいじゅつ》』の担《たん》当《とう》をお引《ひ》き受《う》けくださった」

パラパラとあまり気《き》のない拍手《はくしゅ》が起《お》こった。ルーピン先生《せんせい》と同《おな》じコンパートメントに居合《いあ》わせた生徒《せいと》だけが、ハリーもふくめて、大《おお》きな拍手《はくしゅ》をした。ルーピン先生《せんせい》は、一張羅《いっちょうら》を着込《きこ》んだ先《せん》生方《せいがた》の間《あいだ》で、いっそうみすぼらしく見《み》えた。

「スネイプを見《み》てみろよ」ロンがハリーの耳《みみ》もとでささやいた。

魔法薬学《まほうやくがく》のスネイプ先生《せんせい》が、教職員《きょうしょくいん》テーブルのむこう側《がわ》からルーピン先生《せんせい》をにらんでいた。スネイプが「闇《やみ》の魔術《まじゅつ》に対《たい》する防衛術《ぼうえいじゅつ》」の席《せき》をねらっているのは周知《しゅうち》の事実《じじつ》だった。それでも、ほおのこけた土気色《つちけいろ》の顔《かお》をゆがめているスネイプの今《いま》の表情《ひょうじょう》には、スネイプが大嫌《だいきら》いなハリーでさえドキリとするものがあった。怒《いか》りを通《とお》り越《こ》して、憎《にく》しみの表情《ひょうじょう》だ。ハリーにはおなじみのあの表情《ひょうじょう》、スネイプがハリーを見《み》るときの目《め》つきそのものだ。

「もう一人《ひとり》の新任《しんにん》の先生《せんせい》は」

ルーピン先生《せんせい》へのパッとしない拍手《はくしゅ》がやむのを待《ま》って、ダンブルドアが続《つづ》けた。

「ケトルバーン先生《せんせい》は『魔法生物飼育学《まほうせいぶつしいくがく》』の先生《せんせい》じゃったが、残念《ざんねん》ながら前年度末《ぜんねんどまつ》をもって退《たい》職《しょく》なさることになった。手足《てあし》が一本《ぽん》でも残《のこ》っているうちに余生《よせい》を楽《たの》しまれたいとのことじゃ。そこで後任《こうにん》じゃが、うれしいことに、ほかならぬルビウス・ハグリッドが、現職《げんしょく》の森番役《もりばんやく》に加《くわ》えて教鞭《きょうべん》をとってくださることになった」

ハリー、ロン、ハーマイオニーは驚《おどろ》いて顔《かお》を見合《みあ》わせた。そして三人《にん》ともみんなと一緒《いっしょ》に拍手《はくしゅ》した。特《とく》にグリフィンドールからの拍手《はくしゅ》は割《わ》れんばかりだった。ハリーが身《み》を乗《の》り出《だ》してハグリッドを見《み》ると、夕陽《ゆうひ》のように真《ま》っ赤《か》な顔《かお》をして自分《じぶん》の巨大《きょだい》な手《て》を見《み》つめていた。うれしそうにほころんだ顔《かお》も、真《ま》っ黒《くろ》なもじゃもじゃひげにうもれていた。

「そうだったのか！」ロンがテーブルをたたきながら叫《さけ》んだ。「かみつく本《ほん》を教科書指定《きょうかしょしてい》するなんて、ハグリッド以外《いがい》にいないよな？」

ハリー、ロン、ハーマイオニーは一番最後《いちばんさいご》まで拍手《はくしゅ》し続《つづ》けた。ダンブルドア校長《こうちょう》がまた話《はな》しはじめたとき、ハグリッドがテーブルクロスで目《め》をぬぐったのを、三人《にん》はしっかりと見《み》た。

「さて、これで大切《たいせつ》な話《はなし》はみな終《お》わった」ダンブルドアが宣言《せんげん》した。「さあ、宴《うたげ》じゃ！」

目《め》の前《まえ》の金《きん》の皿《さら》、金《きん》の杯《さかずき》に突然《とつぜん》食《た》べ物《もの》が、飲《の》み物《もの》が現《あらわ》れた。ハリーは急《きゅう》に腹《はら》ペコになり、手当《てあ》たりしだいガツガツ食《た》べた。

すばらしいごちそうだった。大広間《おおひろま》には話《はな》し声《ごえ》、笑《わら》い声《ごえ》、ナイフやフォークの触《ふ》れ合《あ》う音《おと》がにぎやかに響《ひび》き渡《わた》った。それでも、ハリー、ロン、ハーマイオニーは、宴会《えんかい》が終《お》わってハグリッドと話《はなし》をするのが待《ま》ち遠《どお》しかった。先生《せんせい》になるということがハグリッドにとってどんなにうれしいことなのか、三人《にん》にはよくわかっていた。ハグリッドは一人前《にんまえ》の魔法使《まほうつか》いではなかった。三年生《ねんせい》のとき、無実《むじつ》の罪《つみ》でホグワーツから退校処分《たいこうしょぶん》を受《う》けたのだ。ハリー、ロン、ハーマイオニーの三人《にん》が、先学期《せんがっき》、ハグリッドの名誉《めいよ》を回復《かいふく》した。

いよいよ最後《さいご》に、かぼちゃタルトが金《きん》の皿《さら》から溶《と》けるようになくなり、ダンブルドアがみんな寝《ね》る時間《じかん》だと宣言《せんげん》し、やっと話《はな》すチャンスがやってきた。

「おめでとう、ハグリッド！」

三人《にん》で教職員《きょうしょくいん》テーブルにかけ寄《よ》りながら、ハーマイオニーが黄色《きいろ》い声《こえ》を上《あ》げた。

「みんな、おまえさんたち三人《にん》のおかげだ」

てかてかに光《ひか》った顔《かお》をナプキンでぬぐい、ハグリッドは顔《かお》を上《あ》げて三人《にん》を見《み》た。

「信《しん》じらんねえ……偉《えら》いお方《かた》だ、ダンブルドアは……。ケトルバーン先生《せんせい》がもうたくさんだって言《い》いなすってから、まーっすぐ俺《おれ》の小屋《こや》に来《き》なさった……こいつは俺《おれ》がやりたくてたまんなかったことなんだ……」

感極《かんきわ》まって、ハグリッドはナプキンに顔《かお》をうずめた。マクゴナガル先生《せんせい》が三人《にん》にあっちに行《い》きなさいと合図《あいず》した。

三人《にん》はグリフィンドール生《せい》にまじって大理石《だいりせき》の階段《かいだん》を上《のぼ》り、つかれはてた足《あし》どりで何本《なんぼん》もの廊《ろう》下《か》を通《とお》り、またまた階段《かいだん》を上《あ》がり、グリフィンドール塔《とう》の秘密《ひみつ》の入口《いりぐち》にたどり着《つ》いた。ピンクのドレスを着《き》た「太《ふと》った婦人《レディ》」の大《おお》きな肖像画《しょうぞうが》が尋《たず》ねた。

「合言葉《あいことば》は？」

「道《みち》をあけて！　道《みち》をあけて！」後《うし》ろのほうからパーシーが叫《さけ》ぶ声《こえ》がした。

「新《あたら》しい合言葉《あいことば》は『フォルチュナ・マジョール。たなぼた！』」

「あーあ」

ネビル・ロングボトムが悲《かな》しげな声《こえ》を出《だ》した。合言葉《あいことば》を覚《おぼ》えるのがいつも一苦労《ひとくろう》なのだ。

肖像画《しょうぞうが》の裏《うら》の穴《あな》を通《とお》り、談話室《だんわしつ》を横切《よこぎ》り、女子寮《じょしりょう》と男子寮《だんしりょう》に別《わか》れ、それぞれの階段《かいだん》を上《あ》がった。ハリーはらせん階段《かいだん》を上《のぼ》りながら、頭《あたま》の中《なか》はただただ帰《かえ》ってこられてうれしいという思《おも》いでいっぱいだった。なつかしい、円形《えんけい》の寝室《しんしつ》には四本柱《ほんばしら》の天蓋《てんがい》つきベッドが五つ置《お》かれていた。ハリーはぐるりと見回《みまわ》して、やっとわが家《や》に帰《かえ》ってきたような気《き》がした。

第《だい》6章《しょう》 鉤爪《かぎづめ》と茶《ちゃ》の葉《は》

翌朝《よくあさ》、ハリー、ロン、ハーマイオニーが朝食《ちょうしょく》をとりに大広間《おおひろま》に行《い》くと、最初《さいしょ》にドラコ・マルフォイが目《め》に入《はい》った。どうやら、とてもおかしな話《はなし》をして大勢《おおぜい》のスリザリン生《せい》を沸《わ》かしているらしい。三人《にん》が通《とお》り過《す》ぎるとき、マルフォイはばかばかしいしぐさで気絶《きぜつ》するまねをした。どっと笑《わら》い声《ごえ》が上《あ》がった。

「知《し》らんぷりよ」ハリーのすぐ後《うし》ろにいたハーマイオニーが言《い》った。

「無視《むし》して。相手《あいて》にするだけ損《そん》……」

「あーら、ポッター！」

パグ犬《けん》のような顔《かお》をしたスリザリンの女子寮生《じょしりょうせい》、パンジー・パーキンソンがかん高《だか》い声《こえ》で呼《よ》びかけた。

「ポッター！　吸魂鬼《ディメンター》が来《く》るわよ。ほら、ポッター！　うぅぅぅぅぅぅぅ！」

ハリーはグリフィンドールの席《せき》にドサッと座《すわ》った。隣《となり》にジョージ・ウィーズリーがいた。

「三年生《ねんせい》の新学期《しんがっき》の時間割《じかんわり》だ」ジョージが時間割《じかんわり》を手渡《てわた》しながら聞《き》いた。

「ハリー、何《なん》かあったのか？」

「マルフォイのやつ」

ジョージのむこう隣《どなり》に座《すわ》り、スリザリンのテーブルをにらみつけながら、ロンが言《い》った。

ジョージが目《め》をやると、ちょうどマルフォイが、またしても恐怖《きょうふ》で気絶《きぜつ》するまねをしているところだった。

「あの、ろくでなし野郎《やろう》」ジョージは落《お》ち着《つ》いたものだ。

「きのうの夜《よる》はあんなに気取《きど》っちゃいられなかったようだぜ。列車《れっしゃ》の中《なか》で吸魂鬼《ディメンター》がこっちに近《ちか》づいてきたときなんか、俺《おれ》たちのコンパートメントにかけ込《こ》んできたんだ。なぁ、フレッド？」

「ほとんどおもらししかかってたぜ」フレッドが軽蔑《けいべつ》の目《め》でマルフォイを見《み》た。

「俺《おれ》だってうれしくはなかったさ」ジョージが言《い》った。「あいつら、恐《おそ》ろしいよな。あの吸魂鬼《ディメンター》ってやつらは」

「何《なん》だか体《からだ》の内側《うちがわ》を凍《こお》らせるんだ。そうだろ？」フレッドだ。

「だけど、気《き》を失《うしな》ったりしなかっただろ？」ハリーが低《ひく》い声《こえ》で聞《き》いた。

「忘《わす》れろよ、ハリー」ジョージが励《はげ》ますように言《い》った。

「親父《おやじ》がいつだったかアズカバンに行《い》かなきゃならない用《よう》があったのを、フレッド、覚《おぼ》えてるか？　あんなひどいところは行《い》ったことがないって、親父《おやじ》が言《い》ってたよ。帰《かえ》ってきたときにゃ、すっかり弱《よわ》って、震《ふる》えてたな……。やつらは幸福《こうふく》ってものをその場《ば》から吸《す》い取《と》ってしまうんだ、吸魂鬼《ディメンター》ってやつは。あそこじゃ、囚人《しゅうじん》はだいたいおかしくなっちまう」

「ま、俺《おれ》たちとのクィディッチの第一戦《だいいっせん》のあとでマルフォイがどのくらい幸《しあわ》せでいられるか、拝見《はいけん》しようじゃないか」

　フレッドが言《い》った。

「グリフィンドール対《たい》スリザリン。シーズン開幕《かいまく》の第一戦《だいいっせん》だ。覚《おぼ》えてるか？」

　ハリーとマルフォイがクィディッチで対戦《たいせん》したのはたった一度《いちど》で、マルフォイの完全《かんぜん》な負《ま》けだった。少《すこ》し気《き》をよくして、ハリーはソーセージと焼《や》きトマトに手《て》を伸《の》ばした。

　ハーマイオニーは新《あたら》しい時間割《じかんわり》を調《しら》べていた。

「わあ、うれしい。今日《きょう》から新《あたら》しい学科《がっか》がもう始《はじ》まるわ」幸《しあわ》せそうな声《こえ》だ。

「ねえ、ハーマイオニー」ロンがハーマイオニーの肩越《かたご》しにのぞき込《こ》んで顔《かお》をしかめた。

「君《きみ》の時間割《じかんわり》、めちゃくちゃじゃないか。ほら——一日《にち》に十科目《かもく》もあるぜ。そんなに時間《じかん》があるわけないよ」

「何《なん》とかなるわ。マクゴナガル先生《せんせい》と一緒《いっしょ》にちゃんと決《き》めたんだから」

「でも、ほら」ロンが笑《わら》いだした。「この日《ひ》の午前中《ごぜんちゅう》、わかるか？　九時《じ》、『占《うらな》い学《がく》』。そして、その下《した》だ。九時《じ》、『マグル学《がく》』。それから――」

まさか、とロンは身《み》を乗《の》り出《だ》して、よくよく時間割《じかんわり》を見《み》た。

「おいおい――その下《した》に、『数占《かずうらな》い学《がく》』、**九時**《じ》ときたもんだ。そりゃ、君《きみ》が優秀《ゆうしゅう》なのは知《し》ってるよ、ハーマイオニー。だけど、**そこまで**優秀《ゆうしゅう》な人間《にんげん》がいるわけないだろ。三つの授業《じゅぎょう》にいっぺんにどうやって出席《しゅっせき》するんだ？」

「ばか言《い》わないで。一度《いちど》に三つのクラスに出《で》るわけないでしょ」ハーマイオニーは口早《くちばや》に答《こた》えた。

「じゃ、どうなんだ――」

「ママレード取《と》ってくれない」ハーマイオニーが言《い》った。

「だけど――」

「ねえ、ロン、私《わたし》の時間割《じかんわり》がちょっと詰《つ》まってるからって、あなたには関係《かんけい》ないでしょ？」

ハーマイオニーがピシャリと言《い》った。

「言《い》ったでしょ。私《わたし》、マクゴナガル先生《せんせい》と一緒《いっしょ》に決《き》めたの」

その時《とき》、ハグリッドが大広間《おおひろま》に入《はい》ってきた。長《なが》いモールスキンのオーバーを着《き》て、片方《かたほう》の巨大《きょだい》な手《て》にイタチの死《し》がいをぶら下《さ》げ、無意識《むいしき》にぐるぐる振《ふ》り回《まわ》している。

「元気《げんき》か？」

教職員《きょうしょくいん》テーブルのほうに向《む》かいながら、立《た》ち止《ど》まってハグリッドが真顔《まがお》で声《こえ》をかけた。

「おまえさんたちが俺《おれ》のイッチ番最初《ばんさいしょ》の授業《じゅぎょう》だ！　昼食《ちゅうしょく》のすぐあとだぞ！　五時起《じお》きして、何《なん》だかんだ準備《じゅんび》してたんだ……うまくいきゃいいが……俺《おれ》が、先生《せんせい》……いやはや……」

ハグリッドはいかにもうれしそうにニコーッと笑《わら》い、教職員《きょうしょくいん》テーブルに向《む》かった。まだイタチをぐるぐる振《ふ》り回《まわ》している。

「何《なん》の準備《じゅんび》をしてたんだろ？」ロンの声《こえ》はちょっぴり心配《しんぱい》そうだった。

生徒《せいと》がおのおの最初《さいしょ》の授業《じゅぎょう》に向《む》かいはじめ、大広間《おおひろま》がだんだん空《から》になってきた。ロンが自分《じぶん》の時間割《じかんわり》を調《しら》べた。

「僕《ぼく》たちも行《い》ったほうがいい。ほら、『占《うらな》い学《がく》』は北塔《きたとう》のてっぺんでやるんだ。着《つ》くのに十分《ぷん》はかかる……」

あわてて朝食《ちょうしょく》をすませ、フレッドとジョージにまたあとでと言《い》って、三人《にん》は来《き》たときと同《おな》じように大広間《おおひろま》を横切《よこぎ》った。スリザリンのテーブルを通《とお》り過《す》ぎるとき、マルフォイがまたもや気絶《きぜつ》するまねをした。どっと笑《わら》う声《こえ》が、ハリーが玄関《げんかん》ホールに入《はい》るまで追《お》いかけてきた。

城《しろ》の中《なか》を通《とお》って北塔《きたとう》へ向《む》かう道《みち》のりは遠《とお》かった。ホグワーツで二年《ねん》を過《す》ごしても、城《しろ》の隅々《すみずみ》までを知《し》り尽《つ》くしてはいない。しかも、北塔《きたとう》には入《はい》ったことがなかった。

「どっか──絶対《ぜったい》──近《ちか》──道《みち》が──ある──はず──だ」

七つ目《め》の長《なが》い階段《かいだん》を上《のぼ》り、見《み》たこともない踊《おど》り場《ば》にたどり着《つ》いたとき、ロンがあえぎながら言《い》った。あたりには何《なに》もなく、石壁《いしかべ》にぽつんと、だだっ広《ぴろ》い草地《くさち》の大《おお》きな絵《え》が一枚《まい》かかっていた。

「こっちだと思《おも》うわ」右《みぎ》のほうの人気《ひとけ》のない通路《つうろ》をのぞいて、ハーマイオニーが言《い》った。

「そんなはずない」とロン。「そっちは南《みなみ》だ。ほら、窓《まど》から湖《みずうみ》がちょっぴり見《み》える……」

ハリーは絵《え》を見物《けんぶつ》していた。太《ふと》った灰色葦毛《はいいろあしげ》の馬《うま》がのんびりと草地《くさち》に現《あらわ》れ、無頓着《むとんちゃく》に草《くさ》をはみはじめた。ホグワーツの絵《え》は、中身《なかみ》が動《うご》いたり、額《がく》を抜《ぬ》け出《だ》して互《たが》いに訪問《ほうもん》したりする。ハリーはもう慣《な》れっこになってはいたが、絵《え》を見物《けんぶつ》するのはやはり楽《たの》しかった。まもなくずんぐりした小《ちい》さい騎士《きし》が、鎧兜《よろいかぶと》をガチャつかせ、仔馬《こうま》を追《お》いかけながら絵《え》の中《なか》に現《あらわ》れた。鎧《よろい》のひざのところに草《くさ》がついているところからして、今《いま》しがた落馬《らくば》した様子《ようす》だ。

「やあやあ！」ハリー、ロン、ハーマイオニーを見《み》つけて騎士《きし》が叫《さけ》んだ。

「わが領地《りょうち》に侵入《しんにゅう》せし、ふとどきな輩《やから》は何者《なにもの》ぞ！　もしや、わが落馬《らくば》を嘲《あざけ》りにきたるか？　抜《ぬ》け、汝《なんじ》が刃《やいば》を。いざ、犬《いぬ》ども！」

小《ちい》さな騎士《きし》が鞘《さや》を払《はら》い、剣《けん》を抜《ぬ》き、怒《いか》りに跳《と》びはねながら荒々《あらあら》しく剣《つるぎ》を振《ふ》り回《まわ》すのを、三人《にん》は驚《おどろ》いて見《み》つめた。何《なに》しろ剣《つるぎ》が長過《ながす》ぎて、一段《いちだん》と激《はげ》しく振《ふ》った拍子《ひょうし》にバランスを失《うしな》い、騎士《きし》は顔《かお》から先《さき》に草地《くさち》につんのめった。

「大丈夫《だいじょうぶ》ですか？」ハリーは絵《え》に近《ちか》づいた。

「下《さ》がれ、下賤《げせん》のホラ吹《ふ》きめ！　下《さ》がりおろう、悪党《あくとう》め！」

騎士《きし》は再《ふたた》び剣《けん》を握《にぎ》り、剣《けん》にすがって立《た》ち上《あ》がろうとしたが、刃《やいば》が深々《ふかぶか》と草地《くさち》に突《つ》き刺《さ》さってしまった。騎士《きし》が金剛力《こんごうりき》で引《ひ》いても、二度《にど》と再《ふたた》び抜《ぬ》くことはできなかった。ついに、騎士《きし》は草地《くさち》にドッカリ座《すわ》り込《こ》み、兜《かぶと》の前面《ぜんめん》を押《お》し上《あ》げて汗《あせ》まみれの顔《かお》をぬぐった。

「あの」騎士《きし》が疲労《ひろう》こんぱいしているのに乗《じょう》じて、ハリーが声《こえ》をかけた。

「僕《ぼく》たち、北塔《きたとう》を探《さが》してるんです。道《みち》をご存《ぞん》じありませんか？」

「探求《たんきゅう》であったか！」

騎士《きし》の怒《いか》りはとたんに消《き》え去《さ》ったようだ。鎧《よろい》をガチャつかせて立《た》ち上《あ》がると、騎士《きし》は一声叫《ひとこえさけ》んだ。

「わが朋輩《ほうばい》よ、我《われ》に続《つづ》け。探《さが》せよ、さらば見《み》つからん。さもなくば突撃《とつげき》し、勇猛果敢《ゆうもうかかん》に果《は》てるのみ！」

剣《つるぎ》を引《ひ》っ張《ぱ》り抜《ぬ》こうと、もう一度《いちど》むだなあがきをしたあと、太《ふと》った仔馬《こうま》にまたがろうとしてこれも失敗《しっぱい》し、騎士《きし》はまた一声《ひとこえ》叫《さけ》んだ。

「されば、徒歩《かち》あるのみ。紳士《しんし》、淑女諸君《しゅくじょしょくん》！　進《すす》め！　進《すす》め！」

騎士《きし》はガチャガチャ派手《はで》な音《おと》をさせて走《はし》り、額縁《がくぶち》の左側《ひだりがわ》に飛《と》び込《こ》み、見《み》えなくなった。

三人《にん》は騎士《きし》を追《お》って、鎧《よろい》の音《おと》を頼《たよ》りに廊下《ろうか》を急《いそ》いだ。ときどき、騎士《きし》が前方《ぜんぽう》の絵《え》の中《なか》を走《はし》り抜《ぬ》けるのが見《み》えた。

「各々方《おのおのがた》ご油断《ゆだん》召《め》さるな。最悪《さいあく》の時《とき》はいまだいたらず！」

騎士《きし》が叫《さけ》んだ。フープスカート姿《すがた》の婦人《ふじん》たちを描《か》いた前方《ぜんぽう》の絵《え》の中《なか》で、驚《おどろ》きあきれるご婦人方《ふじんがた》の真《ま》ん前《まえ》に騎士《きし》の姿《すがた》が現《あらわ》れた。その絵《え》は狭《せま》いらせん階段《かいだん》の壁《かべ》にかかっていた。

ハリー、ロン、ハーマイオニーは息《いき》を切《き》らしながら急《きゅう》ならせん階段《かいだん》を上《のぼ》った。高《たか》く上《のぼ》るほどめまいがひどくなった。その時《とき》、上《うえ》のほうで人声《ひとごえ》がした。やっと教室《きょうしつ》にたどり着《つ》いたのだ。

「さらばじゃ！」

何《なに》やらあやしげな僧侶《そうりょ》たちの絵《え》に首《くび》を突《つ》っ込《こ》みながら、騎士《きし》が叫《さけ》んだ。

「さらば、わが戦友《せんゆう》よ！　もしまた汝《なんじ》らが、高貴《こうき》な魂《たましい》、鋼鉄《こうてつ》の筋肉《きんにく》を必要《ひつよう》とすることあらば、カドガン卿《きょう》を呼《よ》ぶがよい」

「そりゃ、お呼《よ》びしますとも」

騎士《きし》がいなくなってからロンがつぶやいた。

「誰《だれ》か変《へん》なのが必要《ひつよう》になったらね」

最後《さいご》の数段《すうだん》を上《のぼ》りきると、小《ちい》さな踊《おど》り場《ば》に出《で》た。ほかの生徒《せいと》たちも大方《おおかた》そこに集《あつ》まっていた。踊《おど》り場《ば》からの出口《でぐち》はどこにもなかった。ロンがハリーをつついて天井《てんじょう》を指差《ゆびさ》した。そこに丸《まる》い跳《は》ね扉《とびら》があり、真鍮《しんちゅう》の表札《ひょうさつ》がついている。

「シビル・トレローニー、『占《うらな》い学《がく》』教授《きょうじゅ》」ハリーが読《よ》み上《あ》げた。

「どうやってあそこに行《い》くのかなあ？」

その声《こえ》に答《こた》えるかのように、跳《は》ね扉《とびら》がパッと開《ひら》き、銀色《ぎんいろ》のはしごがハリーのすぐ足元《あしもと》に下《お》りてきた。みんなシーンとなった。

「お先《さき》にどうぞ」

ロンがニヤッと笑《わら》った。そこでハリーがまず上《のぼ》ることにした。

ハリーが行《い》き着《つ》いたのはこれまで見《み》たことがない奇妙《きみょう》な教室《きょうしつ》だった。むしろ、とても教室《きょうしつ》には見《み》えない。どこかの屋根裏部屋《やねうらべや》と昔風《むかしふう》の紅茶専門店《こうちゃせんもんてん》を掛《か》け合《あ》わせたようなところだ。小《ちい》さな丸《まる》テーブルがざっと二十卓以上《たくいじょう》、所狭《ところせま》しと並《なら》べられ、それぞれのテーブルの周《まわ》りには繻子張《しゅすば》りのひじかけ椅子《いす》やふかふかした丸《まる》クッションが置《お》かれていた。深紅《しんく》のほの暗《ぐら》い灯《あか》りが部屋《へや》を満《み》たし、窓《まど》という窓《まど》のカーテンは閉《し》めきられている。ランプはほとんどが暗赤色《あんせきしょく》のスカーフで覆《おお》われていた。息苦《いきぐる》しいほどの暑《あつ》さだ。暖炉《だんろ》の上《うえ》にはいろいろなものがごちゃごちゃ置《お》かれ、大《おお》きな銅《どう》のやかんが火《ひ》にかけられ、その火《ひ》から、気分《きぶん》が悪《わる》くなるほどの濃厚《のうこう》な香《かお》りが漂《ただよ》っていた。丸《まる》い壁面《へきめん》いっぱいに棚《たな》があり、ほこりをかぶった羽根《はね》、ろうそくの燃《も》えさし、何組《なんくみ》ものぼろぼろのトランプ、数《かぞ》えきれないほどの銀色《ぎんいろ》の水晶玉《すいしょうだま》、ずらりと並《なら》んだ紅茶《こうちゃ》カップなどが、雑然《ざつぜん》と詰《つ》め込《こ》まれていた。

ロンがハリーのすぐそばに現《あらわ》れ、ほかの生徒《せいと》たちも二人《ふたり》の周《まわ》りに集《あつ》まった。みんな声《こえ》をひそめて話《はな》している。

「先生《せんせい》はどこだい？」ロンが言《い》った。

暗《くら》がりの中《なか》から、突然声《とつぜんこえ》がした。霧《きり》のかなたから聞《き》こえるようなか細《ぼそ》い声《こえ》だ。

「ようこそ」声《こえ》が言《い》った。「この現世《うつしよ》で、とうとうみなさまにお目《め》にかかれてうれしゅうございますわ」

大《おお》きな、キラキラした昆虫《こんちゅう》。ハリーはとっさにそう思《おも》った。トレローニー先生《せんせい》は暖炉《だんろ》の灯《あか》りの中《なか》に進《すす》み出《で》た。みんなの目《め》に映《うつ》ったのは、ひょろりとやせた女性《じょせい》だ。大《おお》きなめがねをかけて、そのレンズが先生《せんせい》の目《め》を実物《じつぶつ》より数倍《すうばい》も大《おお》きく見《み》せていた。スパンコールで飾《かざ》った透《す》きとおるショールをゆったりとまとい、折《お》れそうな首《くび》から鎖《くさり》やビーズ玉《だま》を何本《なんぼん》もぶら下《さ》げ、腕《うで》や手《て》は腕輪《うでわ》や指輪《ゆびわ》で地肌《じはだ》が見《み》えない。

「おかけなさい、あたくしの子供《こども》たちよ。さあ」

先生《せんせい》の言葉《ことば》で、おずおずとひじかけ椅子《いす》にはい上《あ》がる生徒《せいと》もあれば、丸《まる》クッションに身《み》をうずめる者《もの》もいた。ハリー、ロン、ハーマイオニーは同《おな》じ丸《まる》テーブルの周《まわ》りに腰《こし》かけた。

「『占《うらな》い学《がく》』にようこそ」

トレローニー先生自身《せんせいじしん》は、暖炉《だんろ》の前《まえ》の、背《せ》もたれの高《たか》いゆったりしたひじかけ椅子《いす》に座《すわ》った。

「あたくしがトレローニー教授《きょうじゅ》です。たぶん、あたくしの姿《すがた》を見《み》たことがないでしょうね。学校《がっこう》の俗世《ぞくせ》の騒《さわ》がしさの中《なか》にしばしば降《お》りて参《まい》りますと、あたくしの『心眼《しんがん》』が曇《くも》ってしまいますの」

この思《おも》いもかけない宣告《せんこく》に、誰一人返《だれひとりかえ》す言葉《ことば》もなかった。トレローニー先生《せんせい》はたおやかにショールをかけなおし、話《はなし》を続《つづ》けた。

「みなさまがお選《えら》びになったのは、『占《うらな》い学《がく》』。魔法《まほう》の学問《がくもん》の中《なか》でも一番難《いちばんむずか》しいものですわ。初《はじ》めにお断《ことわ》りしておきましょう。『眼力《がんりき》』の備《そな》わっていない方《かた》には、あたくしがお教《おし》えできることはほとんどありませんのよ。この学問《がくもん》では、書物《しょもつ》はあるところまでしか教《おし》えてくれませんの……」

この言葉《ことば》で、ハリーとロンがニヤッとして、同時《どうじ》にハーマイオニーをちらっと見《み》た。書物《しょもつ》がこの学科《がっか》にあまり役《やく》に立《た》たないと聞《き》いて、ハーマイオニーはひどく驚《おどろ》いていた。

「いかに優《すぐ》れた魔法使《まほうつか》いや魔女《まじょ》たりとも、派手《はで》な音《おと》や匂《にお》いに優《すぐ》れ、雲隠《くもがく》れ術《じゅつ》に長《た》けていても、未来《みらい》の神秘《しんぴ》の帳《とばり》を見透《みす》かすことはできません」

巨大《きょだい》な目《め》でキラリ、キラリと生徒《せいと》たちの不安《ふあん》そうな顔《かお》を一人《ひとり》一人《ひとり》見《み》ながら、トレローニー先生《せんせい》は話《はなし》を続《つづ》けた。

「限《かぎ》られた者《もの》だけに与《あた》えられる、『天分《てんぶん》』とも言《い》えましょう。あなた、そこの男《おとこ》の子《こ》」

先生《せんせい》に突然話《とつぜんはな》しかけられて、ネビルは丸《まる》クッションから転《ころ》げ落《お》ちそうになった。

「あなたのおばあさまはお元気《げんき》？」

「元気《げんき》だと思《おも》います」

ネビルは不安《ふあん》にかられたようだった。

「あたくしがあなたの立場《たちば》だったら、そんなに自信《じしん》ありげな言《い》い方《かた》はできませんことよ」

暖炉《だんろ》の火《ひ》が先生《せんせい》の長《なが》いエメラルドのイヤリングを輝《かがや》かせた。ネビルがゴクリとつばを飲《の》んだ。

トレローニー先生《せんせい》はおだやかに続《つづ》けた。

「一年間《ねんかん》、占《うらな》いの基本的《きほんてき》な方法《ほうほう》をお勉強《べんきょう》いたしましょう。今学期《こんがっき》はお茶《ちゃ》の葉《は》を読《よ》むことに専念《せんねん》いたします。来学期《らいがっき》は手相学《てそうがく》に進《すす》みましょう。ところで、あなた」

先生《せんせい》は急《きゅう》にパーバティ・パチルを見《み》すえた。

「赤毛《あかげ》の男子《だんし》にお気《き》をつけあそばせ」

パーバティは目《め》を丸《まる》くして、すぐ後《うし》ろに座《すわ》っていたロンを見《み》つめ、椅子《いす》を引《ひ》いて少《すこ》しロンから離《はな》れた。

「夏《なつ》の学期《がっき》には」トレローニー先生《せんせい》はかまわず続《つづ》けた。

「水晶玉《すいしょうだま》に進《すす》みましょう――ただし、炎《ほのお》の呪《のろ》いを乗《の》りきれたらでございますよ。つまり、不幸《ふこう》なことに、二月《がつ》にこのクラスは性質《たち》の悪《わる》い流感《りゅうかん》で中断《ちゅうだん》されることになり、あたくし自身《じしん》も声《こえ》が出《で》なくなりますの。イースターのころ、クラスの誰《だれ》かと永久《えいきゅう》にお別《わか》れすることになりますわ」

この予告《よこく》で張《は》りつめた沈黙《ちんもく》が流《なが》れた。トレローニー先生《せんせい》は気《き》にかける様子《ようす》もない。

「あなた、よろしいかしら」

先生《せんせい》の一番近《いちばんちか》くにいたラベンダー・ブラウンが、座《すわ》っていた椅子《いす》の中《なか》で身《み》を縮《ちぢ》めた。

「一番大《いちばんおお》きな銀《ぎん》のティーポットを取《と》っていただけないこと？」

ラベンダーはホッとした様子《ようす》で立《た》ち上《あ》がり、棚《たな》から巨大《きょだい》なポットを取《と》ってきて、トレローニー先生《せんせい》のテーブルに置《お》いた。

「まあ、ありがとう。ところで、あなたの恐《おそ》れていることですけれど、十月《がつ》十六日《にち》の金曜日《きんようび》に起《お》こりますよ」

ラベンダーが震《ふる》えた。

「それでは、みなさま、二人《ふたり》ずつ組《くみ》になってくださいな。棚《たな》から紅茶《こうちゃ》のカップを取《と》って、あたくしのところへいらっしゃい。紅茶《こうちゃ》をついでさしあげましょう。それからお座《すわ》りになって、お飲《の》みなさい。最後《さいご》に滓《おり》が残《のこ》るところまでお飲《の》みなさい。左手《ひだりて》でカップを持《も》ち、滓《おり》をカップの内側《うちがわ》に沿《そ》って三度回《どまわ》しましょう。それからカップを受《う》け皿《ざら》の上《うえ》に伏《ふ》せてください。最後《さいご》の一滴《いってき》が切《き》れるのを待《ま》ってご自分《じぶん》のカップを相手《あいて》に渡《わた》し、読《よ》んでもらいます。『未来《みらい》の霧《きり》を晴《は》らす』の五ページと六ページを見《み》て、葉《は》の模様《もよう》を読《よ》みましょう。あたくしはみなさまの間《あいだ》を移動《いどう》して、お助《たす》けしたり、お教《おし》えしたりいたしますわ。あぁ、それから、あなた——」

ちょうど立《た》ち上《あ》がりかけていたネビルの腕《うで》を押《お》さえ、先生《せんせい》が言《い》った。

「一個目《こめ》のカップを割《わ》ってしまったら、次《つぎ》のはブルーの模様《もよう》の入《はい》ったのにしてくださる？　あたくし、ピンクのが気《き》に入《い》ってますのよ」

まさにそのとおり、ネビルが棚《たな》に近寄《ちかよ》ったとたん、カチャンと陶磁器《とうじき》の割《わ》れる音《おと》がした。トレローニー先生《せんせい》がほうきとちり取《と》りを持《も》ってすうっとネビルのそばにやってきた。

「ブルーのにしてね。よろしいかしら……ありがとう……」

ハリーとロンのカップにお茶《ちゃ》がつがれ、二人《ふたり》ともテーブルに戻《もど》り、やけどするようなお茶《ちゃ》を急《いそ》いで飲《の》んだ。トレローニー先生《せんせい》に言《い》われたとおり、滓《おり》の入《はい》ったカップを回《まわ》し、水気《みずけ》を切《き》り、それから二人《ふたり》で交換《こうかん》した。

「よしと！」

二人《ふたり》で五ページと六ページを開《あ》けながら、ロンが言《い》った。

「僕《ぼく》のカップに何《なに》が見《み》える？」

「ふやけた茶色《ちゃいろ》い物《もの》がいっぱい」

ハリーが答《こた》えた。部屋《へや》に漂《ただよ》う濃厚《のうこう》な香料《こうりょう》の匂《にお》いで、ハリーは眠《ねむ》くなり、頭《あたま》がぼうっとなっていた。

「子供《こども》たちよ、心《こころ》を広《ひろ》げるのです。そして自分《じぶん》の目《め》で俗世《ぞくせ》を見透《みす》かすのです！」

トレローニー先生《せんせい》が薄暗《うすくら》がりの中《なか》で声《こえ》を張《は》り上《あ》げた。ハリーは集中《しゅうちゅう》しようとがんばった。

「よーし。何《なん》だかゆがんだ十字架《じゅうじか》があるよ……」

ハリーは『未来《みらい》の霧《きり》を晴《は》らす』を参照《さんしょう》しながら言《い》った。

「ということは、『試練《しれん》と苦難《くなん》』が君《きみ》を待《ま》ち受《う》ける――気《き》の毒《どく》に――でも、太陽《たいよう》らしきものがあるよ。ちょっと待《ま》って……これは『大《おお》いなる幸福《こうふく》』だ……それじゃ、君《きみ》は苦《くる》しむけどとっても幸《しあわ》せ……」

「君《きみ》、はっきり言《い》うけど、心眼《しんがん》の検査《けんさ》をしてもらう必要《ひつよう》ありだね」

ロンの言葉《ことば》で噴《ふ》き出《だ》しそうになるのを、二人《ふたり》は必死《ひっし》で押《お》し殺《ころ》した。トレローニー先生《せんせい》がこっちのほうをじっと見《み》たからだ。

「じゃ、僕《ぼく》の番《ばん》だ……」

ロンがまじめに額《ひたい》にしわをよせ、ハリーのカップをじっと見《み》た。

「ちょっと山高帽《やまたかぼう》みたいな形《かたち》になってる」ロンの予言《よげん》だ。「魔法省《まほうしょう》で働《はたら》くことになるかも……」

ロンはカップを逆《さか》さまにした。

「だけど、こう見《み》るとむしろどんぐりに近《ちか》いな……これは何《なん》だろなぁ？」

ロンは『未来《みらい》の霧《きり》を晴《は》らす』をずっとたどった。

「たなぼた、予期《よき》せぬ大金《たいきん》。すげえ、少《すこ》し貸《か》してくれ。それからこっちにも何《なん》かあるぞ」

ロンはまたカップを回《まわ》した。

「なんか動物《どうぶつ》みたい。ウン、これが頭《あたま》なら……カバかな……いや、羊《ひつじ》かも……」

ハリーが思《おも》わず噴《ふ》き出《だ》したので、トレローニー先生《せんせい》がくるりと振《ふ》り向《む》いた。

「あたくしが見《み》てみましょうね」

とがめるようにロンにそう言《い》うと、先生《せんせい》はすうっとやってきて、ハリーのカップをロンからすばやく取《と》り上《あ》げた。

トレローニー先生《せんせい》はカップを時計《とけい》と反対回《はんたいまわ》りに回《まわ》しながらじっと中《なか》を見《み》た。みんながシーンとなって見《み》つめた。

「隼《はやぶさ》……まあ、あなたは恐《おそ》ろしい敵《てき》をお持《も》ちね」

「でも、誰《だれ》でも**そんなこと**知《し》ってるわ」

ハーマイオニーが聞《き》こえよがしにささやいた。トレローニー先生《せんせい》がキッとハーマイオニーをにらんだ。

「だって、そうなんですもの。ハリーと『例《れい》のあの人《ひと》』のことはみんな知《し》ってるわ」

ハリーもロンも驚《おどろ》きと称賛《しょうさん》の入《い》りまじった目《め》でハーマイオニーを見《み》た。ハーマイオニーが先生《せんせい》に対《たい》してこんな口《くち》のきき方《かた》をするのを、二人《ふたり》は見《み》たことがなかった。トレローニー先生《せんせい》はあえて反論《はんろん》しなかった。大《おお》きな目《め》を再《ふたた》びハリーのカップに戻《もど》し、またカップを回《まわ》しはじめた。

「棍棒《こんぼう》……攻撃《こうげき》。おや、まあ、これは幸《しあわ》せなカップではありませんわね……」

「僕《ぼく》、それは山高帽《やまたかぼう》だと思《おも》ったけど」ロンがおずおずと言《い》った。

「どくろ……行《い》く手《て》に危険《きけん》が。まあ、あなた……」

みんながその場《ば》に立《た》ちすくみ、じっとトレローニー先生《せんせい》を見《み》つめる中《なか》で、先生《せんせい》は最後《さいご》にもう一《いち》度《ど》カップを回《まわ》した。そしてハッと息《いき》をのみ、悲鳴《ひめい》を上《あ》げた。

またしてもカチャンと陶磁器《とうじき》の割《わ》れる音《おと》がした。ネビルが二個《こ》めのカップを割《わ》ったのだ。トレローニー先生《せんせい》は空《あ》いていたひじかけ椅子《いす》に身《み》を沈《しず》め、ピカピカ飾《かざ》りたてた手《て》を胸《むね》に当《あ》て、目《め》を閉《と》じていた。

「おお──かわいそうな子《こ》──いいえ──言《い》わないほうがよろしいわ──ええ──お聞《き》きにならないでちょうだい……」

「先生《せんせい》、どういうことですか？」

ディーン・トーマスがすぐさま聞《き》いた。みんな立《た》ち上《あ》がり、そろそろとハリーとロンのテーブルの周《まわ》りに集《あつ》まり、ハリーのカップをよく見《み》ようと、トレローニー先生《せんせい》の座《すわ》っている椅子《いす》に接近《せっきん》した。

「まあ、あなた」

トレローニー先生《せんせい》の巨大《きょだい》な目《め》がドラマチックに見開《みひら》かれた。

「あなたにはグリムが取《と》り憑《つ》いています」

「何《なに》がですって？」ハリーが聞《き》いた。

ハリーだけが知《し》らないわけではないと、察《さっ》しはついた。ディーン・トーマスはハリーに向《む》かって肩《かた》をすくめて見《み》せたし、ラベンダー・ブラウンはわけがわからないという表情《ひょうじょう》だった。しかし、ほかのほとんどの生徒《せいと》は恐怖《きょうふ》のあまりパッと手《て》で口《くち》を覆《おお》った。

「グリム、あなた、死神犬《しにがみけん》ですよ！」

トレローニー先生《せんせい》はハリーに通《つう》じなかったのがショックだったらしい。

「墓場《はかば》にとりつく巨大《きょだい》な亡霊犬《ぼうれいけん》です！　かわいそうな子《こ》。これは不吉《ふきつ》な予兆《よちょう》――大凶《だいきょう》の前兆《ぜんちょう》――死《し》の予告《よこく》です！」

ハリーは胃《い》にグラッときた。フローリシュ・アンド・ブロッツ書店《しょてん》にあった『死《し》の前兆《ぜんちょう》』の表紙《ひょうし》の犬《いぬ》――マグノリア・クレセント通《どお》りの暗《くら》がりにいた犬《いぬ》……ラベンダー・ブラウンも今度《こんど》は口《くち》を両手《りょうて》で押《お》さえた。みんながハリーを見《み》た。いや、一人《ひとり》だけはちがった。ハーマイオニーだけは、立《た》ち上《あ》がってトレローニー先生《せんせい》の椅子《いす》の後《うし》ろに回《まわ》った。

「死神犬《グリム》には見《み》えないと思《おも》うわ」ハーマイオニーは容赦《ようしゃ》なく言《い》った。

トレローニー先生《せんせい》は嫌悪感《けんおかん》をつのらせてハーマイオニーをじろりと品定《しなさだ》めした。

「こんなことを言《い》ってごめんあそばせ。あなたにはほとんどオーラが感《かん》じられませんのよ。未来《みらい》の響《ひび》きへの感受性《かんじゅせい》というものがほとんどございませんわ」

シェーマス・フィネガンは首《くび》を左右《さゆう》に傾《かたむ》けていた。

「こうやって見《み》ると死神犬《グリム》らしく見《み》えるよ」シェーマスはほとんど両目《りょうめ》を閉《と》じていた。

「でもこっちから見《み》るとむしろロバに見《み》えるな」今度《こんど》は左《ひだり》に首《くび》を傾《かたむ》けていた。

「僕《ぼく》が死《し》ぬか死《し》なないか、さっさと決《き》めたらいいだろう！」

自分《じぶん》でも驚《おどろ》きながらハリーはそう言《い》った。もう誰《だれ》もハリーをまっすぐ見《み》ようとはしなかった。

「今日《きょう》の授業《じゅぎょう》はここまでにいたしましょう」

トレローニー先生《せんせい》が一段《いちだん》と霧《きり》のかなたのような声《こえ》で言《い》った。

「そう……どうぞお片《かた》づけなさってね……」

みんな押《お》しだまってカップをトレローニー先生《せんせい》に返《かえ》し、教科書《きょうかしょ》をまとめ、かばんを閉《し》めた。ロンまでがハリーの目《め》をさけていた。

「またお会《あ》いするときまで」トレローニー先生《せんせい》が消《き》え入《い》るような声《こえ》で言《い》った。

「みなさまが幸運《こううん》でありますよう。ああ、あなた――」先生《せんせい》はネビルを指差《ゆびさ》した。「あなたは次《つぎ》の授業《じゅぎょう》に遅《おく》れるでしょう。ですから授業《じゅぎょう》についていけるよう、特《とく》によくお勉強《べんきょう》なさいね」

ハリー、ロン、ハーマイオニーは無言《むごん》でトレローニー先生《せんせい》のはしごを下《お》り、曲《ま》がりくねった階《かい》段《だん》を下《お》り、マクゴナガル先生《せんせい》の「変身術《へんしんじゅつ》」の教室《きょうしつ》に向《む》かった。マクゴナガル先生《せんせい》の教室《きょうしつ》を探《さが》し当《あ》てるのにずいぶん時間《じかん》がかかり、「占《うらな》い学《がく》」の教室《きょうしつ》を早《はや》く出《で》たわりには、ぎりぎりだった。

ハリーは教室《きょうしつ》の一番後《いちばんうし》ろの席《せき》を選《えら》んだが、それでもまぶしいスポットライトにさらされているような気《き》がした。クラス中《じゅう》が、まるでハリーがいつ何時《なんどき》ばったり死《し》ぬかわからないと言《い》わんばかりに、ハリーをちらりちらりと盗《ぬす》み見《み》ていた。マクゴナガル先生《せんせい》が「動物《アニメーガス》もどき（自由《じゆう》に動物《どうぶつ》に変身《へんしん》できる魔法使《まほうつか》い）」について話《はな》しているのもほとんど耳《みみ》に入《はい》らなかった。先生《せんせい》がみんなの目《め》の前《まえ》で、目《め》の周《まわ》りにめがねと同《おな》じ形《かたち》のしまがあるトラ猫《ねこ》に変身《へんしん》したのを見《み》てもいなかった。

「まったく、今日《きょう》はみなさんどうしたんですか？」

マクゴナガル先生《せんせい》はポンという軽《かる》い音《おと》とともに元《もと》の姿《すがた》に戻《もど》るなり、クラス中《じゅう》を見回《みまわ》した。

「別《べつ》にかまいませんが、私《わたくし》の変身《へんしん》がクラスの拍手《はくしゅ》を浴《あ》びなかったのはこれが初《はじ》めてです」

みんながいっせいにハリーのほうを振《ふ》り向《む》いたが、誰《だれ》もしゃべらない。するとハーマイオニーが手《て》を挙《あ》げた。

「先生《せんせい》、私《わたし》たち、『占《うらな》い学《がく》』の最初《さいしょ》のクラスを受《う》けてきたばかりなんです。お茶《ちゃ》の葉《は》を読《よ》んで、それで――」

「ああ、そういうことですか」マクゴナガル先生《せんせい》は顔《かお》をしかめた。

「ミス・グレンジャー、それ以上《いじょう》は言《い》わなくて結構《けっこう》です。今年《ことし》はいったい誰《だれ》が死《し》ぬことになったのですか？」

みんないっせいに先生《せんせい》を見《み》つめた。

「僕《ぼく》です」しばらくしてハリーが答《こた》えた。

「わかりました」マクゴナガル先生《せんせい》はキラリと光《ひか》る目《め》でハリーをしっかりと見《み》た。

「では、ポッター、教《おし》えておきましょう。シビル・トレローニーは本校《ほんこう》に着任《ちゃくにん》してからというもの、一年《ねん》に一人《ひとり》の生徒《せいと》の死《し》を予言《よげん》してきました。いまだに誰一人《だれひとり》として死《し》んではいません。死《し》の前兆《ぜんちょう》を予言《よげん》するのは、新《あたら》しいクラスを迎《むか》えるときのあの方《かた》のお気《き》に入《い》りの流儀《りゅうぎ》です。私《わたくし》は同僚《どうりょう》の先生《せんせい》の悪口《わるぐち》はけっして言《い》いません。それでなければ――」

マクゴナガル先生《せんせい》はここで一瞬《いっしゅん》言葉《ことば》を切《き》った。みんなは先生《せんせい》の鼻《はな》の穴《あな》が大《おお》きくふくらむのを見《み》た。それから先生《せんせい》は少《すこ》し落《お》ち着《つ》きを取《と》り戻《もど》して話《はなし》を続《つづ》けた。

「『占《うらな》い学《がく》』というのは魔法《まほう》の中《なか》でも一番《いちばん》不正確《ふせいかく》な分野《ぶんや》の一つです。私《わたくし》があの分野《ぶんや》に関《かん》しては忍耐強《にんたいづよ》くないということを、みなさんに隠《かく》すつもりはありません。真《しん》の予言者《よげんしゃ》はめったにいません。そしてトレローニー先生《せんせい》は……」

マクゴナガル先生《せんせい》は再《ふたた》び言葉《ことば》を切《き》り、ごくあたりまえの調子《ちょうし》で言葉《ことば》を続《つづ》けた。

「ポッター、私《わたくし》の見《み》るところ、あなたは健康《けんこう》そのものです。ですから、今日《きょう》の宿題《しゅくだい》を免除《めんじょ》したりいたしませんからそのつもりで。ただし、もしあなたが死《し》んだら、提出《ていしゅつ》しなくても結構《けっこう》です」

ハーマイオニーが噴《ふ》き出《だ》した。ハリーはちょっぴり気分《きぶん》が軽《かる》くなった。トレローニー先生《せんせい》の教室《きょうしつ》の、赤《あか》いほの暗《ぐら》い灯《あか》りとぼうっとなりそうな香水《こうすい》から離《はな》れてみれば、紅茶《こうちゃ》の葉《は》の塊《かたまり》ごときに恐《おそ》れをなすのはかえっておかしいように思《おも》えた。しかし、みんながそう思《おも》ったわけではない。ロンはまだ心配《しんぱい》そうだったし、ラベンダーは「でも、ネビルのカップはどうなの？」とささやいた。

変身《へんしん》の授業《じゅぎょう》が終《お》わり、三人《にん》はどやどやと昼食《ちゅうしょく》に向《む》かう生徒《せいと》たちにまじって大広間《おおひろま》に移動《いどう》した。

「ロン、元気出《げんきだ》して」

ハーマイオニーがシチューの大皿《おおざら》をロンのほうに押《お》しながら言《い》った。

「マクゴナガル先生《せんせい》のおっしゃったこと、聞《き》いたでしょう」

ロンはシチューを自分《じぶん》の小皿《こざら》に取《と》り分《わ》け、フォークを手《て》にしたが、口《くち》をつけなかった。

「ハリー」ロンが低《ひく》い深刻《しんこく》な声《こえ》で呼《よ》びかけた。

「君《きみ》、どこかで大《おお》きな黒《くろ》い犬《いぬ》を見《み》かけたりしなかったよね？」

「うん、見《み》たよ」ハリーが答《こた》えた。「ダーズリーのとこから逃《に》げたあの夜《よる》、見《み》たよ」

ロンが取《と》り落《お》としたフォークがカタカタと音《おと》を立《た》てた。

「たぶん野良犬《のらいぬ》よ」ハーマイオニーは落《お》ち着《つ》きはらっていた。

気《き》はたしかか、とでも言《い》いたげな目《め》つきでロンがハーマイオニーを見《み》た。

「ハーマイオニー、ハリーが死神犬《グリム》を見《み》たなら、それは――それはよくないよ。僕《ぼく》の――僕《ぼく》のビリウスおじさんがあれを見《み》たんだ。そしたら――そしたら二十四時間後《じかんご》に死《し》んじゃった！」

「偶然《ぐうぜん》よ！」ハーマイオニーはかぼちゃジュースをつぎながら、さらりと言《い》ってのけた。

「君《きみ》、自分《じぶん》の言《い》っていることがわかってるのか！」ロンは熱《あつ》くなりはじめた。

「死神犬《グリム》と聞《き》けば、たいがいの魔法使《まほうつか》いは震《ふる》え上《あ》がってお先真《さきま》っ暗《くら》なんだぜ！」

「そういうことなのよ」ハーマイオニーは余裕《よゆう》しゃくしゃくだ。

「つまり、死神犬《グリム》を見《み》ると怖《こわ》くて死《し》んじゃうのよ。死神犬《グリム》は不吉《ふきつ》な予兆《よちょう》じゃなくて、死《し》の原因《げんいん》だわ！　ハリーはまだ生《い》きてて、ここにいるわ。だってハリーはばかじゃないもの。あれを見《み》ても、そうね、つまり『それじゃもう死《し》んだも同然《どうぜん》だ』なんてばかなことを考《かんが》えなかったからよ」

ロンは言《い》い返《かえ》そうと口《くち》をパクパクさせたが、言葉《ことば》が出《で》なかった。ハーマイオニーはかばんを開《あ》け、新《あたら》しい学科《がっか》、「数占《かずうらな》い学《がく》」の教科書《きょうかしょ》を取《と》り出《だ》し、ジュースの入《はい》った水差《みずさ》しに立《た》てかけた。

「『占《うらな》い学《がく》』って、とってもいいかげんだと思《おも》うわ」読《よ》みたいページを探《さが》しながらハーマイオニーが言《い》った。

「言《い》わせていただくなら、あてずっぽうが多過《おおす》ぎる」

「あのカップの中《なか》の死神犬《グリム》は、全然《ぜんぜん》いいかげんなんかじゃなかった！」ロンはカッカしていた。

「ハリーに『羊《ひつじ》だ』なんて言《い》ったときは、そんなに自信《じしん》がおありになるようには見《み》えませんでしたけどね」ハーマイオニーは冷静《れいせい》だ。

「トレローニー先生《せんせい》は君《きみ》にまともなオーラがないって言《い》った！　君《きみ》ったら、たった一つでも、自《じ》分《ぶん》がクズに見《み》えることが気《き》に入《い》らないんだ」

これはハーマイオニーの弱《よわ》みを突《つ》いた。ハーマイオニーは「数占《かずうらな》い」の教科書《きょうかしょ》でテーブルをバーンとたたいた。あまりの勢《いきお》いに、肉《にく》やらニンジンやらがそこら中《じゅう》に飛《と》び散《ち》った。

「『占《うらな》い学《がく》』で優秀《ゆうしゅう》だってことが、お茶《ちゃ》の葉《は》の塊《かたまり》に死《し》の予兆《よちょう》を読《よ》むふりをすることなんだったら、私《わたし》、この学科《がっか》といつまでおつき合《あ》いできるか自信《じしん》がないわ！　あの授業《じゅぎょう》は『数占《かずうらな》い』のクラスに比《くら》べたら、まったくのクズよ！」

ハーマイオニーはかばんを引《ひ》っつかみ、つんけんしながら去《さ》っていった。

ロンはその後《うし》ろ姿《すがた》にしかめっ面《つら》をした。

「あいつ、いったい何言《なにい》ってんだよ！」

ロンがハリーに話《はな》しかけた。

「あいつ、まだ一度《いちど》も『数占《かずうらな》い』の授業《じゅぎょう》に出《で》てないんだぜ」

昼食《ちゅうしょく》のあと、城《しろ》の外《そと》に出《で》られるのがハリーにはうれしかった。きのうの雨《あめ》は上《あ》がっていた。空《そら》は澄《す》みきった薄《うす》ネズミ色《いろ》だった。しっとりとしてやわらかにはずむ草地《くさち》を踏《ふ》みしめ、三人《にん》は「魔《ま》法生物飼育学《ほうせいぶつしいくがく》」の最初《さいしょ》の授業《じゅぎょう》に向《む》かっていた。

ロンとハーマイオニーは互《たが》いに口《くち》をきかない。ハリーもだまって二人《ふたり》の脇《わき》を歩《ある》き、禁《きん》じられた森《もり》の端《はし》にあるハグリッドの小屋《こや》をめざして、芝生《しばふ》を下《くだ》っていった。いやというほど見慣《みな》れた三人《にん》の背中《せなか》が前《まえ》を歩《ある》いているのを見《み》つけたとき、ハリーは初《はじ》めてスリザリンとの合同授業《ごうどうじゅぎょう》になるのだと気《き》がついた。マルフォイがクラッブとゴイルに生《い》き生《い》きと話《はな》しかけ、二人《ふたり》がゲラゲラ笑《わら》っていた。何《なに》を話《はな》しているのかは、聞《き》かなくてもわかる、とハリーは思《おも》った。

ハグリッドが小屋《こや》の外《そと》で生徒《せいと》を待《ま》っていた。モールスキンのオーバーを着込《きこ》み、足元《あしもと》にボアハウンド犬《けん》のファングを従《したが》え、早《はや》く始《はじ》めたくてうずうずしている様子《ようす》で立《た》っていた。

「さあ、急《いそ》げ。早《はや》く来《こ》いや！」

生徒《せいと》が近《ちか》づくとハグリッドが声《こえ》をかけた。

「今日《きょう》はみんなにいいもんがあるぞ！　すごい授業《じゅぎょう》だぞ！　みんな来《き》たか？　よーし。ついてこいや！」

ほんの一瞬《いっしゅん》、ハリーはハグリッドがみんなを「森《もり》」に連《つ》れていくのでは、とぎくりとした。ハリーは、もう一生分《いっしょうぶん》くらいのいやな思《おも》いを、あの森《もり》で経験《けいけん》した。ハグリッドは森《もり》の縁《ふち》に沿《そ》ってどんどん歩《ある》き、五分後《ふんご》にみんなを放牧場《ほうぼくじょう》のようなところに連《つ》れてきた。そこには何《なに》もいなかった。

「みんな、ここの柵《さく》の周《まわ》りに集《あつ》まれ！」ハグリッドが号令《ごうれい》をかけた。

「そーだ――ちゃんと見《み》えるようにしろよ。さーて、イッチ（一）番先《ばんさき》にやるこたぁ、教科書《きょうかしょ》を開《ひら》くこった――」

「どうやって？」ドラコ・マルフォイの冷《つめ》たい気取《きど》った声《こえ》だ。

「あぁ？」ハグリッドだ。

「どうやって教科書《きょうかしょ》を開《ひら》けばいいんです？」マルフォイがくり返《かえ》した。

マルフォイは『怪物的《かいぶつてき》な怪物《かいぶつ》の本《ほん》』を取《と》り出《だ》したが、ひもでぐるぐる巻《ま》きに縛《しば》ってあった。ほかの生徒《せいと》も本《ほん》を取《と》り出《だ》した。ハリーのようにベルトで縛《しば》っている生徒《せいと》もあれば、きっちりした袋《ふくろ》に押《お》し込《こ》んだり、大《おお》きなクリップで挟《はさ》んでいる生徒《せいと》もいた。

「だ、だーれも教科書《きょうかしょ》をまだ開《ひら》けなんだのか？」ハグリッドはがっくりきたようだった。

クラス全員《ぜんいん》がこっくりした。

「おまえさんたち、なぜりゃーよかったんだ」ハグリッドは、あたりまえのことなのに、とても言《い》いたげだった。

ハグリッドはハーマイオニーの教科書《きょうかしょ》を取《と》り上《あ》げ、本《ほん》を縛《しば》りつけていたスペロテープをビリリとはがした。本《ほん》はかみつこうとしたが、ハグリッドの巨大《きょだい》な親指《おやゆび》で背表紙《せびょうし》をひとなでされると、ブルッと震《ふる》えてパタンと開《ひら》き、ハグリッドの手《て》の中《なか》でおとなしくなった。

「ああ、僕《ぼく》たちって、みんな、なんておろかだったんだろう！」マルフォイが鼻先《はなさき》で笑《わら》った。

「なぜりゃーよかったんだ！　どうして思《おも》いつかなかったのかねぇ！」

「お……俺《おれ》はこいつらがゆかいなやつらだと思《おも》ったんだが」

ハグリッドが自信《じしん》なさそうにハーマイオニーに言《い》った。

「ああ、恐《おそ》ろしくゆかいですよ！」マルフォイが言《い》った。

「僕《ぼく》たちの手《て》をかみ切《き》ろうとする本《ほん》を持《も》たせるなんて、まったくユーモアたっぷりだ！」

「だまれ、マルフォイ」

ハリーが静《しず》かに言《い》った。ハグリッドはうなだれていた。ハリーはハグリッドの最初《さいしょ》の授業《じゅぎょう》を何《なん》とか成功《せいこう》させてやりたかった。

「えーと、そんじゃ」ハグリッドは何《なに》を言《い》うつもりだったか忘《わす》れてしまったらしい。

「そんで……えーと、教科書《きょうかしょ》はある、と。そいで……えーと……こんだぁ、魔法生物《まほうせいぶつ》が必要《ひつよう》だ。ウン。そんじゃ、俺《おれ》が連《つ》れてくる。待《ま》っとれよ……」

ハグリッドは大股《おおまた》で森《もり》へと入《はい》り、姿《すがた》が見《み》えなくなった。

「まったく、この学校《がっこう》はどうなってるんだろうねぇ」マルフォイが声《こえ》を張《は》り上《あ》げた。

「あのウドの大木《たいぼく》が教《おし》えるなんて、父上《ちちうえ》に申《もう》し上《あ》げたら、卒倒《そっとう》なさるだろうなぁ――」

「だまれ、マルフォイ」ハリーがくり返《かえ》し言《い》った。

「ポッター、気《き》をつけろ。吸魂鬼《ディメンター》がお前《まえ》のすぐ後《うし》ろに――」

「オオオオオオー！」

ラベンダー・ブラウンが放牧場《ほうぼくじょう》のむこう側《がわ》を指差《ゆびさ》して、かん高《だか》い声《こえ》を出《だ》した。

ハリーが見《み》たこともないような奇妙《きみょう》キテレツな生《い》き物《もの》が十数頭《すうとう》、早足《はやあし》でこっちへ向《む》かってくる。胴体《どうたい》、後《うし》ろ脚《あし》、しっぽは馬《うま》で、前脚《まえあし》と羽《はね》、そして頭部《とうぶ》は巨大《きょだい》な鳥《とり》のように見《み》える。鋼色《はがねいろ》の残忍《ざんにん》なくちばしと、大《おお》きくギラギラしたオレンジ色《いろ》の目《め》が、鷲《わし》そっくりだ。前脚《まえあし》の鉤爪《かぎづめ》は十五、六センチもあろうか、見《み》るからに殺傷力《さっしょうりょく》がありそうだ。それぞれ分厚《ぶあつ》い革《かわ》の首輪《くびわ》をつけ、それをつなぐ長《なが》い鎖《くさり》の端《はし》をハグリッドの大《おお》きな手《て》が全部《ぜんぶ》まとめて握《にぎ》っていた。ハグリッドは怪獣《かいじゅう》の後《うし》ろからかけ足《あし》で放牧場《ほうぼくじょう》に入《はい》ってきた。

「ドウ、ドウ！」

ハグリッドが大《おお》きくかけ声《ごえ》をかけ、鎖《くさり》を振《ふ》るって生《い》き物《もの》を生徒《せいと》たちの立《た》っている柵《さく》のほうへ追《お》いやった。ハグリッドが生徒《せいと》のところへやってきて、怪獣《かいじゅう》を柵《さく》につないだときは、みんながじわじわとあとずさりした。

「ヒッポグリフだ！」

みんなに手《て》を振《ふ》りながら、ハグリッドがうれしそうに大声《おおごえ》を出《だ》した。

「美《うつく》しかろう、え？」

ハリーにはハグリッドの言《い》うことがわかるような気《き》がした。半鳥半馬《はんちょうはんば》の生《い》き物《もの》を見《み》た最初《さいしょ》のショックを乗《の》り越《こ》えさえすれば、ヒッポグリフの輝《かがや》くような毛並《けな》みが羽《はね》から毛《け》へとなめらかに変《か》わっていくさまは、見《み》ごたえがあった。それぞれ色《いろ》がちがい、嵐《あらし》の空《そら》のような灰色《はいいろ》、赤銅色《しゃくどういろ》、褐《かっ》色《しょく》に白《しろ》い差《さ》し毛《げ》のピンク色《いろ》、つやつやした栗毛《くりげ》、漆黒《しっこく》など、とりどりだ。

「そんじゃ」ハグリッドは両手《りょうて》をもみながら、みんなにうれしそうに笑《わら》いかけた。

「もうちっと、こっちゃこいや……」

誰《だれ》も行《い》きたがらない。ハリー、ロン、ハーマイオニーだけは、こわごわ柵《さく》に近《ちか》づいた。

「まんず、イッチ（一）番先《ばんさき》にヒッポグリフについて知《し》らなければなんねえことは、こいつらは誇《ほこ》り高《たか》い。すぐ怒《おこ》るぞ、ヒッポグリフは。絶対《ぜったい》、侮辱《ぶじょく》してはなんねえ。そんなことをしてみろ、それがお前《まえ》さんたちの最後《さいご》の仕業《しわざ》になるかもしんねえぞ」

マルフォイ、クラッブ、ゴイルは、聞《き》いてもいなかった。何《なに》やらヒソヒソ話《はな》している。どうやったらうまく授業《じゅぎょう》をぶち壊《こわ》しにできるかたくらんでいるのではと、ハリーはいやな予感《よかん》がした。

「必《かなら》ず、ヒッポグリフのほうが先《さき》に動《うご》くのを待《ま》つんだぞ」ハグリッドの話《はなし》は続《つづ》く。

「それが礼儀《れいぎ》ってもんだろう。な？　こいつのそばまで歩《ある》いてゆく。そんでもっておじぎする。そんで、待《ま》つんだ。こいつがおじぎを返《かえ》したら、触《さわ》ってもいいっちゅうこった。もしおじぎを返《かえ》さなんだら、すばやく離《はな》れろ。こいつの鉤爪《かぎづめ》は痛《いた》いからな」

「よーし——誰《だれ》が一番乗《いちばんの》りだ？」

答《こた》えるかわりに、ほとんどの生徒《せいと》がますますあとずさりした。ハリー、ロン、ハーマイオニーでさえ、うまくいかないのではと思《おも》った。ヒッポグリフは猛々《たけだけ》しい首《くび》を振《ふ》りたて、たくましい羽《はね》をばたつかせていた。つながれているのが気《き》に入《い》らない様子《ようす》だ。

「誰《だれ》もおらんのか？」ハグリッドがすがるような目《め》をした。

「僕《ぼく》、やるよ」ハリーが名乗《なの》り出《で》た。

すぐ後《うし》ろで、あっと息《いき》をのむ音《おと》がして、ラベンダーとパーバティがささやいた。

「あぁあー、ダメよ、ハリー。お茶《ちゃ》の葉《は》を忘《わす》れたの！」

ハリーは二人《ふたり》を無視《むし》して、放牧場《ほうぼくじょう》の柵《さく》を乗《の》り越《こ》えた。

「えらいぞ、ハリー！」ハグリッドが大声《おおごえ》を出《だ》した。

「よーし、そんじゃ――バックビークとやってみよう」

ハグリッドは鎖《くさり》を一本《ぽん》ほどき、灰色《はいいろ》のヒッポグリフを群《む》れから引《ひ》き離《はな》し、革《かわ》の首輪《くびわ》をはずした。放牧場《ほうぼくじょう》の柵《さく》のむこうでは、クラス全員《ぜんいん》が息《いき》を止《と》めているかのようだった。マルフォイは意地悪《いじわる》く目《め》を細《ほそ》めていた。

「さあ、落《お》ち着《つ》け、ハリー」ハグリッドが静《しず》かに言《い》った。

「目《め》をそらすなよ。なるべく瞬《まばた》きするな――ヒッポグリフは目《め》をしょぼしょぼさせるやつを信用《しんよう》せんからな……」

たちまち目《め》がうるんできたが、ハリーは瞬《まばた》きしなかった。バックビークは、巨大《きょだい》な鋭《するど》いくちばしをハリーのほうに向《む》け、猛々《たけだけ》しいオレンジ色《いろ》の目《め》の片方《かたほう》だけでハリーをにらんでいた。

「そーだ」ハグリッドが声《こえ》をかけた。「ハリー、それでええ……それ、おじぎだ……」

ハリーは首根《くびね》っこをバックビークの前《まえ》にさらすのは気《き》が進《すす》まなかったが、言《い》われたとおりにした。軽《かる》くおじぎし、また目《め》を上《あ》げた。

ヒッポグリフはまだ気位高《きぐらいたか》くハリーを見《み》すえていた。動《うご》かない。

「あー」ハグリッドの声《こえ》が心配《しんぱい》そうだった。「よーし――下《さ》がって、ハリー。ゆっくりだ――」

しかし、その時《とき》だ。驚《おどろ》いたことに、突然《とつぜん》ヒッポグリフが、うろこに覆《おお》われた前脚《まえあし》を折《お》り、どう見《み》てもおじぎだと思《おも》われる格好《かっこう》をしたのだ。

「やったぞ、ハリー！」ハグリッドが狂喜《きょうき》した。「よーし――さわってもええぞ！　くちばしをなでてやれ、ほれ！」

下《さ》がってもいいと言《い》われたほうがいいごほうびなのに、と思《おも》いながらも、ハリーはゆっくりとヒッポグリフに近寄《ちかよ》り、手《て》を伸《の》ばした。何度《なんど》かくちばしをなでると、ヒッポグリフはそれを楽《たの》しむかのようにとろりと目《め》を閉《と》じた。

クラス全員《ぜんいん》が拍手《はくしゅ》した。マルフォイ、クラッブ、ゴイルだけは、ひどくがっかりしたようだった。

「よーし、そんじゃ、ハリー、こいつはおまえさんを背中《せなか》に乗《の》せてくれると思《おも》うぞ」

これは計画外《けいかくがい》だった。箒《ほうき》ならお手《て》の物《もの》だが、ヒッポグリフがまったく同《おな》じなのかどうか自信《じしん》がない。

「そっから、上《のぼ》れ。翼《つばさ》のつけ根《ね》んとっからだ。羽根《はね》を引《ひ》っこ抜《ぬ》かねえよう気《き》をつけろ。いやがるからな……」

ハリーはバックビークの翼《つばさ》のつけ根《ね》に足《あし》をかけ、背中《せなか》に飛《と》び乗《の》った。バックビークが立《た》ち上《あ》がった。いったいどこにつかまったらいいのかわからない。目《め》の前《まえ》は一面《いちめん》羽根《はね》で覆《おお》われている。

「そーれ行《い》け！」ハグリッドがヒッポグリフの尻《しり》をパシンとたたいた。

何《なん》の前触《まえぶ》れもなしに、四メートルもの翼《つばさ》がハリーの左右《さゆう》で開《ひら》き、羽《は》ばたいた。ヒッポグリフが飛翔《ひしょう》する前《まえ》に、かろうじて首《くび》の周《まわ》りにしがみつく間《ま》があった。箒《ほうき》とは大《おお》ちがいだ。どちらが好《す》きか、ハリーにははっきりわかる。ヒッポグリフの翼《つばさ》はハリーの両脇《りょうわき》で羽《は》ばたき、快適《かいてき》とは言《い》えなかったし、両脚《りょうあし》が翼《つばさ》に引《ひ》っかかり、今《いま》にも振《ふ》り落《お》とされるのではとヒヤヒヤだ。つややかな羽毛《うもう》で指《ゆび》がすべり、かといって、もっとギュッとつかむことなどとてもできない。ニンバス２０００のあのなめらかな動《うご》きとはちがう。尻《しり》が翼《つばさ》に合《あ》わせて上下《じょうげ》するヒッポグリフの背中《せなか》の上《うえ》で、今《いま》やハリーは前《まえ》にゆらゆら、後《うし》ろにぐらぐらするばかりだ。

ハリーを乗《の》せ、バックビークは放牧場《ほうぼくじょう》の上空《じょうくう》を一周《いっしゅう》すると、地上《ちじょう》をめざした。ハリーはこの瞬間《しゅんかん》を恐《おそ》れていたのだ。バックビークのなめらかな首《くび》が下《した》を向《む》いたとき、ハリーはのけぞるようにした。くちばしの上《うえ》をすべり落《お》ちるのではないかと思《おも》った。やがて、前後《ぜんご》バラバラな四肢《しし》が、ドサッと着地《ちゃくち》する衝撃《しょうげき》が伝《つた》わってきた。ハリーはやっとのことで踏《ふ》みとどまり、再《ふたた》び上体《じょうたい》をまっすぐにした。

「よーくできた、ハリー！」

ハグリッドは大声《おおごえ》を出《だ》し、マルフォイ、クラッブ、ゴイル以外《いがい》の全員《ぜんいん》が歓声《かんせい》を上《あ》げた。

「よーしと。ほかにやってみたいもんはおるか？」

ハリーの成功《せいこう》に励《はげ》まされ、ほかの生徒《せいと》もこわごわ放牧場《ほうぼくじょう》に入《はい》ってきた。ハグリッドは一頭《とう》ずつヒッポグリフを解《と》き放《はな》ち、やがて放牧場《ほうぼくじょう》のあちこちで、みんながおずおずとおじぎを始《はじ》めた。ネビルのヒッポグリフはひざを折《お》ろうとしなかったので、ネビルは何度《なんど》もあわてて逃《に》げた。ロンとハーマイオニーは、ハリーが見《み》ているところで栗毛《くりげ》のヒッポグリフで練習《れんしゅう》した。

マルフォイ、クラッブ、ゴイルは、ハリーのあとにバックビークに向《む》かった。バックビークがおじぎしたので、マルフォイは尊大《そんだい》な態度《たいど》でそのくちばしをなでていた。

「簡単《かんたん》じゃあないか」もったいぶって、わざとハリーに聞《き》こえるようにマルフォイが言《い》った。

「ポッターにできるんだ、簡単《かんたん》にちがいないと思《おも》ったよ……おまえ、全然危険《ぜんぜんきけん》なんかじゃないなぁ？」

マルフォイはヒッポグリフに話《はな》しかけた。

「そうだろう？　醜《みにく》いデカブツの野獣君《やじゅうくん》」

一瞬《いっしゅん》、鋼色《はがねいろ》の鉤爪《かぎづめ》が光《ひか》った。マルフォイがヒーッと悲鳴《ひめい》を上《あ》げ、次《つぎ》の瞬間《しゅんかん》ハグリッドがバックビークに首輪《くびわ》をつけようと格闘《かくとう》していた。バックビークはマルフォイを襲《おそ》おうともがき、マルフォイのほうはローブが見《み》る見《み》る血《ち》に染《そ》まり、草《くさ》の上《うえ》で身《み》を丸《まる》めていた。

「死《し》んじゃう！」

マルフォイがわめいた。クラス中《じゅう》がパニックにおちいっていた。

「僕《ぼく》、死《し》んじゃう。見《み》てよ！　あいつ、僕《ぼく》を殺《ころ》した！」

「死《し》にゃせん！」ハグリッドは蒼白《そうはく》になっていた。

「誰《だれ》か、手伝《てつだ》ってくれ――この子《こ》をこっから連《つ》れ出《だ》さにゃー」

ハグリッドがマルフォイを軽々《かるがる》と抱《かか》え上《あ》げ、ハーマイオニーが走《はし》っていってゲートを開《あ》けた。マルフォイの腕《うで》に深々《ふかぶか》と長《なが》い裂《さ》け目《め》があるのをハリーは見《み》た。血《ち》が草地《くさち》に点々《てんてん》と飛《と》び散《ち》った。ハグリッドはマルフォイを抱《かか》え、城《しろ》に向《む》かって坂《さか》をかけ上《あ》がっていった。

「魔法生物飼育学《まほうせいぶつしいくがく》」の生徒《せいと》たちは大《だい》ショックを受《う》けてそのあとをついていった。スリザリン生《せい》は全員《ぜんいん》ハグリッドを罵倒《ばとう》していた。

「すぐクビにすべきよ！」パンジー・パーキンソンが泣《な》きながら言《い》った。

「マルフォイが悪《わる》いんだ！」ディーン・トーマスがきっぱり言《い》った。クラッブとゴイルが脅《おど》すように力《ちから》こぶを作《つく》って腕《うで》を曲《ま》げ伸《の》ばしした。

石段《いしだん》を上《のぼ》り、全員《ぜんいん》ががらんとした玄関《げんかん》ホールに入《はい》った。

「大丈夫《だいじょうぶ》かどうか、私《わたし》、見《み》てくる！」パンジーはそう言《い》うと、みんなが見守《みまも》る中《なか》、大理石《だいりせき》の階《かい》段《だん》をかけ上《あ》がっていった。スリザリン生《せい》はハグリッドのことをまだブツブツ言《い》いながら、地下牢《ちかろう》にある自分《じぶん》たちの寮《りょう》の談話室《だんわしつ》に向《む》かっていった。ハリー、ロン、ハーマイオニーはグリフィンドール塔《とう》に向《む》かって階段《かいだん》を上《のぼ》った。

「マルフォイは大丈夫《だいじょうぶ》かしら？」ハーマイオニーが心配《しんぱい》そうに言《い》った。

「そりゃ、大丈夫《だいじょうぶ》さ。マダム・ポンフリーは切《き》り傷《きず》なんかあっという間《ま》に治《なお》せるよ」

ハリーはもっとひどい傷《きず》を、校医《こうい》に魔法《まほう》で治《なお》してもらったことがある。

「だけど、ハグリッドの最初《さいしょ》の授業《じゅぎょう》であんなことが起《お》こったのは、まずいよな？」ロンも心配《しんぱい》そうだった。「マルフォイのやつ、やっぱり引《ひ》っかき回《まわ》してくれたよな……」

夕食《ゆうしょく》のとき、ハグリッドの顔《かお》が見《み》たくて三人《にん》は真《ま》っ先《さき》に大広間《おおひろま》に行《い》った。ハグリッドはいなかった。

「ハグリッドをクビにしたりしないわよね？」

ハーマイオニーはステーキ・キドニー・パイのごちそうにも手《て》をつけず、不安《ふあん》そうに言《い》った。

「そんなことしないといいけど」ロンも何《なに》も食《た》べていなかった。

ハリーはスリザリンのテーブルを見《み》ていた。クラッブとゴイルもまじって、大勢《おおぜい》が固《かた》まって何《なに》事《ごと》かさかんに話《はな》していた。マルフォイがどんなふうにけがをしたか、都合《つごう》のいい話《はなし》をでっちあげているにちがいない、とハリーは思《おも》った。

「まあね、休《やす》み明《あ》けの初日《しょにち》としちゃあ、なかなか波乱《はらん》に富《と》んだ一日《にち》だったと言《い》えなくもないよな」

ロンは落《お》ち込《こ》んでいた。

夕食《ゆうしょく》のあと、混《こ》み合《あ》ったグリフィンドールの談話室《だんわしつ》で、マクゴナガル先生《せんせい》の宿題《しゅくだい》を始《はじ》めたものの、三人《にん》ともしばしば中断《ちゅうだん》しては、塔《とう》の窓《まど》からちらちらと外《そと》を見《み》るのだった。

「ハグリッドの小屋《こや》に灯《あか》りが見《み》える」突然《とつぜん》ハリーが言《い》った。

ロンが腕時計《うでどけい》を見《み》た。

「急《いそ》げば、ハグリッドに会《あ》いにいけるかもしれない。まだ時間《じかん》も早《はや》いし……」

「それはどうかしら」

ハーマイオニーがゆっくりそう言《い》いながら、ちらりと自分《じぶん》を見《み》たのにハリーは気《き》づいた。

「僕《ぼく》、校内《こうない》を歩《ある》くのは許《ゆる》されてるんだ」ハリーはむきになった。

「シリウス・ブラックはここではまだ吸魂鬼《ディメンター》を出《だ》し抜《ぬ》いてないだろ？」

そこで三人《にん》は宿題《しゅくだい》を片《かた》づけ、肖像画《しょうぞうが》の抜《ぬ》け穴《あな》から外《そと》に出《で》た。はたして外出《がいしゅつ》していいものかどうか完全《かんぜん》に自信《じしん》があったわけではないので、正面玄関《しょうめんげんかん》まで誰《だれ》にも会《あ》わなかったのはうれしかった。

まだ湿《しめ》り気《け》を帯《お》びたままの芝生《しばふ》が、たそがれの中《なか》でほとんど真《ま》っ黒《くろ》に見《み》えた。ハグリッドの小《こ》屋《や》にたどり着《つ》き、ドアをノックすると、中《なか》から「入《はい》ってくれ」とうめくような声《こえ》がした。

ハグリッドはシャツ姿《すがた》で、洗《あら》い込《こ》まれた白木《しらき》のテーブルの前《まえ》に座《すわ》っていた。ボアハウンド犬《けん》のファングがハグリッドのひざに頭《あたま》をのせている。一目見《ひとめみ》ただけでハグリッドが相当深酒《そうとうふかざけ》していたことがわかる。バケツほどもある錫製《すずせい》のジョッキを前《まえ》に、ハグリッドは焦点《しょうてん》の合《あ》わない目《め》つきで三人《にん》を見《み》た。

「こいつぁ新記録《しんきろく》だ」三人《にん》が誰《だれ》かわかったらしく、ハグリッドがどんよりと言《い》った。

「一日《にち》しかもたねえ先生《せんせい》なんざ、これまでいなかったろう」

「ハグリッド、まさか、クビになったんじゃ！」ハーマイオニーが息《いき》をのんだ。

「まーだだ」ハグリッドはしょげきって、何《なに》が入《はい》っているやら、大《だい》ジョッキをぐいっと傾《かたむ》けた。

「だけんど、時間《じかん》の問題《もんだい》だわ、な、マルフォイのことで……」

「あいつ、どんな具合《ぐあい》？」

三人《にん》とも腰《こし》かけながら、ロンが聞《き》いた。

「たいしたことないんだろ？」

「マダム・ポンフリーができるだけの手当《てあ》てをした」

ハグリッドがぼんやりと答《こた》えた。

「だけんど、マルフォイはまだうずくと言《い》っとる……包帯《ほうたい》ぐるぐる巻《ま》きで……うめいとる……」

「ふりしてるだけだ」ハリーが即座《そくざ》に言《い》った。

「マダム・ポンフリーなら何《なん》でも治《なお》せる。去年《きょねん》なんか、僕《ぼく》の片腕《かたうで》の骨《ほね》を再生《さいせい》させたんだよ。マルフォイは汚《きたな》い手《て》を使《つか》って、けがを最大限《さいだいげん》に利用《りよう》しようとしてるんだ」

「学校《がっこう》の理事《りじ》たちに知《し》らせがいった、当然《とうぜん》な」ハグリッドはしおれきっている。

「俺《おれ》が初《はじ》めっから飛《と》ばし過《す》ぎたって、理事《りじ》たちが言《い》うとる。ヒッポグリフはもっとあとにすべきだった……レタス食い虫《フロバーワーム》か何《なん》かっから始《はじ》めていりゃ……イッチ（一）番《ばん》の授業《じゅぎょう》にはあいつが最高《さいこう》だと思《おも》ったんだがな……みんな俺《おれ》が悪《わる》い……」

「ハグリッド、悪《わる》いのは**マルフォイ**のほうよ！」ハーマイオニーが真剣《しんけん》に言《い》った。

「僕《ぼく》たちが証人《しょうにん》だ」ハリーが言《い》った。

「侮辱《ぶじょく》したりするとヒッポグリフが攻撃《こうげき》するって、ハグリッドはそう言《い》った。聞《き》いてなかったマルフォイが悪《わる》いんだ。ダンブルドアに何《なに》が起《お》こったのかちゃんと話《はな》すよ」

「そうだよ。ハグリッド、心配《しんぱい》しないで。僕《ぼく》たちがついてる」ロンが言《い》った。

ハグリッドの真《ま》っ黒《くろ》なコガネムシのような目《め》の目尻《めじり》のしわから、涙《なみだ》がポロポロこぼれ落《お》ちた。ハリーとロンをぐいっと引《ひ》き寄《よ》せ、ハグリッドは二人《ふたり》を骨《ほね》も砕《くだ》けるほど抱《だ》きしめた。

「ハグリッド、もう充分《じゅうぶん》飲《の》んだと思《おも》うわ」ハーマイオニーは厳《きび》しくそう言《い》うと、テーブルからジョッキを取《と》り上《あ》げ、中身《なかみ》を捨《す》てに外《そと》に出《で》た。

「あぁ、あの子《こ》の言《い》うとおりだな」ハグリッドはハリーとロンを放《はな》した。二人《ふたり》とも胸《むね》をさすり、よろよろと離《はな》れた。ハグリッドはよいしょと立《た》ち上《あ》がり、ふらふらとハーマイオニーのあとから外《そと》に出《で》た。水《みず》のはねる大《おお》きな音《おと》が聞《き》こえてきた。

「ハグリッドは何《なに》をしてるの？」ハーマイオニーが空《から》のジョッキを持《も》って戻《もど》ってきたので、ハリーが心配《しんぱい》そうに聞《き》いた。

「水《みず》の入《はい》った樽《たる》に頭《あたま》を突《つ》っ込《こ》んでたわ」ハーマイオニーがジョッキを元《もと》に戻《もど》した。

長《なが》い髪《かみ》とひげをびしょぬれにして、目《め》をぬぐいながら、ハグリッドが戻《もど》ってきた。

「さっぱりした」ハグリッドは犬《いぬ》のように頭《あたま》をブルブルッと振《ふ》るい、三人《にん》もびしょぬれになった。

「なあ、会《あ》いにきてくれて、ありがとうよ。ほんとに俺《おれ》――」

ハグリッドは急《きゅう》に立《た》ち止《ど》まり、まるでハリーがいるのに初《はじ》めて気《き》づいたようにじっと見《み》つめた。

「おまえさん、いったい何《なに》しちょる。えっ？」

ハグリッドがあまりに急《きゅう》に大声《おおごえ》を出《だ》したので、三人《にん》とも三十センチも跳《と》び上《あ》がった。

「ハリー、暗《くら》くなってからうろうろしちゃいかん！　おまえさんたち！　二人《ふたり》とも！　ハリーを出《だ》しちゃいかん！」

ハグリッドはのっしのっしとハリーに近《ちか》づき、腕《うで》をつかまえ、ドアまで引《ひ》っ張《ぱ》っていった。

「来《く》るんだ！」

ハグリッドは怒《おこ》ったように言《い》った。

「俺《おれ》が学校《がっこう》まで送《おく》っていく。もう二度《にど》と、暗《くら》くなってから歩《ある》いて俺《おれ》に会《あ》いにきたりするんじゃねえ。俺《おれ》にはそんな価値《かち》はねえ」

第《だい》7章《しょう》　洋《よう》だんすのまね妖怪《ようかい》

マルフォイは木曜日《もくようび》の昼近《ひるちか》くまで現《あらわ》れず、スリザリンとグリフィンドール合同《ごうどう》の魔法薬学《まほうやくがく》の授業《じゅぎょう》が半分《はんぶん》ほど終《お》わったころに姿《すがた》を見《み》せた。包帯《ほうたい》を巻《ま》いた右腕《みぎうで》を吊《つ》り、ふんぞり返《かえ》って地下牢《ちかろう》教室《きょうしつ》に入《はい》ってくるさまは、ハリーに言《い》わせれば、まるで恐《おそ》ろしい戦《たたか》いに生《い》き残《のこ》った英雄気取《えいゆうきど》りだ。

「ドラコ、どう？」

パンジー・パーキンソンが取《と》ってつけたような笑顔《えがお》で言《い》った。

「ひどく痛《いた》むの？」

「ああ」

マルフォイは勇敢《ゆうかん》にたえているようなしかめっ面《つら》をした。しかし、パンジーがむこうを向《む》いたとたん、マルフォイがクラッブとゴイルにウィンクしたのをハリーは見逃《みのが》さなかった。

「座《すわ》りたまえ、さあ」スネイプ先生《せんせい》は気楽《きらく》に言《い》った。

ハリーとロンは腹立《はらだ》たしげに顔《かお》を見合《みあ》わせた。遅《おく》れて入《はい》ってきたのが自分《じぶん》たちだったら、「座《すわ》りたまえ」なんて言《い》うどころか、厳罰《げんばつ》を科《か》したにちがいない。スネイプのクラスでは、マルフォイはいつも、何《なに》をしてもおとがめなしだった。スネイプはスリザリンの寮監《りょうかん》で、たいていほかの生徒《せいと》より自分《じぶん》の寮生《りょうせい》をひいきした。

今日《きょう》は新《あたら》しい薬《くすり》の「縮《ちぢ》み薬《ぐすり》」を作《つく》っていたが、マルフォイはハリーとロンのすぐ隣《となり》に自分《じぶん》の鍋《なべ》をすえた。三人《にん》とも同《おな》じテーブルで材料《ざいりょう》を準備《じゅんび》することになった。

「先生《せんせい》」マルフォイが呼《よ》んだ。「先生《せんせい》、僕《ぼく》、雛菊《ひなぎく》の根《ね》を刻《きざ》むのを手伝《てつだ》ってもらわないと、こんな腕《うで》なので――」

「ウィーズリー、マルフォイの根《ね》を切《き》ってやりたまえ」

スネイプはこっちを見《み》もせずに言《い》った。ロンが赤《あか》れんが色《いろ》になった。

「お前《まえ》の腕《うで》はどこも悪《わる》くないんだ」ロンが歯《は》を食《く》いしばってマルフォイに言《い》った。

マルフォイはテーブルのむこうでニヤリとした。

「ウィーズリー、スネイプ先生《せんせい》がおっしゃったことが聞《き》こえただろう。根《ね》を刻《きざ》めよ」

ロンはナイフをつかみ、マルフォイの分《ぶん》の根《ね》を引《ひ》き寄《よ》せ、めった切《ぎ》りにした。根《ね》は大小《だいしょう》ふぞろいに切《き》れた。

「せんせーい」マルフォイが気取《きど》った声《こえ》を出《だ》した。「ウィーズリーが僕《ぼく》の根《ね》をめった切《ぎ》りにしました」

スネイプがテーブルにやってきて、鉤鼻《かぎばな》の上《うえ》からじろりと根《ね》を見《み》すえた。それからロンに向《む》かって、油《あぶら》っこい黒《くろ》い長髪《ちょうはつ》の下《した》からニタリといやな笑《わら》い方《かた》をした。

「ウィーズリー、君《きみ》の根《ね》とマルフォイのとを取《と》り替《か》えたまえ」

「先生《せんせい》、そんな――！」

ロンは十五分《ふん》もかけて、慎重《しんちょう》に自分《じぶん》の根《ね》をきっちり同《おな》じにそろえて刻《きざ》んだばかりだった。

「**今《いま》すぐだ**」

スネイプは独特《どくとく》の危険極《きけんきわ》まりない声《こえ》で言《い》った。

ロンは見事《みごと》に切《き》りそろえた根《ね》をテーブルのむこう側《がわ》のマルフォイへぐいと押《お》しやり、再《ふたた》びナイフをつかんだ。

「先生《せんせい》、それから、僕《ぼく》、この『萎《しな》び無花果《いちじく》』の皮《かわ》をむいてもらわないと」

マルフォイの声《こえ》は底意地《そこいじ》の悪《わる》い笑《わら》いをたっぷりふくんでいた。

「ポッター、マルフォイの無花果《いちじく》をむいてあげたまえ」

スネイプはいつものように、ハリーのためだけにとっておきの、憎《にく》しみのこもった視線《しせん》を投《な》げつけた。

ハリーはマルフォイの「萎《しな》び無花果《いちじく》」を取《と》り上《あ》げ、ロンは自分《じぶん》が使《つか》うはめになっためった切《ぎ》りの根《ね》を、何《なん》とかしようとしていた。ハリーはできるだけ急《いそ》いで無花果《いちじく》の皮《かわ》をむき、一言《ひとこと》も言《い》わずにテーブルのむこうのマルフォイに投《な》げ返《かえ》した。マルフォイは今《いま》までよりいっそうニンマリしていた。

「君《きみ》たち、ご友人《ゆうじん》のハグリッドを近《ちか》ごろ見《み》かけたかい？」マルフォイが低《ひく》い声《こえ》で聞《き》いた。

「君《きみ》の知《し》ったこっちゃない」ロンが目《め》も合《あ》わさずに、ぶっきらぼうに言《い》った。

「気《き》の毒《どく》に、先生《せんせい》でいられるのも、もう長《なが》いことじゃあないだろうな」マルフォイの口調《くちょう》は悲《かな》しむふりが見《み》え見《み》えだ。「父上《ちちうえ》は僕《ぼく》のけがのことを快《こころよ》く思《おも》っていらっしゃらないし——」

「いい気《き》になるなよ、マルフォイ。じゃないとほんとうにけがさせてやる」ロンが言《い》った。

「——父上《ちちうえ》は学校《がっこう》の理事会《りじかい》に訴《うった》えた。それに、魔法省《まほうしょう》にも。父上《ちちうえ》は力《ちから》があるんだ。わかってるよねえ。それに、こんなに長引《ながび》く傷《きず》だし——」

マルフォイはわざと大《おお》きなため息《いき》をついてみせた。

「僕《ぼく》の腕《うで》、はたして元《もと》どおりになるんだろうか？」

「そうか、それで君《きみ》はそんなふりをしているんだな」

ハリーは怒《いか》りで手《て》が震《ふる》え、手元《てもと》が狂《くる》って、死《し》んだイモムシの頭《あたま》を切《き》り落《お》としてしまった。

「ハグリッドを辞《や》めさせようとして！」

「そうだねぇ」

マルフォイは声《こえ》を落《お》とし、ヒソヒソささやいた。

「ポッター、それもある。でも、ほかにもいろいろといいことがあってね。ウィーズリー、僕《ぼく》のイモムシを輪《わ》切りにしろ」

数個先《すうこさき》の鍋《なべ》で、ネビルが問題《もんだい》を起《お》こしていた。魔法薬《まほうやく》の授業《じゅぎょう》ではネビルはいつも支離滅裂《しりめつれつ》だった。ネビルにとって、これが最悪《さいあく》の学科《がっか》だ。恐怖《きょうふ》のスネイプ先生《せんせい》の前《まえ》では、普段《ふだん》の十倍《ばい》もへまをやった。明《あか》るい黄緑色《きみどりいろ》になるはずだった水薬《みずぐすり》が、なんと――。

「オレンジ色《いろ》か、ロングボトム」

スネイプが薬《くすり》をひしゃくで大鍋《おおなべ》からすくい上《あ》げ、それを上《うえ》からタラタラと垂《た》らし入《い》れて、みんなに見《み》えるようにした。

「オレンジ色《いろ》。君《きみ》、教《おし》えていただきたいものだが、君《きみ》の分厚《ぶあつ》い頭《ず》がいこつを突《つ》き抜《ぬ》けて入《はい》っていくものがあるのかね？　我輩《わがはい》ははっきり言《い》ったはずだ。ネズミの脾臓《ひぞう》は一つでいいと。聞《き》こえなかったのか？　ヒルの汁《しる》はほんの少《すこ》しでいいと、明確《めいかく》に申《もう》し上《あ》げたつもりだが？　ロングボトム、いったい我輩《わがはい》はどうすれば君《きみ》に理解《りかい》していただけるのかな？」

ネビルは赤《あか》くなって小刻《こきざ》みに震《ふる》えている。今《いま》にも涙《なみだ》をこぼしそうだった。

「先生《せんせい》、お願《ねが》いです」

ハーマイオニーだ。

「先生《せんせい》、私《わたし》に手伝《てつだ》わせてください。ネビルにちゃんと直《なお》させます——」

「でしゃばるよう頼《たの》んだ覚《おぼ》えはないがね、ミス・グレンジャー」

スネイプは冷《つめ》たく言《い》い放《はな》ち、ハーマイオニーはネビルと同《おな》じくらい赤《あか》くなった。

「ロングボトム、このクラスの最後《さいご》に、この薬《くすり》を君《きみ》のヒキガエルに数滴《すうてき》飲《の》ませて、どうなるか見《み》てみることにする。そうすれば、たぶん君《きみ》もまともにやろうという気《き》になるだろう」

スネイプは、恐怖《きょうふ》で息《いき》もできないネビルを残《のこ》し、その場《ば》を去《さ》った。

「助《たす》けてよ！」ネビルがハーマイオニーにうめくように頼《たの》んだ。

「おい、ハリー」

シェーマス・フィネガンがハリーの真鍮《しんちゅう》の台秤《だいばかり》を借《か》りようと身《み》を乗《の》り出《だ》した。

「聞《き》いたか？　今朝《けさ》の『日刊予言者新聞《にっかんよげんしゃしんぶん》』のこと——シリウス・ブラックが目撃《もくげき》されたって書《か》いてあったよ」

「どこで？」

ハリーとロンが急《せ》き込《こ》んで聞《き》いた。テーブルのむこうでは、マルフォイが目《め》を上《あ》げて耳《みみ》をそばだてた。

「ここからあまり遠《とお》くない」

シェーマスは興奮《こうふん》気味《ぎみ》だ。

「マグルの女性《じょせい》が目撃《もくげき》したんだ。もち、その人《ひと》はほんとのことはわかってない。マグルはブラックが普通《ふつう》の犯罪者《はんざいしゃ》だと思《おも》ってるだろ？　だからその人《ひと》、捜査《そうさ》ホットラインに電話《でんわ》したんだ。魔法《まほう》省《しょう》が現場《げんば》に着《つ》いたときにはもぬけの殻《から》さ」

「ここからあまり遠《とお》くない、か……」

ロンがいわくありげな目《め》でハリーを見《み》た。ハリーが振《ふ》り返《かえ》ると、マルフォイがじいっと見《み》つめていた。

「マルフォイ、何《なん》だ？　ほかに皮《かわ》をむくものでもあるのか？」

マルフォイの目《め》はギラギラと意地悪《いじわる》く光《ひか》り、ハリーを見《み》すえたままだった。テーブルのむこうから、マルフォイが身《み》を乗《の》り出《だ》した。

「ポッター、一人《ひとり》でブラックを捕《つか》まえようって思《おも》ってるのか？」

「そうだ、そのとおりだ」ハリーは無造作《むぞうさ》に答《こた》えた。

マルフォイの薄《うす》い唇《くちびる》がゆがみ、意地悪《いじわる》そうにほくそ笑《え》んだ。

「言《い》うまでもないけど――」落《お》ち着《つ》きはらってマルフォイが言《い》った。

「僕《ぼく》だったら、もうすでに何《なに》かやってるだろうなぁ。いい子《こ》ぶって学校《がっこう》にじっとしてたりしない。ブラックを探《さが》しに出《で》かけるだろうなぁ」

「マルフォイ、いったい何《なに》を言《い》いだすんだ？」ロンが乱暴《らんぼう》に言《い》った。

「ポッター、**知《し》らないのか？**」

マルフォイは薄青《うすあお》い目《め》を細《ほそ》めて、ささやくように言《い》った。

「何《なに》を？」

マルフォイは嘲《あざけ》るように低《ひく》く笑《わら》った。

「君《きみ》はたぶん危《あぶ》ないことはしたくないんだろうなぁ。吸魂鬼《ディメンター》に任《まか》せておきたいんだろう？　僕《ぼく》だったら、復讐《ふくしゅう》してやりたい。僕《ぼく》なら、自分《じぶん》でブラックを追《お》い詰《つ》める」

「いったい何《なん》のことだ？」

ハリーは怒《おこ》った。しかし、その時《とき》、スネイプの声《こえ》がした。

「材料《ざいりょう》はもう全部《ぜんぶ》加《くわ》えたはずだ。この薬《くすり》は服用《ふくよう》する前《まえ》に煮込《にこ》まねばならぬ。ぐつぐつ煮《に》えている間《あいだ》、あと片《かた》づけをしておけ。あとでロングボトムの薬《くすり》を試《ため》すことにする……」

ネビルが汗《あせ》だくで自分《じぶん》の鍋《なべ》を必死《ひっし》にかき回《まわ》しているのを見《み》て、クラッブとゴイルがあけすけに笑《わら》った。ハーマイオニーがスネイプに気《き》づかれないよう、唇《くちびる》を動《うご》かさないようにしてネビルに指示《しじ》を与《あた》えていた。ハリーとロンは残《のこ》っている材料《ざいりょう》を片《かた》づけ、隅《すみ》のほうにある石《いし》のたらいのところまで行《い》って手《て》とひしゃくを洗《あら》った。

「マルフォイは何《なに》を言《い》ってたんだろう？」

怪獣像《ガーゴイル》の口《くち》から吐《は》き出《だ》される氷《こおり》のように冷《つめ》たい水《みず》で手《て》を洗《あら》いながら、ハリーが低《ひく》い声《こえ》でロンに話《はな》しかけた。

「なんで僕《ぼく》がブラックに復讐《ふくしゅう》しなくちゃならないんだ？　僕《ぼく》に何《なん》にも手《て》を出《だ》してないのに――まだ」

「でっち上《あ》げさ」ロンは強烈《きょうれつ》に言《い》い放《はな》った。「君《きみ》に、何《なん》かバカなことさせようとして……」

まもなくクラスが終《お》わるというとき、スネイプが、大鍋《おおなべ》のそばで縮《ちぢ》こまっているネビルのほうへ大股《おおまた》で近《ちか》づいた。

「諸君《しょくん》、ここに集《あつ》まりたまえ」

スネイプが暗《くら》い目《め》をギラギラさせた。

「ロングボトムのヒキガエルがどうなるか、よく見《み》たまえ。何《なん》とか『縮《ちぢ》み薬《ぐすり》』ができ上《あ》がっていれば、ヒキガエルはおたまじゃくしになる。もし、作《つく》り方《かた》をまちがえていれば——我輩《わがはい》はそうにちがいないと思《おも》うが——ヒキガエルは毒《どく》にやられるはずだ」

グリフィンドール生《せい》はこわごわ見守《みまも》り、スリザリン生《せい》は嬉々《きき》として見物《けんぶつ》しているように見《み》えた。スネイプがヒキガエルのトレバーを左手《ひだりて》でつまみ上《あ》げ、小《ちい》さいスプーンをネビルの鍋《なべ》に突《つ》っ込《こ》み、今《いま》は緑色《みどりいろ》に変《か》わっている水薬《みずぐすり》を二、三滴《てき》、トレバーののどに流《なが》し込《こ》んだ。

一瞬《いっしゅん》あたりがシーンとなった。トレバーはゴクリと飲《の》んだ。と、ポンと軽《かる》い音《おと》がして、おたまじゃくしのトレバーがスネイプの手《て》の中《なか》でくねくねしていた。

グリフィンドール生《せい》は拍手喝采《はくしゅかっさい》した。スネイプはおもしろくないという顔《かお》でローブのポケットから小瓶《こびん》を取《と》り出《だ》し、二、三滴《てき》トレバーに落《お》とした。するとトレバーは突然元《とつぜんもと》のカエルの姿《すがた》に戻《もど》った。

「グリフィンドール、五点減点《てんげんてん》」

スネイプの言葉《ことば》でみんなの顔《かお》から笑《わら》いが吹《ふ》き飛《と》んだ。

「手伝《てつだ》うなと言《い》ったはずだ、ミス・グレンジャー。授業終了《じゅぎょうしゅうりょう》」

ハリー、ロン、ハーマイオニーは玄関《げんかん》ホールへの階段《かいだん》を上《のぼ》った。ハリーはマルフォイの言《い》ったことをまだ考《かんが》えていたが、ロンはスネイプのことで煮《に》えくり返《かえ》っていた。

「水薬《みずぐすり》がちゃんとできたからって五点減点《てんげんてん》か！　ハーマイオニー、どうしてうそつかなかったんだ？　ネビルが自分《じぶん》でやりましたって、言《い》えばよかったのに！」

ハーマイオニーは答《こた》えない。ロンが振《ふ》り返《かえ》った。

「どこに行《い》っちゃったんだ？」

ハリーも振《ふ》り返《かえ》った。二人《ふたり》は階段《かいだん》の一番上《いちばんうえ》にいた。クラスのほかの生徒《せいと》たちが二人《ふたり》を追《お》い越して大広間《おおひろま》での昼食《ちゅうしょく》に向《む》かっていた。

「すぐ後《うし》ろにいたのに」ロンが顔《かお》をしかめた。

マルフォイがクラッブとゴイルを両脇《りょうわき》に従《したが》えてそばを通《とお》り過《す》ぎた。通《とお》りすがりにハリーに向《む》かってほくそ笑《え》んだ。

「あ、あそこにいた」ハリーが言《い》った。

ハーマイオニーが少《すこ》し息《いき》をはずませて階段《かいだん》を上《のぼ》ってきた。片手《かたて》にかばんを抱《かか》え、もう一方《いっぽう》の手《て》で何《なに》かをローブの前《まえ》に押《お》し込《こ》んでいる。

「どうやったんだい？」ロンが聞《き》いた。

「何《なに》を？」二人《ふたり》に追《お》いついたハーマイオニーが聞《き》き返《かえ》した。

「君《きみ》、ついさっきは僕《ぼく》らのすぐ後《うし》ろにいたのに、次《つぎ》の瞬間《しゅんかん》、階段《かいだん》の一番下《いちばんした》に戻《もど》ってた」

「え？」ハーマイオニーはちょっと混乱《こんらん》したようだった。

「ああ——私《わたし》、忘《わす》れ物《もの》を取《と》りに戻《もど》ったの。アッ、あーあ……」

ハーマイオニーのかばんの縫《ぬ》い目《め》が破《やぶ》れていた。ハリーは当然《とうぜん》だと思《おも》った。かばんの中《なか》に大《おお》きな重《おも》い本《ほん》が、少《すく》なくとも一ダースはぎゅうぎゅう詰《づ》めになっているのが見《み》えた。

「どうしてこんなにいっぱい持《も》ち歩《ある》いてるんだ？」ロンが聞《き》いた。

「私《わたし》がどんなにたくさんの学科《がっか》をとってるか、知《し》ってるわよね」

ハーマイオニーは息《いき》を切《き》らしている。

「ちょっと、これ持《も》っててくれない？」

「でもさ——」ロンが渡《わた》された本《ほん》を何冊《なんさつ》かひっくり返《かえ》して表紙《ひょうし》を見《み》ていた。

「——授業《じゅぎょう》がない科目《かもく》ばっかりじゃないか。今日《きょう》は『闇《やみ》の魔術《まじゅつ》に対《たい》する防衛術《ぼうえいじゅつ》』が午後《ごご》あるだけだよ」

「ええ、そうね」

ハーマイオニーはあいまいな返事《へんじ》をした。それでもおかまいなしに全部《ぜんぶ》の教科書《きょうかしょ》をかばんに詰《つ》めなおした。

「お昼《ひる》においしい物《もの》があるといいわ。お腹《なか》ペコペコ」

そう言《い》うなり、ハーマイオニーは大広間《おおひろま》へときびきび歩《ある》いていった。

「ハーマイオニーって、何《なん》か僕《ぼく》たちに隠《かく》してると思《おも》わないか？」

ロンがハリーに問《と》いかけた。

生徒《せいと》たちが「闇《やみ》の魔術《まじゅつ》に対《たい》する防衛術《ぼうえいじゅつ》」の最初《さいしょ》の授業《じゅぎょう》に集《あつ》まったときには、ルーピン先生《せんせい》はまだ来《き》ていなかった。みんなが座《すわ》って教科書《きょうかしょ》と羽根《はね》ペン、羊皮紙《ようひし》を取《と》り出《だ》し、おしゃべりをしていると、やっと先生《せんせい》が教室《きょうしつ》に入《はい》ってきた。ルーピンはあいまいにほほ笑《え》み、くたびれた古《ふる》いかばんを先生用《せんせいよう》の机《つくえ》に置《お》いた。相変《あいか》わらずみすぼらしかったが、汽車《きしゃ》で最初《さいしょ》に見《み》たときよりは健康《けんこう》そうに見《み》えた。何度《なんど》かちゃんとした食事《しょくじ》をとったかのようだった。

「やあ、みんな」

ルーピンが挨拶《あいさつ》した。

「教科書《きょうかしょ》はかばんに戻《もど》してもらおうかな。今日《きょう》は実地練習《じっちれんしゅう》をすることにしよう。杖《つえ》だけあればいいよ」

全生徒《ぜんせいと》が教科書《きょうかしょ》をしまう中《なか》、何人《なんにん》かはけげんそうに顔《かお》を見合《みあ》わせた。今《いま》まで「闇《やみ》の魔術《まじゅつ》に対《たい》する防衛術《ぼうえいじゅつ》」で実地訓練《じっちくんれん》など受《う》けたことがない。ただし、昨年度《さくねんど》のあの忘《わす》れられない授業《じゅぎょう》、前任《ぜんにん》の先生《せんせい》がピクシー妖精《ようせい》を一《ひと》かご持《も》ち込《こ》んで、教室《きょうしつ》に解《と》き放《はな》したことを一回《かい》と数《かぞ》えるなら別《べつ》だが。

「よし、それじゃ――」ルーピン先生《せんせい》はみんなの準備《じゅんび》ができると声《こえ》をかけた。「私《わたし》についておいで」

何《なん》だろう、でもおもしろそうだと、みんなが立《た》ち上《あ》がってルーピン先生《せんせい》に従《したが》い、教室《きょうしつ》を出《で》た。先生《せんせい》は誰《だれ》もいない廊下《ろうか》を通《とお》り、角《かど》を曲《ま》がった。とたんに、最初《さいしょ》に目《め》に入《はい》ったのがポルターガイストのピーブズだった。空中《くうちゅう》で逆《さか》さまになって、手近《てぢか》の鍵穴《かぎあな》にチューインガムを詰《つ》め込《こ》んでいた。ピーブズは、ルーピン先生《せんせい》が五、六十センチくらいに近《ちか》づいて初《はじ》めて目《め》を上《あ》げた。そして、くるりと丸《まる》まったつま先《さき》をごにょごにょ動《うご》かし、急《きゅう》に歌《うた》いだした。

「ルーニ、ルーピ、ルーピン。バーカ、マヌケ、ルーピン。ルーニ、ルーピ、ルーピン――」

ピーブズはたしかにいつでも無礼《ぶれい》で手《て》に負《お》えないワルだったが、先生方《せんせいがた》にはたいてい一目置《いちもくお》いていた。ルーピン先生《せんせい》はどんな反応《はんのう》を示《しめ》すだろう、とみんな急《いそ》いで先生《せんせい》を見《み》た。驚《おどろ》いたことに、先生《せんせい》は相変《あいか》わらずほほ笑《え》んでいた。

「ピーブズ、私《わたし》なら鍵穴《かぎあな》からガムをはがしておくけどね」

先生《せんせい》はほがらかに言《い》った。

「フィルチさんが箒《ほうき》を取《と》りに入《はい》れなくなるじゃないか」

フィルチはホグワーツの管理人《かんりにん》で、根性《こんじょう》曲《ま》がりの、できそこないの魔法使《まほうつか》いだった。生徒《せいと》に対《たい》して、いつもけんかを吹《ふ》っかけるし、実《じつ》はピーブズに対《たい》してもそうだった。しかし、ピーブズはルーピン先生《せんせい》の言《い》うことを聞《き》くどころか、舌《した》を突《つ》き出《だ》して、ベーッとやった。

ルーピン先生《せんせい》は小《ちい》さくため息《いき》をつき、杖《つえ》を取《と》り出《だ》した。

「この簡単《かんたん》な呪文《じゅもん》は役《やく》に立《た》つよ」

先生《せんせい》は肩越《かたご》しにみんなを振《ふ》り返《かえ》ってこう言《い》った。

「よく見《み》ておきなさい」

先生《せんせい》は杖《つえ》を肩《かた》の高《たか》さに構《かま》え、「ワディワシ！ 逆詰《ぎゃくづ》め！」と唱《とな》え、杖《つえ》をピーブズに向《む》けた。

チューインガムの塊《かたまり》が、弾丸《だんがん》のように勢《いきお》いよく鍵穴《かぎあな》から飛《と》び出《だ》し、ピーブズの左《ひだり》の鼻《はな》の穴《あな》に見《み》事命中《ごとめいちゅう》した。ピーブズはもんどり打《う》って逆《さか》さま状態《じょうたい》から反転《はんてん》し、悪態《あくたい》をつきながらズームアウトして消《き》え失《う》せた。

「先生《せんせい》、かっこいい」ディーン・トーマスが驚嘆《きょうたん》した。

「ディーン、ありがとう」ルーピン先生《せんせい》は杖《つえ》を元《もと》に戻《もど》した。

「さあ、行《い》こうか」

みんなでまた歩《ある》きだしたが、全員《ぜんいん》がさえないルーピン先生《せんせい》を尊敬《そんけい》のまなざしで見《み》つめるようになっていた。先生《せんせい》はみんなを引《ひ》き連《つ》れて二つ目《め》の廊下《ろうか》を渡《わた》り、職員室《しょくいんしつ》のドアの真《ま》ん前《まえ》で立《た》ち止《ど》まった。

「さあ、お入《い》り」

ルーピン先生《せんせい》はドアを開《あ》け、一歩《いっぽ》下《さ》がって声《こえ》をかけた。

職員室《しょくいんしつ》は奥《おく》の深《ふか》い板壁《いたかべ》の部屋《へや》で、ちぐはぐな古《ふる》い椅子《いす》がたくさん置《お》いてあった。がらんとした部屋《へや》に、たった一人《ひとり》、スネイプ先生《せんせい》が低《ひく》いひじかけ椅子《いす》に座《すわ》っていたが、クラス全員《ぜんいん》が列《れつ》をなして入《はい》ってくるのをぐるりと見渡《みわた》した。目《め》をギラギラさせ、口元《くちもと》には意地悪《いじわる》なせせら笑《わら》いを浮《う》かべている。ルーピン先生《せんせい》が最後《さいご》に入《はい》ってドアを閉《し》めると、スネイプが言《い》った。

「ルーピン、開《あ》けておいてくれ。我輩《わがはい》、できれば見《み》たくないのでね」

スネイプは立《た》ち上《あ》がり、黒《くろ》いマントをひるがえして大股《おおまた》でみんなの脇《わき》を通《とお》り過《す》ぎ、ドアのところでくるりと振《ふ》り返《かえ》って、捨《す》てゼリフを吐《は》いた。

「ルーピン、たぶん誰《だれ》も君《きみ》に忠告《ちゅうこく》していないと思《おも》うが、このクラスにはネビル・ロングボトムがいる。この子《こ》には難《むずか》しい課題《かだい》を与《あた》えないようご忠告申《ちゅうこくもう》し上《あ》げておこう。ミス・グレンジャーが耳元《みみもと》でヒソヒソ指図《さしず》を与《あた》えるなら別《べつ》だがね」

ネビルは真《ま》っ赤《か》になった。ハリーはスネイプをにらみつけた。自分《じぶん》の授業《じゅぎょう》でさえネビルいじめは許《ゆる》せないのに、ましてやほかの先生《せんせい》の前《まえ》でいじめをやるなんてとんでもないことだ。

ルーピン先生《せんせい》は眉根《まゆね》をキュッと上《あ》げた。

「術《じゅつ》の最初《さいしょ》の段階《だんかい》で、ネビルに僕《ぼく》のアシスタントを務《つと》めてもらいたいと思《おも》ってましてね。それに、ネビルはきっと、とてもうまくやってくれると思《おも》いますよ」

すでに真《ま》っ赤《か》なネビルの顔《かお》が、もっと赤《あか》くなった。スネイプの唇《くちびる》がめくれ上《あ》がった。が、そのままバタンとドアを閉《し》めて、スネイプは出《で》ていった。

「さあ、それじゃ」

ルーピン先生《せんせい》はみんなに部屋《へや》の奥《おく》まで来《く》るように合図《あいず》した。そこには先生方《せんせいがた》が着替《きが》え用《よう》のローブを入《い》れる古《ふる》い洋《よう》だんすがぽつんと置《お》かれていた。ルーピン先生《せんせい》がその脇《わき》に立《た》つと、たんすが急《きゅう》にわなわなと揺《ゆ》れ、バーンと壁《かべ》から離《はな》れた。

「心配《しんぱい》しなくていい」

何人《なんにん》かが驚《おどろ》いて飛《と》びのいたが、ルーピン先生《せんせい》は静《しず》かに言《い》った。

「中《なか》に『まね妖怪《ようかい》』――ボガートが入《はい》ってるんだ」

それは**心配《しんぱい》する**べきことじゃないか、とほとんどの生徒《せいと》はそう思《おも》ったようだった。ネビルは恐怖《きょうふ》そのものの顔《かお》つきでルーピン先生《せんせい》を見《み》た。シェーマス・フィネガンは、たんすの取《と》っ手《て》がガタガタ言《い》いはじめたのを不安《ふあん》そうに見《み》つめていた。

「まね妖怪《ボガート》は暗《くら》くて狭《せま》いところを好《この》む」ルーピン先生《せんせい》が語《かた》りだした。

「洋《よう》だんす、ベッドの下《した》のすきま、流《なが》しの下《した》の食器棚《しょっきだな》など——私《わたし》は一度《いちど》、大《おお》きな柱時計《はしらどけい》の中《なか》に引《ひ》っかかっているやつに出会《であ》ったことがある。ここにいるのはきのうの午後《ごご》に入《はい》り込《こ》んだやつで、三年生《ねんせい》の実習《じっしゅう》に使《つか》いたいからと、校長先生《こうちょうせんせい》にお願《ねが》いして、先生方《せんせいがた》にはそのままにしていただいたんですよ」

「それでは、最初《さいしょ》の問題《もんだい》ですが、まね妖怪《ようかい》のボガートとは何《なん》でしょう？」

ハーマイオニーが手《て》を挙《あ》げた。

「形態模写妖怪《けいたいもしゃようかい》です。私《わたし》たちが一番怖《いちばんこわ》いと思《おも》うのはこれだ、と判断《はんだん》すると、それに姿《すがた》を変《か》えることができます」

「私《わたし》でもそんなにうまくは説明《せつめい》できなかったろう」

ルーピン先生《せんせい》の言葉《ことば》で、ハーマイオニーはほおを染《そ》めた。

「だから、中《なか》の暗《くら》がりに座《すわ》り込《こ》んでいるまね妖怪《ボガート》は、まだ何《なん》の姿《すがた》にもなっていない。たんすの戸《と》の外《そと》にいる誰《だれ》かが、何《なに》を怖《こわ》がるのかまだ知《し》らない。まね妖怪《ボガート》がひとりぼっちのときにどんな姿《すがた》をしているのか、誰《だれ》も知《し》らない。しかし、私《わたし》が外《そと》に出《だ》してやると、たちまち、それぞれが一番怖《いちばんこわ》いと思《おも》っているものに姿《すがた》を変《か》えるはずです」

「ということは――」

ネビルが怖《こわ》くてしどろもどろになっているのを無視《むし》して、ルーピン先生《せんせい》は話《はなし》を続《つづ》けた。

「つまり、初《はじ》めっから私《わたし》たちのほうがまね妖怪《ボガート》より大変有利《たいへんゆうり》な立場《たちば》にあるのですが、ハリー、なぜだかわかるかな？」

隣《となり》のハーマイオニーが手《て》を高《たか》く挙《あ》げ、つま先立《さきだ》ちでピョコピョコ跳《と》び上《あ》がっているそばで質問《しつもん》に答《こた》えるのは気《き》が引《ひ》けたが、それでもハリーは思《おも》いきって答《こた》えてみた。

「えーと――僕《ぼく》たち、たくさんの生徒《せいと》がいるので、どんな姿《すがた》に変身《へんしん》すればいいかわからない？」

「そのとおり」

ルーピン先生《せんせい》がそう言《い》うと、ハーマイオニーはちょっぴりがっかりしたように手《て》を下《お》ろした。

「まね妖怪退治《ボガートたいじ》をするときは、誰《だれ》かと一緒《いっしょ》にいるのが一番《いちばん》いい。むこうが混乱《こんらん》するからね。首《くび》のない死体《したい》に変身《へんしん》すべきか、人肉《じんにく》を食《く》らうナメクジになるべきか？　私《わたし》はまね妖怪《ボガート》がまさにその過《あやま》ちを犯《おか》したのを一度見《いちどみ》たことがある――一度《いちど》に二人《ふたり》を脅《おど》そうとしてね、半分《はんぶん》だけナメクジに変身《へんしん》したんだ。どう見《み》ても恐《おそ》ろしい姿《すがた》とは言《い》えなかった。

まね妖怪《ボガート》を退散《たいさん》させる呪文《じゅもん》は簡単《かんたん》だ。しかし精神力《せいしんりょく》が必要《ひつよう》だ。こいつをほんとうにやっつけるのは、『笑《わら》い』なんだ。君《きみ》たちは、まね妖怪《ボガート》に、滑稽《こっけい》だと思《おも》える姿《すがた》をとらせる必要《ひつよう》がある。初《はじ》めは杖《つえ》なしで練習《れんしゅう》しよう。私《わたし》に続《つづ》いて言《い》ってみよう……リディクラス！　ばかばかしい！」

「リディクラス！　ばかばかしい！」全員《ぜんいん》がいっせいに唱《とな》えた。

「そう。とっても上手《じょうず》だ。でもここまでは簡単《かんたん》なんだけどね。呪文《じゅもん》だけでは充分《じゅうぶん》じゃないんだよ。そこで、ネビル、君《きみ》の登場《とうじょう》だ」

洋《よう》だんすがまたガタガタ揺《ゆ》れた。でも、ネビルのほうがもっとガタガタ震《ふる》えていた。まるで絞《こう》首台《しゅだい》に向《む》かうかのように進《すす》み出《で》た。

「よーし、ネビル。一つずつ行《い》こうか。君《きみ》が世界一怖《せかいいちこわ》いものは何《なん》だい？」

ネビルの唇《くちびる》が動《うご》いたが、声《こえ》が出《で》てこない。

「ん？　ごめん、ネビル、聞《き》こえなかった」ルーピン先生《せんせい》は明《あか》るく言《い》った。

ネビルはまるで誰《だれ》かに助《たす》けを求《もと》めるかのように、きょろきょろとあたりを見回《みまわ》し、それから蚊《か》の鳴《な》くような声《こえ》でささやいた。

「スネイプ先生《せんせい》」

ほとんど全員《ぜんいん》が笑《わら》った。ネビル自身《じしん》も申《もう》し訳《わけ》なさそうにニヤッと笑《わら》った。しかしルーピン先生《せんせい》はまじめな顔《かお》をしていた。

「スネイプ先生《せんせい》か……フーム……ネビル、君《きみ》はおばあさんと暮《く》らしているね？」

「え――はい」ネビルは不安《ふあん》げに答《こた》えた。「でも――僕《ぼく》、まね妖怪《ボガート》がばあちゃんに変身《へんしん》するのもいやです」

「いやいや、そういう意味《いみ》じゃないんだよ」

ルーピン先生《せんせい》が今度《こんど》はほほ笑《え》んでいた。

「教《おし》えてくれないか。おばあさんはいつも、どんな服《ふく》を着《き》ていらっしゃるのかな？」

ネビルはキョトンとしたが、答《こた》えた。

「えーと……いっつもおんなじ帽子《ぼうし》。たかーくて、てっぺんにハゲタカの剥製《はくせい》がついてるの。それに、ながーいドレス……たいてい、緑色《みどりいろ》……それと、ときどき狐《きつね》の毛皮《けがわ》のえり巻《ま》きしてる」

「ハンドバッグは？」ルーピン先生《せんせい》がうながした。

「おっきな赤《あか》いやつ」ネビルが答《こた》えた。

「よし、それじゃ、ネビル、その服装《ふくそう》をはっきり思《おも》い浮《う》かべることができるかな？　心《こころ》の目《め》で、見《み》えるかな？」

「はい」

ネビルは自信《じしん》なさそうに答《こた》えた。次《つぎ》は何《なに》が来《く》るんだろうと心配《しんぱい》しているのが見《み》え見《み》えだ。

「ネビル、まね妖怪《ボガート》が洋《よう》だんすからウワーッと出《で》てくるね、そして、君《きみ》を見《み》るね。そうすると、スネイプ先生《せんせい》の姿《すがた》に変身《へんしん》するんだ。そしたら、君《きみ》は杖《つえ》を上《あ》げて――こうだよ――そして叫《さけ》ぶんだ。『リディクラス！　ばかばかしい！』――そして、君《きみ》のおばあさんの服装《ふくそう》に精神《せいしん》を集中《しゅうちゅう》させる。すべてうまくいけば、ボガート・スネイプ先生《せんせい》はてっぺんにハゲタカのついた帽子《ぼうし》をかぶって、緑《みどり》のドレスを着《き》て、赤《あか》いハンドバッグを持《も》った姿《すがた》になってしまう」

みんな大爆笑《だいばくしょう》だった。洋《よう》だんすが一段《いちだん》と激《はげ》しく揺《ゆ》れた。

「ネビルが首尾《しゅび》よくやっつけたら、そのあとまね妖怪《ボガート》は次々《つぎつぎ》に君《きみ》たちに向《む》かってくるだろう。みんな、ちょっと考《かんが》えてくれるかい。何《なに》が一番怖《いちばんこわ》いかって。そして、その姿《すがた》をどうやったらおかしな姿《すがた》に変《か》えられるか、想像《そうぞう》してみて……」

部屋《へや》が静《しず》かになった。ハリーも考《かんが》えた……。この世《よ》で一番恐《いちばんおそ》ろしいものはなんだろう？

最初《さいしょ》にヴォルデモート卿《きょう》を考《かんが》えた――完全《かんぜん》な力《ちから》を取《と》り戻《もど》したヴォルデモート。しかし、ボガート・ヴォルデモートへの反撃《はんげき》を考《かんが》えようとしたとたん、恐《おそ》ろしいイメージが意識《いしき》の中《なか》に浮《う》かび上《あ》がってきた……。

くさった、冷《つめ》たく光《ひか》る手《て》、黒《くろ》いマントの下《した》にするすると消《き》えた手《て》……見《み》えない口《くち》から吐《は》き出《だ》される、長《なが》いしわがれた息《いき》づかい……そして水《みず》におぼれるような、染《し》み込《こ》むようなあの寒《さむ》さ……。

ハリーは身震《みぶる》いした。そして、誰《だれ》も気《き》づかなかったことを願《ねが》いながら、あたりを見回《みまわ》した。しっかり目《め》をつぶっている生徒《せいと》が多《おお》かった。ロンはブツブツひとり言《ごと》をいっていた。「肢《あし》をもぎ取《と》ってと」ハリーにはそれが何《なん》のことかよくわかった。ロンが最高《さいこう》に怖《こわ》いのはクモなのだ。

「みんな、いいかい？」ルーピン先生《せんせい》だ。

ハリーは突然恐怖《とつぜんきょうふ》に襲《おそ》われた。まだ準備《じゅんび》ができていない。どうやったら吸魂鬼《ディメンター》を恐《おそ》ろしくない姿《すがた》にできるのだろう？　しかし、これ以上待《いじょうま》ってくださいとは言《い》えない。何《なに》しろ、みんながうなずき、腕《うで》まくりをしていた。

「ネビル、私《わたし》たちは下《さ》がっているからね」ルーピン先生《せんせい》が言《い》った。「君《きみ》に場所《ばしょ》をあけてあげよう。いいね？　私《わたし》が声《こえ》をかけたら、次《つぎ》の生徒《せいと》が前《まえ》に出《で》る……。みんな下《さ》がって、さあ、ネビルがまちがいなくやっつけられるように――」

みんな後《うし》ろに下《さ》がって壁《かべ》にぴったり張《は》りつき、ネビルが一人《ひとり》、洋《よう》だんすのそばにとり残《のこ》された。恐怖《きょうふ》に青《あお》ざめてはいたが、ネビルはローブのそでをたくし上《あ》げ、杖《つえ》を構《かま》えていた。

「ネビル、三つ数《かぞ》えてからだ」

ルーピン先生《せんせい》が自分《じぶん》の杖《つえ》を洋《よう》だんすの取《と》っ手《て》に向《む》けながら言《い》った。

「いーち、にー、さん、**それ！**」

ルーピン先生《せんせい》の杖《つえ》の先《さき》から、火花《ひばな》がほとばしり、取《と》っ手《て》のつまみに当《あ》たった。洋《よう》だんすが勢《いきお》いよく開《ひら》き、鉤鼻《かぎばな》の恐《おそ》ろしげなスネイプ先生《せんせい》が、ネビルに向《む》かって目《め》をギラつかせながら現《あらわ》れた。

ネビルは杖《つえ》を上《あ》げ、口《くち》をパクパクさせながらあとずさりした。スネイプがローブの懐《ふところ》に手《て》を突《つ》っ込《こ》みながらネビルに迫《せま》った。

「リ、リ、リディクラス！」

ネビルは上《うわ》ずった声《こえ》で呪文《じゅもん》を唱《とな》えた。

パチンと鞭《むち》を鳴《な》らすような音《おと》がして、スネイプがつまずいた。今度《こんど》は長《なが》い、レースで縁取《ふちど》りをしたドレスを着《き》ている。見上《みあ》げるように高《たか》い帽子《ぼうし》のてっぺんに虫食《むしく》いのあるハゲタカをつけ、手《て》には巨大《きょだい》な真紅《しんく》のハンドバッグをゆらゆらぶら下《さ》げている。

どっと笑《わら》い声《ごえ》が上《あ》がった。まね妖怪《ボガート》はとほうにくれたように立《た》ち止《ど》まった。ルーピン先生《せんせい》が大《おお》声《ごえ》で呼《よ》んだ。

「パーバティ、前《まえ》へ！」

パーバティがキッとした顔《かお》で進《すす》み出《で》た。スネイプがパーバティのほうに向《む》きなおった。またパチンと音《おと》がして、スネイプの立《た》っていたあたりに血《ち》まみれの包帯《ほうたい》をぐるぐる巻《ま》いたミイラが立《た》っていた。目《め》のない顔《かお》をパーバティに向《む》け、ミイラはゆっくりと、パーバティに迫《せま》った。足《あし》を引《ひ》きずり、手《て》を棒《ぼう》のように前《まえ》に突《つ》き出《だ》して――。

「リディクラス！」パーバティが叫《さけ》んだ。

包帯《ほうたい》が一本《ぽん》ばらりとほどけてミイラの足元《あしもと》に落《お》ちた。それにからまって、ミイラは顔《かお》から先《さき》につんのめり、頭《あたま》が転《ころ》がり落《お》ちた。

「シェーマス！」ルーピン先生《せんせい》がほえるように呼《よ》んだ。

シェーマスがパーバティの前《まえ》に躍《おど》り出《で》た。

パチン！　ミイラのいたところに、床《ゆか》まで届《とど》く黒《くろ》い長髪《ちょうはつ》、がいこつのような緑色《みどりいろ》がかった顔《かお》の女《おんな》が立《た》っていた――バンシーだ。口《くち》を大《おお》きく開《ひら》くと、この世《よ》のものとも思《おも》われない声《こえ》が部屋中《へやじゅう》に響《ひび》いた。長《なが》い、嘆《なげ》きの悲鳴《ひめい》――ハリーは髪《かみ》の毛《け》が逆立《さかだ》った。

「リディクラス！」シェーマスが叫《さけ》んだ。

バンシーはしわがれ声《ごえ》になり、のどを押《お》さえた。声《こえ》が出《で》なくなったのだ。

パチン！　バンシーがネズミになり、自分《じぶん》のしっぽを追《お》いかけてぐるぐる回《まわ》りはじめた。と思《おも》ったら――パチン！――今度《こんど》はガラガラヘビだ。くねくねのたうち回《まわ》り、それから――パチン！――血走《ちばし》った目玉《めだま》が一個《こ》。

「混乱《こんらん》してきたぞ！」

ルーピンが叫《さけ》んだ。

「もうすぐだ！　ディーン！」

ディーンが急《いそ》いで進《すす》み出《で》た。

パチン！　目玉《めだま》が切断《せつだん》された手首《てくび》になった。裏返《うらがえ》しになり、カニのように床《ゆか》をはいはじめた。

「リディクラス！」ディーンが叫《さけ》んだ。

バチッと音《おと》がして、手《て》がネズミ捕《と》りに挟《はさ》まれた。

「いいぞ！　ロン、次《つぎ》だ！」

ロンが飛《と》び出《だ》した。

パチン！

何人《なんにん》かの生徒《せいと》が悲鳴《ひめい》を上《あ》げた。毛《け》むくじゃらの二メートル近《ちか》い大蜘蛛《おおぐも》が、おどろおどろしくはさみをガチャつかせ、ロンに向《む》かってきた。一瞬《いっしゅん》、ハリーはロンが凍《こお》りついたかと思《おも》った。すると——。

「リディクラス！」

ロンがとどろくような大声《おおごえ》を出《だ》した。蜘蛛《くも》の肢《あし》が消《き》え、ごろごろ転《ころ》がりだした。ラベンダー・ブラウンが金切《かなき》り声《ごえ》を出《だ》して蜘蛛《くも》をよけた。足元《あしもと》で蜘蛛《くも》が止《と》まったので、ハリーは杖《つえ》を構《かま》えた。

が――。

「こっちだ！」急《きゅう》にルーピン先生《せんせい》がそう叫《さけ》び、急《いそ》いで前《まえ》に出《で》てきた。

パチン！

肢《あし》なしグモが消《き》えた。一瞬《いっしゅん》、どこへ消《き》えたのかと、みんなきょろきょろ見回《みまわ》した。すると、銀《ぎん》白色《はくしょく》の玉《たま》がルーピンの前《まえ》に浮《う》かんでいるのが見《み》えた。ルーピンは、ほとんど面倒《めんどう》くさそうに「リディクラス！」と唱《とな》えた。

パチン！

「ネビル！ 前《まえ》へ！ やっつけるんだ！」

まね妖怪《ボガート》がゴキブリになって床《ゆか》に落《お》ちたところでルーピンが叫《さけ》んだ。パチン！ スネイプが戻《もど》った。ネビルは今度《こんど》は決然《けつぜん》とした表情《ひょうじょう》でぐいと前《まえ》に出《で》た。

「リディクラス！」ネビルが叫《さけ》んだ。

ほんの一瞬《いっしゅん》、レース飾《かざ》りのドレスを着《き》たスネイプの姿《すがた》が見《み》えたが、ネビルが大声《おおごえ》で「ハハハ！」と笑《わら》うと、まね妖怪《ボガート》は破裂《はれつ》し、何千《なんぜん》という細《ほそ》い煙《けむり》の筋《すじ》になって消《き》え去《さ》った。

「よくやった！」全員《ぜんいん》が拍手《はくしゅ》する中《なか》、ルーピン先生《せんせい》が大声《おおごえ》を出《だ》した。

「ネビル、よくできた。みんな、よくやった。そうだな……まね妖怪《ボガート》と対決《たいけつ》したグリフィンドール生一人《せいひとり》につき五点《てん》をやろう――ネビルは十点《てん》だ。二回《かい》やったからね――ハーマイオニーとハリーも五点《てん》ずつだ」

「でも、僕《ぼく》、何《なに》もしませんでした」ハリーが言《い》った。

「ハリー、君《きみ》とハーマイオニーはクラスの最初《さいしょ》に、私《わたし》の質問《しつもん》に正《ただ》しく答《こた》えてくれた」

ルーピンはさりげなく言《い》った。

「よーし、みんな、いい授業《じゅぎょう》だった。宿題《しゅくだい》だ。まね妖怪《ボガート》に関《かん》する章《しょう》を読《よ》んで、まとめを提出《ていしゅつ》してくれ……月曜《げつよう》までだ。今日《きょう》はこれでおしまい」

みんな興奮《こうふん》してペチャクチャしゃべりながら職員室《しょくいんしつ》を出《で》た。しかし、ハリーは心《こころ》がはずまなかった。ルーピン先生《せんせい》はハリーがまね妖怪《ボガート》と対決《たいけつ》するのを意図的《いとてき》に止《と》めた。どうしてなんだ？　汽車《きしゃ》の中《なか》で僕《ぼく》が倒《たお》れるのを見《み》たからなのか、そして僕《ぼく》があまり強《つよ》くないと思《おも》ったのか？　先生《せんせい》は僕《ぼく》がまた気絶《きぜつ》すると思《おも》ったのだろうか？

誰《だれ》も、何《なに》も気《き》づいていないようだった。

「バンシーと対決《たいけつ》するのを見《み》たか？」シェーマスが叫《さけ》んだ。

「それに、あの手《て》！」ディーンが自分《じぶん》の手《て》を振《ふ》り回《まわ》しながら言《い》った。

「それに、あの帽子《ぼうし》をかぶったスネイプ！」

「それに、私《わたし》のミイラ！」

「ルーピン先生《せんせい》は、どうして水晶玉《すいしょうだま》なんかが怖《こわ》いのかしら？」ラベンダーがふと考《かんが》え込《こ》んだ。

「『闇《やみ》の魔術《まじゅつ》に対《たい》する防衛術《ぼうえいじゅつ》』じゃ、今《いま》までで一番《いちばん》いい授業《じゅぎょう》だったよな？」

かばんを取《と》りに教室《きょうしつ》に戻《もど》る途中《とちゅう》、ロンは興奮《こうふん》していた。

「ほんとにいい先生《せんせい》だわ」ハーマイオニーも賛成《さんせい》した。「だけど、私《わたし》もまね妖怪《ボガート》に当《あ》たりたかったのに――」

「君《きみ》なら何《なん》になったのかなぁ？」ロンがからかうように笑《わら》った。「成績《せいせき》かな。十点満点《てんまんてん》で九点《てん》しか取《と》れなかった宿題《しゅくだい》とか？」

第《だい》8章《しょう》「太《ふと》った婦人《レディ》」の逃走《とうそう》

「闇《やみ》の魔術《まじゅつ》に対《たい》する防衛術《ぼうえいじゅつ》」は、たちまちほとんど全生徒《ぜんせいと》の一番人気《いちばんにんき》の授業《じゅぎょう》になった。ドラコ・マルフォイとその取《と》り巻《ま》き連中《れんちゅう》のスリザリン生《せい》だけが、ルーピン先生《せんせい》のあら探《さが》しをした。

「あのローブのざまを見《み》ろよ」

ルーピン先生《せんせい》が通《とお》ると、マルフォイは聞《き》こえよがしのヒソヒソ声《ごえ》でこう言《い》った。

「僕《ぼく》の家《いえ》の『屋敷《やしき》しもべ妖精《ようせい》』の格好《かっこう》じゃないか」

しかし、ルーピン先生《せんせい》のローブが継《つ》ぎはぎだろうと、ボロだろうと、ほかには誰一人《だれひとり》として気《き》にする者《もの》はいなかった。二回目《かいめ》からの授業《じゅぎょう》も、最初《さいしょ》と同《おな》じようにおもしろかった。まね妖怪《ボガート》のあとは、赤帽鬼《レッドキャップ》で、血《ち》の臭《にお》いのするところならどこにでもひそむ、小鬼《ゴブリン》に似《に》た性悪《しょうわる》な生《い》き物《もの》だ。城《しろ》の地下牢《ちかろう》とか、戦場跡《せんじょうあと》の深《ふか》い穴《あな》などに隠《かく》れ、道《みち》に迷《まよ》った者《もの》を待《ま》ち伏《ぶ》せて棍棒《こんぼう》でなぐる。赤帽鬼《レッドキャップ》が終《お》わると、次《つぎ》は河童《かっぱ》に移《うつ》った。水《みず》に住《す》む気味《きみ》の悪《わる》い生《い》き物《もの》で、見《み》た目《め》はうろこのあるサルだ。何《なに》も知《し》らずに池《いけ》の浅瀬《あさせ》を渡《わた》る者《もの》を、水中《すいちゅう》に引《ひ》っ張《ぱ》り込《こ》み、水《みず》かきのある手《て》でしめ殺《ころ》したくてうずうずしている。

ほかの授業《じゅぎょう》も同《おな》じくらい楽《たの》しいといいのにとハリーは思《おも》った。魔法薬《まほうやく》の授業《じゅぎょう》は最悪《さいあく》だった。スネイプはこのごろますます復讐《ふくしゅう》ムードだったが、理由《りゆう》ははっきりしていた。まね妖怪《ボガート》がスネイプの姿《すがた》になった、ネビルがそれにばあちゃんの服《ふく》をこんなふうに着《き》せた、という話《はなし》が学校中《がっこうじゅう》に野火《のび》のように広《ひろ》がったからだ。スネイプにはこれがおもしろくもおかしくもない。ルーピン先生《せんせい》の名《な》前《まえ》が出《で》ただけで、スネイプの目《め》はギラリと脅《おど》すように光《ひか》ったし、ネビルいじめはいっそうひどくなった。

ハリーはトレローニー先生《せんせい》の、あの息《いき》の詰《つ》まるような塔教室《とうきょうしつ》での授業《じゅぎょう》にもだんだんいや気《け》がさしてきた。変《へん》に傾《かたむ》いた形《かたち》や印《しるし》を解読《かいどく》したり、ハリーを見《み》るたびに先生《せんせい》があの巨大《きょだい》な目《め》に涙《なみだ》をいっぱい浮《う》かべるのを、何《なん》とか無視《むし》しようと努力《どりょく》するのにうんざりしていた。先生《せんせい》を崇拝《すうはい》に近《ちか》い敬意《けいい》で崇《あが》める生徒《せいと》もたくさんいたが、ハリーはトレローニー先生《せんせい》がどうしても好《す》きになれない。パーバティ・パチルやラベンダー・ブラウンなどは、昼食時《ちゅうしょくじ》に先生《せんせい》の塔《とう》に入《い》り浸《びた》り、みんなが知《し》らないことを知《し》ってるわよ、とばかりに、鼻持《はなも》ちならない得意顔《とくいがお》で戻《もど》ってくる。おまけにこの二人《ふたり》は、まるで臨終《りんじゅう》の床《とこ》についている人《ひと》に話《はな》すように、ヒソヒソ声《ごえ》でハリーに話《はな》しかけるようになった。

「魔法生物飼育学《まほうせいぶつしいくがく》」の授業《じゅぎょう》は、最初《さいしょ》のあの大活劇《だいかつげき》のあと、とてつもなくつまらないものになり、誰《だれ》も心《こころ》から好《す》きにはなれなかった。ハグリッドは自信《じしん》を失《うしな》ったらしい。生徒《せいと》は毎回毎回《まいかいまいかい》、レタス食い虫《フロバーワーム》の世話《せわ》を学《まな》ぶはめになったが、こんなにつまらない生《い》き物《もの》はまたとないにちがいない。

「こんな虫《むし》を飼育《しいく》しようなんて物好《ものず》きがいるかい？」

レタス食い虫《フロバーワーム》のぬらりとしたのどに刻《きざ》みレタスを押《お》し込《こ》む、相《あい》も変《か》わらぬ一時間《じかん》のあと、ロンがぼやいた。

しかし、十月《がつ》になると、ハリーは別《べつ》のことで忙《いそが》しくなった。授業《じゅぎょう》のうさを晴《は》らす、楽《たの》しいことだった。クィディッチ・シーズンの到来《とうらい》だ。グリフィンドール・チームのキャプテン、オリバー・ウッドが、ある木曜日《もくようび》の夕方《ゆうがた》、今《こん》シーズンの作戦会議《さくせんかいぎ》を招集《しょうしゅう》した。

クィディッチの選手《せんしゅ》は七人《にん》。三人《にん》のチェイサーがクアッフル（赤《あか》い、サッカーボールぐらいの球《たま》）でゴールをねらう。競技場《きょうぎじょう》の両端《りょうはし》に立《た》つ約《やく》十五メートルの高《たか》さの輪《わ》の中《なか》にクアッフルを投《な》げ込《こ》んで得点《とくてん》する。二人《ふたり》のビーターはがっしり重《おも》いクラブを持《も》ち、ブラッジャー（選手《せんしゅ》を攻撃《こうげき》しようとビュンビュン飛《と》び回《まわ》る二個《こ》の黒《くろ》く重《おも》い球《たま》）を撃退《げきたい》する。キーパーは一人《ひとり》でゴールを守《まも》る。シーカーが一番大変《いちばんたいへん》で、金《きん》のスニッチという羽《はね》の生《は》えた小《ちい》さなクルミ大《だい》のボールを捕《つか》まえるのが役目《やくめ》だ。捕《つか》まえるとゲームセットで、そのシーカーのチームが一挙《きょ》に百五十点獲得《てんかくとく》する。

オリバー・ウッドはたくましい十七歳《さい》。ホグワーツの七年生《ねんせい》、今《いま》や最終学年《さいしゅうがくねん》だ。暗《くら》くなりかけたクィディッチ競技場《きょうぎじょう》の片隅《かたすみ》の、冷《ひ》え冷《び》えとした更衣室《こういしつ》で、六人《にん》のチームメートに演説《えんぜつ》するオリバーの声《こえ》には、何《なに》やら悲壮感《ひそうかん》が漂《ただよ》っていた。

「今年《ことし》が最後《さいご》のチャンスだ――俺《おれ》の最後《さいご》のチャンスだ――クィディッチ優勝杯獲得《ゆうしょうはいかくとく》の」

選手《せんしゅ》の前《まえ》を大股《おおまた》で往《い》ったり来《き》たりしながら、オリバーは演説《えんぜつ》した。

「俺《おれ》は今年《ことし》かぎりでいなくなる。二度《にど》と挑戦《ちょうせん》できない。グリフィンドールはこの七年間《ねんかん》、一度《いちど》も優勝《ゆうしょう》していない。いや、言《い》うな。運《うん》が悪《わる》かった。世界一不運《せかいいちふうん》だった――けがだ――去年《きょねん》はトーナメントそのものがキャンセルだ……」

オリバーはゴクリとつばを飲《の》み込《こ》んだ。思《おも》い出《だ》すだけでのどに何《なに》かがつかえたようだった。

「しかしだ、わかってるのは、俺《おれ》たちが最高《さいこう》の――学校《がっこう》――一《いち》の――強烈《きょうれつ》な――チーム――だってことだ」

オリバーは一言一言《ひとことひとこと》言《い》うたびに、パンチを手《て》の平《ひら》にたたき込《こ》んだ。おなじみの、正気《しょうき》とは思《おも》えない目《め》の輝《かがや》きだ。

「俺《おれ》たちにはとびっきりのチェイサーが三人《にん》いる」オリバーは、アリシア・スピネット、アンジェリーナ・ジョンソン、ケイティ・ベルの三人《にん》を指差《ゆびさ》した。

「俺《おれ》たちには負《ま》け知《し》らずのビーターがいる」

「よせよ、オリバー。照《て》れるじゃないか」

フレッドとジョージが声《こえ》をそろえて言《い》い、赤《あか》くなるふりをした。

「それに、俺《おれ》たちのシーカーは、常《つね》にわがチームに勝利《しょうり》をもたらした！」

ウッドのバンカラ声《ごえ》が響《ひび》き、熱烈《ねつれつ》な誇《ほこ》りの念《ねん》を込《こ》めてハリーをじっと見《み》つめた。

「それに、俺《おれ》だ」思《おも》い出《だ》したようにオリバーがつけ加《くわ》えた。

「君《きみ》もすごいぜ、オリバー」ジョージが言《い》った。

「決《き》めてるキーパーだぜ」フレッドが言《い》った。

「要《よう》するにだ」オリバーがまた往《い》ったり来《き》たり歩《ある》きながら話《はなし》を続《つづ》けた。

「過去《かこ》二年《ねん》とも、クィディッチ杯《はい》には俺《おれ》たちの寮《りょう》の名《な》が刻《きざ》まれるべきだった。ハリーがチームに加《くわ》わって以来《いらい》、俺《おれ》は、いただきだと思《おも》い続《つづ》けてきた。しかし、いまだ優勝杯《ゆうしょうはい》はわが手《て》にあらず。今年《ことし》が最後《さいご》のチャンスだ。ついに我《われ》らがその名《な》を刻《きざ》む最後《さいご》の……」

ウッドがあまりに落胆《らくたん》した言《い》い方《かた》をしたので、さすがのフレッドやジョージも同情《どうじょう》した。

「オリバー、今年《ことし》は俺《おれ》たちの年《とし》だ」フレッドが言《い》った。

「やるわよ、オリバー！」アンジェリーナだ。

「絶対《ぜったい》だ」ハリーが言《い》った。

決意満々《けついまんまん》で、チームは練習《れんしゅう》を始《はじ》めた。一週間《しゅうかん》に三回《かい》だ。日《ひ》ごとに寒《さむ》く、じめじめした日《ひ》が増《ふ》え、夜《よる》はますます暗《くら》くなった。しかし、どんなにひどい泥《どろ》だろうが、風《かぜ》だろうが、雨《あめ》だろうが、今度《こんど》こそあの大《おお》きなクィディッチ銀杯《ぎんぱい》を獲得《かくとく》するというハリーのすばらしい夢《ゆめ》には、一点《てん》の曇《くも》りもなかった。

ある夜《よる》、練習《れんしゅう》を終《お》え、寒《さむ》くて体《からだ》のあちこちをこわばらせながらも、ハリーは練習《れんしゅう》の成果《せいか》に満足《まんぞく》してグリフィンドール談話室《だんわしつ》に戻《もど》ってきた。談話室《だんわしつ》はざわめいていた。

「何《なに》かあったの？」ハリーはロンとハーマイオニーに尋《たず》ねた。二人《ふたり》は暖炉《だんろ》近《ちか》くの特等席《とくとうせき》で、「天文学《てんもんがく》」の星座図《せいざず》を仕上《しあ》げているところだった。

「一回目《かいめ》のホグズミード週末《しゅうまつ》だ」

ロンがくたびれた古《ふる》い掲示板《けいじばん》に貼《は》り出《だ》された「お知《し》らせ」を指差《ゆびさ》した。

「十月末《がつまつ》。ハロウィーンさ」

「やったぜ」ハリーに続《つづ》いて肖像画《しょうぞうが》の穴《あな》から出《で》てきたフレッドが言《い》った。

「ゾンコの店《みせ》に行《い》かなくちゃ。『臭《くさ》い玉《たま》』がほとんど底《そこ》をついてる」

ハリーはロンのそばの椅子《いす》にドサリと座《すわ》った。高揚《こうよう》していた気持《きも》ちがなえていった。ハーマイオニーがその気持《きも》ちを察《さっ》したようだった。

「ハリー、この次《つぎ》にはきっと行《い》けるわ。ブラックはすぐ捕《つか》まるに決《き》まってる。一度《いちど》は目撃《もくげき》されてるし」

「ホグズミードで何《なん》かやらかすほど、ブラックはバカじゃない」ロンが言《い》った。

「ハリー、マクゴナガルに聞《き》けよ。今度《こんど》行《い》っていいかって。次《つぎ》なんて永遠《えいえん》に来《こ》ないぜ――」

「ロン！」ハーマイオニーがとがめた。「ハリーは学校内《がっこうない》にいなきゃいけないのよ――」

「三年生《ねんせい》でハリー一人《ひとり》だけを残《のこ》しておくなんて、できないよ」ロンが言《い》い返《かえ》した。

「マクゴナガルに聞《き》いてみろよ。ハリー、やれよ――」

「うん、やってみる」ハリーはそう決《き》めた。

ハーマイオニーが何《なに》か言《い》おうと口《くち》を開《あ》けたが、その時《とき》、クルックシャンクスが軽《かろ》やかにひざに飛《と》びのってきた。大《おお》きなクモの死《し》がいをくわえている。

「わざわざ僕《ぼく》たちの目《め》の前《まえ》でそれを食《く》うわけ？」ロンが顔《かお》をしかめた。

「お利口《りこう》さんね、クルックシャンクス。一人《ひとり》で捕《つか》まえたの？」ハーマイオニーが言《い》った。

クルックシャンクスは、黄色《きいろ》い目《め》で小《こ》ばかにしたようにロンを見《み》すえたまま、ゆっくりとクモをかんだ。

「そいつをそこから動《うご》かすなよ」

ロンはいらいらしながらまた星座図《せいざず》に取《と》りかかった。

「スキャバーズが僕《ぼく》のかばんで寝《ね》てるんだから」

ハリーはあくびをした。早《はや》くベッドに行《い》きたかった。しかし、ハリーも星座図《せいざず》を仕上《しあ》げなければならない。かばんを引《ひ》き寄《よ》せ、羊皮紙《ようひし》、インク、羽根《はね》ペンを取《と》り出《だ》して作業《さぎょう》に取《と》りかかった。

「僕《ぼく》のを写《うつ》していいよ」

最後《さいご》の星《ほし》に、どうだっとばかりに大《おお》げさに名前《なまえ》を書《か》き、その図《ず》をハリーのほうに押《お》しやった。

ハーマイオニーは丸写《まるうつ》しが許《ゆる》せず、唇《くちびる》をギュッと結《むす》んだが、何《なに》も言《い》わなかった。クルックシャンクスは、ぼさぼさのしっぽを振《ふ》り振《ふ》り、瞬《まばた》きもせずにロンを見《み》つめ続《つづ》けていたが、出《だ》し抜《ぬ》けに跳《と》んだ。

「**おい！**」

ロンがわめきながらかばんを引《ひ》っつかんだが、クルックシャンクスは四本足《ほんあし》の爪全部《つめぜんぶ》を、ロンのかばんに深々《ふかぶか》と食《く》い込《こ》ませ、猛烈《もうれつ》に引《ひ》っかきだした。

「**放《はな》せ！　この野郎《やろう》！**」

ロンはクルックシャンクスからかばんをもぎ取《と》ろうとしたが、クルックシャンクスはシャーッシャーッとうなり、かばんを引《ひ》き裂《さ》き、てこでも離《はな》れない。

「ロン、乱暴《らんぼう》しないで！」

ハーマイオニーが悲鳴《ひめい》を上《あ》げた。談話室《だんわしつ》の生徒《せいと》がこぞって見物《けんぶつ》した。ロンはかばんを振《ふ》り回《まわ》したが、クルックシャンクスはぴったり張《は》りついたままで、スキャバーズのほうがかばんからポーンと飛《と》び出《だ》した――。

「あの猫《ねこ》を捕《つか》まえろ！」ロンが叫《さけ》んだ。クルックシャンクスは抜《ぬ》け殻《がら》のかばんを離《はな》れ、テーブルに飛《と》び移《うつ》り、命《いのち》からがら逃《に》げるスキャバーズのあとを追《お》った。

ジョージ・ウィーズリーがクルックシャンクスを取《と》っつかまえようと手《て》を伸《の》ばしたが、取《と》り逃《のが》した。スキャバーズは二十人《にん》の股《また》の下《した》をすり抜《ぬ》け、古《ふる》い整理《せいり》だんすの下《した》にもぐり込《こ》んだ。クルックシャンクスはその前《まえ》で急停止《きゅうていし》し、ガニマタの足《あし》を曲《ま》げてかがみ込《こ》み、前足《まえあし》をたんすの下《した》に差《さ》し入《い》れてはげしくかいた。

ロンとハーマイオニーがかけつけた。ハーマイオニーはクルックシャンクスの腹《はら》を抱《かか》え、ウンウン言《い》って引《ひ》き離《はな》した。ロンはべったり腹《はら》ばいになり、さんざんてこずったが、スキャバーズのしっぽをつかんで引《ひ》っ張《ぱ》り出《だ》した。

「見《み》ろよ！」ロンはカンカンになって、スキャバーズをハーマイオニーの目《め》の前《まえ》にぶら下《さ》げた。「こんなに骨《ほね》と皮《かわ》になって！　その猫《ねこ》をスキャバーズに近《ちか》づけるな！」

「クルックシャンクスにはそれが悪《わる》いことだってわからないのよ！」ハーマイオニーは声《こえ》を震《ふる》わせた。「ロン、猫《ねこ》はネズミを追《お》っかけるもんだわ！」

「そのケダモノ、何《なん》かおかしいぜ！」

ロンは必死《ひっし》にじたばたしているスキャバーズをなだめすかしてポケットに戻《もど》そうとしていた。

「スキャバーズは僕《ぼく》のかばんの中《なか》だって言《い》ったのを、そいつ聞《き》いたんだ！」

「ばかなこと言《い》わないで」ハーマイオニーが切《き》り返《かえ》した。「クルックシャンクスはにおいでわかるのよ、ロン。ほかにどうやって――」

「その猫《ねこ》、スキャバーズに恨《うら》みがあるんだ！」

周《まわ》りのやじ馬《うま》がクスクス笑《わら》いだしたが、ロンはおかまいなしだ。

「いいか、スキャバーズのほうが先輩《せんぱい》なんだぜ。その上《うえ》、病気《びょうき》なんだ！」

ロンは肩《かた》をいからせて談話室《だんわしつ》を横切《よこぎ》り、寝室《しんしつ》に向《む》かう階段《かいだん》へと姿《すがた》を消《け》した。

翌日《よくじつ》もまだ、ロンは険悪《けんあく》なムードだった。「薬草学《やくそうがく》」の時間中《じかんちゅう》も、ハリーとハーマイオニーとロンが一緒《いっしょ》に「花咲《はなさ》か豆《まめ》」の作業《さぎょう》をしていたのに、ロンはほとんどハーマイオニーと口《くち》をきかなかった。

豆《まめ》の木《き》からふっくらしたピンクのさやをむしり取《と》り、中《なか》からつやつやした豆《まめ》を押《お》し出《だ》して桶《おけ》に入《い》れながら、ハーマイオニーがおずおずと聞《き》いた。

「スキャバーズはどう？」

「隠《かく》れてるよ。僕《ぼく》のベッドの奥《おく》で、震《ふる》えながらね」

ロンは腹《はら》を立《た》てていたので、豆《まめ》が桶《おけ》に入《はい》らず、温室《おんしつ》の床《ゆか》に散《ち》らばった。

「気《き》をつけて、ウィーズリー。気《き》をつけなさい！」

スプラウト先生《せんせい》が叫《さけ》んだ。豆《まめ》がみんなの目《め》の前《まえ》でパッと花《はな》を咲《さ》かせはじめたのだ。

次《つぎ》は「変身術《へんしんじゅつ》」だった。ハリーは、授業《じゅぎょう》のあとでマクゴナガル先生《せんせい》に、ホグズミードに行《い》ってもよいかと尋《たず》ねようと心《こころ》を決《き》めていたので、教室《きょうしつ》の外《そと》に並《なら》んだ生徒《せいと》の一番後《いちばんうし》ろに立《た》ち、どうやって切《き》り出《だ》そうかと考《かんが》えをめぐらせていた。ところが、列《れつ》の前《まえ》のほうが騒《さわ》がしくなり、そっちに気《き》を取《と》られた。

ラベンダー・ブラウンが泣《な》いているらしい。パーバティが抱《だ》きかかえるようにして、シェーマス・フィネガンとディーン・トーマスに何《なに》か説明《せつめい》していた。二人《ふたり》とも深刻《しんこく》な表情《ひょうじょう》で聞《き》いている。

「ラベンダー、どうしたの？」

ハリーやロンと一緒《いっしょ》に騒《さわ》ぎの輪《わ》に入《はい》りながら、ハーマイオニーが心配《しんぱい》そうに聞《き》いた。

「今朝《けさ》、おうちから手紙《てがみ》が来《き》たの」パーバティが小声《こごえ》で言《い》った。

「ラベンダーのウサギのビンキー、キツネに殺《ころ》されちゃったんだって」

「まあ。ラベンダー、かわいそうに」ハーマイオニーが言《い》った。

「私《わたし》、うかつだったわ！」ラベンダーは悲嘆《ひたん》に暮《く》れていた。

「今日《きょう》が何日《なんにち》か、知《し》ってる？」

「えーっと」

「十月《がつ》十六日《にち》よ！『あなたの恐《おそ》れていることは、十月《がつ》十六日《にち》に起《お》こりますよ！』。覚《おぼ》えてる？　先生《せんせい》は正《ただ》しかったんだわ。正《ただ》しかったのよ！」

今《いま》や、クラス全員《ぜんいん》がラベンダーの周《まわ》りに集《あつ》まっていた。シェーマスは小難《こむずか》しい顔《かお》で頭《あたま》を振《ふ》っていた。ハーマイオニーは一瞬躊躇《いっしゅんちゅうちょ》したが、こう聞《き》いた。

「あなた──あなた、ビンキーがキツネに殺《ころ》されることをずっと恐《おそ》れていたの？」

「ううん、キツネってかぎらないけど」ラベンダーはぼろぼろ涙《なみだ》を流《なが》しながらハーマイオニーを見《み》た。

「でも、ビンキーが死《し》ぬことはもちろんずっと恐《おそ》れてたわ。当然《とうぜん》でしょう？」

「あら」ハーマイオニーはまた一瞬間《いっしゅんま》をおいたが、やがて――「ビンキーって年寄《としよ》りウサギだった？」

「ち、ちがうわ！」ラベンダーがしゃくりあげた。「あ、あの子《こ》、まだ赤《あか》ちゃんだった！」

パーバティがラベンダーの肩《かた》をいっそうきつく抱《だ》きしめた。

「じゃあ、どうして死《し》ぬことなんか心配《しんぱい》するの？」

ハーマイオニーが聞《き》いた。パーバティがハーマイオニーをにらみつけた。

「ねえ、論理的《ろんりてき》に考《かんが》えてよ」

ハーマイオニーは集《あつ》まったみんなに向《む》かって言《い》った。

「つまり、ビンキーは今日《きょう》死《し》んだわけでもない。でしょ？　ラベンダーはその知《し》らせを今日《きょう》受《う》け取《と》っただけだわ――」

ラベンダーの泣《な》き声《ごえ》がひときわ高《たか》くなった。

「――それに、ラベンダーがそのことをずっと恐《おそ》れていたはずがないわ。だって、突然《とつぜん》知《し》ってショックだったんだもの――」

「ラベンダー、ハーマイオニーの言《い》うことなんか気《き》にするな」

ロンが大声《おおごえ》で言《い》った。

「人《ひと》のペットのことなんて、どうでもいいやつなんだから」

ちょうどその時《とき》、マクゴナガル先生《せんせい》が教室《きょうしつ》のドアを開《あ》けた。まさにいいタイミングだった。ハーマイオニーとロンが火花《ひばな》を散《ち》らしてにらみ合《あ》っていた。教室《きょうしつ》に入《はい》ってもハリーを挟《はさ》んで両側《りょうがわ》に座《すわ》り、授業中《じゅぎょうちゅう》ずっと口《くち》もきかなかった。

終業《しゅうぎょう》のベルが鳴《な》ったが、ハリーはマクゴナガル先生《せんせい》にどう切《き》り出《だ》すか、まだ迷《まよ》っていた。ところが、先生《せんせい》のほうからホグズミードの話《はなし》が出《で》た。

「ちょっとお待《ま》ちなさい！」

みんなが教室《きょうしつ》から出《で》ようとするのを、先生《せんせい》が呼《よ》び止《と》めた。

「みなさんは全員《ぜんいん》私《わたくし》の寮《りょう》の生徒《せいと》ですから、ホグズミード行《い》きの許可証《きょかしょう》をハロウィーンまでに私《わたくし》に提出《ていしゅつ》してください。許可証《きょかしょう》がなければホグズミードもなしです。忘《わす》れずに出《だ》すこと！」

「あのー、先生《せんせい》、ぼ、僕《ぼく》、なくしちゃったみたい――」ネビルが手《て》を挙《あ》げた。

「ロングボトム、あなたのおばあさまが、私《わたくし》に直送《ちょくそう》なさいました。そのほうが安全《あんぜん》だと思《おも》われたのでしょう。さあ、それだけです。帰《かえ》ってよろしい」

「今《いま》だ。行《い》け」ロンが声《こえ》を殺《ころ》してハリーをうながした。

「でも、ああ――」ハーマイオニーが何《なに》か言《い》いかけた。

「ハリー、行《い》けったら」ロンが頑固《がんこ》に言《い》い張《は》った。

ハリーはみんながいなくなるまで待《ま》った。それから、ドキドキしながらマクゴナガル先生《せんせい》の机《つくえ》に近寄《ちかよ》った。

「何《なん》ですか、ポッター？」

ハリーは深《ふか》く息《いき》を吸《す》った。

「先生《せんせい》、おじ、おばが――あの――許可証《きょかしょう》にサインするのを忘《わす》れました」

マクゴナガル先生《せんせい》は四角《しかく》いめがねの上《うえ》からハリーを見《み》たが、何《なに》も言《い》わなかった。

「それで――あの――だめでしょうか――つまり、かまわないでしょうか、あの――僕《ぼく》がホグズミードに行《い》ってても？」

マクゴナガル先生《せんせい》は下《した》を向《む》いて、机《つくえ》の上《うえ》の書類《しょるい》を整理《せいり》しはじめた。

「だめです、ポッター。今《いま》、私《わたくし》が言《い》ったことを聞《き》きましたね。許可証《きょかしょう》がなければホグズミードはなしです。それが規則《きそく》です」

「でも――先生《せんせい》。僕《ぼく》のおじ、おばは――ご存《ぞん》じのように、マグルです。わかってないんです――ホグワーツとか、許可証《きょかしょう》とか」

ハリーのそばで、ロンが強《つよ》くうなずいて助《すけ》っ人《と》をしていた。

「先生《せんせい》が行《い》ってもよいとおっしゃれば——」

「私《わたくし》は、そうは言《い》いませんよ」マクゴナガル先生《せんせい》は立《た》ち上《あ》がり、書類《しょるい》をきっちりと引《ひ》き出《だ》しに収《おさ》めた。

「許可証《きょかしょう》にはっきり書《か》いてあるように、両親《りょうしん》、または保護者《ほごしゃ》が許可《きょか》しなければなりません」

先生《せんせい》は向《む》きなおり、不思議《ふしぎ》な表情《ひょうじょう》を浮《う》かべてハリーを見《み》た。哀《あわ》れみだろうか？

「残念《ざんねん》ですが、ポッター、これが私《わたくし》の最終決定《さいしゅうけってい》です。早《はや》く行《い》かないと、次《つぎ》のクラスに遅《おく》れますよ」


万事休《ばんじきゅう》す。ロンがマクゴナガル先生《せんせい》に対《たい》して悪口雑言《あっこうぞうごん》のかぎりをぶちまけたので、ハーマイオニーがいやがった。そのハーマイオニーの「これでよかったのよ」という顔《かお》が、ロンをますます怒《おこ》らせた。一方《いっぽう》ハリーは、ホグズミードに行《い》ったらまず何《なに》をするかと、みんなが楽《たの》しそうに騒《さわ》いでいるのにじっとたえなければならなかった。

「ごちそうがあるさ」ハリーをなぐさめようとして、ロンが言《い》った。

「ね、ハロウィーンのごちそうが、その日《ひ》の夜《よる》に」

「うん」ハリーは暗《くら》い声《こえ》で言《い》った。「すてきだよ」

ハロウィーンのごちそうはいつだってすばらしい。でも、みんなと一緒《いっしょ》にホグズミードで一日《にち》過《す》ごしたあとで食《た》べるほうがもっとおいしいに決《き》まっている。誰《だれ》が何《なん》となぐさめようと、ひとりぼっちで取《と》り残《のこ》されるハリーの気持《きも》ちは晴《は》れなかった。羽根《はね》ペン使《づか》いのうまいディーン・トーマスは、許可証《きょかしょう》にバーノンおじさんの偽《にせ》サインをしようと言《い》ってくれた。しかし、ハリーはもう、マクゴナガル先生《せんせい》にサインがもらえなかったと言《い》ってしまったので、この手《て》は使《つか》えない。ロンは、「透明《とうめい》マント」はどうか、と中途半端《ちゅうとはんぱ》な提案《ていあん》をしたが、ハーマイオニーに踏《ふ》みつぶされた。ダンブルドアが、吸魂鬼《ディメンター》は透明《とうめい》マントでもお見透《みとお》しだと言《い》ったじゃない、とロンに思《おも》い出《だ》させたのだ。パーシーはなぐさめにならない最低《さいてい》のなぐさめ方《かた》をした。

「ホグズミードのことをみんな騒《さわ》ぎたてるけど、ハリー、僕《ぼく》が保証《ほしょう》する。評判《ひょうばん》ほどじゃない」

真顔《まがお》でそう言《い》った。

「いいかい。菓子《かし》の店《みせ》はかなりいけるな。しかし、ゾンコの『いたずら専門店《せんもんてん》』は、はっきり言《い》って危険《きけん》だ。それに、そう、『叫《さけ》びの屋敷《やしき》』は一度《いちど》行《い》ってみる価値《かち》はあるな。だけど、ハリー、それ以外《いがい》は、ほんとうにたいしたものはないよ」

ハロウィーンの朝《あさ》、ハリーはみんなと一緒《いっしょ》に起《お》き、なるべく普段《ふだん》どおりに取《と》りつくろっていたものの、最低《さいてい》の気分《きぶん》でみなと朝食《ちょうしょく》に下《お》りていった。

「ハニーデュークスからお菓子《かし》をたくさん持《も》ってきてあげるわ」

ハーマイオニーが、心底気《しんそこき》の毒《どく》そうな顔《かお》をしながら言《い》った。

「ウン、たーくさん」

ロンも言《い》った。二人《ふたり》はハリーの落胆《らくたん》ぶりを見《み》て、クルックシャンクス論争《ろんそう》をついに水《みず》に流《なが》した。

「僕《ぼく》のことは気《き》にしないで」

ハリーは精一杯平気《せいいっぱいへいき》を装《よそお》った。

「パーティで会《あ》おう。楽《たの》しんできて」

ハリーは玄関《げんかん》ホールまで二人《ふたり》を見送《みおく》った。管理人《かんりにん》のフィルチが、ドアのすぐ内側《うちがわ》に立《た》ち、長《なが》いリストを手《て》に名前《なまえ》をチェックしていた。一人一人《ひとりひとり》、疑《うたが》わしそうに顔《かお》をのぞき込《こ》み、行《い》ってはいけない者《もの》が抜《ぬ》け出《だ》さないよう、念入《ねんい》りに調《しら》べていた。

「居残《いのこ》りか、ポッター？」クラッブとゴイルを従《したが》えて並《なら》んでいたマルフォイが大声《おおごえ》で言《い》った。

「吸魂鬼《ディメンター》のそばを通《とお》るのが怖《こわ》いのか？」

ハリーは聞《き》き流《なが》して、一人《ひとり》で大理石《だいりせき》の階段《かいだん》を引《ひ》き返《かえ》し、誰《だれ》もいない廊下《ろうか》を通《とお》ってグリフィンドール塔《とう》に戻《もど》った。

「合言葉《あいことば》は？」とろとろ眠《ねむ》っていた「太《ふと》った婦人《レディ》」が、急《きゅう》に目覚《めざ》めて聞《き》いた。

「フォルチュナ・マジョール。たなぼた」ハリーは気《き》のない言《い》い方《かた》をした。

肖像画《しょうぞうが》がパッと開《ひら》き、ハリーは穴《あな》をよじ登《のぼ》って談話室《だんわしつ》に入《はい》った。そこは、ペチャクチャにぎやかな一年生《ねんせい》、二年生《ねんせい》でいっぱいだった。上級生《じょうきゅうせい》も数人《すうにん》いたが、飽《あ》きるほどホグズミードに行《い》ったことがあるにちがいない。

「ハリー！　ハリー！　ハリーったら！」

コリン・クリービーだった。ハリーを崇拝《すうはい》している二年生《ねんせい》で、話《はな》しかける機会《きかい》をけっして逃《のが》さない。

「ハリー、ホグズミードに行《い》かないんですか？　どうして？　あ、そうだ――」

コリンは熱《ねつ》っぽく周《まわ》りの友達《ともだち》を見回《みまわ》してこう言《い》った。

「よろしかったら、ここへ来《き》て、僕《ぼく》たちと一緒《いっしょ》に座《すわ》りませんか？」

「アー――ううん。でも、ありがとう、コリン」

ハリーは、寄《よ》ってたかって額《ひたい》の傷《きず》をしげしげ眺《なが》められるのにたえられない気分《きぶん》だった。

「僕《ぼく》――図書館《としょかん》に行《い》かなくちゃ。やり残《のこ》した宿題《しゅくだい》があって」

そう言《い》った手前《てまえ》、回《まわ》れ右《みぎ》して肖像画《しょうぞうが》の穴《あな》に戻《もど》るしかなかった。

「さっきわざわざ起《お》こしておいて、どういうわけ？」

「太《ふと》った婦人《レディ》」が、出《で》ていくハリーの後《うし》ろ姿《すがた》に向《む》かって不機嫌《ふきげん》な声《こえ》を出《だ》した。

ハリーは気《き》が進《すす》まないまま、何《なん》となく図書館《としょかん》のほうに向《む》かったが、途中《とちゅう》で気《き》が変《か》わった。勉強《べんきょう》する気《き》になれない。くるりと向《む》きを変《か》えたそのとたん、フィルチと鉢合《はちあ》わせした。ホグズミード行《い》きの最後《さいご》の生徒《せいと》を送《おく》り出《だ》した直後《ちょくご》だろう。

「何《なに》をしている？」フィルチが疑《うたぐ》るように歯《は》をむき出《だ》した。

「別《べつ》に何《なに》も」ハリーはほんとうのことを言《い》った。

「べ・つ・に・な・に・も！」フィルチはたるんだほおを震《ふる》わせて吐《は》き出《だ》すように言《い》った。

「そうでござんしょうとも！　一人《ひとり》でこっそり歩《ある》き回《まわ》りおって。仲間《なかま》の悪童《あくどう》どもと、ホグズミードで臭《くさ》い玉《たま》とか、ゲップ粉《ごな》とか、ヒューヒュー飛行虫《ひこうむし》なんぞを買《か》いに行《い》かないのはどういうわけだ？」

ハリーは肩《かた》をすくめた。

「さあ、お前《まえ》のいるべき場所《ばしょ》に戻《もど》れ。談話室《だんわしつ》にだ」

ガミガミどなり、フィルチはハリーの姿《すがた》が見《み》えなくなるまでその場《ば》でにらみつけていた。

ハリーは談話室《だんわしつ》には戻《もど》らなかった。ふくろう小屋《ごや》に行《い》ってヘドウィグに会《あ》おうかと、ぼんやり考《かんが》えながら階段《かいだん》を上《のぼ》った。廊下《ろうか》をいくつか歩《ある》いていると、とある部屋《へや》の中《なか》から声《こえ》がした。

「ハリー？」

ハリーはあと戻《もど》りして声《こえ》の主《ぬし》を探《さが》した。ルーピン先生《せんせい》が自分《じぶん》の部屋《へや》のドアのむこうからのぞいている。

「何《なに》をしている？」ルーピン先生《せんせい》の口調《くちょう》は、フィルチのとはまるでちがっていた。

「ロンやハーマイオニーはどうしたね？」

「ホグズミードです」ハリーはなにげなく言《い》ったつもりだった。

「ああ」ルーピン先生《せんせい》はそう言《い》いながら、じっとハリーを観察《かんさつ》した。

「ちょっと中《なか》に入《はい》らないか？　ちょうど次《つぎ》の授業用《じゅぎょうよう》の『グリンデロー』が届《とど》いたところだ」

「何《なに》がですって？」

ハリーはルーピンについて部屋《へや》に入《はい》った。部屋《へや》の隅《すみ》に大《おお》きな水槽《すいそう》が置《お》いてある。鋭《するど》い角《つの》を生《は》やした気味《きみ》の悪《わる》い緑色《みどりいろ》の生《い》き物《もの》が、ガラスに顔《かお》を押《お》しつけて、百面相《ひゃくめんそう》をしたり、細長《ほそなが》い指《ゆび》を曲《ま》げ伸《の》ばししたりしていた。

「水魔《すいま》だよ」ルーピンは何《なに》か考《かんが》えながらグリンデローを調《しら》べていた。

「こいつはあまり難《むずか》しくはないはずだ。なにしろ河童《かっぱ》のあとだしね。コツは、指《ゆび》でしめられたらどう解《と》くかだ。異常《いじょう》に長《なが》い指《ゆび》だろう？　強力《きょうりょく》だが、とてももろいんだ」

水魔《グリンデロー》は緑色《みどりいろ》の歯《は》をむき出《だ》し、それから隅《すみ》の水草《みずくさ》のしげみにもぐり込《こ》んだ。

「紅茶《こうちゃ》はどうかな？」ルーピンはやかんを探《さが》した。「私《わたし》もちょうど飲《の》もうと思《おも》っていたところだが」

「いただきます」ハリーはぎこちなく答《こた》えた。

ルーピンが杖《つえ》でたたくと、たちまちやかんの口《くち》から湯気《ゆげ》が噴《ふ》き出《だ》した。

「お座《すわ》り」ルーピンはほこりっぽい紅茶《こうちゃ》の缶《かん》のふたを取《と》った。

「すまないが、ティーバッグしかないんだ――しかし、お茶《ちゃ》の葉《は》はうんざりだろう？」

ハリーは先生《せんせい》を見《み》た。ルーピンの目《め》がいたずらっぽく輝《かがや》いていた。

「先生《せんせい》はどうしてそれをご存《ぞん》じなんですか？」

「マクゴナガル先生《せんせい》が教《おし》えてくださった」

ルーピンは縁《ふち》の欠《か》けたマグカップをハリーに渡《わた》した。

「気《き》にしたりしてはいないだろうね？」

「いいえ」

一瞬《いっしゅん》、ハリーはマグノリア・クレセント通《どお》りで見《み》かけた犬《いぬ》のことをルーピンに打《う》ち明《あ》けようかと思《おも》ったが、思《おも》いとどまった。ルーピンに臆病者《おくびょうもの》と思《おも》われたくなかった。ハリーはまね妖怪《ボガート》にも立《た》ち向《む》かえないと、ルーピンにそう思《おも》われているらしいので、なおさらだった。

ハリーの考《かんが》えていることが顔《かお》に出《で》たらしい。「心配事《しんぱいごと》があるのかい、ハリー」とルーピンが聞《き》いた。

「いいえ」

ハリーはうそをついた。紅茶《こうちゃ》を少《すこ》し飲《の》み、水魔《グリンデロー》がハリーに向《む》かって拳《こぶし》を振《ふ》り回《まわ》しているのを眺《なが》めた。

「はい、あります」

ハリーはルーピンの机《つくえ》に紅茶《こうちゃ》を置《お》き、出《だ》し抜《ぬ》けに言《い》った。

「先生《せんせい》、まね妖怪《ボガート》と戦《たたか》ったあの日《ひ》のことを覚《おぼ》えていらっしゃいますか？」

「ああ」ルーピンがゆっくりと答《こた》えた。

「どうして僕《ぼく》に戦《たたか》わせてくださらなかったのですか？」

ハリーの問《と》いは唐突《とうとつ》だった。

ルーピンはちょっと眉《まゆ》を上《あ》げた。

「ハリー、言《い》わなくともわかることだと思《おも》っていたが」ルーピンはちょっと驚《おどろ》いたようだった。ハリーはルーピンがそんなことはないと否定《ひてい》すると予想《よそう》していたので、意表《いひょう》を突《つ》かれた。

「どうしてですか？」同《おな》じ問《と》いをくり返《かえ》した。

「そうだね」ルーピンはかすかに眉《まゆ》をひそめた。「まね妖怪《ボガート》が君《きみ》に立《た》ち向《む》かったら、ヴォルデモート卿《きょう》の姿《すがた》になるだろうと思《おも》った」

ハリーは目《め》を見開《みひら》いた。予想《よそう》もしていない答《こた》えだったし、その上《うえ》、ルーピンはヴォルデモートの名前《なまえ》を口《くち》にした。これまでその名《な》を口《くち》に出《だ》して言《い》ったのは（ハリーは別《べつ》として）ダンブルドア先生《せんせい》だけだった。

「たしかに、私《わたし》の思《おも》いちがいだった」ルーピンはハリーに向《む》かって顔《かお》をしかめたまま言《い》った。「しかし、あの職員室《しょくいんしつ》でヴォルデモート卿《きょう》の姿《すがた》が現《あらわ》れるのはよくないと思《おも》った。みんなが恐怖《きょうふ》にかられるだろうからね」

「最初《さいしょ》はたしかにヴォルデモートを思《おも》い浮《う》かべました」

ハリーは正直《しょうじき》に言《い》った。

「でも、僕《ぼく》――僕《ぼく》は吸魂鬼《ディメンター》のことを思《おも》い出《だ》したんです」

「そうか」ルーピンは考《かんが》え深《ぶか》げに言《い》った。「そうなのか。いや……感心《かんしん》したよ」

ルーピンはハリーの驚《おどろ》いたような顔《かお》を見《み》てふっと笑《え》みを浮《う》かべた。

「それは、君《きみ》がもっとも恐《おそ》れているのが――恐怖《きょうふ》そのもの――だということなんだ。ハリー、とても賢明《けんめい》なことだよ」

何《なん》と言《い》ってよいかわからなかったので、ハリーはまた紅茶《こうちゃ》を少《すこ》し飲《の》んだ。

「それじゃ、私《わたし》が、君《きみ》にはまね妖怪《ボガート》と戦《たたか》う能力《のうりょく》がないと思《おも》った、そんなふうに考《かんが》えていたのかい？」ルーピンは鋭《するど》く言《い》い当《あ》てた。

「あの……はい」急《きゅう》にハリーは気持《きも》ちが軽《かる》くなった。「ルーピン先生《せんせい》。あの、吸魂鬼《ディメンター》のことですが――」

ドアをノックする音《おと》で、話《はなし》が中断《ちゅうだん》された。

「どうぞ」ルーピンが言《い》った。

ドアが開《ひら》いて、入《はい》ってきたのはスネイプだった。手《て》にしたゴブレットからかすかに煙《けむり》が上《あ》がっている。ハリーの姿《すがた》を見《み》つけると、はたと足《あし》を止《と》め、暗《くら》い目《め》を細《ほそ》めた。

「ああ、セブルス」

ルーピンが笑顔《えがお》で言《い》った。

「どうもありがとう。このデスクに置《お》いていってくれないか？」

スネイプは煙《けむり》を上《あ》げているゴブレットを置《お》き、ハリーとルーピンに交互《こうご》に目《め》を走《はし》らせた。

「ちょうど今《いま》、ハリーに水魔《グリンデロー》を見《み》せていたところだ」ルーピンが水槽《すいそう》を指差《ゆびさ》して楽《たの》しそうに言《い》った。

「それはけっこう」水魔《グリンデロー》を見《み》もしないでスネイプが言《い》った。

「ルーピン、すぐ飲《の》みたまえ」

「はい、はい。そうします」ルーピンが答《こた》えた。

「一鍋分《ひとなべぶん》を煎《せん》じた」スネイプが言《い》った。「もっと必要《ひつよう》とあらば」

「たぶん、明日《あす》また少《すこ》し飲《の》まないと。セブルス、ありがとう」

「礼《れい》にはおよばん」そう言《い》うスネイプの目《め》に、何《なに》かハリーには気《き》に入《い》らないものがあった。スネイプはニコリともせず、二人《ふたり》を見《み》すえたまま、あとずさりして部屋《へや》を出《で》ていった。

ハリーがけげんそうにゴブレットを見《み》ていたので、ルーピンがほほ笑《え》んだ。

「スネイプ先生《せんせい》が私《わたし》のためにわざわざ薬《くすり》を調合《ちょうごう》してくださった。私《わたし》はどうも昔《むかし》から薬《くすり》を煎《せん》じるのが苦手《にがて》でね。これは特《とく》に複雑《ふくざつ》な薬《くすり》なんだ」

ルーピンはゴブレットを取《と》り上《あ》げて匂《にお》いをかいだ。

「砂糖《さとう》を入《い》れると効《き》き目《め》がなくなるのは残念《ざんねん》だ」

ルーピンはそう言《い》って一口《ひとくち》飲《の》み、身震《みぶる》いした。

「どうして——？」

ハリーが聞《き》きかけると、ルーピンはハリーを見《み》て、ハリーが聞《き》こうとした問《と》いに答《こた》えた。

「このごろどうも調子《ちょうし》がおかしくてね。この薬《くすり》しか効《き》かないんだ。スネイプ先生《せんせい》と同《おな》じ職場《しょくば》で仕《し》事《ごと》ができるのはほんとうにラッキーだ。これを調合《ちょうごう》できる魔法使《まほうつか》いは少《すく》ない」

ルーピン先生《せんせい》はまた一口《ひとくち》飲《の》んだ。ハリーはゴブレットを先生《せんせい》の手《て》からたたき落《お》としたいという、はげしい衝動《しょうどう》にかられた。

「スネイプ先生《せんせい》は闇《やみ》の魔術《まじゅつ》にとっても関心《かんしん》があるんです」ハリーが思《おも》わず口走《くちばし》った。

「そう？」

ルーピン先生《せんせい》はそれほど関心《かんしん》を示《しめ》さず、もう一口《ひとくち》飲《の》んだ。

「人《ひと》によっては——」

ハリーはためらったが、高《たか》みから飛《と》び降《お》りるような気持《きも》ちで思《おも》いきって言《い》った。

「スネイプ先生《せんせい》は『闇《やみ》の魔術《まじゅつ》に対《たい》する防衛術《ぼうえいじゅつ》』の座《ざ》を手《て》に入《い》れるためなら何《なん》でもするだろうって、そう言《い》う人《ひと》もいます」

ルーピン先生《せんせい》はゴブレットを飲《の》み干《ほ》し、顔《かお》をしかめた。

「ひどい味《あじ》だ。さあ、ハリー、私《わたし》は仕事《しごと》を続《つづ》けることにしよう。あとで宴会《えんかい》で会《あ》おう」

「はい」

ハリーも空《から》になった紅茶《こうちゃ》のカップを置《お》いた。

空《から》のゴブレットからは、まだ煙《けむり》が立《た》ち昇《のぼ》っていた。


「ほーら。持《も》てるだけ持《も》ってきたんだ」ロンが言《い》った。

鮮《あざ》やかな彩《いろど》りのお菓子《かし》が、雨《あめ》のようにハリーのひざに降《ふ》り注《そそ》いだ。たそがれ時《どき》、ロンとハーマイオニーは談話室《だんわしつ》に着《つ》いたばかりで、寒風《かんぷう》にほおを染《そ》め、人生最高《じんせいさいこう》の楽《たの》しい時《とき》を過《す》ごしてきたかのような顔《かお》をしていた。

「ありがとう」ハリーは「黒《くろ》こしょうキャンディ」の小《ちい》さな箱《はこ》をつまみ上《あ》げながら言《い》った。

「ホグズミードって、どんなとこだった？　どこに行《い》ったの？」

全部《ぜんぶ》——答《こた》えはそんな感《かん》じだった。魔法用具店《まほうようぐてん》の「ダービシュ・アンド・バングズ」、いたずら専門店《せんもんてん》の「ゾンコ」、「三本《ぼん》の箒《ほうき》」では泡立《あわだ》った温《あたた》かいバタービールをマグカップで引《ひ》っかけ、そのほかいろいろなところだった。

「ハリー、郵便局《ゆうびんきょく》ときたら！　二百羽《ぱ》くらいふくろうがいて、みんな棚《たな》に止《と》まってるんだ。郵便《ゆうびん》の配達速度《はいたつそくど》によって、ふくろうが色分《いろわ》けしてあるんだ！」

「『ハニーデュークス』に新商品《しんしょうひん》のヌガーがあって、試食品《ししょくひん》をただで配《くば》ってたんだ。少《すこ》し入《い》れといたよ。見《み》て――」

「私《わたし》たち、『人食《ひとく》い鬼《おに》』を見《み》たような気《き》がするわ。『三本《さんぼん》の箒《ほうき》』には、まったくあらゆるものが来《く》るの――」

「バタービールを持《も》ってきてやりたかったなあ。体《からだ》が芯《しん》から温《あたた》まるんだ――」

「あなたは何《なに》をしていたの？」ハーマイオニーが心配《しんぱい》そうに聞《き》いた。「宿題《しゅくだい》やった？」

「ううん。ルーピンが部屋《へや》で紅茶《こうちゃ》をいれてくれた。それからスネイプが来《き》て……」

ハリーはゴブレットのことを洗《あら》いざらい二人《ふたり》に話《はな》した。ロンは口《くち》をパカッと開《あ》けた。

「ルーピンがそれ、飲《の》んだ？」ロンは息《いき》をのんだ。「マジで？」

ハーマイオニーが腕時計《うでどけい》を見《み》た。

「そろそろ下《お》りたほうがいいわ。宴会《えんかい》があと五分《ふん》で始《はじ》まっちゃう……」

三人《にん》は急《いそ》いで肖像画《しょうぞうが》の穴《あな》を通《とお》り、みんなと一緒《いっしょ》になったが、まだスネイプのことを話《はな》していた。

「だけど、もしスネイプが――ねえ――」

ハーマイオニーが声《こえ》を落《お》としてあたりを注意深《ちゅういぶか》く見回《みまわ》した。

「もし、スネイプがほんとにそのつもり――ルーピンに毒《どく》を盛《も》るつもりだったら――ハリーの目《め》の前《まえ》ではやらないでしょうよ」

「ウン、たぶん」

ハリーがそう言《い》ったときには、三人《にん》は玄関《げんかん》ホールに着《つ》き、そこを横切《よこぎ》り、大広間《おおひろま》に向《む》かっていた。大広間《おおひろま》には、何百《なんびゃく》ものくり抜《ぬ》きかぼちゃにろうそくがともり、生《い》きたコウモリが群《むら》がり飛《と》んでいた。燃《も》えるようなオレンジ色《いろ》の吹《ふ》き流《なが》しが、荒《あ》れ模様《もよう》の空《そら》を模《も》した天井《てんじょう》の下《した》で、何本《なんぼん》も鮮《あざ》やかな海蛇《うみへび》のようにくねくねと泳《およ》いでいた。

食事《しょくじ》もすばらしかった。ハーマイオニーとロンは、ハニーデュークスの菓子《かし》ではちきれそうだったはずなのに、全部《ぜんぶ》の料理《りょうり》をおかわりした。ハリーは教職員《きょうしょくいん》テーブルのほうを何度《なんど》もちらちら見《み》たが、ルーピン先生《せんせい》は楽《たの》しそうで、特《とく》に変《か》わった様子《ようす》もなく、「呪文学《じゅもんがく》」の小《ち》さなフリットウィック先生《せんせい》と何《なに》やら生《い》き生《い》きと話《はな》していた。ハリーは教職員《きょうしょくいん》テーブルに沿《そ》ってスネイプへと目《め》を移《うつ》した。スネイプの目《め》が不自然《ふしぜん》なほどしばしばルーピン先生《せんせい》のほうをちらちら見《み》ているようだが、気《き》のせいだろうか？

宴《うたげ》のしめくくりは、ホグワーツのゴーストによる余興《よきょう》だ。壁《かべ》やらテーブルやらからポワンと現《あらわ》れて、編隊《へんたい》を組《く》んで空中滑走《くうちゅうかっそう》した。グリフィンドールの寮《りょう》つきゴースト、「ほとんど首無《くびな》しニック」は、しくじった打《う》ち首《くび》の場面《ばめん》を再現《さいげん》し、大受《おおう》けした。

「ポッター、吸魂鬼《ディメンター》がよろしくってさ！」

みんなが大広間《おおひろま》を出《で》るとき、マルフォイが人混《ひとご》みの中《なか》から叫《さけ》んだ言葉《ことば》でさえ、ハリーの気分《きぶん》を壊《こわ》せないほど、その夜《よる》は楽《たの》しかった。

ハリー、ロン、ハーマイオニーはほかのグリフィンドール生《せい》の後《うし》ろについて、いつもの通路《つうろ》を塔《とう》へと向《む》かったが、太《ふと》った婦人《レディ》の肖像画《しょうぞうが》につながる廊下《ろうか》まで来《く》ると、生徒《せいと》がすし詰《づ》め状態《じょうたい》になっているのに出《で》くわした。

「なんでみんな入《はい》らないいんだろ？」ロンがけげんそうに言《い》った。

ハリーはみんなの頭《あたま》の間《あいだ》から前《まえ》のほうをのぞいた。肖像画《しょうぞうが》が閉《し》まったままらしい。

「通《とお》してくれ、さあ」

パーシーの声《こえ》だ。人波《ひとなみ》をかき分《わ》けて、えらそうに肩《かた》で風《かぜ》を切《き》って歩《ある》いてくる。

「何《なに》をもたもたしてるんだ？　全員合言葉《ぜんいんあいことば》を忘《わす》れたわけじゃないだろう――ちょっと通《とお》してくれ。僕《ぼく》は首席《しゅせき》だ――」

サーッと沈黙《ちんもく》が流《なが》れた。前《まえ》のほうから始《はじ》まり、冷気《れいき》が廊下《ろうか》に沿《そ》って広《ひろ》がるようだった。パーシーが突然鋭《とつぜんするど》く叫《さけ》ぶ声《こえ》が聞《き》こえた。

「誰《だれ》か、ダンブルドア先生《せんせい》を呼《よ》んで。急《いそ》いで」

ざわざわと頭《あたま》が動《うご》き、後列《こうれつ》の生徒《せいと》はつま先立《さきだ》ちになった。

「どうしたの？」今来《いまき》たばかりのジニーが聞《き》いた。

次《つぎ》の瞬間《しゅんかん》、ダンブルドア先生《せんせい》がそこに立《た》っていた。肖像画《しょうぞうが》のほうにサッと歩《ある》いていく。生徒《せいと》が押《お》し合《あ》いへし合《あ》いして道《みち》をあけた。ハリー、ロン、ハーマイオニーは何《なに》が問題《もんだい》なのかよく見《み》ようと、近《ちか》くまで行《い》った。

「ああ、なんてこと――」ハーマイオニーが絶叫《ぜっきょう》してハリーの腕《うで》をつかんだ。

太《ふと》った婦人《レディ》は肖像画《しょうぞうが》から消《き》え去《さ》り、絵《え》はめった切《ぎ》りにされて、キャンバスの切《き》れ端《はし》が床《ゆか》に散《ち》らばっていた。絵《え》のかなりの部分《ぶぶん》が完全《かんぜん》に切《き》り取《と》られている。

ダンブルドアは無残《むざん》な姿《すがた》の肖像画《しょうぞうが》を一目見《ひとめみ》るなり、暗《くら》い深刻《しんこく》な目《め》で振《ふ》り返《かえ》った。マクゴナガル、ルーピン、スネイプの先生方《せんせいがた》が、ダンブルドア校長《こうちょう》のほうにかけつけてくるところだった。

「婦人《レディ》を探《さが》さなければならん」ダンブルドアが言《い》った。

「マクゴナガル先生《せんせい》。すぐにフィルチさんのところに行《い》って、城中《しろじゅう》の絵《え》の中《なか》を探《さが》すよう言《い》ってくださらんか」

「見《み》つかったらおなぐさみ！」かん高《だか》いしわがれ声《ごえ》がした。

ポルターガイストのピーブズだ。みんなの頭上《ずじょう》をヒョコヒョコ漂《ただよ》いながら、いつものように、大惨事《だいさんじ》や心配事《しんぱいごと》がうれしくてたまらない様子《ようす》だ。

「ピーブズ、どういうことかね？」

ダンブルドアは静《しず》かに聞《き》いた。ピーブズはニヤニヤ笑《わら》いをちょっと引《ひ》っ込《こ》めた。さすがのピーブズもダンブルドアをからかう勇気《ゆうき》はない。ねっとりした作《つく》り声《ごえ》で話《はな》したが、いつものかん高《だか》い声《こえ》よりなお悪《わる》かった。

「校長閣下《こうちょうかっか》、恥《は》ずかしかったのですよ。見《み》られたくなかったのですよ。あの女《おんな》はズタズタでした。五階《かい》の風景画《ふうけいが》の中《なか》を走《はし》ってゆくのを見《み》ました。木《き》にぶつからないようにしながら走《はし》ってゆきました。ひどく泣《な》き叫《さけ》びながらね」

うれしそうにそう言《い》い、「おかわいそうに」と白々《しらじら》しくも言《い》い添《そ》えた。

「婦人《レディ》は誰《だれ》がやったか話《はな》したかね？」ダンブルドアが静《しず》かに聞《き》いた。

「ええ、たしかに。校長閣下《こうちょうかっか》」大《おお》きな爆弾《ばくだん》を両腕《りょううで》に抱《だ》きかかえているような言《い》い草《ぐさ》だ。

「そいつは、婦人《レディ》が入《い》れてやらないんでひどく怒《おこ》っていましたねえ」

ピーブズはくるりと逆立《さかだ》ちし、自分《じぶん》の脚《あし》の間《あいだ》からダンブルドアに向《む》かってニヤニヤした。

「あいつはかんしゃく持《も》ちだねえ。あのシリウス・ブラックってやつは」

第《だい》9章《しょう》　恐怖《きょうふ》の敗北《はいぼく》

ダンブルドア校長《こうちょう》はグリフィンドール生全員《せいぜんいん》に大広間《おおひろま》に戻《もど》るように言《い》い渡《わた》した。十分後《ぷんご》に、ハッフルパフ、レイブンクロー、スリザリンの寮生《りょうせい》も、みな当惑《とうわく》した表情《ひょうじょう》で、全員大広間《ぜんいんおおひろま》に集《あつ》まった。

「先生《せんせい》たち全員《ぜんいん》で、城《しろ》の中《なか》をくまなく捜索《そうさく》せねばならん」

マクゴナガル先生《せんせい》とフリットウィック先生《せんせい》が、大広間《おおひろま》の戸《と》という戸《と》を全部《ぜんぶ》閉《し》めきっている間《あいだ》、ダンブルドア校長《こうちょう》がそう告《つ》げた。

「ということは、気《き》の毒《どく》じゃが、みな、今夜《こんや》はここに泊《と》まることになろうの。みんなの安全《あんぜん》のためじゃ。監督生《かんとくせい》は大広間《おおひろま》の入口《いりぐち》の見張《みは》りに立《た》ってもらおう。首席《しゅせき》の二人《ふたり》に、ここの指揮《しき》を任《まか》せようぞ。何《なに》か不審《ふしん》なことがあれば、ただちにわしに知《し》らせるように」

ダンブルドアは、厳《いか》めしくふんぞり返《かえ》ったパーシーに向《む》かって、最後《さいご》に一言《ひとこと》つけ加《くわ》えた。

「ゴーストをわしへの伝令《でんれい》に使《つか》うがよい」

ダンブルドアは大広間《おおひろま》から出《で》ていこうとしたが、ふと立《た》ち止《ど》まった。

「おお、そうじゃ。必要《ひつよう》な物《もの》があったのう……」

はらりと杖《つえ》を振《ふ》ると、長《なが》いテーブルが全部《ぜんぶ》大広間《おおひろま》の片隅《かたすみ》に飛《と》んでいき、きちんと壁《かべ》を背《せ》にして並《なら》んだ。もう一振《ひとふ》りすると、何百個《なんびゃっこ》ものふかふかした紫色《むらさきいろ》の寝袋《ねぶくろ》が現《あらわ》れて、床《ゆか》いっぱいに敷《し》きつめられた。

「ぐっすりおやすみ」大広間《おおひろま》を出《で》ていきながら、ダンブルドア校長《こうちょう》が声《こえ》をかけた。

たちまち、大広間中《おおひろまじゅう》がガヤガヤうるさくなった。グリフィンドール生《せい》がほかの寮生《りょうせい》に事件《じけん》の話《はなし》を始《はじ》めたのだ。

「みんな寝袋《ねぶくろ》に入《はい》りなさい！」パーシーが大声《おおごえ》で言《い》った。

「さあ、さあ、おしゃべりはやめたまえ！　消灯《しょうとう》まであと十分《ぷん》！」

「行《い》こうぜ」

ロンがハリーとハーマイオニーに呼《よ》びかけ、三人《にん》はそれぞれ寝袋《ねぶくろ》をつかんで隅《すみ》のほうに引《ひ》きずっていった。

「ねえ、ブラックはまだ城《しろ》の中《なか》だと思《おも》う？」ハーマイオニーが心配《しんぱい》そうにささやいた。

「ダンブルドアは明《あき》らかにそう思《おも》ってるみたいだな」とロン。

「ブラックが今夜《こんや》を選《えら》んでやってきたのはラッキーだったと思《おも》うわ」

三人《にん》とも服《ふく》を着《き》たままで寝袋《ねぶくろ》にもぐり込《こ》み、ほおづえをつきながら話《はなし》を続《つづ》けた。

「だって今夜《こんや》だけはみんな寮塔《りょうとう》にいなかったんですもの……」

「きっと、逃亡中《とうぼうちゅう》で時間《じかん》の感覚《かんかく》がなくなったんだと思《おも》うな」ロンが言《い》った。

「今日《きょう》がハロウィーンだって気《き》づかなかったんだよ。じゃなきゃこの広間《ひろま》を襲撃《しゅうげき》してたぜ」

ハーマイオニーが身震《みぶる》いした。周《まわ》りでも、みんなが同《おな》じことを話《はな》し合《あ》っていた。

「いったいどうやって入《はい》り込《こ》んだんだろう？」

「『姿《すがた》あらわし術《じゅつ》』を心得《こころえ》てたんだと思《おも》うな」ちょっと離《はな》れたところにいたレイブンクロー生《せい》が言《い》った。「ほら、どこからともなく突如現《とつじょあらわ》れるアレさ」

「変装《へんそう》してたんだ、きっと」ハッフルパフの五年生《ねんせい》が言《い》った。

「飛《と》んできたのかもしれないぞ」ディーン・トーマスが言《い》った。

「まったく、『ホグワーツの歴史《れきし》』を読《よ》もうと思《おも》ったことがあるのは私一人《わたしひとり》だけだっていうの？」

「たぶんそうだろ」とロンが言《い》った。「どうしてそんなこと聞《き》くんだ？」

「それはね、この城《しろ》を護《まも》っているのは城壁《じょうへき》だけじゃないってことなの。こっそり入《はい》り込《こ》めないように、ありとあらゆる呪文《じゅもん》がかけられているのよ。ここでは『姿《すがた》あらわし』はできないわ。それに、吸魂鬼《ディメンター》の裏《うら》をかくような変装《へんそう》があったら拝見《はいけん》したいものだわ。校庭《こうてい》の入口《いりぐち》は一つ残《のこ》らず吸魂鬼《ディメンター》が見張《みは》ってる。空《そら》を飛《と》んできたって見《み》つかったはずだわ。その上《うえ》、秘密《ひみつ》の抜《ぬ》け道《みち》はフィルチが全部《ぜんぶ》知《し》ってるから、そこも吸魂鬼《ディメンター》が見逃《みのが》してはいないはず……」

「灯《あか》りを消《け》すぞ！」

パーシーがどなった。

「全員《ぜんいん》寝袋《ねぶくろ》に入《はい》って、おしゃべりはやめ！」

ろうそくの灯《ひ》がいっせいに消《き》えた。残《のこ》された明《あ》かりは、ふわふわ漂《ただよ》いながら監督生《かんとくせい》たちと深刻《しんこく》な話《はなし》をしている銀色《ぎんいろ》のゴーストと、城《しろ》の外《そと》の空《そら》と同《おな》じように星《ほし》が瞬《またた》く魔法《まほう》の天井《てんじょう》の光《ひかり》だけだった。そんな薄明《うすあ》かりの中《なか》、大広間《おおひろま》にヒソヒソと流《なが》れ続《つづ》けるささやきの中《なか》で、ハリーはまるで静《しず》かな風《かぜ》の吹《ふ》く戸外《こがい》に横《よこ》たわっているような気持《きも》ちになった。

一時間《じかん》ごとに先生《せんせい》が一人《ひとり》ずつ大広間《おおひろま》に入《はい》ってきて、何事《なにごと》もないかどうかたしかめた。やっとみんなが寝静《ねしず》まった朝《あさ》の三時《じ》ごろ、ダンブルドア校長《こうちょう》が入《はい》ってきた。ハリーが見《み》ていると、ダンブルドアはパーシーを探《さが》していた。パーシーは寝袋《ねぶくろ》の間《あいだ》を巡回《じゅんかい》して、おしゃべりをやめさせていた。パーシーはハリーやロン、ハーマイオニーのすぐ近《ちか》くにいたが、ダンブルドアの足音《あしおと》が近《ちか》づいてきたので、三人《にん》とも急《いそ》いでたぬき寝入《ねい》りをした。

「先生《せんせい》、何《なに》か手《て》がかりは？」パーシーが低《ひく》い声《こえ》で尋《たず》ねた。

「いや。ここは大丈夫《だいじょうぶ》かの？」

「異常《いじょう》なしです、先生《せんせい》」

「よろしい。何《なに》も今《いま》すぐ全員《ぜんいん》を移動《いどう》させることはあるまい。グリフィンドールの門番《もんばん》には臨時《りんじ》の者《もの》を見《み》つけておいた。明日《あす》になったら、みなを寮《りょう》に移動《いどう》させるがよい」

「それで、『太《ふと》った婦人《レディ》』は？」

「三階《かい》のアーガイルシャーの地図《ちず》の絵《え》に隠《かく》れておる。合言葉《あいことば》を言《い》わないブラックを通《とお》すのを拒《こば》んだらしいのう。それでブラックが襲《おそ》った。婦人《レディ》はまだ非常《ひじょう》に動転《どうてん》しておるが、落《お》ち着《つ》いてきたらフィルチに言《い》って『婦人《レディ》』を修復《しゅうふく》させようぞ」

ハリーの耳《みみ》に大広間《おおひろま》の戸《と》がまた開《ひら》く音《おと》が聞《き》こえ、別《べつ》の足音《あしおと》が聞《き》こえた。

「校長《こうちょう》ですか？」

スネイプだ。ハリーは身《み》じろぎもせず聞《き》き耳《みみ》を立《た》てた。

「四階《かい》はくまなく探《さが》しました。ヤツはおりません。さらにフィルチが地下牢《ちかろう》を探《さが》しましたが、そこにも何《なに》もなしです」

「天文台《てんもんだい》の塔《とう》はどうかね？　トレローニー先生《せんせい》の部屋《へや》は？　ふくろう小屋《ごや》は？」

「すべて探《さが》しましたが……」

「セブルス、ご苦労《くろう》じゃった。わしもブラックがいつまでもぐずぐず残《のこ》っているとは思《おも》っておらなかった」

「校長《こうちょう》、ヤツがどうやって入《はい》ったか、何《なに》か思《おも》い当《あ》たることがおありですか？」スネイプが聞《き》いた。

ハリーは腕《うで》にもたせていた頭《あたま》をわずかに持《も》ち上《あ》げて、もう一方《いっぽう》の耳《みみ》でも聞《き》こえるようにした。

「セブルス、いろいろとあるが、どれもこれもみなありえないことでな」

ハリーは薄目《うすめ》を開《あ》けて三人《にん》が立《た》っているあたりを盗《ぬす》み見《み》た。ダンブルドアは背中《せなか》を向《む》けていたが、パーシーの全神経《ぜんしんけい》を集中《しゅうちゅう》させた顔《かお》とスネイプの怒《おこ》ったような横顔《よこがお》が見《み》えた。

「校長《こうちょう》、先日《せんじつ》の我々《われわれ》の会話《かいわ》を覚《おぼ》えておいででしょうな。たしか――あー――一学期《がっき》の始《はじ》まったときの？」

スネイプはほとんど唇《くちびる》を動《うご》かさずに話《はな》していた。まるでパーシーを会話《かいわ》から閉《し》め出《だ》そうとしているかのようだった。

「いかにも」ダンブルドアが答《こた》えた。その言《い》い方《かた》に警告《けいこく》めいた響《ひび》きがあった。

「どうも――内部《ないぶ》の者《もの》の手引《てび》きなしには、ブラックが本校《ほんこう》に入《はい》るのは――ほとんど不可能《ふかのう》かと。私《わたくし》は、しかとご忠告《ちゅうこくもう》申し上《あ》げました。校長《こうちょう》が任命《にんめい》を――」

「この城《しろ》の内部《ないぶ》の者《もの》がブラックの手引《てび》きをしたとは、わしは考《かんが》えておらん」

ダンブルドアの言《い》い方《かた》には、この件《けん》は打《う》ち切《き》りと、スネイプに二《に》の句《く》を継《つ》がせないきっぱりとした調子《ちょうし》があった。

「わしは吸魂鬼《ディメンター》たちに会《あ》いにいかなければならん。捜索《そうさく》が終《お》わったら知《し》らせると言《い》ってあるのでな」とダンブルドアが言《い》った。

「先生《せんせい》、吸魂鬼《ディメンター》は手伝《てつだ》おうとは言《い》わなかったのですか？」パーシーが聞《き》いた。

「おお、言《い》ったとも」ダンブルドアの声《こえ》は冷《ひ》ややかだった。

「わしが校長職《こうちょうしょく》にあるかぎり、吸魂鬼《ディメンター》にはこの城《しろ》の敷居《しきい》はまたがせん」

パーシーは少《すこ》し恥《は》じ入《い》った様子《ようす》だった。ダンブルドアは足早《あしばや》にそっと大広間《おおひろま》を出《で》ていった。スネイプはその場《ば》にたたずみ、憤懣《ふんまん》やる方《かた》ない表情《ひょうじょう》で校長《こうちょう》を見送《みおく》っていたが、やがて自分《じぶん》も出《で》ていった。

ハリーが横目《よこめ》でロンとハーマイオニーを見《み》ると、二人《ふたり》とも目《め》を開《あ》けていた。二人《ふたり》の目《め》に天井《てんじょう》の星《ほし》が映《うつ》っていた。

「いったい何《なん》のことだろう」ロンがつぶやいた。

それから数日《すうじつ》というもの、学校中《がっこうじゅう》シリウス・ブラックの話《はなし》でもちきりだった。どうやって城《しろ》に入《はい》り込《こ》んだのか、話《はなし》に尾《お》ひれがついてどんどん大《おお》きくなった。ハッフルパフのハンナ・アボットときたら、「薬草学《やくそうがく》」の時間中《じかんちゅう》ずっと、話《はなし》を聞《き》いてくれる人《ひと》をつかまえては、ブラックは花《はな》の咲《さ》く灌木《かんぼく》に変身《へんしん》できるのだとしゃべりまくっていた。

切《き》り刻《きざ》まれた「太《ふと》った婦人《レディ》」の肖像画《しょうぞうが》は壁《かべ》から取《と》りはずされ、かわりにずんぐりした灰色《はいいろ》の仔《こ》馬《うま》にまたがった「カドガン卿《きょう》」の肖像画《しょうぞうが》がかけられた。これにはみんな大弱《おおよわ》りだった。カドガン卿《きょう》は誰《だれ》かれかまわず決闘《けっとう》を挑《いど》んだし、そうでなければ、とてつもなく複雑《ふくざつ》な合言葉《あいことば》をひねり出《だ》すのに余念《よねん》がなかった。そして少《すく》なくとも一日《にち》二回《かい》は合言葉《あいことば》を変《か》えた。

「あの人《ひと》、チョー狂《くる》ってるよ」シェーマス・フィネガンが頭《あたま》にきてパーシーに訴《うった》えた。

「ほかに人《ひと》はいないの？」

「どの絵《え》もこの仕事《しごと》を嫌《きら》ったんでね」パーシーが言《い》った。「太《ふと》った婦人《レディ》にあんなことがあったから、みんな怖《こわ》がって、名乗《なの》り出《で》る勇気《ゆうき》があったのはカドガン卿《きょう》だけだったんだ」

しかし、ハリーはカドガン卿《きょう》を気《き》にするどころではなかった。今《いま》やハリーを監視《かんし》する目《め》が大変《たいへん》だった。先生方《せんせいがた》は何《なに》かと理由《りゆう》をつけてはハリーと一緒《いっしょ》に廊下《ろうか》を歩《ある》いたし、パーシー・ウィーズリーは（ハリーの察《さっ》するところ、母親《ははおや》の言《い》いつけなのだろうが）ハリーの行《い》くところはどこにでもぴったりついてきた。まるでふんぞり返《かえ》った番犬《ばんけん》のようだった。極《きわ》めつきは、マクゴナガル先《せん》生《せい》だった。自分《じぶん》の部屋《へや》にハリーを呼《よ》んだとき、先生《せんせい》があまりに暗《くら》い顔《かお》をしているので、ハリーは誰《だれ》かが死《し》んだのかと思《おも》ったほどだった。

「ポッター、今《いま》となっては隠《かく》していてもしょうがありません」

マクゴナガル先生《せんせい》の声《こえ》は深刻《しんこく》そのものだった。

「あなたにとってはショックかもしれませんが、実《じつ》はシリウス・ブラックは――」

「僕《ぼく》をねらっていることは知《し》っています」

ハリーはもううんざりだという口調《くちょう》で言《い》った。

「ロンのお父《とう》さんが、お母《かあ》さんに話《はな》しているのを聞《き》いてしまいました。ウィーズリーさんは魔法《まほう》省《しょう》にお勤《つと》めですから」

マクゴナガル先生《せんせい》はドキリとした様子《ようす》だった。一瞬《いっしゅん》ハリーを見《み》つめたが、すぐに言葉《ことば》を続《つづ》けた。

「よろしい！　それでしたら、ポッター、あなたが夕刻《ゆうこく》にクィディッチの練習《れんしゅう》をするのはあまり好《この》ましいことではない、という私《わたくし》の考《かんが》えも、わかってもらえるでしょうね。あなたとチームのメンバーだけがピッチに出《で》ているのは、あまりに危険《きけん》ですし、あなたは――」

「土曜日《どようび》に最初《さいしょ》の試合《しあい》があるんです！」

ハリーは気《き》をたかぶらせた。

「先生《せんせい》、絶対練習《ぜったいれんしゅう》しないと！」

マクゴナガル先生《せんせい》はじっとハリーを見《み》つめた。ハリーは、マクゴナガル先生《せんせい》がグリフィンドール・チームの勝算《しょうさん》に、大《おお》きな関心《かんしん》を寄《よ》せていることを知《し》っていた。そもそもハリーをシーカーにしたのは、マクゴナガル先生自身《せんせいじしん》なのだ。ハリーは息《いき》をこらして先生《せんせい》の言葉《ことば》を待《ま》った。

「ふむ……」

マクゴナガル先生《せんせい》は立《た》ち上《あ》がり、窓《まど》から雨《あめ》にかすむクィディッチ競技場《きょうぎじょう》を見《み》つめた。

「そう……まったく、今度《こんど》こそ優勝杯《ゆうしょうはい》を獲得《かくとく》したいものです……しかし、それはそれ、これはこれ。ポッター……私《わたくし》としては、誰《だれ》か先生《せんせい》に付《つ》き添《そ》っていただければより安心《あんしん》です。フーチ先生《せんせい》に練習《れんしゅう》の監督《かんとく》をしていただきましょう」

第一回《だいいっかい》のクィディッチ試合《じあい》が近《ちか》づくにつれて、天候《てんこう》は着実《ちゃくじつ》に悪《わる》くなっていった。それにもめげず、グリフィンドール・チームはフーチ先生《せんせい》の見守《みまも》る中《なか》、以前《いぜん》にもまして激《はげ》しい練習《れんしゅう》を続《つづ》けた。そして、土曜日《どようび》の試合《しあい》を控《ひか》えた最後《さいご》の練習《れんしゅう》のとき、オリバー・ウッドがいやな知《し》らせを持《も》ってきた。

「対戦相手《たいせんあいて》はスリザリンではない！」

ウッドはカンカンになってチームにそう伝《つた》えた。

「フリントが今《いま》しがた会《あ》いにきた。我々《われわれ》はハッフルパフと対戦《たいせん》することになった！」

「どうして？」チーム全員《ぜんいん》が同時《どうじ》に聞《き》き返《かえ》した。

「フリントのやつ、シーカーの腕《うで》がまだ治《なお》ってないからとぬかした」

ウッドはギリリと歯《は》ぎしりした。

「理由《りゆう》は知《し》れたこと。こんな天気《てんき》じゃプレーしたくないってわけだ。これじゃ自分《じぶん》たちの勝ち目《かめ》が薄《うす》いと読《よ》んだんだ……」

その日《ひ》は一日中《いちにちじゅう》強《つよ》い雨風《あめかぜ》が続《つづ》き、ウッドが話《はな》している間《あいだ》にも遠《とお》い雷鳴《らいめい》が聞《き》こえてきた。

「マルフォイの腕《うで》はどこも悪《わる》くない！」ハリーは怒《おこ》った。「悪《わる》いふりをしてるんだ！」

「わかってるさ。しかし、証明《しょうめい》できない」ウッドが吐《は》き捨《す》てるように言《い》った。

「我々《われわれ》がこれまで練習《れんしゅう》してきた戦略《せんりゃく》は、スリザリンを対戦相手《たいせんあいて》に想定《そうてい》していた。それが、ハッフルパフときた。あいつらのスタイルはまた全然《ぜんぜん》ちがう。あそこはキャプテンが新《あたら》しくなった。シーカーのセドリック・ディゴリーだ——」

アンジェリーナ、アリシア、ケイティの三人《にん》が急《きゅう》にクスクス笑《わら》いをした。

「何《なん》だ？」

この一大事《いちだいじ》に不謹慎《ふきんしん》なと、ウッドは顔《かお》をしかめた。

「あの背《せ》の高《たか》いハンサムな人《ひと》でしょう？」アンジェリーナが言《い》った。

「無口《むくち》で強《つよ》そうな」とケイティが言《い》うと、三人《にん》でまたクスクス笑《わら》いが始《はじ》まった。

「無口《むくち》だろうさ。二つの言葉《ことば》をつなげる頭《あたま》もないからな」フレッドがいらいらしながら言《い》った。

「オリバー、何《なに》も心配《しんぱい》する必要《ひつよう》はないだろう？　ハッフルパフなんて、ひとひねりだ。前回《ぜんかい》の試《し》合《あい》じゃ、ハリーが五分《ふん》かそこいらでスニッチを捕《と》っただろう？」

「今度《こんど》の試合《しあい》は状況《じょうきょう》がまるっきりちがうのだ！」ウッドが目《め》をむいて叫《さけ》んだ。

「ディゴリーは強力《きょうりょく》なチームを編成《へんせい》した！　優秀《ゆうしゅう》なシーカーだ！　諸君《しょくん》がそんなふうに甘《あま》く考《かんが》えることを俺《おれ》は恐《おそ》れていた！　我々《われわれ》は気《き》を抜《ぬ》いてはならない！　あくまで神経《しんけい》を集中《しゅうちゅう》せよ！　スリザリンは我々《われわれ》に揺《ゆ》さぶりをかけようとしているのだ！　我々《われわれ》は勝《か》たねばならん！」

「オリバー、落《お》ち着《つ》けよ！」フレッドは毒気《どくけ》を抜《ぬ》かれたような顔《かお》をした。

「俺《おれ》たち、ハッフルパフのことをまじめに考《かんが》えてるさ。クソまじめさ」

試合前日《しあいぜんじつ》、風《かぜ》はうなりを上《あ》げ、雨《あめ》はいっそう激《はげ》しく降《ふ》った。廊下《ろうか》も教室《きょうしつ》も真《ま》っ暗《くら》で、松明《たいまつ》やろうそくの数《かず》を増《ふ》やしたほどだった。スリザリン・チームは余裕《よゆう》しゃくしゃくで、マルフォイが一番得意《ばんとくい》そうだった。

「ああ、腕《うで》がもう少《すこ》し何《なん》とかなったらなぁ！」

窓《まど》を打《う》つ嵐《あらし》をよそに、マルフォイがため息《いき》をついた。

ハリーの頭《あたま》は明日《あす》の試合《しあい》のことでいっぱいだった。オリバー・ウッドが授業《じゅぎょう》の合間《あいま》に急《いそ》いでやってきては、ハリーに指示《しじ》を与《あた》えた。三度目《どめ》のとき、ウッドの話《はなし》が長《なが》すぎて、気《き》がついたときにはハリーは「闇《やみ》の魔術《まじゅつ》に対《たい》する防衛術《ぼうえいじゅつ》」のクラスに十分《ぷん》も遅《おく》れていた。急《いそ》いでかけ出《だ》すと、後《うし》ろからウッドの大声《おおごえ》が追《お》いかけてきた。

「ディゴリーは急旋回《きゅうせんかい》が得意《とくい》だ。ハリー、宙返《ちゅうがえ》りでかわすのがいい――」

ハリーは「闇《やみ》の魔術《まじゅつ》に対《たい》する防衛術《ぼうえいじゅつ》」の教室《きょうしつ》の前《まえ》で急停止《きゅうていし》し、ドアを開《あ》けて中《なか》に飛《と》び込《こ》んだ。

「遅《おく》れてすみません。ルーピン先生《せんせい》、僕《ぼく》――」

教壇《きょうだん》の机《つくえ》から顔《かお》を上《あ》げたのは、ルーピン先生《せんせい》ではなく、スネイプだった。

「授業《じゅぎょう》は十分前《ぶんまえ》に始《はじ》まったぞ、ポッター。であるからグリフィンドールは十点減点《てんげんてん》とする。座《すわ》れ」

しかしハリーは動《うご》かなかった。

「ルーピン先生《せんせい》は？」

「今日《きょう》は気分《きぶん》が悪《わる》く、教《おし》えられないとのことだ」

スネイプの口元《くちもと》にゆがんだ笑《わら》いが浮《う》かんだ。

「座《すわ》れと言《い》ったはずだが？」

それでもハリーは動《うご》かなかった。

「どうなさったのですか？」

スネイプはギラリと暗《くら》い目《め》を光《ひか》らせた。

「命《いのち》に別状《べつじょう》はない」

別状《べつじょう》があればいいのにとでも言《い》いたげだった。

「グリフィンドール、さらに五点減点《てんげんてん》。もう一度《いちど》我輩《わがはい》に『座《すわ》れ』と言《い》わせたら、五十点減点《てんげんてん》する」

ハリーはのろのろと自分《じぶん》の席《せき》まで歩《ある》いていき、腰《こし》をかけた。スネイプはクラスをずいと見回《みまわ》した。

「ポッターがじゃまをする前《まえ》に話《はな》していたことであるが、ルーピン先生《せんせい》はこれまでどのような内容《ないよう》を教《おし》えたのか、まったく記録《きろく》を残《のこ》していないからして――」

「先生《せんせい》、これまでやったのは、まね妖怪《ボガート》、赤帽鬼《レッドキャップ》、河童《かっぱ》、水魔《グリンデロー》です」

ハーマイオニーが一気《いっき》に答《こた》えた。

「これからやる予定《よてい》だったのは――」

「だまれ」スネイプが冷《つめ》たく言《い》った。「教《おし》えてくれと言《い》ったわけではない。我輩《わがはい》はただ、ルーピン先生《せんせい》のだらしなさを指摘《してき》しただけである」

「ルーピン先生《せんせい》はこれまでの『闇《やみ》の魔術《まじゅつ》に対《たい》する防衛術《ぼうえいじゅつ》』の先生《せんせい》の中《なか》で一番《いちばん》よい先生《せんせい》です」

ディーン・トーマスの勇敢《ゆうかん》な発言《はつげん》を、クラス中《じゅう》がガヤガヤと支持《しじ》した。スネイプの顔《かお》がいっそう威嚇的《いかくてき》になった。

「点《てん》の甘《あま》いことよ。ルーピンは諸君《しょくん》に対《たい》して著《いちじる》しく厳《きび》しさに欠《か》ける――赤帽鬼《レッドキャップ》や水魔《グリンデロー》など、一年坊主《ねんぼうず》でもできることだろう。我々《われわれ》が今日学《きょうまな》ぶのは――」

ハリーが見《み》ていると、スネイプ先生《せんせい》は教科書《きょうかしょ》の一番後《いちばんうし》ろまでページをめくっていた。ここなら生徒《せいと》はまだ習《なら》っていないと知《し》っているにちがいない。

「――人狼《じんろう》である」とスネイプが言《い》った。

「でも、先生《せんせい》」ハーマイオニーはがまんできずに発言《はつげん》した。

「まだ狼人間《おおかみにんげん》までやる予定《よてい》ではありません。これからやる予定《よてい》なのは、ヒンキーパンクで――」

「ミス・グレンジャー」スネイプの声《こえ》は恐《おそ》ろしく静《しず》かだった。

「この授業《じゅぎょう》は我輩《わがはい》が教《おし》えているのであり、君《きみ》ではないはずだが。その我輩《わがはい》が、諸君《しょくん》に三九四ページをめくるようにと言《い》っているのだ」

スネイプはもう一度《いちど》ずいとクラスを見回《みまわ》した。

「全員《ぜんいん》！　今《いま》すぐだ！」

あちこちで苦々《にがにが》しげに目配《めくば》せが交《か》わされ、ブツブツ文句《もんく》を言《い》う生徒《せいと》もいたが、全員《ぜんいん》が教科書《きょうかしょ》を開《ひら》いた。

「人狼《じんろう》と真《しん》の狼《おおかみ》とをどうやって見分《みわ》けるか、わかるものはいるか？」スネイプが聞《き》いた。

みんなシーンと身動《みうご》きもせず座《すわ》り込《こ》んだままだった。ハーマイオニーだけが、いつものように勢《いきお》いよく手《て》を挙《あ》げた。

「誰《だれ》かいるか？」

スネイプはハーマイオニーを無視《むし》した。口元《くちもと》にはあの薄《うす》ら笑《わら》いが戻《もど》っている。

「すると、何《なに》かね。ルーピン先生《せんせい》は諸君《しょくん》に、基本的《きほんてき》な両者《りょうしゃ》の区別《くべつ》さえまだ教《おし》えていないと――」

「お話《はな》ししたはずです」パーバティが突然口《とつぜんくち》をきいた。

「私《わたし》たち、まだ狼人間《おおかみにんげん》までいってません。今《いま》はまだ――」

「だまれ！」スネイプの唇《くちびる》がめくれ上《あ》がった。

「さて、さて、さて、三年生《ねんせい》にもなって、人狼《じんろう》に出会《であ》っても見分《みわ》けもつかない生徒《せいと》にお目《め》にかかろうとは、我輩《わがはい》は考《かんが》えてもみなかった。諸君《しょくん》の学習《がくしゅう》がどんなに遅《おく》れているか、ダンブルドア校長《こうちょう》にしっかりお伝《つた》えしておこう」

「先生《せんせい》」ハーマイオニーはまだしっかり手《て》を挙《あ》げたままだった。「狼人間《おおかみにんげん》はいくつか細《こま》かいところでほんとうの狼《おおかみ》とちがっています。狼人間《おおかみにんげん》の鼻面《はなづら》は――」

「勝手《かって》にしゃしゃり出《で》てきたのはこれで二度目《どめ》だ。ミス・グレンジャー」冷《ひ》ややかにスネイプが言《い》った。「鼻持《はなも》ちならない知《し》ったかぶりで、グリフィンドールからさらに五点減点《てんげんてん》する」

ハーマイオニーは真《ま》っ赤《か》になって手《て》を下《お》ろし、目《め》に涙《なみだ》をいっぱい浮《う》かべてじっとうつむいた。クラスの誰《だれ》もが、少《すく》なくとも一度《いちど》はハーマイオニーを「知《し》ったかぶり」と呼《よ》んでいる。それなのに、みんながスネイプをにらみつけた。クラス中《じゅう》の生徒《せいと》がスネイプに対《たい》する嫌悪感《けんおかん》をつのらせたのだ。ロンは少《すく》なくとも週《しゅう》に二回《かい》はハーマイオニーに面《めん》と向《む》かって「知《し》ったかぶり」と言《い》うくせに、大声《おおごえ》でこう言《い》った。

「先生《せんせい》はクラスに質問《しつもん》を出《だ》したじゃないですか。ハーマイオニーが答《こた》えを知《し》ってたんだ！　答《こた》えてほしくないんなら、なんで質問《しつもん》したんですか？」

言《い》い過《す》ぎた、とみんながとっさにそう思《おも》った。クラス中《じゅう》が息《いき》をひそめる中《なか》、スネイプはじわりとロンに近《ちか》づいた。

「処罰《しょばつ》だ。ウィーズリー」スネイプは顔《かお》をロンにくっつけるようにして、スルリと言《い》い放《はな》った。

「さらに、我輩《わがはい》の教《おし》え方《かた》への君《きみ》の批判《ひはん》が、再《ふたた》び我輩《わがはい》の耳《みみ》に入《はい》ったあかつきには、君《きみ》は非常《ひじょう》に後悔《こうかい》することになるだろう」

それからあとは、物音《ものおと》を立《た》てる者《もの》もいなかった。机《つくえ》に座《すわ》って教科書《きょうかしょ》から狼人間《おおかみにんげん》に関《かん》して写《うつ》し書《が》きをした。スネイプは机《つくえ》の間《あいだ》を往《い》ったり来《き》たりして、ルーピン先生《せんせい》が何《なに》を教《おし》えていたかを調《しら》べて回《まわ》った。

「実《じつ》にへたな説明《せつめい》だ……これはまちがいだ。河童《かっぱ》はむしろ蒙古《もうこ》によく見《み》られる……ルーピン先生《せんせい》はこれで十点満点中《てんまんてんちゅう》八点《てん》も？　我輩《わがはい》なら三点《てん》もやれん……」

やっとベルが鳴《な》ったとき、スネイプはみんなを引《ひ》き止《と》めた。

「各自《かくじ》レポートを書《か》き、我輩《わがはい》に提出《ていしゅつ》するよう。人狼《じんろう》の見分《みわ》け方《かた》と殺《ころ》し方《かた》についてだ。羊皮紙《ようひし》二巻《ふたまき》、月曜《げつよう》の朝《あさ》までに提出《ていしゅつ》したまえ。このクラスは、そろそろ誰《だれ》かがしめてかからねばならん。ウィーズリー、残《のこ》りたまえ。処罰《しょばつ》の仕方《しかた》を決《き》めねばならん」

ハリーとハーマイオニーは、クラスのみんなと外《そと》に出《で》た。教室《きょうしつ》まで声《こえ》が届《とど》かないところまでくると、みんなせきを切《き》ったように、スネイプ攻撃《こうげき》をぶちまけた。

「いくらあの授業《じゅぎょう》の先生《せんせい》になりたいからといって、スネイプはほかの『闇《やみ》の魔術《まじゅつ》に対《たい》する防衛《ぼうえい》術《じゅつ》』の先生《せんせい》にあんなふうだったことはないよ。いったいルーピンに何《なん》の恨《うら》みがあるんだろう？　例《れい》のまね妖怪《ボガート》のせいだと思《おも》うかい？」

ハリーはハーマイオニーに言《い》った。

「わからないわ」

ハーマイオニーが沈《しず》んだ口調《くちょう》で答《こた》えた。

「でも、ほんとに、早《はや》くルーピン先生《せんせい》がお元気《げんき》になってほしい……」

五分後《ふんご》にロンが追《お》いついてきた。カンカンに怒《おこ》っている。

「聞《き》いてくれよ。あの×××」（ロンがスネイプを「×××」と呼《よ》んだので、ハーマイオニーは「ロン！」と叫《さけ》んだ）「×××が僕《ぼく》に何《なに》をさせると思《おも》う？　医務室《いむしつ》のおまるを磨《みが》かせられるんだ。**魔法《まほう》なしだぜ！**」ロンは拳《こぶし》を握《にぎ》りしめ、息《いき》を深《ふか》く吸《す》い込《こ》んだ。

「ブラックがスネイプの研究室《けんきゅうしつ》に隠《かく》れててくれたらなぁ。な？　そしたらスネイプを始末《しまつ》してくれたかもしれないよ！」

次《つぎ》の日《ひ》、ハリーは早々《はやばや》と目《め》を覚《さ》ました。まだ外《そと》は暗《くら》かった。一瞬《いっしゅん》、風《かぜ》のうなりで目《め》が覚《さ》めたのかと思《おも》ったが、次《つぎ》の瞬間《しゅんかん》、首《くび》の後《うし》ろに冷《つめ》たい風《かぜ》が吹《ふ》きつけるのを感《かん》じて、ハリーはガバッと起《お》き上《あ》がった――ポルターガイストのピーブズがすぐそばに浮《う》かんでいて、ハリーの耳元《みみもと》に息《いき》を吹《ふ》きかけていた。

「どうしてそんなことをするんだい？」ハリーは怒《おこ》った。

ピーブズはほおをふくらませて勢《いきお》いよくもう一吹《ひとふ》きし、ケタケタ笑《わら》いながら、吹《ふ》いた息《いき》の反動《はんどう》で後退《こうたい》して、部屋《へや》から出《で》ていった。

ハリーは手探《てさぐ》りで目覚《めざ》まし時計《どけい》を見《み》つけ、時間《じかん》を見《み》た。四時半《じはん》。ピーブズをののしりながら、ハリーは寝返《ねがえ》りを打《う》ち、眠《ねむ》ろうとした。しかし、いったん目覚《めざ》めてしまうと、ゴロゴロという雷鳴《らいめい》や、城《しろ》の壁《かべ》を打《う》つ風《かぜ》の音《おと》、遠《とお》くの「禁《きん》じられた森《もり》」の木々《きぎ》のきしみ合《あ》う音《おと》が耳《みみ》について振《ふ》り払《はら》えない。あと数時間《すうじかん》で、ハリーはこの風《かぜ》を突《つ》いて、クィディッチ・ピッチに出《で》ていくのだ。ついにハリーは寝《ね》るのをあきらめ、起《お》き上《あ》がって服《ふく》を着《き》た。ニンバス２０００を手《て》にして、ハリーはそっと寝室《しんしつ》を出《で》た。

寝室《しんしつ》のドアを開《あ》けたとたん、ハリーの足元《あしもと》を何《なに》かがかすった。間一髪《かんいっぱつ》、かがんでつかまえたのはクルックシャンクスのぼさぼさのしっぽだった。そのまま部屋《へや》の外《そと》に引《ひ》っ張《ぱ》り出《だ》した。

「君《きみ》のことをロンがいろいろ言《い》うのは、たしかに当《あ》たってると思《おも》うよ」

ハリーは、クルックシャンクスをあやしむように話《はな》しかけた。

「ネズミならほかにたくさんいるじゃないか。そっちを追《お》いかけろよ。さあ」

ハリーは足《あし》でクルックシャンクスをらせん階段《かいだん》のほうに押《お》しやった。

「スキャバーズには手《て》を出《だ》すんじゃないよ」

嵐《あらし》の音《おと》は談話室《だんわしつ》のほうがはっきり聞《き》こえた。試合《しあい》がキャンセルになると考《かんが》えるほどハリーは甘《あま》くはなかった。嵐《あらし》だろうが、雷《かみなり》だろうが、そんなささいなことでクィディッチが中止《ちゅうし》されたことはない。しかし、ハリーの不安感《ふあんかん》はつのった。以前廊下《いぜんろうか》で、ウッドが、あれがセドリック・ディゴリーだと教《おし》えてくれた。五年生《ねんせい》で、ハリーよりずっと大《おお》きかった。シーカーは軽《かる》くてすばやいのが普通《ふつう》だが、ディゴリーの重《おも》さはこの天候《てんこう》では有利《ゆうり》かもしれない。吹《ふ》き飛《と》ばされてコースをはずれる可能性《かのうせい》が低《ひく》いからだ。

ハリーは夜明《よあ》けまで暖炉《だんろ》の前《まえ》で時間《じかん》をつぶし、ときどき立《た》ち上《あ》がっては、性懲《しょうこ》りもなく男子《だんし》寮《りょう》の階段《かいだん》に忍《しの》び寄《よ》るクルックシャンクスを追《お》い払《はら》った。ずいぶんたってから、もう朝食《ちょうしょく》の時間《じかん》だろうと思《おも》い、ハリーは肖像画《しょうぞうが》の穴《あな》を一人《ひとり》でくぐっていった。

「立《た》て！　かかってこい！　腰抜《こしぬ》けめ！」カドガン卿《きょう》がうめいた。

「よしてくれよ」ハリーはあくびで応《おう》じた。

オートミールをたっぷり食《た》べると少《すこ》し生《い》き返《かえ》った。トーストを食《た》べはじめるころにはほかのチームメートも全員現《ぜんいんあらわ》れた。

「今日《きょう》はてこずるぞ」ウッドは何《なん》にも食《た》べていなかった。

「オリバー、心配《しんぱい》するのはやめて」アリシアがなだめるように言《い》った。

「ちょっとぐらいの雨《あめ》はへいちゃらよ」

しかし、雨《あめ》は「ちょっとぐらい」どころではなかった。それでも、何《なに》しろ大人気《だいにんき》のクィディッチのことなので、学校中《がっこうじゅう》がいつものように試合《しあい》を見《み》に外《そと》に出《で》た。荒《あ》れ狂《くる》う風《かぜ》に向《む》かってみんな頭《あたま》を低《ひく》く下《さ》げ、競技場《きょうぎじょう》までの芝生《しばふ》をかけ抜《ぬ》けたが、かさは途中《とちゅう》で手《て》からもぎ取《と》られるように吹《ふ》き飛《と》ばされた。更衣室《こういしつ》に入《はい》る直前《ちょくぜん》、マルフォイ、クラッブ、ゴイルが巨大《きょだい》なかさをさして競技場《きょうぎじょう》に向《む》かいながら、ハリーを指差《ゆびさ》して笑《わら》っているのが見《み》えた。

チーム全員《ぜんいん》が紅《くれない》のユニフォームに着替《きが》えて、いつものように試合前《しあいまえ》のウッドの激励演説《げきれいえんぜつ》を待《ま》った。しかし、演説《えんぜつ》はなしだった。ウッドは何度《なんど》か話《はな》しだそうとしたが、何《なに》かを飲《の》み込《こ》むような奇《き》妙《みょう》な音《おと》を出《だ》し力《ちから》なく頭《あたま》を振《ふ》り、みんなについてこいと合図《あいず》した。

ピッチに出《で》ていくと、風《かぜ》のものすごさに、みんな横《よこ》ざまによろめいた。耳《みみ》をつんざく雷鳴《らいめい》がまたしても鳴《な》り渡《わた》り、観衆《かんしゅう》が声援《せいえん》していても、かき消《け》されて耳《みみ》には入《はい》らなかった。雨《あめ》がハリーのめがねを打《う》った。こんな中《なか》でどうやってスニッチを見《み》つけられるというのか？

ピッチの反対側《はんたいがわ》から、カナリアイエローのユニフォームを着《き》たハッフルパフの選手《せんしゅ》が入場《にゅうじょう》した。キャプテン同士《どうし》が歩《あゆ》み寄《よ》って握手《あくしゅ》した。ディゴリーはほほ笑《え》んだが、ウッドは口《くち》が開《あ》かなくなったかのようにうなずいただけだった。

ハリーの目《め》には、フーチ先生《せんせい》の口《くち》の形《かたち》が、「箒《ほうき》に乗《の》って」と言《い》っているように見《み》えた。ハリーは右足《みぎあし》を泥《どろ》の中《なか》からズボッと抜《ぬ》き、ニンバス２０００にまたがった。フーチ先生《せんせい》がホイッスルを唇《くちびる》に当《あ》て、吹《ふ》いた。鋭《するど》い音《おと》が遠《とお》くのほうに聞《き》こえた――試合開始《しあいかいし》だ。

ハリーは急上昇《きゅうじょうしょう》したが、ニンバスが風《かぜ》にあおられてやや流《なが》れた。できるだけまっすぐ箒《ほうき》を握《にぎ》りしめ、目《め》を細《ほそ》め、雨《あめ》を透《す》かして方向《ほうこう》を見定《みさだ》めながらハリーは飛《と》んだ。

五分《ふん》もすると、ハリーは芯《しん》までびしょぬれになり、凍《こご》えていた。ほかのチームメートはほとんど見《み》えず、ましてや小《ちい》さなスニッチなど見《み》えるわけがなかった。ピッチの上空《じょうくう》をあっちへ飛《と》び、こっちへ飛《と》び、りんかくのぼやけた紅色《くれないいろ》やら黄色《きいろ》やらの物体《ぶったい》の間《あいだ》を抜《ぬ》けながら飛《と》んだ。いったい試合《しあい》がどうなっているのかもわからない。解説者《かいせつしゃ》の声《こえ》は風《かぜ》で聞《き》こえはしなかった。観衆《かんしゅう》もマントや破《やぶ》れがさに隠《かく》れて見《み》えはしない。ブラッジャーが二度《ど》、ハリーを箒《ほうき》からたたき落《お》としそうになった。めがねが雨《あめ》で曇《くも》り、ブラッジャーの襲撃《しゅうげき》が見《み》えなかったのだ。

時間《じかん》の感覚《かんかく》がなくなった。箒《ほうき》をまっすぐ持《も》っているのがだんだん難《むずか》しくなった。まるで夜《よる》が足《あし》を速《はや》めてやってきたかのように、空《そら》はますます暗《くら》くなっていった。二度《ど》、ハリーはほかの選手《せんしゅ》にぶつかりそうになった。敵《てき》か味方《みかた》かもわからなかった。何《なに》しろみんなぐしょぬれだし、雨《あめ》はどしゃ降《ぶ》りだし、選手《せんしゅ》の見分《みわ》けなどつかない……。

最初《さいしょ》の稲妻《いなずま》が光《ひか》ったとき、フーチ先生《せんせい》のホイッスルが鳴《な》り響《ひび》いた。どしゃ降《ぶ》りの雨《あめ》のむこう側《がわ》に、かろうじてウッドのおぼろげなりんかくが見《み》えた。ハリーに、ピッチに降《お》りてこいと合図《あいず》している。チーム全員《ぜんいん》が泥《どろ》の中《なか》にバシャッと着地《ちゃくち》した。

「タイム・アウトを要求《ようきゅう》した！」ウッドがほえるように言《い》った。「集《あつ》まれ。この下《した》に――」

グラウンドの片隅《かたすみ》の大《おお》きなかさの下《した》で、選手《せんしゅ》がスクラムを組《く》んだ。ハリーはめがねをはずしてユニフォームで手早《てばや》くぬぐった。

「スコアはどうなっているの？」

「我々《われわれ》が五十点《てん》リードだ。だが、早《はや》くスニッチを捕《と》らないと夜《よる》にもつれ込《こ》むぞ」とウッドが言《い》った。

「こいつをかけてたら、僕《ぼく》、全然《ぜんぜん》だめだよ」

めがねをぶらぶらさせながら、ハリーが腹立《はらだ》たしげに言《い》った。

ちょうどその時《とき》、ハーマイオニーがハリーのすぐ後《うし》ろに現《あらわ》れた。マントを頭《あたま》からすっぽりかぶって、なぜかニッコリしている。

「ハリー、いい考《かんが》えがあるの。めがねをよこして。早《はや》く！」

ハリーはめがねを渡《わた》した。チーム全員《ぜんいん》が何《なん》だろうと見守《みまも》る中《なか》で、ハーマイオニーはめがねを杖《つえ》でコツコツたたき、呪文《じゅもん》を唱《とな》えた。

「インパービアス！　防水《ぼうすい》せよ！」

「はい！」ハーマイオニーはめがねをハリーに返《かえ》しながら言《い》った。「これで水《みず》をはじくわ！」

ウッドはハーマイオニーにキスしかねない顔《かお》をした。

「よくやった！」

ハーマイオニーがまた観衆《かんしゅう》の中《なか》に戻《もど》っていく後《うし》ろ姿《すがた》に向《む》かって、ウッドがガラガラ声《ごえ》で叫《さけ》んだ。

「オーケー。さあみんな、しまっていこう！」

ハーマイオニーの呪文《じゅもん》は抜群《ばつぐん》に効《き》いた。ハリーは相変《あいか》わらず寒《さむ》さでかじかんでいたし、こんなにぬれたことはないというほどびしょぬれだったが、とにかく目《め》は見《み》えた。気持《きも》ちを引《ひ》きしめ、ハリーは乱気流《らんきりゅう》の中《なか》で箒《ほうき》に活《かつ》を入《い》れた。スニッチを探《さが》して四方八方《しほうはっぽう》に目《め》を凝《こ》らし、ブラッジャーをよけ、反対側《はんたいがわ》からシューッと飛《と》んできたディゴリーの下《した》をかいくぐり……。

また雷《かみなり》がバリバリッと鳴《な》り、樹木《じゅもく》のように枝分《えだわ》かれした稲妻《いなずま》が走《はし》った。ますます危険《きけん》になってきた。早《はや》くスニッチを捕《つか》まえなければ――。

ピッチの中心《ちゅうしん》に戻《もど》ろうとして、ハリーは向《む》きを変《か》えた。そのとたんピカッときた稲妻《いなずま》がスタンドを照《て》らし、ハリーの目《め》に何《なに》かが飛《と》び込《こ》んできた――巨大《きょだい》な毛《け》むくじゃらの黒《くろ》い犬《いぬ》が、空《そら》をバックに、くっきりと影絵《かげえ》のように浮《う》かび上《あ》がったのだ。一番上《いちばんうえ》の誰《だれ》もいない席《せき》に、じっとしている。

ハリーは完全《かんぜん》に集中力《しゅうちゅうりょく》を失《うしな》った。

かじかんだ指《ゆび》が箒《ほうき》の柄《え》をすべり落《お》ち、ニンバスはずんと一メートルも落下《らっか》した。頭《あたま》を振《ふ》って目《め》にかかったぐしょぬれの前髪《まえがみ》を払《はら》い、ハリーはもう一度《いちど》スタンドのほうをじっと見《み》た。犬《いぬ》の姿《すがた》は消《き》えていた。

「ハリー！」グリフィンドールのゴールから、ウッドの振《ふ》りしぼるような叫《さけ》びが聞《き》こえた。

「ハリー、後《うし》ろだ！」

あわてて見回《みまわ》すと、セドリック・ディゴリーが上空《じょうくう》を猛《もう》スピードで飛《と》んでいる。ハリーとセドリックの間《あいだ》の空間《くうかん》はびっしりと雨《あめ》で埋《う》まり、その中《なか》にキラッキラッと小《ちい》さな点《てん》のような金色《きんいろ》の光《ひかり》……。

ショックでビリッとしながら、ハリーは箒《ほうき》の柄《え》の上《うえ》に真《ま》っ平《たい》らに身《み》を伏《ふ》せて、スニッチめがけて突進《とっしん》した。

雨《あめ》が激《はげ》しく顔《かお》を打《う》つ。「がんばれ！」ハリーは歯《は》を食《く》いしばってニンバスに呼《よ》びかけた。

「もっと速《はや》く！」

突然《とつぜん》、奇妙《きみょう》なことが起《お》こった。競技場《きょうぎじょう》にサーッと気味《きみ》の悪《わる》い沈黙《ちんもく》が流《なが》れた。風《かぜ》は相変《あいか》わらず激《はげ》しかったが、うなりを忘《わす》れてしまっていた。誰《だれ》かが音《おと》のスイッチを切《き》ったかのような、ハリーの耳《みみ》が急《きゅう》に聞《き》こえなくなったかのような——いったい何《なに》が起《お》こったのだろう？

すると、あの恐《おそ》ろしい感覚《かんかく》が、冷《つめ》たい波《なみ》がハリーを襲《おそ》い、心《こころ》の中《なか》に押《お》し寄《よ》せた。同時《どうじ》にハリーは、ピッチにうごめく何《なに》かに気《き》づいた……。

考《かんが》える余裕《よゆう》もなく、ハリーはスニッチから目《め》を離《はな》し、下《した》を見下《みお》ろした。

少《すく》なくとも百人《にん》の吸魂鬼《ディメンター》が地上《ちじょう》に立《た》ち、隠《かく》れて見《み》えない顔《かお》をハリーに向《む》けていた。氷《こおり》のような水《みず》がハリーの胸《むね》にひたひたと押《お》し寄《よ》せ、体《からだ》の中《なか》を切《き》り刻《きざ》むようだ。そして、あの声《こえ》が、また聞《き》こえた……誰《だれ》かの叫《さけ》ぶ声《こえ》が、ハリーの頭《あたま》の中《なか》で叫《さけ》ぶ声《こえ》が……女《おんな》の人《ひと》だ……。

「ハリーだけは、ハリーだけは、どうぞハリーだけは！」

「どけ、バカな女《おんな》め！　……さあ、どくんだ……」

「ハリーだけは、どうかお願《ねが》い。私《わたし》を、私《わたし》をかわりに殺《ころ》して――」

白《しろ》いもやがぐるぐるとハリーの頭《あたま》の中《なか》を渦巻《うずま》き、しびれさせた……いったい僕《ぼく》は何《なに》をしているんだ？　どうして飛《と》んでいるんだ？　あの女《ひと》を助《たす》けないと……あの女《ひと》は死《し》んでしまう……殺《ころ》されてしまう……。ハリーは落《お》ちていった。冷《つめ》たい靄《もや》の中《なか》を落《お》ちていった。

「ハリーだけは！　お願《ねが》い……助《たす》けて……許《ゆる》して……」

かん高《だか》い笑《わら》い声《ごえ》が響《ひび》く。女《おんな》の人《ひと》の悲鳴《ひめい》が聞《き》こえる。そしてハリーはもう何《なに》もわからなくなった。

「地面《じめん》がやわらかくてラッキーだった」

「絶対死《ぜったいし》んだと思《おも》ったわ」

「それなのにめがねさえ割《わ》れなかった」

ハリーの耳《みみ》にささやき声《ごえ》が聞《き》こえてきた。でも何《なに》を言《い》っているのかまったくわからない。いったい自分《じぶん》はどこにいるのか、どうやってそこに来《き》たのか、その前《まえ》はいったい何《なに》をしていたのか、いっさいわからない。ただ、全身《ぜんしん》を打《う》ちのめされたように、体《からだ》が隅《すみ》から隅《すみ》まで痛《いた》かった。

「こんなに怖《こわ》いもの、これまで見《み》たことないよ」

怖《こわ》い……一番怖《いちばんこわ》いもの……フードをかぶった黒《くろ》い姿《すがた》……冷《つめ》たい……叫《さけ》び声《ごえ》……。

ハリーはパッと目《め》を開《あ》けた。医務室《いむしつ》に横《よこ》たわっていた。グリフィンドールのクィディッチ選手《せんしゅ》が頭《あたま》のてっぺんから足《あし》の先《さき》まで泥《どろ》まみれでベッドの周《まわ》りに集《あつ》まっていた。ロンもハーマイオニーも、今《いま》しがたプールから出《で》てきたばかりのような姿《すがた》でそこにいた。

「ハリー！」泥《どろ》まみれの真《ま》っ青《さお》な顔《かお》でフレッドが声《こえ》をかけた。「気分《きぶん》はどうだ？」

ハリーの記憶《きおく》が早回《はやまわ》しの画面《がめん》のように戻《もど》ってきた。稲妻《いなずま》……死神犬《グリム》……スニッチ……そして、吸魂鬼《ディメンター》……。

「どうなったの？」

ハリーがあまりに勢《いきお》いよく起《お》き上《あ》がったので、みんなが息《いき》をのんだ。

「君《きみ》、落《お》ちたんだよ」フレッドが答《こた》えた。「ざっと……そう……二十メートルかな？」

「みんな、あなたが死《し》んだと思《おも》ったわ」アリシアは震《ふる》えていた。

ハーマイオニーが小《ちい》さく「ヒクッ」と声《こえ》を上《あ》げた。目《め》が真《ま》っ赤《か》に充血《じゅうけつ》していた。

「でも、試合《しあい》は……試合《しあい》はどうなったの？　やり直《なお》しなの？」ハリーが聞《き》いた。

誰《だれ》も何《なん》にも言《い》わない。恐《おそ》ろしい真実《しんじつ》が石《いし》のようにハリーの胸《むね》の中《なか》に沈《しず》み込《こ》んだ。

「僕《ぼく》たち、まさか……**負《ま》けた？**」

「ディゴリーがスニッチを捕《と》った」ジョージが言《い》った。

「君《きみ》が落《お》ちた直後《ちょくご》にね。何《なに》が起《お》こったのか、あいつは気《き》がつかなかったんだ。振《ふ》り返《かえ》って君《きみ》が地《じ》面《めん》に落《お》ちているのを見《み》て、ディゴリーは試合中止《しあいちゅうし》にしようとした。やり直《なお》しを望《のぞ》んだんだ。でも、むこうが勝《か》ったんだ。フェアにクリーンに……ウッドでさえ認《みと》めたよ」

「ウッドはどこ？」

ハリーは急《きゅう》にウッドがいないことに気《き》づいた。

「まだシャワー室《しつ》の中《なか》さ」フレッドが答《こた》えた。「きっと溺死《できし》するつもりだぜ」

ハリーは顔《かお》をひざにうずめ、髪《かみ》をギュッと握《にぎ》った。フレッドはハリーの肩《かた》をつかんで乱暴《らんぼう》に揺《ゆ》すった。

「落《お》ち込《こ》むなよ、ハリー。これまで一度《いちど》だってスニッチを逃《のが》したことはないんだ」

「一度《いちど》ぐらい捕《と》れないことがあって当然《とうぜん》さ」ジョージが続《つづ》けた。

「これでおしまいってわけじゃない」フレッドが言《い》った。

「僕《ぼく》たちは百点差《てんさ》で負《ま》けた。いいか？　だから、ハッフルパフがレイブンクローに負《ま》けて、僕《ぼく》たちがレイブンクローとスリザリンを破《やぶ》れば……」

「ハッフルパフは少《すく》なくとも二百点差《てんさ》で負《ま》けないといけない」ジョージだ。

「もし、ハッフルパフがレイブンクローを破《やぶ》ったら……」

「ありえない。レイブンクローが強過《つよす》ぎる。しかし、スリザリンがハッフルパフに負《ま》けたら……」

「どっちにしても点差《てんさ》の問題《もんだい》だな……百点差《てんさ》が決《き》め手《て》になる」

ハリーは横《よこ》になったままだまりこくっていた。負《ま》けた……初《はじ》めて負《ま》けた。自分《じぶん》は初《はじ》めてクィディッチの試合《しあい》で敗《やぶ》れたんだ。

十分《ぷん》ほどたったころ、校医《こうい》のマダム・ポンフリーがやってきて、ハリーの安静《あんせい》のため、チーム全員《ぜんいん》に出《で》ていけと命《めい》じた。

「また見舞《みま》いにくるからな」フレッドが言《い》った。「ハリー、自分《じぶん》を責《せ》めるなよ。君《きみ》は今《いま》でもチーム始《はじ》まって以来《いらい》の最高《さいこう》のシーカーさ」

選手《せんしゅ》たちは泥《どろ》の筋《すじ》を残《のこ》しながら、ぞろぞろと部屋《へや》を出《で》ていった。マダム・ポンフリーはまったくしょうがないという顔《かお》つきでドアを閉《し》めた。ロンとハーマイオニーがハリーのベッドに近寄《ちかよ》った。

「ダンブルドアは本気《ほんき》で怒《おこ》ってたわ」ハーマイオニーが震《ふる》え声《ごえ》で言《い》った。

「あんなに怒《おこ》っていらっしゃるのを見《み》たことがない。あなたが落《お》ちたとき、ピッチにかけ込《こ》んで、杖《つえ》を振《ふ》って、そしたら、あなた、地面《じめん》にぶつかる前《まえ》に、少《すこ》しスピードが遅《おそ》くなったのよ。それからダンブルドアは杖《つえ》を吸魂鬼《ディメンター》に向《む》けて回《まわ》したの。あいつらに向《む》かって何《なに》か銀色《ぎんいろ》のものが飛《と》び出《だ》したわ。あいつら、すぐに競技場《きょうぎじょう》を出《で》ていった……ダンブルドアはあいつらが学校《がっこう》の敷地内《しきちない》に入《はい》ってきたことでカンカンだったわ。そう言《い》っているのが聞《き》こえた――」

「それからダンブルドアは魔法《まほう》で担架《たんか》を出《だ》して君《きみ》を乗《の》せた」ロンが言《い》った。

「浮《う》かぶ担架《たんか》に付《つ》き添《そ》って、ダンブルドアが学校《がっこう》まで君《きみ》を運《はこ》んだんだ。みんな君《きみ》が……」

ロンの声《こえ》が弱々《よわよわ》しく途中《とちゅう》で消《き》えた。しかし、ハリーはそれさえ気《き》づかず、考《かんが》え続《つづ》けていた。

いったい吸魂鬼《ディメンター》は自分《じぶん》に何《なに》をしたのだろう……あの叫《さけ》び声《ごえ》は。ふと目《め》を上《あ》げると、ロンとハーマイオニーが心配《しんぱい》そうにのぞき込《こ》んでいた。あまりに気《き》づかわしげだったので、ハリーはとっさにありきたりなことを聞《き》いた。

「誰《だれ》か僕《ぼく》のニンバス捕《つか》まえてくれた？」

ロンとハーマイオニーはちらっと顔《かお》を見合《みあ》わせた。

「あの――」

「どうしたの？」ハリーは二人《ふたり》の顔《かお》を交互《こうご》に見《み》た。

「あの……あなたが落《お》ちたとき、ニンバスは吹《ふ》き飛《と》んだの」

ハーマイオニーが言《い》いにくそうに言《い》った。

「それで？」

「それで、ぶつかったの――ぶつかったのよ――ああ、ハリー――あの『暴《あば》れ柳《やなぎ》』にぶつかったの」

ハリーはザワッとした。暴《あば》れ柳《やなぎ》は校庭《こうてい》の真《ま》ん中《なか》にポツリと一本《ぽん》だけ立《た》っている凶暴《きょうぼう》な木《き》だ。

「それで？」ハリーは答《こた》えを聞《き》くのが怖《こわ》かった。

「ほら、やっぱり暴《あば》れ柳《やなぎ》のことだから」ロンが言《い》った。「あ、あれって、ぶつかられるのが嫌《きら》いだろ」

「フリットウィック先生《せんせい》が、あなたが気《き》がつくちょっと前《まえ》に持《も》ってきてくださったわ」

ハーマイオニーが消《き》え入《い》るような声《こえ》で言《い》った。

ゆっくりと、ハーマイオニーは足元《あしもと》のバッグを取《と》り上《あ》げ、逆《さか》さまにして、中身《なかみ》をベッドの上《うえ》に空《あ》けた。粉々《こなごな》になった木《き》の切《き》れ端《はし》が、小枝《こえだ》が、散《ち》らばり出《で》た。ハリーのあの忠実《ちゅうじつ》な、そしてついに敗北《はいぼく》して散《ち》った、ニンバスのなきがらだった。

第《だい》10章《しょう》 忍《しの》びの地図《ちず》

マダム・ポンフリーは、ハリーはその週末《しゅうまつ》いっぱい医務室《いむしつ》で安静《あんせい》にしているべきだと言《い》い張《は》った。ハリーは抵抗《ていこう》もせず、文句《もんく》も言《い》わなかった。ただ、マダム・ポンフリーがニンバス２０００の残《ざん》がいを捨《す》てることだけは承知《しょうち》しなかった。自分《じぶん》の愚《おろ》かしさはわかっていた。ニンバスはもうどうにもならないことも知《し》っていた。それでも、救《すく》いようのない気持《きも》ちをどうすることもできなかった。まるで、親友《しんゆう》の一人《ひとり》を失《うしな》ったようなつらさだった。

見舞《みま》い客《きゃく》が次々《つぎつぎ》にやってきた。みんなハリーをなぐさめようと一生懸命《いっしょうけんめい》だった。ハグリッドはハサミ虫《むし》の形《かたち》をした黄色《きいろ》いキャベツのような花《はな》をどっさり送《おく》ってよこしたし、ジニー・ウィーズリーは真《ま》っ赤《か》になりながら、お手製《てせい》の「早《はや》くよくなってね」カードを持《も》ってやってきた。そのカードときたら、果物《くだもの》の入《はい》ったボウルの下《した》に敷《し》いて閉《と》じておかないかぎり、キンキン声《ごえ》で歌《うた》いだした。日曜《にちよう》の朝《あさ》、グリフィンドールの選手《せんしゅ》たちが、今度《こんど》はウッドを連《つ》れてやってきた。ウッドは、ハリーを少《すこ》しも責《せ》めていないと、死《し》んだようなうつろな声《こえ》で言《い》った。ロンとハーマイオニーは夜《よる》以外《いがい》はつきっきりでハリーのベッドのそばにいた。しかし、誰《だれ》が何《なに》をしようと、何《なに》を言《い》おうと、ハリーはふさぎ込《こ》んだままだった。みんなにはハリーを悩《なや》ませていたことのせいぜい半分《はんぶん》しかわかっていなかったのだ。

ハリーは誰《だれ》にも死神犬《グリム》のことを話《はな》していなかった。ロンにもハーマイオニーにも言《い》わなかった。ロンはきっとショックを受《う》けるだろうし、ハーマイオニーには笑《わら》いとばされると思《おも》ったからだ。しかし、事実《じじつ》、犬《いぬ》は二度現《どあらわ》れ、二度《ど》とも危《あや》うく死《し》ぬような目《め》にあっている。最初《さいしょ》は夜の騎士《ナイト》バスにひかれそうになり、二度目《どめ》は箒《ほうき》から落《お》ちて二十メートルも転落《てんらく》した。死神犬《グリム》はハリーがほんとうに死《し》ぬまでハリーに取《と》り憑《つ》くのだろうか？　これからずっと、犬《いぬ》の姿《すがた》におびえながら生《い》きていかなければならないのだろうか？

その上《うえ》、吸魂鬼《ディメンター》がいる。吸魂鬼《ディメンター》のことを考《かんが》えるだけで、ハリーは吐《は》き気《き》がし、自尊心《じそんしん》が傷《きず》ついた。吸魂鬼《ディメンター》は恐《おそ》ろしいとみんなが言《い》う。しかし、吸魂鬼《ディメンター》に近寄《ちかよ》るたびに気《き》を失《うしな》ったりするのはハリーだけだ……母親《ははおや》の死《し》ぬ間際《まぎわ》の声《こえ》が頭《あたま》の中《なか》で鳴《な》り響《ひび》くのはハリーだけだ。

ハリーにはもう、あの叫《さけ》び声《ごえ》が誰《だれ》のものなのかがわかっていた。夜《よる》、眠《ねむ》れないまま横《よこ》になって、月光《げっこう》が医務室《いむしつ》の天井《てんじょう》にすじ状《じょう》に映《うつ》るのを見《み》つめていると、ハリーには何度《なんど》も何度《なんど》も、あの女の人《おんなのひと》の声《こえ》が聞《き》こえた。吸魂鬼《ディメンター》がハリーに近《ちか》づいたときに、ハリーは母親《ははおや》の最期《さいご》の声《こえ》を聞《き》いたのだ。

ヴォルデモート卿《きょう》からハリーを護《まも》ろうとする母《はは》の声《こえ》だ。そして、ヴォルデモートが母親《ははおや》を殺《ころ》すときの笑《わら》いを……。ハリーはまどろんでは目覚《めざ》め、目覚《めざ》めてはまたまどろんだ。くさった、じめっとした手《て》や、恐怖《きょうふ》に凍《こお》りついたような哀願《あいがん》の夢《ゆめ》にうなされ、飛《と》び起《お》きては、また母《はは》の声《こえ》のことを考《かんが》えてしまうのだった。

月曜《げつよう》になって、ハリーは学校《がっこう》のざわめきの中《なか》に戻《もど》った。ドラコ・マルフォイの冷《ひ》やかしをがまんしなければならなかったが、何《なに》か別《べつ》のことを考《かんが》えざるをえなくなっていたのは救《すく》いだった。マルフォイはグリフィンドールが負《ま》けたことで、有頂天《うちょうてん》だった。ついに包帯《ほうたい》も取《と》り去《さ》り、両手《りょうて》が完全《かんぜん》に使《つか》えるようになったことを祝《いわ》って、ハリーが箒《ほうき》から落《お》ちる様子《ようす》を嬉々《きき》としてまねした。次《つぎ》の「魔法薬《まほうやく》」の授業中《じゅぎょうちゅう》はほとんどずっと、マルフォイは地下牢《ちかろう》教室《きょうしつ》のむこうで吸魂鬼《ディメンター》のまねをしていた。ロンはついにキレて、ぬめぬめした大《おお》きなワニの心臓《しんぞう》をマルフォイめがけて投《な》げつけ、それがマルフォイの顔《かお》を直撃《ちょくげき》し、スネイプはグリフィンドールから五十点減点《てんげんてん》した。

「『闇《やみ》の魔術《まじゅつ》に対《たい》する防衛術《ぼうえいじゅつ》』を教《おし》えるのがスネイプだったら、僕《ぼく》、病欠《びょうけつ》するからね」

昼食後《ちゅうしょくご》にルーピンの教室《きょうしつ》に向《む》かいながら、ロンが言《い》った。

「ハーマイオニー、教室《きょうしつ》に誰《だれ》がいるのか、チェックしてくれないか」

ハーマイオニーは教室《きょうしつ》のドアからのぞき込《こ》んだ。

「大丈夫《だいじょうぶ》よ」

ルーピン先生《せんせい》が復帰《ふっき》していた。ほんとうに病気《びょうき》だったように見《み》えた。くたびれたローブが前《まえ》よりもだらりと垂《た》れ下《さ》がり、目《め》の下《した》にくまができていた。それでも、生徒《せいと》が席《せき》につくと、先生《せんせい》はみんなにほほ笑《え》みかけた。するとみんないっせいに、ルーピンが病気《びょうき》の間《あいだ》スネイプがどんな態度《たいど》を取《と》ったか、不平不満《ふへいふまん》をぶちまけた。

「フェアじゃないよ。代理《だいり》だったのに、どうして宿題《しゅくだい》を出《だ》すんですか？」

「僕《ぼく》たち、狼人間《おおかみにんげん》について何《なん》にも知《し》らないのに――」

「――羊皮紙二巻《ようひしふたまき》だなんて！」

「君《きみ》たち、スネイプ先生《せんせい》に、まだそこは習《なら》っていないって、そう言《い》わなかったのかい？」

ルーピンは少《すこ》し顔《かお》をしかめてみんなに聞《き》いた。

クラス中《じゅう》がまたいっせいにしゃべった。

「言《い》いました。でもスネイプ先生《せんせい》は、僕《ぼく》たちがとっても遅《おく》れてるっておっしゃって――」

「――耳《みみ》を貸《か》さないんです」

「――羊皮紙二巻《ようひしふたまき》なんです！」

全員《ぜんいん》がプリプリ怒《おこ》っているのを見《み》ながら、ルーピン先生《せんせい》はニッコリした。

「よろしい。私《わたし》からスネイプ先生《せんせい》にお話《はな》ししておこう。レポートは書《か》かなくてよろしい」

「そんなぁ」ハーマイオニーはがっかりした顔《かお》をした。「私《わたし》、もう書《か》いちゃったのに！」

授業《じゅぎょう》は楽《たの》しかった。ルーピン先生《せんせい》はガラス箱《ばこ》に入《はい》った「おいでおいで妖精《ヒンキーパンク》」を持《も》ってきていた。一本足《いっぽんあし》で、鬼火《おにび》のように幽《かす》かで、はかなげで、害《がい》のない生《い》き物《もの》に見《み》えた。

「これは旅人《たびびと》を迷《まよ》わせて沼地《ぬまち》に誘《さそ》う」

ルーピン先生《せんせい》の説明《せつめい》を、みんなノートに書《か》き取《と》った。

「手《て》にカンテラをぶら下《さ》げているのがわかるね？　目《め》の前《まえ》をピョンピョン跳《と》ぶ――人《ひと》がそれについていく――すると――」

おいでおいで妖精《ヒンキーパンク》はガラスにぶつかってガボガボと音《おと》を立《た》てた。

終業《しゅうぎょう》のベルが鳴《な》り、みんな荷物《にもつ》をまとめて出口《でぐち》に向《む》かった。ハリーもみんなと一緒《いっしょ》だったが、

「ハリー、ちょっと残《のこ》ってくれないか」ルーピンが声《こえ》をかけた。

「話《はなし》があるんだ」

ハリーは戻《もど》って、ルーピン先生《せんせい》がおいでおいで妖精《ヒンキーパンク》の箱《はこ》を布《ぬの》で覆《おお》うのを眺《なが》めていた。

「試合《しあい》のことを聞《き》いたよ」

ルーピン先生《せんせい》は机《つくえ》に戻《もど》り、本《ほん》をかばんに詰《つ》め込《こ》みはじめた。

「箒《ほうき》は残念《ざんねん》だったね。修理《しゅうり》することはできないのかい？」

「いいえ。あの木《き》が粉々《こなごな》にしてしまいました」ハリーが答《こた》えた。

ルーピンはため息《いき》をついた。

「あの暴《あば》れ柳《やなぎ》は、私《わたし》がホグワーツに入学《にゅうがく》した年《とし》に植《う》えられた。みんなで木《き》に近《ちか》づいて、幹《みき》に触《ふ》れられるかどうか、ゲームをしたものだ。しまいにデイビィ・ガージョンという男《おとこ》の子《こ》が危《あや》うく片《かた》目《め》を失《うしな》いかけたものだから、あの木《き》に近《ちか》づくことは禁止《きんし》されてしまった。箒《ほうき》などひとたまりもないだろうね」

「先生《せんせい》は吸魂鬼《ディメンター》のこともお聞《き》きになりましたか？」ハリーは言《い》いにくそうにこれだけ言《い》った。

ルーピンはちらっとハリーを見《み》た。

「ああ。聞《き》いたよ。ダンブルドア校長《こうちょう》があんなに怒《おこ》ったのは誰《だれ》も見《み》たことがないと思《おも》うね。吸魂鬼《ディメンター》たちは近《ちか》ごろ日増《ひま》しに落《お》ちつかなくなっていたんだ……校庭内《こうていない》に入《い》れないことに腹《はら》を立《た》ててね……たぶん君《きみ》は連中《れんちゅう》が原因《げんいん》で落《お》ちたんだろうね」

「はい」

そう答《こた》えたあと、ハリーは一瞬《いっしゅん》迷《まよ》ったが、がまんできずに質問《しつもん》が口《くち》から飛《と》び出《だ》した。

「いったいどうして？　どうして吸魂鬼《ディメンター》は僕《ぼく》だけにあんなふうに？　僕《ぼく》がただ――？」

「弱《よわ》いかどうかとはまったく関係《かんけい》ない」

ルーピン先生《せんせい》はまるでハリーの心《こころ》を見透《みす》かしたかのようにはっきりと言《い》った。

「吸魂鬼《ディメンター》がほかの誰《だれ》よりも君《きみ》に影響《えいきょう》するのは、君《きみ》の過去《かこ》に、誰《だれ》も経験《けいけん》したことがない恐怖《きょうふ》があるからだ」

冬《ふゆ》の陽光《ようこう》が教室《きょうしつ》を横切《よこぎ》り、ルーピンの白髪《しらが》とまだ若《わか》い顔《かお》に刻《きざ》まれたしわを照《て》らした。

「吸魂鬼《ディメンター》は地上《ちじょう》を歩《ある》く生物《せいぶつ》の中《なか》でももっとも忌《いま》わしい生《い》き物《もの》の一つだ。もっとも暗《くら》く、もっとも穢《けが》れた場《ば》所《しょ》にはびこり、凋落《ちょうらく》と絶望《ぜつぼう》の中《なか》に栄《さか》え、平和《へいわ》や希望《きぼう》、幸福《こうふく》を、周《まわ》りの空気《くうき》から吸《す》い取《と》ってしまう。マグルでさえ、吸魂鬼《ディメンター》の姿《すがた》を見《み》ることはできなくても、その存在《そんざい》は感《かん》じ取《と》る。吸魂鬼《ディメンター》に近《ちか》づき過《す》ぎると、楽《たの》しい気分《きぶん》も幸福《こうふく》な思《おも》い出《で》も、一《ひと》かけらも残《のこ》さず吸《す》い取《と》られてしまう。やろうと思《おも》えば、吸魂鬼《ディメンター》は相手《あいて》を貪《むさぼ》り続《つづ》け、しまいには吸魂鬼《ディメンター》自身《じしん》と同《おな》じ状態《じょうたい》にしてしまうことができる――邪悪《じゃあく》な魂《たましい》の抜《ぬ》け殻《がら》にね。心《こころ》に最悪《さいあく》の経験《けいけん》だけしか残《のこ》らない状態《じょうたい》だ。そしてハリー、君《きみ》の最悪《さいあく》の経験《けいけん》はひどいものだった。君《きみ》のような目《め》にあえば、どんな人間《にんげん》だって箒《ほうき》から落《お》ちても不思議《ふしぎ》はない。君《きみ》はけっして恥《はじ》に思《おも》う必要《ひつよう》はない」

「あいつらがそばに来《く》ると――」ハリーはのどを詰《つ》まらせ、ルーピンの机《つくえ》を見《み》つめながら話《はな》した。

「ヴォルデモートが僕《ぼく》の母《かあ》さんを殺《ころ》したときの声《こえ》が聞《き》こえるんです」

ルーピンは急《きゅう》に腕《うで》を伸《の》ばし、ハリーの肩《かた》をしっかりとつかむかのようなそぶりをしたが、思《おも》いなおしたように手《て》を引《ひ》っ込《こ》めた。ふと沈黙《ちんもく》が漂《ただよ》った。

「どうしてあいつらが試合《しあい》に来《こ》なければならなかったんですか？」ハリーは悔《くや》しそうに言《い》った。

「飢《う》えてきたんだ」ルーピンはパチンとかばんを閉《と》じながら冷静《れいせい》に答《こた》えた。

「ダンブルドアがやつらを校内《こうない》に入《い》れなかったので、餌食《えじき》にする人間《にんげん》という獲物《えもの》が枯渇《こかつ》してしまった……クィディッチ競技場《きょうぎじょう》に集《あつ》まる大観衆《だいかんしゅう》という魅力《みりょく》に抗《こう》しきれなかったのだろう。あの大《だい》興奮《こうふん》……感情《かんじょう》の高《たか》まり……やつらにとってはごちそうだ」

「アズカバンはひどいところでしょうね」

ハリーがつぶやくと、ルーピンは暗《くら》い顔《かお》でうなずいた。

「海《うみ》のかなたの孤島《ことう》に立《た》つ要塞《ようさい》だ。しかし、囚人《しゅうじん》を閉《と》じ込《こ》めておくには、周囲《しゅうい》が海《うみ》でなくとも、壁《かべ》がなくてもいい。ひとかけらの楽《たの》しさも感《かん》じることができず、みんな自分《じぶん》の心《こころ》の中《なか》に閉《と》じ込《こ》められているのだから。数週間《すうしゅうかん》も入《はい》っていればほとんどみな精神《せいしん》を病《や》む」

「でも、シリウス・ブラックはあいつらの手《て》を逃《のが》れました。脱獄《だつごく》を……」

ハリーは考《かんが》えながら話《はな》した。

かばんが机《つくえ》からすべり落《お》ち、ルーピンはすっとかがんでそれを拾《ひろ》い上《あ》げた。

「たしかに」ルーピンは身《み》を起《お》こしながら言《い》った。

「ブラックはやつらと戦《たたか》う方法《ほうほう》を見《み》つけたにちがいない。そんなことができるとは思《おも》いもしなかった……長期間《ちょうきかん》、吸魂鬼《ディメンター》と一緒《いっしょ》にいたら、魔法使《まほうつか》いは力《ちから》を抜《ぬ》き取《と》られてしまうはずだ……」

「先生《せんせい》は汽車《きしゃ》の中《なか》であいつを追《お》い払《はら》いました」ハリーは急《きゅう》に思《おも》い出《だ》した。

「それは――防衛《ぼうえい》の方法《ほうほう》がないわけではない。しかし、汽車《きしゃ》に乗《の》っていた吸魂鬼《ディメンター》は一人《ひとり》だけだった。数《かず》が多《おお》くなればなるほど抵抗《ていこう》するのが難《むずか》しくなる」

「どんな防衛法《ぼうえいほう》ですか？」ハリーはたたみかけるように聞《き》いた。「教《おし》えてくださいませんか？」

「ハリー、私《わたし》はけっして吸魂鬼《ディメンター》と戦《たたか》う専門家《せんもんか》ではない。むしろまったくちがう……」

ルーピンはハリーの思《おも》いつめた顔《かお》を見《み》つめ、ちょっと迷《まよ》った様子《ようす》で言《い》った。

「でも、もし吸魂鬼《ディメンター》がまたクィディッチ試合《じあい》に現《あらわ》れたら、僕《ぼく》はやつらと戦《たたか》わなければ――」

「そうか……よろしい。何《なん》とかやってみよう。だが、来学期《らいがっき》まで待《ま》たないといけないよ。休暇《きゅうか》に入《はい》る前《まえ》にやっておかなければならないことが山《やま》ほどあってね。まったく私《わたし》は都合《つごう》の悪《わる》い時《とき》に病気《びょうき》になってしまったものだ」

ルーピンが吸魂鬼《ディメンター》防衛術《ぼうえいじゅつ》を教《おし》える約束《やくそく》をしてくれたことで、二度《にど》と母親《ははおや》の最期《さいご》の声《こえ》を聞《き》かずにすむかもしれないという期待《きたい》が生《う》まれ、さらに十一月《がつ》の終《お》わりに、クィディッチでレイブンクローがハッフルパフをペシャンコに負《ま》かしたこともあって、ハリーの気持《きも》ちは着実《ちゃくじつ》に明《あか》るくなってきた。

グリフィンドールはもう一試合《ひとしあい》も負《ま》けるわけにはいかなかったが、まだ優勝争《ゆうしょうあらそ》いから脱落《だつらく》してはいなかった。ウッドは再《ふたた》びあの狂《くる》ったようなエネルギーを取《と》り戻《もど》し、煙《けむ》るような冷《つめ》たい雨《あめ》の中《なか》、今《いま》までにも増《ま》してチームをしごいた。

雨《あめ》は十二月《がつ》まで降《ふ》り続《つづ》いた。ハリーの見《み》るところ、校内《こうない》には吸魂鬼《ディメンター》の影《かげ》すらなかった。ダンブルドアの怒《いか》りが、吸魂鬼《ディメンター》を持《も》ち場《ば》である学校《がっこう》の入口《いりぐち》に縛《しば》りつけているようだった。

学期《がっき》が終《お》わる二週間前《しゅうかんまえ》、急《きゅう》に空《そら》が明《あか》るくなり、まぶしい乳白色《にゅうはくしょく》になったかと思《おも》うと、ある朝《あさ》、泥《どろ》んこの校庭《こうてい》がキラキラ光《ひか》る霜柱《しもばしら》に覆《おお》われていた。城《しろ》の中《なか》はクリスマスムードで満《み》ちあふれていた。「呪文学《じゅもんがく》」のフリットウィック先生《せんせい》は、もう自分《じぶん》の教室《きょうしつ》にチラチラ瞬《またた》く豆《フェアリー・》ランプ《ランプ》を飾《かざ》りつけていたが、これが実《じつ》は本物《ほんもの》の妖精《フェアリー》が羽《はね》をパタパタさせている光《ひかり》だった。

みんなが休《やす》み中《ちゅう》の計画《けいかく》を楽《たの》しげに語《かた》り合《あ》っていた。ロンもハーマイオニーもホグワーツに居残《いのこ》ることに決《き》めていた。ロンは「二週間《しゅうかん》もパーシーと一緒《いっしょ》に過《す》ごすんじゃかなわないからさ」と言《い》ったし、ハーマイオニーはどうしても図書館《としょかん》を使《つか》う必要《ひつよう》があるのだと言《い》い張《は》ったが、ハリーにはよくわかっていた――ハリーのそばにいるために居残《いのこ》るのだ。ハリーにはそれがとてもうれしかった。

学期《がっき》の最後《さいご》の週末《しゅうまつ》にホグズミード行《い》きが許《ゆる》され、ハリー以外《いがい》のみんなは大喜《おおよろこ》びした。

「クリスマス・ショッピングが全部《ぜんぶ》あそこですませられるわ！」

ハーマイオニーが言《い》った。

「パパもママも、ハニーデュークス店《てん》の『歯《は》みがき糸《いと》ようじ形《がた》ミント菓子《がし》』がきっと気《き》に入《い》ると思《おも》うわ！」

三年生《ねんせい》の中《なか》で学校《がっこう》に取《と》り残《のこ》されるのは自分一人《じぶんひとり》だろうと覚悟《かくご》を決《き》め、ハリーはウッドから『賢《かしこ》い箒《ほうき》の選《えら》び方《かた》』の本《ほん》を借《か》り、箒《ほうき》の種類《しゅるい》について読書《どくしょ》してその日《ひ》を過《す》ごすことにした。チームの練《れん》習《しゅう》では学校《がっこう》の箒《ほうき》を借《か》りて乗《の》っていたが、骨董品《こっとうひん》ものの「流《シュー》れ《ティング・》星《スター》」は恐《おそ》ろしく遅《おそ》くて動《うご》きがぎくしゃくしていた。どうしても新《あたら》しい自分《じぶん》の箒《ほうき》が一本必要《ぽんひつよう》だった。

ホグズミード行《い》きの土曜《どよう》の朝《あさ》、マントやスカーフにすっぽりくるまったロンとハーマイオニーに別《わか》れを告《つ》げ、ハリーは一人《ひとり》で大理石《だいりせき》の階段《かいだん》を上《のぼ》り、またグリフィンドール塔《とう》に向《む》かっていた。窓《まど》の外《そと》には雪《ゆき》がちらつきはじめ、城《しろ》の中《なか》はしんと静《しず》まり返《かえ》っていた。

「ハリー、シーッ！」

四階《かい》の廊下《ろうか》の中《なか》ほどで、声《こえ》のするほうに振《ふ》り向《む》くと、フレッドとジョージが背中《せなか》にこぶのある隻眼《せきがん》の魔女《まじょ》の像《ぞう》の後《うし》ろから顔《かお》をのぞかせていた。

「何《なに》してるんだい？　どうしてホグズミードに行《い》かないの？」

ハリーは何事《なにごと》だろうと思《おも》いながら聞《き》いた。

「行《い》く前《まえ》に、君《きみ》にお祭《まつ》り気分《きぶん》を分《わ》けてあげようかと思《おも》って」

フレッドが意味《いみ》ありげにウィンクした。

「こっちへ来《こ》いよ……」

フレッドは像《ぞう》の左側《ひだりがわ》にある誰《だれ》もいない教室《きょうしつ》のほうをあごでしゃくった。ハリーはフレッドとジョージのあとについて教室《きょうしつ》に入《はい》った。ジョージがそっとドアを閉《し》め、ハリーのほうを振《ふ》り向《む》いてニッコリした。

「一足早《ひとあしはや》いクリスマスプレゼントだ」

フレッドがマントの下《した》から仰々《ぎょうぎょう》しく何《なに》かを引《ひ》っ張《ぱ》り出《だ》して、机《つくえ》の上《うえ》に広《ひろ》げて見《み》せた。大《おお》きな、四角《しかく》い、相当《そうとう》くたびれた羊皮紙《ようひし》だった。何《なに》も書《か》いてない。またフレッドとジョージの冗談《じょうだん》かと思《おも》いながら、ハリーは羊皮紙《ようひし》をじっと見《み》た。

「これ、いったい何《なん》だい？」

「これはだね、ハリー、俺《おれ》たちの成功《せいこう》の秘訣《ひけつ》さ」ジョージが羊皮紙《ようひし》をいとおしげになでた。

「君《きみ》にやるのは実《じつ》におしいぜ。しかし、これが必要《ひつよう》なのは俺《おれ》たちより君《きみ》のほうだって、俺《おれ》たち、きのうの夜《よる》そう決《き》めたんだ」フレッドが言《い》った。

「それに、俺《おれ》たちはもう暗記《あんき》してるしな」ジョージが言《い》った。「我々《われわれ》は汝《なんじ》にこれをゆずる。俺《おれ》たちにゃもう必要《ひつよう》ないからな」

「古《ふる》い羊皮紙《ようひし》の切《き》れっぱしの何《なに》が僕《ぼく》に必要《ひつよう》なの？」ハリーが聞《き》いた。

「古《ふる》い羊皮紙《ようひし》の切《き》れっぱしだって！」

フレッドはハリーが致命的《ちめいてき》に失礼《しつれい》なことを言《い》ってくれたと言《い》わんばかりに、顔《かお》をしかめて両目《りょうめ》をつぶった。

「ジョージ、説明《せつめい》してやりたまえ」

「よろしい……我々《われわれ》が一年生《ねんせい》だったときのことだ、ハリーよ――まだ若《わか》くて、疑《うたが》いを知《し》らず、汚《けが》れなきころのこと――」

ハリーは噴《ふ》き出《だ》した。フレッドとジョージに汚《けが》れなきころがあったとは思《おも》えなかった。

「――まあ、今《いま》の俺《おれ》たちよりは汚《けが》れなきころさ――我々《われわれ》はフィルチのごやっかいになるはめになった」

「『クソ爆弾《ばくだん》』を廊下《ろうか》で爆発《ばくはつ》させたら、なぜか知《し》らん、フィルチのご不興《ふきょう》を買《か》って――」

「ヤツは、俺《おれ》たちを事務所《じむしょ》まで引《ひ》っ張《ぱ》っていって、脅《おど》しはじめたわけだ。例《れい》のお決《き》まりの――」

「――処罰《しょばつ》だぞ――」

「――腸《はらわた》をえぐるぞ――」

「――そして、我々《われわれ》はあることに気《き》づいてしまった。書類棚《しょるいだな》の引《ひ》き出《だ》しの一つに『没収品《ぼっしゅうひん》・特《とく》に危険《きけん》』と書《か》いてあるじゃないか」

「まさか――」ハリーは思《おも》わずニヤリとしてしまった。

「さて、君《きみ》ならどうしたかな？」フレッドが話《はなし》を続《つづ》けた。

「ジョージがもう一回《かい》『クソ爆弾《ばくだん》』を爆発《ばくはつ》させて気《き》をそらしている間《あいだ》に、俺《おれ》がすばやく引《ひ》き出《だ》しを開《あ》けて、むんずとつかんだのが――これさ」

「なーに、そんなに悪《わる》いことをしたわけじゃないさ」とジョージ。「フィルチにこれの使《つか》い方《かた》がわかってたとは思《おも》えないね。でも、たぶんこれが何《なに》かは察《さっ》しがついてたんだろうな。でなきゃ、没収《ぼっしゅう》したりしなかっただろう」

「それじゃ、君《きみ》たちはこれの使《つか》い方《かた》を知《し》ってるの？」

「ばっちりさ」フレッドがニンマリした。「このかわい子《こ》ちゃんが、学校中《がっこうじゅう》の先生《せんせい》を束《たば》にしたより多《おお》くのことを俺《おれ》たちに教《おし》えてくれたね」

「僕《ぼく》をじらしてるんだね」ハリーは古《ふる》ぼけたぼろぼろの羊皮紙《ようひし》を見《み》た。

「へえ、じれてきたかい？」ジョージが言《い》った。

ジョージは杖《つえ》を取《と》り出《だ》し、羊皮紙《ようひし》に軽《かる》く触《ふ》れて、こう言《い》った。

「我《われ》、ここに誓《ちか》う。我《われ》、よからぬことをたくらむ者《もの》なり」

すると、たちまち、ジョージの杖《つえ》の先《さき》が触《ふ》れたところから、細《ほそ》いインクの線《せん》がクモの巣《す》のように広《ひろ》がりはじめた。線《せん》があちこちでつながり、交差《こうさ》し、羊皮紙《ようひし》の隅《すみ》から隅《すみ》まで伸《の》びていった。そして、一番《いちばん》てっぺんに、花《はな》が開《ひら》くように、渦巻形《うずまきがた》の大《おお》きな緑色《みどりいろ》の文字《もじ》が、ポッ、ポッと現《あらわ》れた。

ムーニー、ワームテール、パッドフット、プロングズ
「魔法《まほう》いたずら仕掛人《しかけにん》」のご用達商人《ようたししょうにん》たる我《われ》らがお届《とど》けする自慢《じまん》の品《しな》
忍《しの》びの地図《ちず》

それはホグワーツ城《じょう》と学校《がっこう》の敷地全体《しきちぜんたい》のくわしい地図《ちず》だった。しかし、ほんとうにすばらしいのは、地図上《ちずじょう》を動《うご》く小《ちい》さな点《てん》で、一つ一つに細《こま》かい字《じ》で名前《なまえ》が書《か》いてあった。ハリーは目《め》を丸《まる》くしてのぞき込《こ》んだ。一番上《いちばんうえ》の左《ひだり》の隅《すみ》にダンブルドア教授《きょうじゅ》と書《か》かれた点《てん》があり、書斎《しょさい》を歩《ある》き回《まわ》っていた。管理人《かんりにん》の飼《か》い猫《ねこ》ミセス・ノリスは、三階《かい》の廊下《ろうか》を徘徊《はいかい》している。ポルターガイストのピーブズは今《いま》、優勝杯《ゆうしょうはい》の飾《かざ》ってある部屋《へや》でヒョコヒョコ浮《う》いていた。見慣《みな》れた廊下《ろうか》を地図上《ちずじょう》であちこち見《み》ているうちに、ハリーはあることに気《き》づいた。

その地図《ちず》にはハリーが今《いま》まで一度《いちど》も入《はい》ったことのない抜《ぬ》け道《みち》がいくつか示《しめ》されていた。そして、そのうちのいくつかがなんと――。

「ホグズミードに直行《ちょっこう》さ」フレッドが指《ゆび》でそのうちの一つをたどりながら言《い》った。「全部《ぜんぶ》で七つの道《みち》がある。ところがフィルチはそのうち四つを知《し》っている――」

フレッドは指《ゆび》で四つを示《しめ》した。

「――しかし、残《のこ》りの道《みち》を知《し》っているのは絶対俺《ぜったいおれ》たちだけだ。五階《かい》の鏡《かがみ》の裏《うら》からの道《みち》はやめとけ。俺《おれ》たちが去年《きょねん》の冬《ふゆ》までは利用《りよう》していたけど、崩《くず》れっちまった――完全《かんぜん》にふさがってる。それから、こっちの道《みち》は誰《だれ》も使《つか》ったことがないと思《おも》うな。なにしろ暴《あば》れ柳《やなぎ》がその入口《いりぐち》の真上《まうえ》に植《う》わってる。しかし、こっちのこの道《みち》、これはハニーデュークス店《てん》の地下室《ちかしつ》に直通《ちょくつう》だ。俺《おれ》たち、この道《みち》は何回《なんかい》も使《つか》った。それに、もうわかってると思《おも》うが、入口《いりぐち》はこの部屋《へや》のすぐ外《そと》、隻眼《せきがん》の魔女《まじょ》ばあさんのこぶなんだ」

「ムーニー、ワームテール、パッドフット、プロングズ」

地図《ちず》の上《うえ》に書《か》いてある名前《なまえ》をなでながらジョージがため息《いき》をついた。

「我々《われわれ》はこの諸兄《しょけい》にどんなにご恩《おん》を受《う》けたことか」

「気高《けだか》き人々《ひとびと》よ。後輩《こうはい》の無法者《むほうもの》を助《たす》けんがため、かくのごとく労《ろう》を惜《お》しまず」

フレッドが厳《おごそ》かに言《い》った。

「というわけで」ジョージがきびきびと言《い》った。「使《つか》ったあとは忘《わす》れずに消《け》しとけよ――」

「――じゃないと、誰《だれ》かに読《よ》まれっちまう」フレッドが警告《けいこく》した。

「もう一度《いちど》地図《ちず》を軽《かる》くたたいて、こう言《い》えよ。『いたずら完了《かんりょう》！』。すると地図《ちず》は消《き》える」

「それではハリー君《くん》よ」フレッドが気味《きみ》が悪《わる》いほどパーシーそっくりのものまねをした。「行動《こうどう》を慎《つつし》んでくれたまえ」

「ハニーデュークスで会《あ》おう」ジョージがウィンクした。

二人《ふたり》は満足《まんぞく》げにニヤリと笑《わら》いながら部屋《へや》を出《で》ていった。

ハリーは奇跡《きせき》の地図《ちず》を眺《なが》めたまま、そこに突《つ》っ立《た》っていた。ミセス・ノリスの小《ちい》さな点《てん》が左《ひだり》に曲《ま》がって立《た》ち止《ど》まり、何《なに》やら床《ゆか》の上《うえ》にある物《もの》をかいでいる様子《ようす》だ。ほんとうにフィルチが知《し》らない道《みち》なら……吸魂鬼《ディメンター》のそばを通《とお》らずにすむ……。

その場《ば》にたたずんで、興奮《こうふん》ではちきれそうになりながらも、ハリーはふいにウィーズリー氏《し》が一度《いちど》言った言葉《ことば》を思《おも》い出《だ》していた。

――脳《のう》みそがどこにあるか見《み》えないのに、一人《ひとり》で勝手《かって》に考《かんが》えることができるものは信用《しんよう》してはいけない――。

この地図《ちず》はウィーズリーおじさんが警告《けいこく》していた危険《きけん》な魔法《まほう》の品《しな》ということになる……魔法《まほう》いたずら仕掛人用品《しかけにんようひん》……でも、でも――ハリーは理屈《りくつ》をつけた――ホグズミードに入《はい》り込《こ》むために使《つか》うだけだし、何《なに》かを盗《ぬす》むためでもないし、誰《だれ》かを襲《おそ》うためでもない……それに、フレッドとジョージがもう何年《なんねん》も使《つか》っているのに、恐《おそ》ろしいことは何《なん》にも起《お》こらなかった……。

ハリーはハニーデュークス店《てん》への秘密《ひみつ》の抜《ぬ》け道《みち》を指《ゆび》でたどった。

そして突然《とつぜん》、まるで命令《めいれい》に従《したが》うかのように、ハリーは地図《ちず》を丸《まる》め、ローブの下《した》に押《お》し込《こ》み、教《きょう》室《しつ》のドアのほうに急《いそ》いだ。ドアを数《すう》センチ開《あ》けてみた。外《そと》には誰《だれ》もいない。ハリーはそろそろと慎重《しんちょう》に教室《きょうしつ》から抜《ぬ》け出《だ》し、隻眼《せきがん》の魔女《まじょ》の像《ぞう》の陰《かげ》にすべり込《こ》んだ。

何《なに》をすればいいんだろう？　地図《ちず》をまた取《と》り出《だ》して見《み》ると、驚《おどろ》いたことに、また一つ人《ひと》の形《かたち》をした黒《くろ》い点《てん》が現《あらわ》れていて、「ハリー・ポッター」と名前《なまえ》が書《か》いてあった。その小《ちい》さな人影《ひとかげ》はちょうどハリーが立《た》っているあたり、四階《かい》の廊下《ろうか》の真《ま》ん中《なか》あたりに立《た》っていた。ハリーが見《み》つめていると、小《ちい》さな黒《くろ》い自分《じぶん》の姿《すがた》が、小《ちい》さな杖《つえ》で魔女《まじょ》を軽《かる》くたたいているようだった。ハリーも急《いそ》いで本物《ほんもの》の自分《じぶん》の杖《つえ》を出《だ》し、像《ぞう》をたたいてみた。何事《なにごと》も起《お》こらない。もう一度《いちど》地図《ちず》を見《み》ると、自分《じぶん》の小《ちい》さな影《かげ》からかわいらしい小《ちい》さな泡《あわ》のようなものが吹《ふ》き出《だ》し、その中《なか》に言葉《ことば》が現《あらわ》れた。「ディセンディウム！　降下《こうか》」と。

「ディセンディウム！　降下《こうか》！」

もう一度《いちど》杖《つえ》で石像《せきぞう》をたたきながらハリーはささやいた。

たちまち像《ぞう》のこぶが割《わ》れ、かなり細身《ほそみ》の人間《にんげん》が一人通《ひとりとお》れるくらいの割《わ》れ目《め》ができた。ハリーはすばやく廊下《ろうか》の端《はし》から端《はし》まで見渡《みわた》し、それから地図《ちず》をしまい込《こ》み、身《み》を乗《の》り出《だ》すようにして頭《あたま》から割《わ》れ目《め》に突《つ》っ込《こ》み、体《からだ》を押《お》し込《こ》んでいった。

まるで石《いし》のすべり台《だい》をすべるように、ハリーはかなりの距離《きょり》をすべり降《お》り、しめった冷《つめ》たい地面《じめん》に着地《ちゃくち》した。立《た》ち上《あ》がってあたりを見回《みまわ》したが、真《ま》っ暗《くら》だった。杖《つえ》を掲《かか》げ、「ルーモス！　光《ひかり》よ！」と呪文《じゅもん》を唱《とな》えて見《み》ると、そこは天井《てんじょう》の低《ひく》い、かなり狭《せま》い土《つち》のトンネルの中《なか》だった。ハリーは地図《ちず》を掲《かか》げ、杖《つえ》の先《さき》で軽《かる》くたたき、呪文《じゅもん》を唱《とな》えた。

「いたずら完了《かんりょう》！」

地図《ちず》はすぐさま消《き》えた。ハリーはていねいにそれを丸《まる》め、ローブの中《なか》にしまい込《こ》むと、興奮《こうふん》と不安《ふあん》で胸《むね》をドキドキさせながら歩《ある》きだした。

トンネルは曲《ま》がりくねっていた。どちらかといえば大《おお》きなウサギの巣穴《すあな》のようだった。杖《つえ》を先《さき》に突《つ》き出《だ》し、ときどきデコボコの道《みち》につまずきながら、ハリーは急《いそ》いで歩《ある》いた。はてしない時間《じかん》だった。しかし「ハニーデュークス」に行《い》くんだという思《おも》いがハリーの支《ささ》えになっていた。一時間《じかん》もたったかと思《おも》えるころ、上《のぼ》り坂《ざか》になった。あえぎあえぎ、ハリーは足《あし》を速《はや》めた。顔《かお》がほてり、足《あし》は冷《ひ》えきっていた。

十分後《ぷんご》、ハリーは石段《いしだん》の下《した》に出《で》た。古《ふる》びた石段《いしだん》が上《うえ》へと延《の》び、先端《せんたん》は見《み》えなかった。物音《ものおと》を立《た》てないように注意《ちゅうい》しながら、ハリーは上《のぼ》りはじめた。百段《だん》、二百段《だん》、もう何段上《なんだんのぼ》ったのかわからない。ハリーは足元《あしもと》に気《き》をつけながら上《のぼ》っていった……。すると、何《なん》の前触《まえぶ》れもなしに、ゴツンと頭《あたま》が固《かた》い物《もの》にぶつかった。

天井《てんじょう》は観音開《かんのんびら》きの跳《は》ね戸《ど》になっているようだ。ハリーは頭《あたま》のてっぺんをさすりながらそこにじっと立《た》って、耳《みみ》を澄《す》ました。上《うえ》からは何《なん》の物音《ものおと》も聞《き》こえない。ハリーはゆっくりゆっくり跳《は》ね戸《ど》を押《お》し開《あ》け、外《そと》をのぞき見《み》た。

倉庫《そうこ》の中《なか》だった。木箱《きばこ》やケースがびっしり置《お》いてある。ハリーは跳《は》ね戸《ど》から外《そと》にはい出《で》て、戸《と》を元通《もとどお》りに閉《し》めた——戸《と》はほこりっぽい床《ゆか》にすっかりなじんで、とてもそこにそんな物《もの》があるとはわからない。ハリーは上《うえ》に続《つづ》く木《き》の階段《かいだん》へとゆっくりとはっていった。今度《こんど》ははっきりと声《こえ》が聞《き》こえる。チリンチリンとベルの鳴《な》る音《おと》も、どこかでドアが開《あ》いたり閉《し》まったりする音《おと》までも聞《き》こえる。

どうすればいいのか迷《まよ》っていると、すぐ近《ちか》くのドアが急《きゅう》に開《あ》く音《おと》が聞《き》こえた。誰《だれ》かが階段《かいだん》を下《お》りてくるところらしい。

「『ナメクジ・ゼリー』をもう一箱《ひとはこ》お願《ねが》いね、あなた。あの子《こ》たちときたら、店中《みせじゅう》ごっそり持《も》っていってくれるわ——」女《おんな》の人《ひと》の声《こえ》だ。

男《おとこ》の足《あし》が二本《ほん》、階段《かいだん》を下《お》りてきた。ハリーは大《おお》きな箱《はこ》の陰《かげ》に飛《と》び込《こ》み、足音《あしおと》が通《とお》り過《す》ぎるのを待《ま》った。男《おとこ》がむこう側《がわ》の壁《かべ》に立《た》てかけてある箱《はこ》をいくつか動《うご》かしている音《おと》が聞《き》こえた。このチャンスを逃《のが》したらあとはない。

ハリーはすばやく、しかも音《おと》を立《た》てずに、隠《かく》れていた場所《ばしょ》から抜《ぬ》け出《だ》し、階段《かいだん》を上《のぼ》った。振《ふ》り返《かえ》ると、でかい尻《しり》と、箱《はこ》の中《なか》に突《つ》っ込《こ》んだピカピカのハゲ頭《あたま》が見《み》えた。ハリーは階段《かいだん》の上《うえ》のドアまでたどり着《つ》き、そこからスルリと出《で》た。ハニーデュークス店《てん》のカウンター裏《うら》だった——ハリーは頭《あたま》を低《ひく》くして横《よこ》ばいに進《すす》み、そして立《た》ち上《あ》がった。

ハニーデュークスの店内《てんない》は人《ひと》でごった返《がえ》していて、ハリーを見《み》とがめる者《もの》など誰《だれ》もいない。ハリーは人混《ひとご》みの中《なか》をすり抜《ぬ》けながらあたりを見回《みまわ》した。今《いま》、ハリーがどんなところにいるかをダドリーが一目見《ひとめみ》たら、あの豚顔《ぶたがお》がどんな表情《ひょうじょう》をするだろうと思《おも》うだけで笑《わら》いが込《こ》み上《あ》げてきた。

棚《たな》という棚《たな》には、かんだらジュッと甘《あま》い汁《しる》の出《で》そうなお菓子《かし》がずらりと並《なら》んでいた。ねっとりしたヌガー、ピンク色《いろ》に輝《かがや》くココナッツキャンディ、蜂蜜色《はちみついろ》のぷっくりしたタフィー。手前《てまえ》のほうにはきちんと並《なら》べられた何百種類《なんびゃくしゅるい》ものチョコレート、「百味《ひゃくみ》ビーンズ」が入《はい》った大《おお》きな樽《たる》、ロンの話《はな》していた浮上炭酸《ふじょうたんさん》キャンディ、「フィフィ・フィズビー」の樽《たる》。別《べつ》の壁《かべ》いっぱいに「特殊《とくしゅ》効果《こうか》」と書《か》かれたお菓子《かし》の棚《たな》がある——「ドルーブル風船《ふうせん》ガム」(部屋《へや》いっぱいにリンドウ色《いろ》の風船《ふうせん》が何個《なんこ》も広《ひろ》がって何日《なんにち》も頑固《がんこ》にふくれっぱなし)、ぼろぼろ崩《くず》れそうな、へんてこりんな「歯《は》みがき糸《いと》ようじ形《がた》ミント菓子《がし》」、豆粒《まめつぶ》のような「黒《くろ》こしょうキャンディ」(君《きみ》の友達《ともだち》のために火《ひ》を噴《ふ》いてみせよう!)、「ブルブル・マウス」(歯《は》がガチガチ、キーキー鳴《な》るのが聞《き》こえるぞ!)、「がまがえる形《がた》ペパーミント」(胃《い》の中《なか》で本物《ほんもの》そっくりに跳《と》ぶぞ!)、もろい「綿飴羽根《わたあめはね》ペン」、「爆発《ばくはつ》ボンボン」——。

ハリーは群《む》れている六年生《ねんせい》の中《なか》をすり抜《ぬ》け、店《みせ》の一番奥《いちばんおく》まったコーナーに看板《かんばん》がかかっているのを見《み》つけた。

異常《いじょう》な味《あじ》

ロンとハーマイオニーが看板《かんばん》の下《した》に立《た》って、血《ち》の味《あじ》がするペロペロ・キャンディが入《はい》ったトレイを品定《しなさだ》めしていた。

ハリーはこっそり二人《ふたり》の背後《はいご》に忍《しの》び寄《よ》った。

「ウー、ダメ。ハリーはこんな物欲《ものほ》しがらないわ。これって吸血鬼用《バンパイアよう》だと思《おも》う」

ハーマイオニーがそう言《い》っている。

「じゃ、これは？」

ロンが、「ゴキブリ・ゴソゴソ豆板《まめいた》」の瓶《びん》をハーマイオニーの鼻先《はなさき》に突《つ》きつけた。

「絶対《ぜったい》イヤだよ」ハリーが言《い》った。

ロンは危《あや》うく瓶《びん》を落《お》とすところだった。

「ハリー！」ハーマイオニーが金切《かなき》り声《ごえ》を上《あ》げた。

「どうしたの、こんなところで？　ど――どうやってここに――？」

「うわー！　君《きみ》、『姿《すがた》あらわし術《じゅつ》』ができるようになったんだ！」ロンは感心《かんしん》した。

「まさか。ちがうよ」

ハリーは声《こえ》を落《お》として、周《まわ》りの六年生《ねんせい》の誰《だれ》にも聞《き》こえないようにしながら、「忍《しの》びの地図《ちず》」の一部始終《いちぶしじゅう》を二人《ふたり》に話《はな》した。

「フレッドもジョージもなんでこれまで僕《ぼく》にくれなかったんだ！　弟《おとうと》じゃないか！」

ロンが憤慨《ふんがい》した。

「でも、ハリーはこのまま地図《ちず》を持《も》ってたりしないわ！」

ハーマイオニーはそんなばかげたことはないと言《い》わんばかりだ。

「マクゴナガル先生《せんせい》にお渡《わた》しするわよね、ハリー？」

「僕《ぼく》、渡《わた》さない！」ハリーが言《い》った。

「気《き》はたしかか？」ロンが目《め》をむいてハーマイオニーを見《み》た。「こんないい物《もの》が渡《わた》せるか？」

「僕《ぼく》がこれを渡《わた》したら、どこで手《て》に入《い》れたか言《い》わないといけない！　フレッドとジョージがちょろまかしたってことがフィルチに知《し》れてしまうじゃないか！」

「それじゃ、シリウス・ブラックのことはどうするの？」ハーマイオニーが口《くち》をとがらせた。

「この地図《ちず》にある抜《ぬ》け道《みち》のどれかを使《つか》ってブラックが城《しろ》に入《はい》り込《こ》んでいるかもしれないのよ！

先生方《せんせいがた》はそのことを知《し》らないといけないわ！」

「ブラックが抜《ぬ》け道《みち》から入《はい》り込《こ》むはずはない」ハリーがすぐに言《い》い返《かえ》した。

「この地図《ちず》には七つのトンネルが書《か》いてある。いいかい？　フレッドとジョージの考《かんが》えでは、そのうち四つはフィルチがもう知《し》っている。残《のこ》りは三本《ぼん》だ――一つは崩《くず》れているから誰《だれ》も通《とお》り抜《ぬ》けられない。もう一本《ぽん》は出入口《でいりぐち》の真上《まうえ》に暴《あば》れ柳《やなぎ》が植《う》わってるから、出《で》られやしない。三本目《ぼんめ》は僕《ぼく》が今通《いまとお》ってきた道《みち》――ウン――出入口《でいりぐち》はここの地下室《ちかしつ》にあって、なかなか見《み》つかりゃしない――出《で》入口《いりぐち》がそこにあるって知《し》ってれば別《べつ》だけど――」

ハリーはちょっと口《くち》ごもった。そこに抜《ぬ》け道《みち》があるとブラックが知《し》っていたとしたら？

ロンが意味《いみ》ありげに咳払《せきばら》いして、店《みせ》の出入口《でいりぐち》のドアの内側《うちがわ》に貼《は》りつけてある掲示《けいじ》を指差《ゆびさ》した。

魔法省《まほうしょう》よりのお達《たっ》し

お客様《きゃくさま》へ
先般《せんぱん》お知《し》らせいたしましたように、日没後《にちぼつご》、ホグズミードの街路《がいろ》には毎晩《まいばん》、吸魂鬼《ディメンター》のパトロールが入《はい》ります。この措置《そち》はホグズミード住人《じゅうにん》の安全《あんぜん》のために取《と》られたものであり、シリウス・ブラックが逮捕《たいほ》されるまで続《つづ》きます。お客様《きゃくさま》におかれましては、買い物《かいもの》を暗《くら》くならないうちにお済《す》ませくださいますようお勧《すす》めいたします。

メリークリスマス！

「ね？」ロンがそっと言《い》った。「吸魂鬼《ディメンター》がこの村《むら》にわんさか集《あつ》まるんだぜ。ブラックがハニーデュークス店《てん》に押《お》し入《い》るっていうんなら拝見《はいけん》したいもんだ。それに、ハーマイオニー、ハニーデュークスのオーナーが物音《ものおと》に気《き》づくだろう？　だってみんな店《みせ》の上《うえ》に住《す》んでるんだ！」

「そりゃそうだけど──でも──」

ハーマイオニーは何《なん》とかほかの理由《りゆう》を考《かんが》えているようだった。

「ねえ、ハリーはやっぱりホグズミードに来《き》ちゃいけないはずでしょ。許可証《きょかしょう》にサインをもらってないんだから！　誰《だれ》かに見《み》つかったら、それこそ大変《たいへん》よ！　それに、まだ暗《くら》くなってないし──今日《きょう》、シリウス・ブラックが現《あらわ》れたらどうするの？　たった今《いま》？」

「こんな時《とき》にハリーを見《み》つけるのは大仕事《おおしごと》だろうさ」

格子窓《こうしまど》のむこうに吹《ふ》き荒《あ》れる大雪《おおゆき》をあごでしゃくりながら、ロンが言《い》った。

「いいじゃないか、ハーマイオニー、クリスマスだぜ。ハリーだって楽《たの》しまなきゃ」

ハーマイオニーは、心配《しんぱい》でたまらないという顔《かお》で、唇《くちびる》をかんだ。

「僕《ぼく》のこと、言《い》いつける？」

ハリーがニヤッと笑《わら》ってハーマイオニーを見《み》た。

「まあ――そんなことしないわよ――でも、ねえ、ハリー――」

「ハリー、『フィフィ・フィズビー』を見《み》たかい？」

ロンはハリーの腕《うで》をつかんで樽《たる》のほうに引《ひ》っ張《ぱ》っていった。

「『ナメクジ・ゼリー』は？　すっぱい『ペロペロ酸飴《さんあめ》』は？　この飴《あめ》、僕《ぼく》が七つのときフレッドがくれたんだ――そしたら僕《ぼく》、酸《さん》で舌《した》にぽっかり穴《あな》が開《あ》いちゃってさ。ママが箒《ほうき》でフレッドをたたいたのを覚《おぼ》えてるよ」

ロンは思《おも》いにふけってペロペロ酸飴《さんあめ》の箱《はこ》を見《み》つめた。

「『ゴキブリ・ゴソゴソ豆板《まめいた》』を持《も》っていって、ピーナッツだって言《い》ったら、フレッドがかじると思《おも》うかい？」

ロンとハーマイオニーがお菓子《かし》の代金《だいきん》を払《はら》い、三人《にん》はハニーデュークス店《てん》をあとにし、吹雪《ふぶき》の中《なか》を歩《ある》きだした。

ホグズミード村《むら》は、まるでクリスマスカードから抜《ぬ》け出《だ》してきたようだった。茅葺屋根《かやぶきやね》の小《ちい》さな家《いえ》や店《みせ》がキラキラ光《ひか》る雪《ゆき》にすっぽりと覆《おお》われ、戸口《とぐち》という戸口《とぐち》には柊《ひいらぎ》のリースが飾《かざ》られ、木々《きぎ》には魔法《まほう》でキャンドルがくるくると巻《ま》きつけられていた。

ハリーはブルブル震《ふる》えた。ほかの二人《ふたり》はマントを着込《きこ》んでいたが、ハリーはマントなしだった。三人《にん》とも頭《あたま》を低《ひく》くして吹《ふ》きつける風《かぜ》をよけながら歩《ある》いた。ロンとハーマイオニーは口《くち》を覆《おお》ったマフラーの下《した》から叫《さけ》ぶように話《はな》しかけた。

「あれが郵便局《ゆうびんきょく》——」

「ゾンコの店《みせ》はあそこ——」

「『叫《さけ》びの屋敷《やしき》』まで行《い》ったらどうかしら——」

「こうしよう」

ロンが歯《は》をガチガチいわせながら言《い》った。

「『三本《ぼん》の箒《ほうき》』まで行《い》ってバタービールを飲《の》まないか?」

ハリーは大賛成《だいさんせい》だった。風《かぜ》は容赦《ようしゃ》なく吹《ふ》き、手《て》が凍《こご》えそうだった。三人《にん》は道《みち》を横切《よこぎ》り、数分後《すうふんご》には小《ちい》さな居酒屋《いざかや》に入《はい》っていった。

中《なか》は人《ひと》でごった返《がえ》し、うるさくて、暖《あたた》かくて、煙《けむり》でいっぱいだった。カウンターのむこうに、小粋《こいき》な顔《かお》をした曲線美《きょくせんび》の女性《じょせい》がいて、バーにたむろしている荒《あら》くれ者《もの》の魔法戦士《まほうせんし》たちに飲《の》み物《もの》を出《だ》していた。

「マダム・ロスメルタだよ」ロンが言《い》った。

「僕《ぼく》が飲《の》み物《もの》を買《か》ってこようか？」

ロンはちょっと赤《あか》くなった。

ハリーはハーマイオニーと一緒《いっしょ》に奥《おく》の空《あ》いている小《ちい》さなテーブルのほうへと進《すす》んだ。テーブルの背後《はいご》は窓《まど》で、前《まえ》にはすっきりと飾《かざ》られたクリスマスツリーが暖炉脇《だんろわき》に立《た》っていた。五分後《ふんご》に、ロンが大《だい》ジョッキを三つ抱《かか》えてやってきた。泡立《あわだ》った熱《あつ》いバタービールだ。

「ハッピークリスマス！」ロンはうれしそうに大《だい》ジョッキを挙《あ》げた。

ハリーはグビッと飲《の》んだ。こんなにおいしい物《もの》は今《いま》まで飲《の》んだことがない。体《からだ》の芯《しん》から隅々《すみずみ》まで暖《あたた》まる心地《ここち》だった。

急《きゅう》に冷《つめ》たい風《かぜ》がハリーの髪《かみ》を逆立《さかだ》てた。「三本《ぼん》の箒《ほうき》」のドアが開《あ》いていた。大《だい》ジョッキの縁《ふち》から戸口《とぐち》に目《め》をやったハリーはむせ込《こ》んだ。

マクゴナガル先生《せんせい》とフリットウィック先生《せんせい》が、舞《ま》い上《あ》がる雪《ゆき》に包《つつ》まれてパブに入《はい》ってきたのだ。すぐ後《うし》ろにハグリッドが入《はい》ってきた。ハグリッドはライム色《いろ》の山高帽《やまたかぼう》に細《ほそ》じまのマントをまとったでっぷりした男《おとこ》と、話《はなし》に夢中《むちゅう》になっている。コーネリウス・ファッジ、魔法大臣《まほうだいじん》だ。

とっさに、ロンとハーマイオニーが同時《どうじ》にハリーの頭《あたま》のてっぺんに手《て》を置《お》いて、ハリーをぐいっとテーブルの下《した》に押《お》し込《こ》んだ。ハリーは椅子《いす》からすべり落《お》ち、こぼれたバタービールをボタボタ垂《た》らしながら机《つくえ》の下《した》にうずくまった。空《から》になった大《だい》ジョッキを手《て》に、ハリーは先生方《せんせいがた》とファッジの足《あし》を見《み》つめた。足《あし》はバーのほうに動《うご》き、立《た》ち止《ど》まり、方向《ほうこう》を変《か》えてまっすぐハリーのほうへ歩《ある》いてきた。

どこか頭《あたま》の上《うえ》のほうで、ハーマイオニーがつぶやくのが聞《き》こえた。

「モビリアーブス！　木《き》よ動《うご》け！」

そばにあったクリスマスツリーが十センチぐらい浮《う》き上《あ》がり、横《よこ》にふわふわ漂《ただよ》って、ハリーたちのテーブルの真《ま》ん前《まえ》にトンと軽《かる》い音《おと》を立《た》てて着地《ちゃくち》し、三人《にん》を隠《かく》した。ツリーの下《した》のほうのしげった枝《えだ》の間《あいだ》から、ハリーはすぐそばのテーブルの四つの椅子《いす》の脚《あし》が後《うし》ろに引《ひ》かれるのを見《み》ていた。やがて先生方《せんせいがた》も大臣《だいじん》も椅子《いす》に座《すわ》り、フーッというため息《いき》や、やれやれという声《こえ》が聞《き》こえてきた。

次《つぎ》にハリーが見《み》たのは別《べつ》の一組《ひとくみ》の足《あし》で、ピカピカのトルコ石色《いしいろ》のハイヒールをはいていた。女性《じょせい》の声《こえ》がした。

「ギリーウォーターのシングルです――」

「私《わたくし》です」マクゴナガル先生《せんせい》の声《こえ》。

「ホット蜂蜜酒《はちみつしゅ》、四ジョッキ分《ぶん》――」

「ほい、ロスメルタ」ハグリッドだ。

「さくらんぼシロップソーダ、アイスクリームと唐《から》かさ飾《かざ》りつき――」

「ムムム！」フリットウィック先生《せんせい》が唇《くちびる》をとがらせて舌《した》つづみを打《う》った。

「それじゃ、大臣《だいじん》は紅《あか》い実《み》のラム酒《しゅ》ですね？」

「ありがとうよ、ロスメルタのママさん」ファッジの声《こえ》だ。

「君《きみ》にまた会《あ》えてほんとにうれしいよ。君《きみ》も一杯《ぱい》やってくれ……こっちに来《き》て一緒《いっしょ》に飲《の》まないか？」

「まあ、大臣《だいじん》、光栄《こうえい》ですわ」

ピカピカのハイヒールが元気《げんき》よく遠《とお》ざかり、また戻《もど》ってくるのが見《み》えた。ハリーの心臓《しんぞう》はのどのあたりでいやな感《かん》じに鼓動《こどう》を打《う》っていた。どうして気《き》がつかなかったんだろう？　先生方《せんせいがた》にとっても今日《きょう》は今学期最後《こんがっきさいご》の週末《しゅうまつ》だったのに。先生方《せんせいがた》はどのくらいの時間《じかん》ここでねばるつもりだろう？　今夜《こんや》ホグワーツに戻《もど》るためには、このパブを抜《ぬ》け出《だ》してこっそりハニーデュークス店《てん》に戻《もど》る時間《じかん》が必要《ひつよう》だ……。ハリーの脇《わき》で、ハーマイオニーの脚《あし》が神経質《しんけいしつ》にピクリとした。

「それで、大臣《だいじん》、どうしてこんな片田舎《かたいなか》にお出《で》ましになりましたの？」

マダム・ロスメルタの声《こえ》だ。

誰《だれ》か立《た》ち聞《ぎ》きしていないかチェックしている様子《ようす》で、ファッジの太《ふと》った体《からだ》が椅子《いす》の上《うえ》でよじれるのが見《み》えた。それからファッジは低《ひく》い声《こえ》で言《い》った。

「ほかでもない、シリウス・ブラックの件《けん》でね。ハロウィーンの日《ひ》に、学校《がっこう》で何《なに》が起《お》こったかは、うすうす聞《き》いているんだろうね？」

「うわさはたしかに耳《みみ》にしてますわ」マダム・ロスメルタが認《みと》めた。

「ハグリッド、あなたはパブ中《じゅう》に触《ふ》れ回《まわ》ったのですか？」

マクゴナガル先生《せんせい》が腹立《はらだ》たしげに言《い》った。

「大臣《だいじん》、ブラックがまだこのあたりにいるとお考《かんが》えですの？」

マダム・ロスメルタがささやくように言《い》った。

「まちがいない」ファッジがきっぱりと言《い》った。

「吸魂鬼《ディメンター》がわたしのパブの中《なか》を二度《ど》も探《さが》し回《まわ》っていったことをご存《ぞん》じかしら？」

マダム・ロスメルタの声《こえ》には少《すこ》しとげとげしさがあった。

「お客様《きゃくさま》が怖《こわ》がってみんな出《で》ていってしまいましたわ……大臣《だいじん》、商売上《しょうばいあ》がったりですのよ」

「ロスメルタのママさん、私《わたし》だって君《きみ》と同《おな》じで、連中《れんちゅう》が好《す》きなわけじゃない」

ファッジもバツの悪《わる》そうな声《こえ》を出《だ》した。

「用心《ようじん》に越《こ》したことはないんでね……残念《ざんねん》だが仕方《しかた》がない……。つい先《さき》ほど連中《れんちゅう》に会《あ》った。ダンブルドアに対《たい》して猛烈《もうれつ》に怒《おこ》っていてね――ダンブルドアが城《しろ》の校内《こうない》に連中《れんちゅう》を入《い》れないんだ」

「そうすべきですわ」マクゴナガル先生《せんせい》がきっぱりと言《い》った。

「あんな恐《おそ》ろしいものに周《まわ》りをうろうろされては、私《わたくし》たち教育《きょういく》ができませんでしょう？」

「まったくもってそのとおり！」

フリットウィック先生《せんせい》のキーキー声《こえ》がした。背《せ》が小《ちい》さいので足《あし》が下《した》まで届《とど》かず、ぶらぶらしている。

「にもかかわらずだ」ファッジが言《い》い返《かえ》した。「連中《れんちゅう》よりもっとタチの悪《わる》いものから我々《われわれ》を護《まも》るために連中《れんちゅう》がここにいるんだ……知《し》ってのとおり、ブラックの力《ちから》をもってすれば……」

「でもねえ、わたしにはまだ信《しん》じられないですわ」

マダム・ロスメルタが考《かんが》え深《ぶか》げに言《い》った。

「どんな人《ひと》が闇《やみ》の側《がわ》に荷担《かたん》しようと、シリウス・ブラックだけはそうならないと、わたしは思《おも》ってました……あの人《ひと》がまだホグワーツの学生《がくせい》だったときのことを覚《おぼ》えてますわ。もしあのころに誰《だれ》かがブラックがこんなふうになるなんて言《い》ってたら、わたしきっと、『あなた蜂蜜酒《はちみつしゅ》の飲《の》み過《す》ぎよ』って言《い》ったと思《おも》いますわ」

「君《きみ》は話《はなし》の半分《はんぶん》しか知《し》らないんだよ、ロスメルタ」ファッジがぶっきらぼうに言《い》った。

「ブラックの最悪《さいあく》の仕業《しわざ》はあまり知《し》られていない」

「最悪《さいあく》の？」マダム・ロスメルタの声《こえ》は好奇心《こうきしん》ではじけそうだった。

「あんなにたくさんのかわいそうな人《ひと》たちを殺《ころ》した、それより悪《わる》いことだっておっしゃるんですか？」

「まさにそのとおり」ファッジが答《こた》えた。

「信《しん》じられませんわ。あれより悪《わる》いことって何《なん》でしょう？」

「ブラックのホグワーツ時代《じだい》を覚《おぼ》えていると言《い》いましたね、ロスメルタ」

マクゴナガル先生《せんせい》がつぶやくように言《い》った。

「あの人《ひと》の一番《いちばん》の親友《しんゆう》が誰《だれ》だったか、覚《おぼ》えていますか？」

「ええ、ええ」マダム・ロスメルタはちょっと笑《わら》った。

「いつでも一緒《いっしょ》、影《かげ》と形《かたち》のようだったでしょ？　ここにはしょっちゅう来《き》てましたわ——ああ、あの二人《ふたり》にはよく笑《わら》わされました。まるで漫才《まんざい》だったわ、シリウス・ブラックとジェームズ・ポッター！」

ハリーがポロリと落《お》とした大《だい》ジョッキが、大《おお》きな音《おと》を立《た》てた。ロンがハリーをけった。

「そのとおりです」マクゴナガル先生《せんせい》だ。「ブラックとポッターはいたずらっ子《こ》たちの首謀者《しゅぼうしゃ》。もちろん、二人《ふたり》とも非常《ひじょう》に賢《かしこ》い子《こ》でした――まったくずば抜《ぬ》けて賢《かしこ》かった――しかしあんなに手《て》を焼《や》かされた二人組《ふたりぐみ》はなかったですね――」

「そりゃ、わかんねえですぞ」ハグリッドがクックックッと笑《わら》った。「フレッドとジョージ・ウィーズリーにかかっちゃ、互角《ごかく》の勝負《しょうぶ》かもしれねえ」

「みんな、ブラックとポッターは兄弟《きょうだい》じゃないかと思《おも》っただろうね！」フリットウィック先生《せんせい》のかん高《だか》い声《こえ》だ。「一心同体《いっしんどうたい》！」

「まったくそうだった！」ファッジだ。「ポッターはほかの誰《だれ》よりブラックを信用《しんよう》した。卒業《そつぎょう》しても変《か》わらなかった。ブラックはジェームズがリリーと結婚《けっこん》したとき、新郎《しんろう》の付《つ》き添《そ》い役《やく》を務《つと》めた。二人《ふたり》はブラックをハリーの名付《なづ》け親《おや》にした。ハリーはもちろんまったく知《し》らないがね。こんなことを知《し》ったらハリーがどんなにつらい思《おも》いをするか」

「ブラックの正体《しょうたい》が『例《れい》のあの人《ひと》』の一味《いちみ》だったからですの?」

マダム・ロスメルタがささやいた。

「もっと悪《わる》いね……」ファッジは声《こえ》を落《お》とし、低《ひく》く響《ひび》く声《こえ》で先《さき》を続《つづ》けた。

「ポッター夫妻《ふさい》は、自分《じぶん》たちが『例《れい》のあの人《ひと》』につけねらわれていると知《し》っていた。ダンブルドアは『例《れい》のあの人《ひと》』とたゆみなく戦《たたか》っていたから、数多《かずおお》くの役《やく》に立《た》つスパイを放《はな》っていた。そのスパイの一人《ひとり》から情報《じょうほう》を聞《き》き出《だ》し、ダンブルドアはジェームズとリリーにすぐに危機《きき》を知《し》らせ、二人《ふたり》に身《み》を隠《かく》すよう勧《すす》めた。だが、もちろん、『例《れい》のあの人《ひと》』から身《み》を隠《かく》すのは容易《ようい》なことではない。ダンブルドアは『忠誠《ちゅうせい》の術《じゅつ》』が一番助《いちばんたす》かる可能性《かのうせい》があると二人《ふたり》にそう言《い》ったのだ」

「どんな術《じゅつ》ですの?」

マダム・ロスメルタが息《いき》をつめ、夢中《むちゅう》になって聞《き》いた。

フリットウィック先生《せんせい》が咳払《せきばら》いし、「恐《おそ》ろしく複雑《ふくざつ》な術《じゅつ》ですよ」とかん高《だか》い声《こえ》で言《い》った。

「一人《ひとり》の生《い》きた人《ひと》の中《なか》に、秘密《ひみつ》を魔法《まほう》で封《ふう》じ込《こ》める。選《えら》ばれた者《もの》は『秘密《ひみつ》の守人《もりびと》』として情報《じょうほう》を自分《じぶん》の中《なか》に隠《かく》す。かくして情報《じょうほう》を見《み》つけることは不可能《ふかのう》となる――『秘密《ひみつ》の守人《もりびと》』が暴露《ばくろ》しないかぎりはね。『秘密《ひみつ》の守人《もりびと》』が口《くち》を割《わ》らないかぎり、『例《れい》のあの人《ひと》』がリリーとジェームズの隠《かく》れている村《むら》を何年探《なんねんさが》そうが、二人《ふたり》を見《み》つけることはできない。たとえ二人《ふたり》の家《いえ》の居間《いま》の窓《まど》に鼻先《はなさき》を押《お》しつけるほど近《ちか》づいても、見《み》つけることはできない！」

「それじゃ、ブラックがポッター夫妻《ふさい》の『秘密《ひみつ》の守人《もりびと》』に？」

マダム・ロスメルタがささやくように聞《き》いた。

「当然《とうぜん》です」マクゴナガル先生《せんせい》だ。

「ジェームズ・ポッターは、ブラックだったら二人《ふたり》の居場所《いばしょ》を教《おし》えるぐらいなら死《し》を選《えら》ぶだろう、それにブラックも身《み》を隠《かく》すつもりだとダンブルドアにお伝《つた》えしたのです……。それでもダンブルドアはまだ心配《しんぱい》していらっしゃった。自分《じぶん》がポッター夫妻《ふさい》の『秘密《ひみつ》の守人《もりびと》』になろうと申《もう》し出《で》られたことを覚《おぼ》えていますよ」

「ダンブルドアはブラックを疑《うたが》っていらした？」マダム・ロスメルタが息《いき》をのんだ。

「ダンブルドアには、誰《だれ》かポッター夫妻《ふさい》に近《ちか》い者《もの》が、二人《ふたり》の動《うご》きを『例《れい》のあの人《ひと》』に通報《つうほう》している、という確信《かくしん》がおありでした」

マクゴナガル先生《せんせい》が暗《くら》い声《こえ》で言《い》った。

「ダンブルドアはその少《すこ》し前《まえ》から、味方《みかた》の誰《だれ》かが裏切《うらぎ》って『例《れい》のあの人《ひと》』に相当《そうとう》の情報《じょうほう》を流《なが》していると疑《うたが》っていらっしゃいました」

「それでもジェームズ・ポッターはブラックを使《つか》うと主張《しゅちょう》したんですの？」

「そうだ」ファッジが重苦《おもくる》しい声《こえ》で言《い》った。

「そして、『忠誠《ちゅうせい》の術《じゅつ》』をかけてから一週間《しゅうかん》もたたないうちに――」

「ブラックが二人《ふたり》を裏切《うらぎ》った？」マダム・ロスメルタがささやき声《ごえ》で聞《き》いた。

「まさにそうだ。ブラックは二重《にじゅう》スパイの役目《やくめ》につかれて、『例《れい》のあの人《ひと》』への支持《しじ》をおおっぴらに宣言《せんげん》しようとしていた。ポッター夫妻《ふさい》の死《し》に合《あ》わせて宣言《せんげん》する計画《けいかく》だったらしい。ところが、知《し》ってのとおり、『例《れい》のあの人《ひと》』は幼《おさな》いハリーのために凋落《ちょうらく》した。力《ちから》も失《う》せ、ひどく弱体化《じゃくたいか》し、逃《に》げ去《さ》った。残《のこ》されたブラックにしてみれば、まったくいやな立場《たちば》に立《た》たされてしまったわけだ。自分《じぶん》が裏切《うらぎ》り者《もの》だと旗幟鮮明《きしせんめい》にしたとたん、自分《じぶん》の旗頭《はたがしら》が倒《たお》れてしまったんだ。逃《に》げるほかなかった――」

「くそったれのあほんだらの裏切《うらぎ》り者《もの》め！」

ハグリッドの罵声《ばせい》に、バーにいた人《ひと》の半分《はんぶん》がしんとなった。

「シーッ！」とマクゴナガル先生《せんせい》。

「俺《おれ》はヤツに出会《であ》ったんだ」

ハグリッドは歯《は》がみをした。

「ヤツに最後《さいご》に出会《であ》ったのは俺《おれ》にちげぇねえ。そのあとでヤツはあんなにみんなを殺《ころ》した！

ジェームズとリリーが殺《ころ》されっちまったとき、あの家《いえ》からハリーを助《たす》け出《だ》したのは俺《おれ》だ！　崩《くず》れた家《いえ》からすぐにハリーを連《つ》れ出《だ》した。かわいそうなちっちゃなハリー。額《ひたい》におっきな傷《きず》を受《う》けて、両親《りょうしん》は死《し》んじまって……そんで、シリウス・ブラックが現《あらわ》れた。いつもの空飛《そらと》ぶオートバイに乗《の》って。あそこに何《なん》の用《よう》で来《き》たんだか、俺《おれ》には思《おも》いもつかんかった。ヤツがリリーとジェームズの『秘密《ひみつ》の守人《もりびと》』だとは知《し》らんかった。『例《れい》のあの人《ひと》』の襲撃《しゅうげき》の知《し》らせを聞《き》きつけて、何《なに》かできることはねえかとかけつけてきたんだと思《おも》った。ヤツめ、真《ま》っ青《さお》になって震《ふる》えとったわ。そんで、俺《おれ》がなんしたと思《おも》うか？　**俺《おれ》は殺人者《さつじんしゃ》の裏切《うらぎ》り者《もの》をなぐさめたんだ！**」

ハグリッドがほえた。

「ハグリッド！　お願《ねが》いだから声《こえ》を低《ひく》くして！」マクゴナガル先生《せんせい》だ。

「ヤツがジェームズとリリーが死《し》んで取《と》り乱《みだ》してたんではねえんだと、俺《おれ》にわかるはずがあっか？　ヤツが気《き》にしてたんは『例《れい》のあの人《ひと》』だったんだ！　ほんでもってヤツが言《い》うには『ハグリッド、ハリーを僕《ぼく》に渡《わた》してくれ。僕《ぼく》が名付《なづ》け親《おや》だ。僕《ぼく》が育《そだ》てる――』。ヘン！　俺《おれ》にはダンブルドアからのお言《い》いつけがあったわ。そんで、ブラックに言《い》ってやった。『ダメだ。ダンブルドアがハリーはおばさんとおじさんのところに行《い》くんだって言《い》いなさった』。ブラックはごちゃごちゃ言《い》うとったが、結局《けっきょく》あきらめた。ハリーを届《とど》けるのに自分《じぶん》のオートバイを使《つか》えって、俺《おれ》にそう言《い》った。『僕《ぼく》にはもう必要《ひつよう》がないだろう』。そう言《い》ったな。

なんかおかしいって、そん時《とき》に気《き》づくべきだった。ヤツはあのオートバイが気《き》に入《い》っとった。なんでそれを俺《おれ》にくれる？　もう必要《ひつよう》がないだろうって、なぜだ？　つまり、あれは目立《めだ》ち過《す》ぎるわけだ。ダンブルドアはヤツがポッターの『秘密《ひみつ》の守人《もりびと》』だってことを知《し》ってなさる。ブラックはあの晩《ばん》のうちにトンズラしなきゃなんねえってわかってた。魔法省《まほうしょう》が追《お》っかけてくるのも時間《じかん》の問題《もんだい》だってヤツは知《し》ってた。

もし、**俺《おれ》がハリーをヤツに渡《わた》してたらどうなってた？**　えっ？　海《うみ》のど真《ま》ん中《なか》あたりまで飛《と》んだところで、ハリーをバイクから放《ほう》り出《だ》したにちげぇねえ。無二《むに》の親友《しんゆう》の息子《むすこ》をだ！　闇《やみ》の陣営《じんえい》に与《くみ》した魔法使《まほうつか》いにとっちゃ、誰《だれ》だろうが、何《なん》だろうが、もう関係《かんけい》ねえんだ……」

ハグリッドの話《はなし》のあとは長《なが》い沈黙《ちんもく》が続《つづ》いた。それから、マダム・ロスメルタがやや満足《まんぞく》げに言《い》った。

「でも、逃《に》げおおせなかったわね？　魔法省《まほうしょう》が次《つぎ》の日《ひ》に追《お》い詰《つ》めたわ！」

「ああ、魔法省《まほうしょう》だったらよかったのだが！」ファッジが口惜《くちお》しげに言《い》った。

「ヤツを見《み》つけたのは我々《われわれ》ではなく、チビのピーター・ペティグリューだった――ポッター夫妻《ふさい》の友人《ゆうじん》の一人《ひとり》だが。悲《かな》しみで頭《あたま》がおかしくなったのだろう。たぶんな。ブラックがポッターの

『秘密《ひみつ》の守人《もりびと》』だと知《し》っていたペティグリューは、自《みずか》らブラックを追《お》った」

「ペティグリュー……ホグワーツにいたころはいつも二人《ふたり》のあとにくっついていたあの太《ふと》った小《ちい》さな男《おとこ》の子《こ》かしら？」マダム・ロスメルタが聞《き》いた。

「ブラックとポッターのことを英雄《えいゆう》のように崇《あが》めていた子《こ》だった」マクゴナガル先生《せんせい》が言《い》った。

「能力《のうりょく》から言《い》って、あの二人《ふたり》の仲間《なかま》にはなりえなかった子《こ》です。私《わたくし》、あの子《こ》には時《とき》に厳《きび》しく当《あ》たりましたわ。私《わたくし》が今《いま》、どんなにそれを――どんなに悔《く》いているか……」

マクゴナガル先生《せんせい》は急《きゅう》に鼻《はな》かぜを引《ひ》いたような声《こえ》になった。

「さあ、さあ、ミネルバ」ファッジがやさしく声《こえ》をかけた。

「ペティグリューは英雄《えいゆう》として死《し》んだ。目撃者《もくげきしゃ》の証言《しょうげん》では――もちろんこのマグルたちの記憶《きおく》はあとで消《け》しておいたがね――ペティグリューはブラックを追《お》いつめた。泣《な》きながら『リリーとジェームズが。シリウス！ よくもそんなことを！』と言《い》っていたそうだ。それから杖《つえ》を取《と》り出《だ》そうとした。まあ、もちろん、ブラックのほうが速《はや》かった。ペティグリューはこっぱみじんに吹《ふ》っ飛《と》ばされてしまった……」

マクゴナガル先生《せんせい》はチンと鼻《はな》をかみ、かすれた声《こえ》で言《い》った。

「バカな子《こ》……間《ま》抜《ぬ》けな子《こ》……どうしようもなく決闘《けっとう》がへたな子《こ》でしたわ……魔法省《まほうしょう》に任《まか》せるべ

きでした……」

「俺《おれ》なら、ああ、俺《おれ》がペティグリューのチビより先《さき》にブラックと対決《たいけつ》してたら、杖《つえ》なんかもたもた出《だ》さねえぞ――ヤツを引《ひ》っこ抜《ぬ》いて――バラバラに――八《や》つ裂《ざ》きに――」ハグリッドがほえた。

「ハグリッド、ばかを言《い》うもんじゃない」ファッジが厳《きび》しく言《い》った。

「魔法警察部隊《まほうけいさつぶたい》から派遣《はけん》される訓練《くんれん》された『特殊部隊《とくしゅぶたい》』以外《いがい》は、追《お》い詰《つ》められたブラックに太刀《たち》打《う》ちできる者《もの》はいなかったろう。私《わたし》はその時《とき》、魔法惨事部《まほうさんじぶ》の次官《じかん》だったが、ブラックがあれだけの人間《にんげん》を殺《ころ》したあとに現場《げんば》に到着《とうちゃく》した第《だい》一陣《じん》の一人《ひとり》だった。私《わたし》は、あの――あの光景《こうけい》が忘《わす》れられない。今《いま》でもときどき夢《ゆめ》に見《み》る。道《みち》の真《ま》ん中《なか》に深《ふか》くえぐれたクレーター。その底《そこ》のほうで下水管《げすいかん》に亀裂《きれつ》が入《はい》っていた。死体《したい》が累々《るいるい》。マグルたちは悲鳴《ひめい》を上《あ》げていた。そして、ブラックがそこに仁王《におう》立《だ》ちになり笑《わら》っていた。その前《まえ》にペティグリューの残《ざん》がいが……血《ち》だらけのローブとわずかの……わずかの肉片《にくへん》が――」


ファッジの声《こえ》が突然《とつぜん》とぎれた。鼻《はな》をかむ音《おと》が五人分聞《にんぶんき》こえた。

「さて、そういうことなんだよ、ロスメルタ」ファッジがかすれた低《ひく》い声《こえ》で言《い》った。

「ブラックは魔法警察部隊《まほうけいさつぶたい》が二十人《にん》がかりで連行《れんこう》し、ペティグリューは勲《くん》一等《とう》マーリン勲章《くんしょう》を授《じゅ》与《よ》された。哀《あわ》れなお母上《ははうえ》にとってはこれが少《すこ》しはなぐさめになったことだろう。ブラックはそれ以来《いらい》ずっとアズカバンに収監《しゅうかん》されていた」

マダム・ロスメルタは長《なが》いため息《いき》をついた。

「大臣《だいじん》、ブラックは正気《しょうき》を失《うしな》っているというのはほんとうですの？」

「そう言《い》いたいがね」ファッジは考《かんが》えながらゆっくり話《はな》した。

「『ご主人様《しゅじんさま》』が敗北《はいぼく》したことで、たしかにしばらくはおかしくなっていたと思《おも》うね。ペティグリューやあれだけのマグルを殺《ころ》したというのは、追《お》い詰《つ》められて自暴自棄《じぼうじき》になった男《おとこ》の仕業《しわざ》だ――残忍《ざんにん》で……何《なん》の意味《いみ》もない。しかしだ、先日私《せんじつわたし》がアズカバンの見回《みまわ》りにいったときにブラックに会《あ》ったんだが、何《なに》しろ、あそこの囚人《しゅうじん》は大方《おおかた》みんな暗《くら》い中《なか》に座《すわ》り込《こ》んで、ブツブツひとり言《ごと》を言《い》っているし、正気《しょうき》じゃない……ところが、ブラックがあまりに正常《せいじょう》なので私《わたし》はショックを受《う》けた。私《わたし》に対《たい》してまったく筋《すじ》の通《とお》った話《はな》し方《かた》をするんで、なんだか意表《いひょう》を突《つ》かれた気《き》がした。ブラックは単《たん》に退屈《たいくつ》しているだけなように見《み》えたね――私《わたし》に、新聞《しんぶん》を読《よ》み終《お》わったならくれないかと言《い》った。しゃれてるじゃないか、クロスワードパズルがなつかしいからと言《い》うんだよ。ああ、大《おお》いに驚《おどろ》きましたとも。吸魂鬼《ディメンター》がほとんどブラックに影響《えいきょう》を与《あた》えていないことにね――しかもブラックはあそこでもっとも厳《きび》しく監視《かんし》されている囚人《しゅうじん》の一人《ひとり》だったのでね。そう、吸魂鬼《ディメンター》が昼《ひる》も夜《よる》もブラックの独房《どくぼう》のすぐ外《そと》にいたんだ」

「だけど、何《なん》のために脱獄《だつごく》したとお考《かんが》えですの？　まさか、大臣《だいじん》、ブラックは『例《れい》のあの人《ひと》』とまた組《く》むつもりでは？」

マダム・ロスメルタが聞《き》いた。

「それが、ブラックの――アー――最終的《さいしゅうてき》なくわだてだと言《い》えるだろう」

ファッジは言葉《ことば》をにごした。

「しかし、我々《われわれ》は程《ほど》なくブラックを逮捕《たいほ》するだろう。『例《れい》のあの人《ひと》』が孤立無援《こりつむえん》なら、それはそれでよし……しかし彼《かれ》のもっとも忠実《ちゅうじつ》な家来《けらい》が戻《もど》ったとなると、どんなにあっという間《ま》に彼《かれ》が復活《ふっかつ》するか、考《かんが》えただけでも身《み》の毛《け》がよだつ……」

テーブルの上《うえ》にガラスを置《お》くカチャカチャという小《ちい》さな音《おと》がした。誰《だれ》かがグラスを置《お》いたらしい。

「さあ、コーネリウス、校長《こうちょう》と食事《しょくじ》なさるおつもりなら、城《しろ》に戻《もど》ったほうがよいでしょう」

マクゴナガル先生《せんせい》が言《い》った。

一人《ひとり》、また一人《ひとり》と、ハリーの目《め》の前《まえ》の足《あし》が二本《ほん》ずつ、足《あし》の持《も》ち主《ぬし》を再《ふたた》び乗《の》せて動《うご》きだした。マダム・ロスメルタのピカピカのハイヒールの縁《ふち》がはらりとハリーの視界《しかい》に飛《と》び込《こ》んできた。マダム・ロスメルタのピカピカのハイヒールはカウンターの裏側《うらがわ》に消《き》えた。「三本《ぼん》の箒《ほうき》」のドアが再《ふたた》び開《ひら》き、また雪《ゆき》が舞《ま》い込《こ》み、先生方《せんせいがた》は立《た》ち去《さ》った。

「ハリー？」

ロンとハーマイオニーの顔《かお》がテーブルの下《した》に現《あらわ》れた。二人《ふたり》とも言葉《ことば》もなくハリーをじっと見《み》つめていた。

第《だい》11章《しょう》　炎の雷《ファイアボルト》

どうやってハニーデュークス店《てん》の地下室《ちかしつ》までたどり着《つ》き、どうやってトンネルを抜《ぬ》け、また城《しろ》へと戻《もど》ったのか、ハリーははっきり覚《おぼ》えていない。帰路《きろ》はまったく時間《じかん》がかからなかったような気《き》がしたことだけは覚《おぼ》えている。頭《あたま》の中《なか》で聞《き》いたばかりの会話《かいわ》がガンガン鳴《な》り響《ひび》き、自分《じぶん》が何《なに》をしているのか、ほとんど意識《いしき》がなかった。

どうして誰《だれ》も何《なん》にも教《おし》えてくれなかったのだろう？　ダンブルドア、ハグリッド、ウィーズリー氏《し》、コーネリウス・ファッジ……どうして誰《だれ》も、ハリーの両親《りょうしん》が無二《むに》の親友《しんゆう》の裏切《うらぎ》りで死《し》んだという事実《じじつ》を話《はな》してくれなかったんだろう？

夕食《ゆうしょく》の間中《あいだじゅう》、ロンとハーマイオニーはハリーを気《き》づかわしげに見守《みまも》った。すぐそばにパーシーがいたので、とてももれ聞《き》いた会話《かいわ》のことを話《はな》しだせなかったのだ。階段《かいだん》を上《のぼ》り、混《こ》み合《あ》った談《だん》話室《わしつ》に戻《もど》ると、フレッドとジョージが、学期末《がっきまつ》のお祭《まつ》り気分《きぶん》で、半《はん》ダースものクソ爆弾《ばくだん》を爆発《ばくはつ》させたところだった。ホグズミードに無事《ぶじ》着《つ》いたかどうかと双子《ふたご》に質問《しつもん》されたくなかったので、ハリーはこっそり寝室《しんしつ》に戻《もど》った。誰《だれ》もいない寝室《しんしつ》で、ハリーはまっすぐベッド脇《わき》の書類棚《しょるいだな》に向《む》かった。教科書《きょうかしょ》を脇《わき》によけると、探《さが》し物《もの》はすぐ見《み》つかった――ハグリッドが二年前《ねんまえ》にくれた革表紙《かわびょうし》のアルバムだ。父親《ちちおや》と母親《ははおや》の魔法写真《まほうしゃしん》がぎっしり貼《は》ってある。ベッドに座《すわ》り、周《まわ》りのカーテンをぐるりと閉《し》め、ページをめくりはじめた。探《さが》しているのは……。

両親《りょうしん》の結婚《けっこん》の日《ひ》の写真《しゃしん》でハリーは手《て》を止《と》めた。父親《ちちおや》がハリーに向《む》かってニッコリ笑《わら》いかけながら手《て》を振《ふ》っている。ハリーに遺伝《いでん》したくしゃくしゃな黒髪《くろかみ》が、勝手《かって》な方向《ほうこう》にピンピン飛《と》び出《だ》している。母親《ははおや》もいた。父《とう》さんと腕《うで》を組《く》み、幸《しあわ》せで輝《かがや》いている。そして……。

この人《ひと》にちがいない。花婿《はなむこ》付《つ》き添《そ》い人《にん》……この人《ひと》のことを一度《いちど》も考《かんが》えたことはなかった。同《おな》じ人間《にんげん》だと知《し》らなかったら、この古《ふる》い写真《しゃしん》の人《ひと》がブラックだとはとうてい思《おも》えなかっただろう。写真《しゃしん》の顔《かお》はやせこけたろうのような顔《かお》ではなく、ハンサムで、あふれるような笑顔《えがお》だった。この写真《しゃしん》を撮《と》ったときには、もうヴォルデモートの下《した》で働《はたら》いていたのだろうか？　隣《となり》にいる二人《ふたり》の死《し》をくわだてていたのだろうか？　十二年間《ねんかん》ものアズカバン虜囚《りょしゅう》が待《ま》ち受《う》けていると、わかっていたのだろうか？　自《みずか》らを見《み》る影《かげ》もない姿《すがた》に変《か》える十二年間《ねんかん》を。

しかし、この人《ひと》は吸魂鬼《ディメンター》なんて平気《へいき》なんだ。ハリーは快活《かいかつ》に笑《わら》うハンサムな顔《かお》を見《み》つめた。吸魂鬼《ディメンター》がそばに来《き》ても、この人《ひと》は僕《ぼく》の母《かあ》さんの悲鳴《ひめい》を聞《き》かなくてすむんだ――。

ハリーはアルバムをピシャリと閉《と》じ、手《て》を伸《の》ばしてそれを書類棚《しょるいだな》に戻《もど》し、ローブを脱《ぬ》ぎ、めがねをはずし、周《まわ》りのカーテンで誰《だれ》からも見《み》えないことをたしかめて、ベッドにもぐり込《こ》んだ。

寝室《しんしつ》のドアが開《ひら》いた。

「ハリー？」遠慮《えんりょ》がちに、ロンの声《こえ》がした。

ハリーは寝《ね》たふりをしてじっと横《よこ》たわっていた。ロンがまた出《で》ていく気配《けはい》がした。ハリーは目《め》を大《おお》きく見開《みひら》いたまま、寝返《ねがえ》りを打《う》ち、仰向《あおむ》けになった。

経験《けいけん》したことのないはげしい憎《にく》しみが、毒《どく》のようにハリーの体中《からだじゅう》を回《まわ》っていった。まるであのアルバムの写真《しゃしん》を誰《だれ》かがハリーの目《め》に貼《は》りつけたかのように、ハリーには暗闇《くらやみ》を透《す》かして、ブラックの笑《わら》う姿《すがた》が見《み》えた。誰《だれ》かが映画《えいが》の一《ひと》こまをハリーに見《み》せてくれているかのように、シリウス・ブラックがピーター・ペティグリュー（なぜかネビル・ロングボトムの顔《かお》が重《かさ》なった）を粉々《こなごな》にする場面《ばめん》を、ハリーは見《み》た。低《ひく》い、興奮《こうふん》したささやきが、（ブラックの声《こえ》がどんな声《こえ》なのかまったくわからなかったが）ハリーには聞《き》こえた。

「やりました。ご主人様《しゅじんさま》……ポッター夫妻《ふさい》が私《わたし》を『秘密《ひみつ》の守人《もりびと》』にしました……」

それに続《つづ》いてもう一つの声《こえ》が聞《き》こえる。かん高《だか》い笑《わら》いだ。吸魂鬼《ディメンター》が近《ちか》づくたびにハリーの頭《あたま》の中《なか》で聞《き》こえるあの高笑《たかわら》いだ……。

「ハリー、君《きみ》――君《きみ》、ひどい顔《かお》だ」

ハリーは明《あ》け方《がた》まで眠《ねむ》れなかった。目《め》が覚《さ》めたとき、寝室《しんしつ》には誰《だれ》もいなかった。服《ふく》を着《き》てらせん階段《かいだん》を下《お》り、談話室《だんわしつ》まで来《く》ると、そこもからっぽだった。ロンとハーマイオニーしかいない。ロンは腹《はら》をさすりながら「がまミント」を食《た》べていたし、ハーマイオニーは三つもテーブルを占《せん》領《りょう》して宿題《しゅくだい》を広《ひろ》げていた。

「みんなはどうしたの？」

「いなくなっちゃった！　今日《きょう》が休暇《きゅうか》一日目《にちめ》だよ。覚《おぼ》えてるかい？」

ロンはハリーをまじまじと見《み》た。

「もう昼食《ちゅうしょく》の時間《じかん》になるとこだよ。君《きみ》を起《お》こしにいこうと思《おも》ってたところだ」

ハリーは暖炉脇《だんろわき》の椅子《いす》にドサッと座《すわ》った。窓《まど》の外《そと》にはまだ雪《ゆき》が降《ふ》っている。クルックシャンクスは暖炉《だんろ》の前《まえ》にべったり寝《ね》そべって、まるでオレンジ色《いろ》の大《おお》きなマットのようだった。

「ねえ、ほんとに顔色《かおいろ》がよくないわ」

ハーマイオニーが心配《しんぱい》そうに、ハリーの顔《かお》をまじまじとのぞき込《こ》んだ。

「大丈夫《だいじょうぶ》」ハリーが言《い》った。

「ハリー、ねえ、聞《き》いて」ハーマイオニーがロンと目配《めくば》せしながら言《い》った。「きのう私《わたし》たちが聞《き》いてしまったことで、あなたはとっても大変《たいへん》な思《おも》いをしてるでしょう。でも、大切《たいせつ》なのは、あなたが軽《かる》はずみをしちゃいけないってことよ」

「どんな？」

「たとえばブラックを追《お》いかけるとか」ロンがはっきり言《い》った。

ハリーが寝《ね》ている間《あいだ》に、二人《ふたり》がこのやり取《と》りを練習《れんしゅう》したのだと、ハリーには察《さっ》しがついた。ハリーは何《なに》も言《い》わなかった。

「そんなことしないわよね。ね、ハリー？」ハーマイオニーが念《ねん》を押《お》した。

「だって、ブラックのために死《し》ぬ価値《かち》なんて、ないぜ」ロンだ。

ハリーは二人《ふたり》を見《み》た。この二人《ふたり》には全然《ぜんぜん》わかっていないらしい。

「吸魂鬼《ディメンター》が僕《ぼく》に近《ちか》づくたびに、僕《ぼく》が何《なに》を見《み》たり、何《なに》を聞《き》いたりするか、知《し》ってるかい？」

ロンもハーマイオニーも不安《ふあん》そうに首《くび》を横《よこ》に振《ふ》った。

「母《かあ》さんが泣《な》き叫《さけ》んでヴォルデモートに命乞《いのちご》いをする声《こえ》が聞《き》こえるんだ。もし君《きみ》たちが、自分《じぶん》の母親《ははおや》が殺《ころ》される直前《ちょくぜん》にあんなふうに叫《さけ》ぶ声《こえ》を聞《き》いたなら、そんなに簡単《かんたん》に忘《わす》れられるものか。友達《ともだち》だと信《しん》じていた誰《だれ》かに裏切《うらぎ》られた、そいつがヴォルデモートを差《さ》し向《む》けたと知《し》ったら――」

「あなたにはどうにもできないことよ！」

ハーマイオニーが苦《くる》しそうに言《い》った。

「吸魂鬼《ディメンター》がブラックを捕《つか》まえるし、アズカバンに連《つ》れ戻《もど》すわ。そして――それが当然《とうぜん》の報《むく》いよ！」

「ファッジが言《い》ったこと聞《き》いただろう。ブラックは普通《ふつう》の魔《ま》法使《ほうつか》いとちがって、アズカバンでも平気《へいき》だって。ほかの人《ひと》には刑罰《けいばつ》になっても、あいつには効《き》かないんだ」

「じゃ、何《なに》が言《い》いたいんだい？」ロンが緊張《きんちょう》して聞《き》いた。

「まさか――ブラックを殺《ころ》したいとか、そんな？」

「ばかなこと言《い》わないで」ハーマイオニーがあわてた。

「ハリーが誰《だれ》かを殺《ころ》したいなんて思《おも》うわけないじゃない。そうよね？　ハリー？」

ハリーはまた黙《だま》りこくった。自分《じぶん》でもどうしたいのかわからなかった。ただ、ブラックが野放《のばな》しになっているというのに何《なに》もしないでいるのはとても耐《た》えられない。それだけはわかった。

「マルフォイは知《し》ってるんだ」出《だ》し抜《ぬ》けにハリーは言《い》った。

「魔法薬学《まほうやくがく》のクラスで僕《ぼく》に何《なん》て言《い》ったか、覚《おぼ》えてるかい？『僕《ぼく》なら、自分《じぶん》で追《お》いつめる……復《ふく》讐《しゅう》するんだ』」

「僕《ぼく》たちの意見《いけん》より、マルフォイの意見《いけん》を聞《き》こうってのかい？」ロンが怒《おこ》った。

「いいかい……ブラックがペティグリューを片《かた》づけたとき、ペティグリューの母親《ははおや》の手《て》に何《なに》が戻《もど》った？　パパに聞《き》いたんだ――マーリン勲章《くんしょう》、勲《くん》一等《とう》、それに箱《はこ》に入《はい》った息子《むすこ》の指《ゆび》一本《ぽん》だ。それが残《のこ》った体《からだ》のかけらの中《なか》で一番大《いちばんおお》きいものだった。ブラックは狂《くる》ってる。ハリー、あいつは危険人物《きけんじんぶつ》なんだ――」

「マルフォイの父親《ちちおや》が話《はな》したにちがいない」ハリーはロンの言葉《ことば》を無視《むし》した。「ヴォルデモートの腹心《ふくしん》の一人《ひとり》だったから――」

「『**例《れい》のあの人《ひと》**』って言《い》えよ。頼《たの》むから」ロンが怒《おこ》ったように口《くち》を挟《はさ》んだ。

「――だからマルフォイ一家《いっか》は、ブラックがヴォルデモートの手下《てした》だって当然《とうぜん》知《し》ってたんだ――」

「――そして、マルフォイは、君《きみ》がペティグリューみたいに粉々《こなごな》になって吹《ふ》っ飛《と》ばされればいいって思《おも》ってるんだ！　しっかりしろよ。マルフォイは、ただ、クィディッチ試合《じあい》で君《きみ》と対決《たいけつ》する前《まえ》に、君《きみ》がのこのこ殺《ころ》されにいけばいいって思《おも》ってるんだ」

「ハリー、**お願《ねが》い**」

ハーマイオニーの目《め》は、今《いま》や涙《なみだ》で光《ひか》っていた。

「**お願《ねが》いだから**、冷静《れいせい》になって。ブラックのやったこと、とっても、とってもひどいことだわ。

でも、ね、自分《じぶん》を危険《きけん》にさらさないで。ねぇ。それがブラックの思《おも》うつぼなのよ……あぁ、ハリー、あなたがブラックを探《さが》したりすれば、ブラックにとっては飛《と》んで火《ひ》に入《い》る夏《なつ》の虫《むし》よ。あなたのご両親《りょうしん》だって、あなたが傷《きず》ついたりすることを望《のぞ》んでらっしゃらないわよ。そうでしょう? ご両親《りょうしん》は、あなたがブラックを追跡《ついせき》することをけっしてお望《のぞ》みにはならなかったわ!」

「父《とう》さん、母《かあ》さんが何《なに》を望《のぞ》んだかなんて、僕《ぼく》は一生《いっしょう》知《し》ることはないんだ。ブラックのせいで、僕《ぼく》は一度《いちど》も父《とう》さんや母《かあ》さんと話《はな》したことがないんだから」ハリーはぶっきらぼうに言《い》った。

沈黙《ちんもく》が流《なが》れた。クルックシャンクスがその間《あいだ》に悠々《ゆうゆう》と伸《の》びをし、爪《つめ》を曲《ま》げ伸《の》ばしした。ロンのポケットが小刻《こきざ》みに震《ふる》えた。

「さあ」ロンがとにかく話題《わだい》を変《か》えようとあわてて切《き》り出《だ》した。「休《やす》みだ! もうすぐクリスマスだ! それじゃ――それじゃハグリッドの小屋《こや》に行《い》こうよ。もう何百年《なんびゃくねん》も会《あ》ってないよ!」

「だめ!」ハーマイオニーがすぐ言《い》った。「ハリーは城《しろ》を離《はな》れちゃいけないのよ、ロン――」

「よし、行《い》こう」ハリーが身《み》を起《お》こした。「そしたら僕《ぼく》、聞《き》くんだ。ハグリッドが僕《ぼく》の両親《りょうしん》のことを全部《ぜんぶ》話《はな》してくれたとき、どうしてブラックのことをだまっていたのかって!」

ブラックの話《はなし》がまた持《も》ち出《だ》されるとは、まったくロンの計算《けいさん》に入《はい》っていなかった。

「じゃなきゃ、チェスの試合《しあい》をしてもいいな」ロンがあわてて言《い》った。「それともゴブストーン・ゲームとか。パーシーが一式忘《いっしきわす》れていったんだ――」

「いや、ハグリッドのところへ行《い》こう」ハリーは言《い》い張《は》った。

そこで三人《にん》とも寮《りょう》の寝室《しんしつ》からマントを取《と》ってきて、肖像画《しょうぞうが》の穴《あな》をくぐり（「立《た》て、戦《たたか》え、臆病《おくびょう》犬《いぬ》ども！」）、がらんとした城《しろ》を抜《ぬ》け、樫《かし》の木《き》の正面扉《しょうめんとびら》を通《とお》って出発《しゅっぱつ》した。

キラキラ光《ひか》るパウダースノーに浅《あさ》い小道《こみち》を掘《ほ》りつけながら、三人《にん》はゆっくりと芝生《しばふ》を下《くだ》った。靴下《くつした》もマントのすそもぬれて凍《こお》りついた。禁《きん》じられた森《もり》の木々《きぎ》はうっすらと銀色《ぎんいろ》に輝《かがや》き、まるで森全体《もりぜんたい》が魔法《まほう》にかけられたようだったし、ハグリッドの小屋《こや》は粉砂糖《こなざとう》のかかったケーキのようだった。

ロンがノックしたが、答《こた》えがない。

「出《で》かけてるのかしら？」ハーマイオニーはマントをかぶって震《ふる》えていた。

ロンがドアに耳《みみ》をつけた。

「変《へん》な音《おと》がする。聞《き》いて――ファングかなぁ？」

ハリーとハーマイオニーも耳《みみ》をつけた。小屋《こや》の中《なか》から、波打《なみう》つような低《ひく》いうめき声《ごえ》が聞《き》こえる。

「誰《だれ》か呼《よ》んだほうがいいかな？」ロンが不安《ふあん》げに言《い》った。

「ハグリッド！」ドアをドンドンたたきながら、ハリーが呼《よ》んだ。

「ハグリッド、中《なか》にいるの？」

重《おも》い足音《あしおと》がして、ドアがギーッときしみながら開《ひら》いた。ハグリッドが真《ま》っ赤《か》に泣《な》きはらした目《め》をして突《つ》っ立《た》っていた。涙《なみだ》が滝《たき》のように、革《かわ》のチョッキを伝《つた》って流《なが》れ落《お》ちている。

「聞《き》いたか！」

大声《おおごえ》で叫《さけ》ぶなり、ハグリッドはハリーの首《くび》に抱《だ》きついた。

ハグリッドは何《なに》しろ普通《ふつう》の人《ひと》の二倍《ばい》はある。これは笑《わら》い事《ごと》ではなかった。ハリーはハグリッドの重《おも》みで危《あや》うく押《お》しつぶされそうになるところを、ロンとハーマイオニーに救《すく》い出《だ》された。二人《ふたり》がハグリッドのわきの下《した》を支《ささ》えて持《も》ち上《あ》げ、ハリーも手伝《てつだ》って、ハグリッドを小屋《こや》に入《い》れた。ハグリッドはされるがままに椅子《いす》に運《はこ》ばれ、テーブルに突《つ》っ伏《ぷ》し、身《み》も世《よ》もなくしゃくり上《あ》げていた。顔《かお》は涙《なみだ》でてかてか、その涙《なみだ》がもじゃもじゃのあごひげを伝《つた》って滴《したた》り落《お》ちていた。

「ハグリッド、何事《なにごと》なの？」ハーマイオニーがあぜんとして聞《き》いた。

ハリーはテーブルに公式《こうしき》の手紙《てがみ》らしいものが広《ひろ》げてあるのに気《き》づいた。

「ハグリッド、これは何《なに》？」

ハグリッドのすすり泣《な》きが二倍《ばい》になった。そして手紙《てがみ》をハリーのほうに押《お》してよこした。ハリーはそれを取《と》って読《よ》み上《あ》げた。

ハグリッド殿《どの》

ヒッポグリフが貴殿《きでん》の授業《じゅぎょう》で生徒《せいと》を攻撃《こうげき》した件《けん》についての調査《ちょうさ》で、この残念《ざんねん》な不祥《ふしょう》事《じ》について、貴殿《きでん》には何《なん》ら責任《せきにん》はないとするダンブルドア校長《こうちょう》の保証《ほしょう》を我々《われわれ》は受《う》け入《い》れることに決定《けってい》いたしました。

「じゃ、オッケーだ。よかったじゃないか、ハグリッド！」

ロンがハグリッドの肩《かた》をたたいた。しかし、ハグリッドは泣《な》き続《つづ》け、でかい手《て》を振《ふ》って、ハリーに先《さき》を読《よ》むようにうながした。

しかしながら、我々《われわれ》は、当該《とうがい》ヒッポグリフに対《たい》し、懸念《けねん》を表明《ひょうめい》せざるを得《え》ません。我々《われわれ》はルシウス・マルフォイ氏《し》の正式《せいしき》な訴《うった》えを受《う》け入《い》れることを決定《けってい》しました。従《したが》いまして、この件《けん》は、「危険生物処理委員会《きけんせいぶつしょりいいんかい》」に付託《ふたく》されることになります。事情聴取《じじょうちょうしゅ》は四月二十日《がつはつか》に行《おこな》われます。当日《とうじつ》、ヒッポグリフを伴《ともな》い、ロンドンの当委員会事務所《とういいんかいじむしょ》まで出頭願《しゅっとうねが》います。それまでヒッポグリフは隔離《かくり》し、つないでおかなければなりません。

敬具《けいぐ》

手紙《てがみ》のあとに学校《がっこう》の理事《りじ》の名前《なまえ》が連《つら》ねてあった。

「ウーン」ロンが言《い》った。

「だけど、ハグリッド、バックビークは悪《わる》いヒッポグリフじゃないって、そう言《い》ってたじゃないか。絶対《ぜったい》、無罪放免《むざいほうめん》──」

「おまえさんは『危険生物処理委員会《きけんせいぶつしょりいいんかい》』ちゅうとこの怪物《かいぶつ》どもを知《し》らんのだ！」

ハグリッドはそでで目《め》をぬぐいながら、のどを詰《つ》まらせた。

「連中《れんちゅう》はおもしれえ生《い》きもんを目《め》の敵《かたき》にしてきた！」

突然《とつぜん》、小屋《こや》の隅《すみ》から物音《ものおと》がして、ハリー、ロン、ハーマイオニーがはじかれたように振《ふ》り返《かえ》った。ヒッポグリフのバックビークが隅《すみ》のほうに寝《ね》そべって、何《なに》かをバリバリ食《く》いちぎっている。その血《ち》が床一面《ゆかいちめん》ににじみだしていた。

「こいつを雪《ゆき》ん中《なか》につないで放《ほう》っておけねえ」ハグリッドがのどを詰《つ》まらせた。

「たった一人《ひとり》で！　クリスマスだっちゅうのに！」

ハリー、ロン、ハーマイオニーは互《たが》いに顔《かお》を見合《みあ》わせた。ハグリッドが「おもしろい生《い》き物《もの》」と呼《よ》び、ほかの人《ひと》が「恐《おそ》ろしい怪物《かいぶつ》」と呼《よ》ぶものについて、三人《にん》はハグリッドと意見《いけん》がぴったり合《あ》ったためしがない。しかし、バックビークが特《とく》に危害《きがい》を加《くわ》えるとは思《おも》えない。事実《じじつ》、いつものハグリッドの基準《きじゅん》から見《み》て、この動物《どうぶつ》はむしろかわいらしい。

「ハグリッド、しっかりした強《つよ》い弁護《べんご》を打《う》ち出《だ》さないといけないわ」

ハーマイオニーは腰《こし》かけて、ハグリッドの小山《こやま》のような腕《うで》に手《て》を置《お》いて言《い》った。

「バックビークが安全《あんぜん》だって、あなたがきっと証明《しょうめい》できるわ」

「そんでも、同《おな》じこった」ハグリッドがすすり上《あ》げた。

「やつら、処理屋《しょりや》の悪魔《あくま》め、連中《れんちゅう》はルシウス・マルフォイの手《て》の内《うち》だ！　みんなやつを怖《こわ》がっとる！　もし俺《おれ》が裁判《さいばん》で負《ま》けたら、バックビークは——」

ハグリッドはのどをかき切《き》るように、指《ゆび》をサッと動《うご》かした。それから一声《ひとこえ》大泣《おおな》きし、前《まえ》のめりになって両腕《りょううで》に顔《かお》をうずめた。

「ダンブルドアはどうなの、ハグリッド？」ハリーが聞《き》いた。

「あの方《かた》は、俺《おれ》のためにもう充分《じゅうぶん》過《す》ぎるほどやりなすった」ハグリッドはうめくように言《い》った。「手一杯《ていっぱい》でおいでなさる。吸魂鬼《ディメンター》のやつらが城《しろ》の中《なか》に入《はい》らんようにしとくとか、シリウス・ブラックがうろうろとか——」

ロンとハーマイオニーは、急《いそ》いでハリーを見《み》た。ブラックのことでほんとうのことを話《はな》してくれなかったと、ハリーがハグリッドを激《はげ》しく責《せ》めはじめるだろうと思《おも》ったかのようだ。しかし、ハリーはそこまではできなかった。ハグリッドがこんなにみじめで、こんなに打《う》ち震《ふる》えているのを見《み》てしまった今《いま》、できはしない。

「ねえ、ハグリッド」ハリーが声《こえ》をかけた。

「あきらめちゃだめだ。ハーマイオニーの言《い》うとおりだよ。ちゃんとした弁護《べんご》が必要《ひつよう》なだけだ。僕《ぼく》たちを証人《しょうにん》に呼《よ》んでいいよ――」

「私《わたし》、ヒッポグリフけしかけ事件《じけん》について読《よ》んだことがあるわ」

ハーマイオニーが何《なに》か考《かんが》えながら言《い》った。

「たしか、ヒッポグリフは釈放《しゃくほう》されたっけ。探《さが》してあげる、ハグリッド。正確《せいかく》に何《なに》が起《お》こったのか、調《しら》べるわ」

ハグリッドはますます声《こえ》を張《は》り上《あ》げてオンオン泣《な》いた。ハリーとハーマイオニーは、どうにかしてよとロンのほうを見《み》た。

「アー――お茶《ちゃ》でも入《い》れようか？」ロンが言《い》った。

ハリーが目《め》を丸《まる》くしてロンを見《み》た。

「誰《だれ》か気《き》が動転《どうてん》してるとき、ママはいつもそうするんだ」

ロンは肩《かた》をすくめてつぶやいた。

助《たす》けてあげる、とそれから何度《なんど》も約束《やくそく》してもらい、目《め》の前《まえ》にぽかぽかの紅茶《こうちゃ》のマグカップを出《だ》してもらって、やっとハグリッドは落《お》ち着《つ》き、テーブルクロスぐらい大《おお》きいハンカチでブーッと鼻《はな》をかみ、それから口《くち》をきいた。

「おまえさんたちの言《い》うとおりだ。ここで俺《おれ》が、ぼろぼろになっちゃいられねえ。しゃんとせにゃ……」

ボアハウンド犬《けん》のファングがおずおずとテーブルの下《した》から現《あらわ》れ、ハグリッドのひざに頭《あたま》をのせた。

「このごろ俺《おれ》はどうかしとった」

ハグリッドがファングの頭《あたま》を片手《かたて》でなで、もう一方《いっぽう》で自分《じぶん》の顔《かお》をふきながら言《い》った。

「バックビークが心配《しんぱい》だし、だーれも俺《おれ》の授業《じゅぎょう》を好《す》かんし――」

「みんな、とっても好《す》きよ！」ハーマイオニーがすぐにうそを言《い》った。

「ウン、すごい授業《じゅぎょう》だよ！」ロンもテーブルの下《した》で、うそを許《ゆる》す呪《まじな》いの形《かたち》に指《ゆび》を組《く》んだ。

「アー――レタス食い虫《フロバーワーム》は元気《げんき》？」

「死《し》んだ」ハグリッドが暗《くら》い表情《ひょうじょう》をした。「レタスのやり過《す》ぎだ」

「ああ、そんな！」そう言《い》いながら、ロンの口元《くちもと》が笑《わら》っていた。

「それに、吸魂鬼《ディメンター》のやつらだ。連中《れんちゅう》は俺《おれ》をとことん落《お》ち込《こ》ませる」

ハグリッドは急《きゅう》に身震《みぶる》いした。

「『三本《ぼん》の箒《ほうき》』に飲《の》みにいくたんび、連中《れんちゅう》のそばを通《とお》らにゃなんねえ。アズカバンに戻《もど》されちまったような気分《きぶん》になる――」

ハグリッドはふとだまりこくって、ゴクリと紅茶《こうちゃ》を飲《の》んだ。ハリー、ロン、ハーマイオニーは息《いき》をひそめてハグリッドを見《み》つめた。三人《にん》とも、ハグリッドが、短《みじか》い期間《きかん》だが、アズカバンに入《い》れられたあの時《とき》のことを話《はな》すのを聞《き》いたことがなかった。やや間《ま》をおいて、ハーマイオニーが遠慮《えんりょ》がちに聞《き》いた。

「ハグリッド、恐《おそ》ろしい所《ところ》なの？」

「想像《そうぞう》もつかんだろう」ハグリッドはひっそりと言《い》った。

「あんなとこは行《い》ったことがねえ。気《き》が変《へん》になるかと思《おも》ったぞ。ひどい思《おも》い出《で》ばっかしが思《おも》い浮《う》かぶんだ……ホグワーツを退校《たいこう》になった日《ひ》……親父《おやじ》が死《し》んだ日《ひ》……ノーバートが行《い》っちまった日《ひ》……」

ハグリッドの目《め》に涙《なみだ》があふれた。ノーバートはハグリッドが賭《か》けトランプで勝《か》って手《て》に入《い》れた赤《あか》ちゃんドラゴンだ。

「しばらくすっと、自分《じぶん》が誰《だれ》だか、もうわからねえ。そんで、生《い》きててもしょうがねえって気《き》になる。寝《ね》てるうちに死《し》んでしまいてえって、俺《おれ》はそう願《ねが》ったもんだ……。釈放《しゃくほう》されたときゃ、もう一度《いちど》生《う》まれたような気分《きぶん》だった。いろんなことが一度《いちど》にドォッと戻《もど》ってきてな。こんないい気《き》分《ぶん》はねえぞ。そりゃあ、吸魂鬼《ディメンター》のやつら、俺《おれ》を釈放《しゃくほう》するのはしぶったもんだ」

「だけど、あなたは無実《むじつ》だったのよ！」ハーマイオニーが言《い》った。

ハグリッドがフンと鼻《はな》を鳴《な》らした。

「連中《れんちゅう》の知《し》ったことか？　そんなこたぁ、どーでもええ。二、三百人《にん》もあそこにぶち込《こ》まれていりゃ、連中《れんちゅう》はそれでええ。そいつらにしゃぶりついて、幸福《こうふく》っちゅうもんを全部《ぜんぶ》吸《す》い出《だ》してさえいりゃ、誰《だれ》が有罪《ゆうざい》で、誰《だれ》が無罪《むざい》かなんて、連中《れんちゅう》にはどっちでもええんだ」

ハグリッドはしばらく自分《じぶん》のマグカップを見《み》つめたまま、だまっていた。それから、ぼそりと言《い》った。

「バックビークをこのまんま逃《に》がそうと思《おも》った……遠《とお》くに飛《と》んでいけばええと思《おも》った……だけんど、どうやってヒッポグリフに言《い》い聞《き》かせりゃええ？　どっかに隠《かく》れていろって……。ほんで——法律《ほうりつ》を破《やぶ》るのが俺《おれ》は怖《こわ》い……」

三人《にん》を見《み》たハグリッドの目《め》から、また涙《なみだ》がぼろぼろ流《なが》れ、顔《かお》をぬらした。
「俺《おれ》は二度《にど》とアズカバンに戻《もど》りたくねえ」

ハグリッドの小屋《こや》に行《い》っても、ちっとも楽《たの》しくはなかったが、ロンとハーマイオニーが期待《きたい》したような成果《せいか》はあった。ハリーはけっしてブラックのことを忘《わす》れたわけではないが、「危険生物《きけんせいぶつ》処理委員会《しょりいいんかい》」でハグリッドが勝《か》つ手助《てだす》けをしたいと思《おも》えば、復讐《ふくしゅう》のことばかり考《かんが》えているわけにはいかなかった。

翌日《よくじつ》ハリーは、ロンやハーマイオニーと一緒《いっしょ》に図書館《としょかん》に行《い》った。がらんとした談話室《だんわしつ》にまた戻《もど》ってきたときには、バックビークの弁護《べんご》に役立《やくだ》ちそうな本《ほん》をどっさり抱《かか》えていた。威勢《いせい》よく燃《も》えさかる暖炉《だんろ》の前《まえ》に三人《にん》で座《すわ》り込《こ》み、動物《どうぶつ》による襲撃《しゅうげき》に関《かん》する有名《ゆうめい》な事件《じけん》を記《しる》した、ほこりっぽい書物《しょもつ》のページを一枚《まい》一枚《まい》めくった。ときどき、何《なに》か関係《かんけい》のありそうなものが見《み》つかると言葉《ことば》を交《か》わした。

「これはどうかな……一七二二年《ねん》の事件《じけん》……あ、ヒッポグリフは有罪《ゆうざい》だった――ウエッ、それで連中《れんちゅう》がどうしたか、気持《きも》ち悪《わる》いよ――」

「これはいけるかもしれないわ。えーと――一二九六年《ねん》、マンティコア、ほら、頭《あたま》は人間《にんげん》、胴《どう》はライオン、尾《お》はサソリのあれ、これが誰《だれ》かを傷《きず》つけたけど、マンティコアは放免《ほうめん》になった――あ――ダメ。なぜ放《はな》たれたかというと、みんな怖《こわ》がってそばに寄《よ》れなかったんですって……」

そうこうする間《あいだ》に、城《しろ》ではいつもの大《おお》がかりなクリスマスの飾《かざ》りつけが進《すす》んでいた。それを楽《たの》しむはずの生徒《せいと》はほとんど学校《がっこう》に残《のこ》っていなかったが。柊《ひいらぎ》や宿木《やどりぎ》を編《あ》み込《こ》んだ太《ふと》いリボンが廊下《ろうか》にぐるりと張《は》りめぐらされ、鎧《よろい》という鎧《よろい》の中《なか》からは神秘的《しんぴてき》な灯《あか》りがきらめき、大広間《おおひろま》にはいつものように、金色《きんいろ》に輝《かがや》く星《ほし》を飾《かざ》った十二本《ほん》のクリスマスツリーが立《た》ち並《なら》んだ。おいしそうな匂《にお》いが廊下中《ろうかじゅう》にたちこめ、クリスマスイブにはそれが最高潮《さいこうちょう》に達《たっ》したので、あのスキャバーズでさえ、避難《ひなん》していたロンのポケットの中《なか》から鼻先《はなさき》を突《つ》き出《だ》して、ヒクヒクと期待《きたい》を込《こ》めて匂《にお》いをかいだ。

クリスマスの朝《あさ》、ハリーはロンに枕《まくら》を投《な》げつけられて目《め》が覚《さ》めた。

「おい！　プレゼントがあるぞ！」

ハリーはめがねを探《さが》し、それをかけてから、薄明《うすあ》かりの中《なか》を目《め》を凝《こ》らしてベッドの足元《あしもと》をのぞいた。小包《こづつみ》が小《ち》さな山《やま》になっている。ロンはもう自分《じぶん》のプレゼントの包《つつ》み紙《がみ》を破《やぶ》っていた。

「またママからのセーターだ……また栗色《くりいろ》だ……君《きみ》にも来《き》てるかな」

ハリーにも届《とど》いていた。ウィーズリーおばさんからハリーに、胸《むね》のところにグリフィンドールのライオンを編《あ》み込《こ》んだ真紅《しんく》のセーターと、お手製《てせい》のミンスパイが一ダース、小《ちい》さいクリスマスケーキ、それにナッツ入《い》り砂糖菓子《さとうがし》が一箱届《ひとはことど》いていた。全部《ぜんぶ》を脇《わき》に寄《よ》せると、その下《した》に長《なが》くて薄《うす》い包《つつ》みが置《お》いてあった。

「それ、何《なん》だい？」

包《つつ》みから取《と》り出《だ》したばかりの栗色《くりいろ》のソックスを手《て》に持《も》ったまま、ロンがのぞき込《こ》んだ。

「さあ……」

包《つつ》みを破《やぶ》ったハリーは、息《いき》をのんだ。見事《みごと》な箒《ほうき》が、キラキラ輝《かがや》きながらハリーのベッドカバーの上《うえ》に転《ころ》がり出《で》た。ロンはソックスをポロリと落《お》とし、もっとよく見《み》ようと、ベッドから飛《と》び出《だ》してきた。

「ほんとかよ」ロンの声《こえ》がかすれていた。

「炎《ほのお》の雷《いかずち》・ファイアボルト」だった。ハリーがダイアゴン横丁《よこちょう》で毎日通《まいにちかよ》いつめた、あの夢《ゆめ》の箒《ほうき》と同《おな》じ物《もの》だ。取《と》り上《あ》げると、箒《ほうき》の柄《え》がさんぜんと輝《かがや》いた。箒《ほうき》の振動《しんどう》を感《かん》じて手《て》を離《はな》すと、箒《ほうき》はひとりでに空中《くうちゅう》に浮《う》かび上《あ》がった。ハリーがまたがるのにぴったりの高《たか》さだ。ハリーの目《め》が、柄《え》の端《はし》に刻《きざ》まれた金文字《きんもじ》の登録番号《とうろくばんごう》から、完璧《かんぺき》な流線形《りゅうせんけい》にすらりと伸《の》びたシラカンバの小枝《こえだ》の尾《お》まで、吸《す》いつけられるように動《うご》いた。

「誰《だれ》が送《おく》ってきたんだろう？」ロンが声《こえ》をひそめた。

「カードが入《はい》っているかどうか見《み》てよ」ハリーが言《い》った。

ロンはファイアボルトの包《つつ》み紙《がみ》をバリバリと広《ひろ》げた。

「何《なに》もない。おっどろいた。いったい誰《だれ》がこんな大金《たいきん》を君《きみ》のために使《つか》ったんだろう？」

「そうだな」ハリーはぼうっとしていた。「賭《か》けてもいいけど、ダーズリーじゃないよ」

「ダンブルドアじゃないかな」ロンはファイアボルトの周《まわ》りをぐるぐる歩《ある》いて、その輝《かがや》くばかりの箒《ほうき》を隅々《すみずみ》まで眺《なが》めた。「名前《なまえ》を伏《ふ》せて君《きみ》に透明《とうめい》マントを送《おく》ってきたし……」

「だけど、あれは僕《ぼく》の父《とう》さんのだったし、ダンブルドアはただ僕《ぼく》に渡《わた》してくれただけだ。何百《なんびゃく》ガリオンもの金貨《きんか》を、僕《ぼく》のために使《つか》ったりするはずがない。生徒《せいと》にこんな高価《こうか》な物《もの》をくれたりできないよ――」

「だから、自分《じぶん》からの贈《おく》り物《もの》だって言《い》わないんじゃないか！　マルフォイみたいな下衆《げす》が、先生《せんせい》はひいきしてるなんて言《い》うかもしれないだろ。おい、ハリー――」

ロンは歓声《かんせい》を上《あ》げて笑《わら》った。

「マルフォイのやつ！　君《きみ》がこの箒《ほうき》に乗《の》ったら、どんな顔《かお》するか！　きっとナメクジに塩《しお》だ！　国際試合級《こくさいじあいきゅう》の箒《ほうき》なんだぜ。こいつは！」

「夢《ゆめ》じゃないか」ハリーはファイアボルトをなでさすりながらつぶやいた。ロンは、マルフォイのことを考《かんが》えて、ハリーのベッドで笑《わら》い転《ころ》げていた。

「いったい誰《だれ》なんだろう――？」

「わかった」

笑《わら》いを何《なん》とか抑《おさ》えて、ロンが言《い》った。

「たぶんこの人《ひと》だな――ルーピン！」

「えっ？」今度《こんど》はハリーが笑《わら》いはじめた。

「ルーピン？　まさか。そんなお金《かね》があるなら、ルーピンは新《あたら》しいローブくらい買《か》ってるよ」

「ウン、だけど、君《きみ》を好《す》いてる。それに、君《きみ》のニンバス２０００が玉砕《ぎょくさい》したとき、ルーピンはどっかに行《い》ってていなかった。もしかしたら、そのことを聞《き》きつけて、ダイアゴン横丁《よこちょう》に行《い》って、これを君《きみ》のために買《か》おうって決心《けっしん》したのかもしれない――」

「どっかに行《い》ってたって、どういう意味《いみ》？」ハリーが聞《き》いた。

「ルーピンは僕《ぼく》があの試合《しあい》に出《で》てたとき、病気《びょうき》だったよ」

「うーん、でも医務室《いむしつ》にはいなかった。僕《ぼく》、スネイプの処罰《しょばつ》で、医務室《いむしつ》でおまるを掃除《そうじ》してたんだ。覚《おぼ》えてるだろ？」

「ルーピンにこんな物《もの》を買《か》うお金《かね》はないよ」ハリーはロンのほうを見《み》て顔《かお》をしかめた。

「二人《ふたり》して、なに笑《わら》ってるの？」

ハーマイオニーが入《はい》ってきたところだった。ガウンを着《き》て、クルックシャンクスを抱《だ》いている。クルックシャンクスは首《くび》に光《ひか》るティンセルのリボンを結《むす》ばれて、ブスッとしていた。

「そいつをここに連《つ》れてくるなよ！」

ロンは急《いそ》いでベッドの奥《おく》からスキャバーズを拾《ひろ》い上《あ》げ、パジャマのポケットにしまい込《こ》んだ。しかし、ハーマイオニーは聞《き》いていなかった。クルックシャンクスを空《あ》いているシェーマスのベッドに落《お》とし、口《くち》をあんぐり開《あ》けてファイアボルトを見《み》つめた。

「まあ、**ハリー！** いったい誰《だれ》が**これを？**」

「さっぱりわからない」ハリーが答《こた》えた。「カードも何《なん》にもついてないんだ」

驚《おどろ》いたことに、ハーマイオニーは興奮《こうふん》もせず、この出来事《できごと》に興味《きょうみ》をそそられた様子《ようす》もない。それどころか顔《かお》を曇《くも》らせ、唇《くちびる》をかんだ。

「どうかしたのかい？」ロンが聞《き》いた。

「わからないわ」ハーマイオニーは何《なに》かを考《かんが》えていた。

「でも、なんかおかしくない？ つまり、この箒《ほうき》は相当《そうとう》いい箒《ほうき》なんでしょう？ ちがう？」

ロンが憤然《ふんぜん》としてため息《いき》をついた。

「ハーマイオニー、これは現存《げんそん》する箒《ほうき》の最高峰《さいこうほう》なんだぜ」

「なら、とっても高《たか》いはずよね……」

「たぶん、スリザリンの箒全部《ほうきぜんぶ》を束《たば》にしてもかなわないぐらい高《たか》い」ロンはうれしそうに言《い》った。

「そうね……そんなに高価《こうか》なものをハリーに送《おく》って、しかも自分《じぶん》が送《おく》ったってことを教《おし》えもしない人《ひと》って、誰《だれ》なの？」ハーマイオニーが言《い》った。

「誰《だれ》だっていいじゃないか」ロンはいらいらしていた。

「ねえ、ハリー、僕《ぼく》、試《ため》しに乗《の》ってみてもいい？　どう？」

「まだよ。まだ絶対誰《ぜったいだれ》もその箒《ほうき》に乗《の》っちゃいけないわ！」ハーマイオニーが金切《かなき》り声《ごえ》を出《だ》した。

ハリーもロンもハーマイオニーを見《み》た。

「この箒《ほうき》でハリーが何《なに》をすればいいって言《い》うんだい――床《ゆか》でもはくかい？」ロンだ。

ところが、ハーマイオニーが答《こた》える前《まえ》に、クルックシャンクスがシェーマスのベッドから飛《と》び出《だ》し、ロンの懐《ふところ》を直撃《ちょくげき》した。

「こいつを――ここ――から――連《つ》れ出《だ》せ！」

ロンが大声《おおごえ》を出《だ》した。クルックシャンクスの爪《つめ》がロンのパジャマを引《ひ》き裂《さ》き、スキャバーズはロンの肩《かた》を乗《の》り越《こ》えて、必死《ひっし》の逃亡《とうぼう》を図《はか》った。ロンはスキャバーズのしっぽをつかみ、同時《どうじ》にクルックシャンクスをけとばしたはずだったが、ねらいが狂《くる》ってハリーのベッドの端《はし》にあったトランクをけとばした。トランクはひっくり返《かえ》り、ロンは痛《いた》さのあまり叫《さけ》びながら、その場《ば》でピョンピョン跳《と》び上《あ》がった。

クルックシャンクスの毛《け》が急《きゅう》に逆立《さかだ》った。ヒュンヒュンという小《ちい》さなかん高《だか》い音《おと》が部屋中《へやじゅう》に響《ひび》いた。携帯《けいたい》かくれん防止器《スニーコスコープ》が、バーノンおじさんの古靴下《ふるくつした》から転《ころ》がり出《で》て、床《ゆか》の上《うえ》でピカピカ光《ひか》りながら回《まわ》っていた。

「これを忘《わす》れてた！」ハリーはかがんでスニーコスコープを拾《ひろ》い上《あ》げた。「この靴下《くつした》は絶対《ぜったい》履《は》きたくないものだからね……」

スニーコスコープはハリーの手《て》の中《なか》で鋭《するど》い音《おと》を立《た》てながらぐるぐる回《まわ》り、クルックシャンクスがそれに向《む》かって歯《は》をむき出《だ》し、フーッ、フーッとうなった。

「ハーマイオニー、その猫《ねこ》、ここから連《つ》れ出《だ》せよ」

ロンはハリーのベッドの上《うえ》でつま先《さき》をさすりながら、カンカンになって言《い》った。黄色《きいろ》い目《め》で意《い》地悪《じわる》くロンをにらんだままのクルックシャンクスを連《つ》れて、ハーマイオニーはつんけんしながら部屋《へや》を出《で》ていった。

「そいつをだまらせられないか？」ロンが今度《こんど》はハリーに向《む》かって言《い》った。

ハリーはスニーコスコープをまた古靴下《ふるくつした》の中《なか》に詰《つ》め、トランクに投《な》げ入《い》れた。聞《き》こえるのは、ロンが痛《いた》みと怒《いか》りとでうめく声《こえ》だけになった。スキャバーズはロンの手《て》の中《なか》で丸《まる》くなって縮《ちぢ》こまっていた。ロンのポケットから出《で》てきたのをハリーが見《み》たのは久《ひさ》しぶりだった。かつてはあんなに太《ふと》っていたスキャバーズが、今《いま》ややせ衰《おとろ》えて、あちこち毛《け》が抜《ぬ》け落《お》ちているのを見《み》て、ハリーは驚《おどろ》きもし、痛々《いたいた》しくも思《おも》った。

「あんまり元気《げんき》そうじゃないね、どう？」ハリーが言《い》った。

「ストレスだよ！　あのでっかい毛玉《けだま》のバカが、こいつをほっといてくれれば大丈夫《だいじょうぶ》なんだ！」

ハリーは魔法動物《まほうどうぶつ》ペットショップの魔女《まじょ》が、ネズミは三年《ねん》しか生《い》きないと言《い》ったことを思《おも》い出《だ》していた。スキャバーズが今《いま》まで見《み》せたことのない力《ちから》を持《も》っているなら別《べつ》だが、そうでなければ、もう寿命《じゅみょう》が尽《つ》きようとしているのだと感《かん》じないわけにはいかなかった。ロンはスキャバーズが退屈《たいくつ》な役立《やくた》たずだとしょっちゅうこぼしていたが、もしスキャバーズが死《し》んでしまったら、どんなに嘆《なげ》くだろうとハリーは思《おも》った。

その日《ひ》の朝《あさ》のグリフィンドール談話室《だんわしつ》は、クリスマスの慈愛《じあい》の心《こころ》が地《ち》に満《み》ちあふれ――というわけにはいかなかった。ハーマイオニーはクルックシャンクスを自分《じぶん》の寝室《しんしつ》に閉《と》じ込《こ》めはしたが、ロンがけとばそうとしたことに腹《はら》を立《た》てていた。ロンのほうは、クルックシャンクスがまたもやスキャバーズを襲《おそ》おうとしたことで湯気《ゆげ》を立《た》てて怒《おこ》っていた。ハリーは二人《ふたり》が互《たが》いに口《くち》をきくようにしようと努力《どりょく》することもあきらめ、談話室《だんわしつ》に持《も》ってきたファイアボルトをしげしげ眺《なが》めることに没頭《ぼっとう》した。これがまたなぜか、ハーマイオニーのしゃくにさわったらしい。何《なに》も言《い》わなかったが、ハーマイオニーはまるで箒《ほうき》も自分《じぶん》の猫《ねこ》を批判《ひはん》したと言《い》わんばかりに、不快《ふかい》そうにちらちら箒《ほうき》を見《み》ていた。

昼食時《ちゅうしょくじ》、大広間《おおひろま》に下《お》りていくと、各寮《かくりょう》のテーブルはまた壁《かべ》に立《た》てかけられ、広間《ひろま》の中央《ちゅうおう》にテーブルが一つ、食器《しょっき》が十二人分用意《にんぶんようい》されていた。ダンブルドア、マクゴナガル、スネイプ、スプラウト、フリットウィックの諸先生《しょせんせい》が並《なら》び、管理人《かんりにん》のフィルチも、いつもの茶色《ちゃいろ》の上着《うわぎ》ではなく、古《ふる》びたかび臭《くさ》い燕尾服《えんびふく》を着《き》て座《すわ》っている。生徒《せいと》はほかに三人《にん》しかいない。緊張《きんちょう》でガチガチの一年生《ねんせい》が二人《ふたり》、ふてくされた顔《かお》のスリザリンの五年生《ねんせい》が一人《ひとり》だ。

「メリークリスマス！」

ハリー、ロン、ハーマイオニーがテーブルに近《ちか》づくと、ダンブルドア先生《せんせい》が挨拶《あいさつ》した。

「これしかいないのだから、寮《りょう》のテーブルを使《つか》うのはいかにも愚《おろ》かに見《み》えたのでのう……さあ、お座《すわ》り！　お座《すわ》り！」

ハリー、ロン、ハーマイオニーはテーブルの隅《すみ》に並《なら》んで座《すわ》った。

「クラッカーを！」

ダンブルドアがはしゃいで、大《おお》きな銀色《ぎんいろ》のクラッカーのひもの端《はし》のほうをスネイプに差《さ》し出《だ》した。スネイプがしぶしぶ受《う》け取《と》って引《ひ》っ張《ぱ》った。大砲《たいほう》のようなバーンという音《おと》がして、クラッカーははじけ、ハゲタカの剥製《はくせい》をてっぺんにのせた、大《おお》きな魔女《まじょ》の三角帽子《さんかくぼうし》が現《あらわ》れた。

ハリーはまね妖怪《ボガート》のことを思《おも》い出《だ》し、ロンに目配《めくば》せして、二人《ふたり》でニヤリとした。スネイプは唇《くちびる》をギュッと結《むす》び、帽子《ぼうし》をダンブルドアのほうに押《お》しやった。ダンブルドアはすぐに自分《じぶん》の三《さん》角帽子《かくぼうし》を脱《ぬ》ぎ、それをかぶった。

「ドンドン食《た》べましょうぞ！」

ダンブルドアはニッコリとみんなに笑《わら》いかけながらうながした。

ハリーがちょうどローストポテトを取《と》り分《わ》けているとき、大広間《おおひろま》の扉《とびら》がまた開《ひら》いた。トレローニー先生《せんせい》がまるで車輪《しゃりん》がついているかのようにすうっと近《ちか》づいてきた。お祝《いわ》いの席《せき》にふさわしく、スパンコール飾《かざ》りの緑《みどり》のドレスを着《き》ている。服《ふく》のせいでますます、きらめく特大《とくだい》トンボに見《み》えた。

「シビル、これはおめずらしい！」ダンブルドアが立《た》ち上《あ》がった。

「校長先生《こうちょうせんせい》、あたくし水晶玉《すいしょうだま》を見《み》ておりまして」

トレローニー先生《せんせい》がいつもの霧《きり》のかなたからのようなか細《ぼそ》い声《こえ》で答《こた》えた。

「あたくしも驚《おどろ》きましたわ。一人《ひとり》で昼食《ちゅうしょく》をとるという、いつものあたくしをすて、みなさまとご一緒《いっしょ》する姿《すがた》が見《み》えましたの。運命《うんめい》があたくしをうながしているのを拒《こば》むことができまして？　あたくし、取《と》り急《いそ》ぎ塔《とう》を離《はな》れましたのでございますが、遅《おく》れまして、ごめんあそばせ……」

「それは、それは」ダンブルドアはいたずらっぽく目《め》をキラキラさせた。「椅子《いす》をご用意《ようい》いたさねばのう――」

ダンブルドアは杖《つえ》を振《ふ》り、空中《くうちゅう》に椅子《いす》を描《えが》き出《だ》した。椅子《いす》は数秒間《すうびょうかん》くるくると回転《かいてん》してから、スネイプ先生《せんせい》とマクゴナガル先生《せんせい》の間《あいだ》にトンと落《お》ちた。しかし、トレローニー先生《せんせい》は座《すわ》ろうとしなかった。巨大《きょだい》な目玉《めだま》でテーブルをずいっと見渡《みわた》したとたん、小《ちい》さくあっと悲鳴《ひめい》のような声《こえ》をもらした。

「校長先生《こうちょうせんせい》、あたくし、とても座《すわ》れませんわ！　あたくしがテーブルに着《つ》けば、十三人《にん》になってしまいます！　こんな不吉《ふきつ》な数《かず》はありませんわ！　お忘《わす》れになってはいけません。十三人《にん》が食事《しょくじ》をともにするとき、最初《さいしょ》に席《せき》を立《た》つ者《もの》が最初《さいしょ》に死《し》ぬのですわ！」

「シビル、その危険《きけん》を冒《おか》しましょう」マクゴナガル先生《せんせい》はいらいらしていた。

「かまわずお座《すわ》りなさい。七面鳥《しちめんちょう》が冷《ひ》えきってしまいますよ」

トレローニー先生《せんせい》は迷《まよ》った末《すえ》、空《あ》いている席《せき》に腰《こし》かけた。目《め》を硬《かた》く閉《と》じ、口《くち》をキッと結《むす》んで、まるで今《いま》にもテーブルに雷《かみなり》が落《お》ちるのを予想《よそう》しているかのようだ。マクゴナガル先生《せんせい》は手近《てぢか》のスープ鍋《なべ》にさじを突《つ》っ込《こ》んだ。

「シビル、臓物《ぞうもつ》スープはいかが？」

トレローニー先生《せんせい》は返事《へんじ》をしなかった。目《め》を開《あ》け、もう一度《いちど》周《まわ》りを見回《みまわ》して尋《たず》ねた。

「あら、ルーピン先生《せんせい》はどうなさいましたの？」

「気《き》の毒《どく》に、先生《せんせい》はまたご病気《びょうき》での」

ダンブルドアはみんなに食事《しょくじ》をするようながしながら言《い》った。

「クリスマスにこんなことが起《お》こるとは、まったく不幸《ふこう》なことじゃ」

「でも、シビル、あなたはとうにそれをご存《ぞん》じだったはずね？」

マクゴナガル先生《せんせい》は眉根《まゆね》をピクリと持《も》ち上《あ》げて言《い》った。

トレローニー先生《せんせい》は冷《ひ》ややかにマクゴナガル先生《せんせい》を見《み》た。

「もちろん、存《ぞん》じてましたわ、ミネルバ」トレローニー先生《せんせい》は落《お》ち着《つ》いていた。

「でも、『すべてを悟《さと》れる者《もの》』であることを、ひけらかしたりはしないものですわ。あたくし、『内《うち》なる眼《め》』を持《も》っていないかのようにふるまうことがたびたびありますのよ。ほかの方《かた》たちを怖《こわ》がらせてはなりませんもの」

「それですべてがよくわかりましたわ！」マクゴナガル先生《せんせい》はピリッと言《い》った。霧《きり》のかなたからだったトレローニー先生《せんせい》の声《こえ》から、とたんに霧《きり》が薄《うす》れた。

「ミネルバ、どうしてもとおっしゃるなら、あたくしの見《み》るところ、ルーピン先生《せんせい》はお気《き》の毒《どく》に、もう長《なが》いことはありません。あの方自身《かたじしん》も先《さき》が短《みじか》いとお気《き》づきのようです。あたくしが水晶玉《すいしょうだま》で占《うらな》って差《さ》し上《あ》げると申《もう》しましたら、まるで逃《に》げるようになさいましたの——」

「そうでしょうとも」マクゴナガル先生《せんせい》はさりげなく辛辣《しんらつ》だ。

「いや、まさか——」

ダンブルドアがほがらかに、しかしちょっと声《こえ》を大《おお》きくした。それでマクゴナガル、トレローニー両先生《りょうせんせい》の対話《たいわ》は終《お》わりを告《つ》げた。

「——ルーピン先生《せんせい》はそんな危険《きけん》な状態《じょうたい》ではあるまい。セブルス、ルーピン先生《せんせい》にまた薬《くすり》を作《つく》って差《さ》し上《あ》げたのじゃろう？」

「はい、校長《こうちょう》」スネイプが答《こた》えた。

「けっこう。それなれば、ルーピン先生《せんせい》はすぐによくなって出《で》ていらっしゃるじゃろう……。デレク、チポラータ・ソーセージを食《た》べてみたかね？　おいしいよ」

一年坊主《ねんぼうず》が、ダンブルドア校長《こうちょう》に直接声《ちょくせつこえ》をかけられて見《み》る見《み》る真《ま》っ赤《か》になり、震《ふる》える手《て》でソーセージの大皿《おおざら》を取《と》った。

トレローニー先生《せんせい》は、二時間後《じかんご》にクリスマス・ディナーが終《お》わるまで、ほとんど普通《ふつう》にふるまった。ごちそうではちきれそうになり、クラッカーから出《で》てきた帽子《ぼうし》をかぶったまま、ハリーとロンがまず最初《さいしょ》に立《た》ち上《あ》がった。トレローニー先生《せんせい》が大《おお》きな悲鳴《ひめい》を上《あ》げた。

「あなたたち！　どちらが先《さき》に席《せき》を離《はな》れましたの？　どちらが？」

「わかんない」ロンが困《こま》ったようにハリーを見《み》た。

「どちらでもたいして変《か》わりはないでしょう」マクゴナガル先生《せんせい》が冷《つめ》たく言《い》った。「扉《とびら》の外《そと》に斧《おの》を持《も》った極悪人《ごくあくにん》が待《ま》ちかまえていて、玄関《げんかん》ホールに最初《さいしょ》に足《あし》を踏《ふ》み入《い》れた者《もの》を殺《ころ》すとでも言《い》うなら別《べつ》ですが」

これにはロンでさえ笑《わら》った。トレローニー先生《せんせい》はいたく侮辱《ぶじょく》されたという顔《かお》をした。

「君《きみ》も来《く》る？」ハリーがハーマイオニーに声《こえ》をかけた。

「ううん」ハーマイオニーはつぶやくように言《い》った。「私《わたし》、マクゴナガル先生《せんせい》にちょっとお話《はなし》があるの」

「もっとたくさん授業《じゅぎょう》を取《と》りたいとか何《なん》とかじゃないのか？」

玄関《げんかん》ホールへと歩《ある》きながら、ロンがあくびまじりに言《い》った。ホールには凶悪《きょうあく》な斧男《おのおとこ》の影《かげ》すらなかった。

肖像画《しょうぞうが》の穴《あな》にたどり着《つ》くと、カドガン卿《きょう》が数人《すうにん》の僧侶《そうりょ》や、ホグワーツの歴代《れきだい》の校長《こうちょう》の何人《なんにん》かと、愛馬《あいば》の太《ふと》った仔馬《こうま》を交《まじ》えてクリスマスパーティに興《きょう》じているところだった。カドガン卿《きょう》は鎧《よろい》仮面《かめん》の眼《め》のところを上《うえ》に押《お》し上《あ》げ、蜂蜜酒《はちみつしゅ》の入《はい》っただるま瓶《びん》を掲《かか》げて二人《ふたり》のために乾杯《かんぱい》した。

「メリー――ヒック――クリスマス。合言葉《あいことば》は？」

「スカービー・カー。下賤《げせん》な犬《いぬ》め」ロンが言《い》った。

「貴殿《きでん》も同《おな》じだ！」カドガン卿《きょう》がわめいた。絵《え》がパッと前《まえ》に倒《たお》れ、二人《ふたり》を中《なか》に入《い》れた。

ハリーはまっすぐに寝室《しんしつ》に行《い》き、ファイアボルトと、ハーマイオニーが誕生日《たんじょうび》にくれた『箒《ほうき》磨《みが》きセット』を持《も》って談話室《だんわしつ》に下《お》りてきた。どこか手入《てい》れするところはないかと探《さが》したが、曲《ま》がった小枝《こえだ》がないので切《き》りそろえる必要《ひつよう》もなく、柄《え》はすでにピカピカで磨《みが》く意味《いみ》がない。ロンと一緒《いっしょ》に、ハリーはただそこに座《すわ》り込《こ》み、あらゆる角度《かくど》から箒《ほうき》に見《み》とれていた。すると肖像画《しょうぞうが》の穴《あな》が開《ひら》いて、ハーマイオニーが入《はい》ってきた。マクゴナガル先生《せんせい》と一緒《いっしょ》だった。

マクゴナガル先生《せんせい》はグリフィンドールの寮監《りょうかん》だったが、ハリーが談話室《だんわしつ》で先生《せんせい》の姿《すがた》を見《み》たのはたった一度《いちど》、あれはとても深刻《しんこく》な知《し》らせを発表《はっぴょう》したときだった。ハリーもロンもファイアボルトをつかんだまま先生《せんせい》を見《み》つめた。ハーマイオニーは二人《ふたり》をさけるように歩《ある》いていき、座《すわ》り込《こ》み、手近《てぢか》な本《ほん》を拾《ひろ》い上《あ》げてその陰《かげ》に顔《かお》を隠《かく》した。

「これが、そうなのですね？」

マクゴナガル先生《せんせい》はファイアボルトを見《み》つめ、暖炉《だんろ》のほうに近《ちか》づきながら、鋭《するど》く目《め》を光《ひか》らせた。

「ミス・グレンジャーが、たった今《いま》、知《し》らせてくれました。ポッター、あなたに箒《ほうき》が送《おく》られてきたそうですね」

ハリーとロンは振《ふ》り返《かえ》ってハーマイオニーを見《み》た。額《ひたい》の部分《ぶぶん》だけが本《ほん》の上《うえ》からのぞいていたが、見《み》る見《み》る赤《あか》くなり、本《ほん》は逆《さか》さまだった。

「ちょっと、よろしいですか？」

マクゴナガル先生《せんせい》はそう言《い》いながら、答《こた》えも待《ま》たずにファイアボルトを二人《ふたり》の手《て》から取《と》り上《あ》げた。先生《せんせい》は箒《ほうき》の柄《え》から尾《お》の先《さき》まで、ていねいに調《しら》べた。

「ふーむ。それで、ポッター、何《なん》のメモもついていなかったのですね？　カードは？　何《なに》か伝言《でんごん》とか、そういうものは？」

「いいえ」ハリーはポカンとしていた。

「そうですか……」マクゴナガル先生《せんせい》は言葉《ことば》を切《き》った。

「さて、ポッター、これを預《あず》からせてもらいますよ」

「な――何《なん》ですって？」ハリーはあわてて立《た》ち上《あ》がった。「どうして？」

「呪《のろ》いがかけられているかどうか調《しら》べる必要《ひつよう》があります。もちろん、私《わたくし》は詳《くわ》しくありませんが、マダム・フーチやフリットウィック先生《せんせい》がこれを分解《ぶんかい》して――」

「分解《ぶんかい》？」ロンは、オウム返《かえ》しに聞《き》いた。マクゴナガル先生《せんせい》は正気《しょうき》じゃないと言《い》わんばかりだ。

「数週間《すうしゅうかん》もかからないでしょう。何《なん》の呪《のろ》いもかけられていないと判明《はんめい》すれば返《かえ》します」

マクゴナガル先生《せんせい》が言《い》った。

「この箒《ほうき》はどこも変《へん》じゃありません！」ハリーの声《こえ》がかすかに震《ふる》えていた。

「先生《せんせい》、ほんとうです――」

「ポッター、それはわかりませんよ」マクゴナガル先生《せんせい》は親切心《しんせつしん》からそう言《い》った。「飛《と》んでみないとわからないでしょう。とにかく、この箒《ほうき》が変《へん》に細工《さいく》されていないということがはっきりするまでは、これで飛《と》ぶことなど論外《ろんがい》です。今後《こんご》の成《な》り行《い》きについてはちゃんと知《し》らせます」

マクゴナガル先生《せんせい》はくるりときびすを返《かえ》し、ファイアボルトを持《も》って肖像画《しょうぞうが》の穴《あな》から出《で》ていった。肖像画《しょうぞうが》がそのあとバタンと閉《し》まった。

ハリーは「高級仕上げ磨き粉《こうきゅうしあみがこ》」の缶《かん》を両手《りょうて》にしっかりつかんだまま、先生《せんせい》のあとを見送《みおく》って突《つ》っ立《た》っていた。

ロンはハーマイオニーに食《く》ってかかった。

「いったい何《なん》の恨《うら》みで、マクゴナガルに言《い》いつけたんだ?」

ハーマイオニーは本《ほん》を脇《わき》に投《な》げ捨《す》て、まだ顔《かお》を赤《あか》らめたままだったが、立《た》ち上《あ》がり、ロンに向《む》かって敢然《かんぜん》と言《い》った。

「私《わたし》に考《かんが》えがあったからよ――マクゴナガル先生《せんせい》も私《わたし》と同《おな》じご意見《いけん》だった――その箒《ほうき》はたぶんシリウス・ブラックからハリーに送《おく》られたものだわ!」

つづく

J.K. ローリング 作

不朽の人気を誇る「ハリー・ポッター」シリーズの著者。1990年、旅の途中の遅延した列車の中で「ハリー・ポッター」のアイデアを思いつくと、全7冊のシリーズを構想して執筆を開始。1997 年に第1巻『ハリー・ポッターと賢者の石』が出版、その後、完結までにはさらに10年を費やし、2007年に第7巻となる『ハリー・ポッターと死の秘宝』が出版された。シリーズは現在85の言語に翻訳され、発行部数は6億部を突破、オーディオブックの累計再生時間は10億時間以上、制作された8本の映画も大ヒットとなった。また、シリーズに付随して、チャリティのための短編『クィディッチ今昔』と『幻の動物とその生息地』(ともに慈善団体〈コミック・リリーフ〉と〈ルーモス〉を支援)、『吟遊詩人ビードルの物語』(〈ルーモス〉を支援)も執筆。『幻の動物とその生息地』は魔法動物学者ニュート・スキャマンダーを主人公とした映画「ファンタスティック・ビースト」シリーズが生まれるきっかけとなった。大人になったハリーの物語は舞台劇『ハリー・ポッターと呪いの子』へと続き、ジョン・ティファニー、ジャック・ソーンとともに執筆した脚本も、書籍化された。その他の児童書に『イッカボッグ』(2020年)『クリスマス・ピッグ』(2021年)があるほか、ロバート・ガルブレイスのペンネームで発表し、ベストセラーとなった大人向け犯罪小説「コーモラン・ストライク」シリーズも含め、その執筆活動に対し多くの賞や勲章を授与されている。J.K. ローリングは、慈善信託〈ボラント〉を通じて多くの人道的活動を支援するほか、性的暴行を受けた女性の支援センター〈ベイラズ・プレイス〉、子供向け慈善団体〈ルーモス〉の創設者でもある。

J.K. ローリングに関するさらに詳しい情報はjkrowlingstories.comで。

「静山社《せいざんしゃ》ペガサス文庫《ぶんこ》」創刊《そうかん》のことば

小《ちい》さくてもきらりと光《ひか》る、星《ほし》のような物語《ものがたり》を届《とど》けたい——一九七九年《ねん》の創業以来《そうぎょういらい》、静山社《せいざんしゃ》が抱《いだ》き続《つづ》けてきた願《ねが》いをこめて、少年少女《しょうねんしょうじょ》のための文庫《ぶんこ》「静山社《せいざんしゃ》ペガサス文庫《ぶんこ》」を創刊《そうかん》します。

読書《どくしょ》は、みなさんの心《こころ》に眠《ねむ》っている想像《そうぞう》の羽《はね》を広《ひろ》げ、未知《みち》の世界《せかい》へいざないます。読書体験《どくしょたいけん》をとおしてつちかわれた想像力《そうぞうりょく》は、楽《たの》しいとき、苦《くる》しいとき、悲《かな》しいとき、どんなときにも、みなさんに勇気《ゆうき》を与《あた》えてくれるでしょう。

ギリシャ神話《しんわ》に登場《とうじょう》する天馬《てんま》・ペガサスのように、大《おお》きなつばさとたくましい足《あし》、しなやかな心《こころ》で、みなさんが物語《ものがたり》の世界《せかい》を、自由《じゆう》にかけまわってくださることを願《ねが》っています。

二〇一四年《ねん》

静《せい》山《ざん》社《しゃ》

松岡佑子《まつおかゆうこ》 訳

翻訳家。国際基督教大学卒、モントレー国際大学院大学国際政治学修士。日本ペンクラブ館員。スイス在住。訳書に「ハリー・ポッター」シリーズ全7巻のほか、「少年冒険家トム」シリーズ、映画オリジナル脚本版「ファンタスティック・ビースト」シリーズ、『ブーツをはいたキティのはなし』、『とても良い人生のために』『イッカボッグ』『クリスマス・ピッグ』(以上静山社)がある。

静山社ペガサス文庫

ハリー・ポッター 5

ハリー・ポッターとアズカバンの囚人《しゅうじん》〈新装版《しんそうばん》〉3-1

2024年7月9日　第 1 刷発行

作者	J.K.ローリング
訳者	松岡佑子
発行者	松岡佑子
発行所	株式会社静山社 〒102-0073 東京都千代田区九段北1-15-15 電話・営業 03-5210-7221 https://www.sayzansha.com
装画	ダン・シュレシンジャー
装丁	城所 潤(ジュン・キドコロ・デザイン)
印刷・製本	中央精版印刷株式会社

ISBN 978-4-86389-864-6　Printed in Japan
Published by Say-zan-sha Publications Ltd.